木木 著

追忆
似水流年

浙江工商大学出版社|杭州

图书在版编目（CIP）数据

追忆似水流年 / 木木著. -- 杭州：浙江工商大学出版社，2025. 1. -- ISBN 978-7-5178-6304-5

Ⅰ. I247.5

中国国家版本馆 CIP 数据核字第 20250EB395 号

追忆似水流年
ZHUIYI SISHUI-LIUNIAN

木　木 著

策划编辑	陈丽霞
责任编辑	沈明珠
责任校对	杨　戈
封面设计	屈　皓
责任印制	祝希茜
出版发行	浙江工商大学出版社
	（杭州市教工路 198 号　邮政编码 310012）
	（E-mail:zjgsupress@163.com）
	（网址:http://www.zjgsupress.com）
	电话:0571-88904980,88831806(传真)
排　　版	杭州朝曦图文设计有限公司
印　　刷	杭州高腾印务有限公司
开　　本	880mm×1230mm　1/32
印　　张	11.75
字　　数	235 千
版 印 次	2025 年 1 月第 1 版　2025 年 1 月第 1 次印刷
书　　号	ISBN 978-7-5178-6304-5
定　　价	58.00 元

一只黑猫从屋顶走过，它朝左看看，它朝右看看，自顾自慢慢地走过去了。生活，自顾自地走过去了。

　　　　　　——选自电影《将来的事》

目录

壹/长川

谁在对谁
静静地凝视
谁先向谁伸出碰触的手
那个人,在那个时空
又是在谁的呼唤里
嗅到青苔的芬芳
远去,消逝
清凉的夜晚
夏风停留在山峦

初次形成的成长记忆，也许得从我姑妈家说起。

在我大约两岁半的时候，某个尚有寒意的初春早晨，爸爸用箩筐兜起我，找出扁担，另一端则系上一只老母鸡，绑起一捆崭新的、刚劈好的柴火。挑担放到肩上，晃晃悠悠地离开方山，把我送去姑妈家寄养。

"这一走，起码又是年底才回。这只母鸡，就当是小丫在那边的口粮吧。妹妹他们自己家的生活也不容易，还经常帮我们带孩子。"爸爸说。

爸爸说的妹妹，就是我的姑妈。爸爸说"经常"，是因为几乎所有我的姐姐妹妹，都曾放在姑妈家寄养，或是三两月，或是半年。孩子太多令方山的家总是忙不过来。在所有姐姐妹妹中，我寄养的时间最长，在姑妈家一直待到差不多六岁半。在那期间，爸爸妈妈只是偶尔来看我。有几次过年的时候，姑妈会带我回到方山拜年，小住两三天，过完年就又跟着姑妈回到她的家。

要不是因为我到了上小学的年纪，爸爸妈妈把我接回方山，我以为我会在姑妈身边一直待下去。

我的脑袋里没有任何关于两岁半之前的记忆。寄养在姑妈家的时候，我虽常被告知我不是姑妈的女儿，但是我也并不是很清楚自己来自哪里，是哪里人。一开始我连我的爸爸妈妈是谁也全然不知。我只知道，我的姑妈对我非常好，她所给予我的满满的爱护和照顾，在我的童年里，有着不可磨灭的痕迹。

姑妈家所在的地方，名字叫长川。

我的姑妈，是一位个头瘦小、性格非常和蔼的女人，是她，给了我最初的关于爱的印记，许许多多。

然而，记忆是一件让人困惑的事。每当我试图回想起那段关于寄养的日子，试图在脑中勾勒出姑妈清晰的模样时，却总是会失败。流逝的时间，把过去曾发生的一切，切割成各种各样的碎片。姑妈柔美的长相和纤弱的身形，长川狭小昏暗的房间，房间里弥漫着和方山绝不一样的四合院独有的隐秘缓慢气息，等等，它们每一天都在离我越来越远。

唯一深刻记得的，是姑妈手掌心与其他人全然不一样的暖。那种好闻至极的有着米饭香味的暖意，任何时候想起，香味都会在我鼻尖荡漾起来，那么真切，温暖仿佛触手可及。

抵达长川时，我还未全醒，身子蜷缩在爸爸摇晃的挑担箩筐中，和爸爸翻山越岭，昏昏然不知道时间的流逝。一只箩筐里装了我，另一只装了我的包裹。那时还是早春，天气还不曾回暖，阿婆给我穿着的是冬天的装束，厚厚的棉衣外套把我包裹得严严实实，在箩筐里的我身子并没有觉得冷，只是随着爸爸大踏步地走路爬坡，我的两只胳膊摇摇晃晃，每一晃就觉得有风从袖口灌进来。我的小小棉衣袖子又厚又硬，胳膊弯不了，就只能那么伸着，等到几个小时后，手早已变得冰冰凉凉。我不仅冷，还饿。爸爸在中途停歇了一小会儿，只给我吃过一小块糙糙的玉米饼。

"这就是小丫呀！"

姑妈把我从箩筐里抱出来的时候，我正做着美梦，梦见自己两手伸到冰窟窿里，捞起了一大碗白米饭，才准备开吃呢，突然就被弄醒了，然后，我听到了耳边女人细细柔柔的声音："咦，怎么回事，这小手怎么这么冰？"

说话的同时，我的手被捂到了一双热乎乎的掌心里。我抬头，正迎上姑妈的眼睛，一双好看至极的水汪汪的眼睛在笑眯眯地看着我。摇晃已停止，我在姑妈的怀抱里，同时，我闻到了米饭的香味从姑妈的身上、她的掌心里散发出来。

"我饿。"这是我见到姑妈时说的第一句话。姑妈笑了，在旁边整理着柴火的爸爸也笑了。

我不记得到姑妈家的第一顿吃了多少，只记得在我吃饭的时候，离饭桌不远的窗台上，有一只黑色的猫，一动不动地蹲在那里看我，那也是我人生中第一次看到猫。

"小丫，不用怕，那是隔壁拐婆婆的猫。它常常跑过来玩，你很快就会和它熟悉的，不用怕。"姑妈说。

她就坐在我的旁边，一边和我说话，一边干着手里的活。

同样是在饭桌上，姑妈的面前堆了一大摞花花绿绿的碎布片，她的膝盖上摊开着一块大大的圆形布垫，姑妈时不时在那堆碎布片里挑挑拣拣，挑出合适的一片来。桌上还摆着一只缺了口的泥土色大碗，碗里盛着半碗白色的糊状物，姑妈一手托着碎布片，一手从碗里捞出一些糊糊抹在布片上，再小心翼翼地把布片粘贴到膝盖上的布垫上。抹平，压紧，眼看着布垫在一点一点厚起来。

爸爸不知道什么时候不见了。可能是担心离别会让我变得闹腾，所以他才趁我不注意时悄悄离开。

后来的我才知道，姑妈掌心好闻的味道就是从这里来的。碗里装着的是糯米糊糊。叠好后的布垫有个专门的名字，叫"布轮"，可以卖到一毛五一只。手工活，四天差不多能叠完一只，快一点的话也需要三天。叠布垫补贴家用，一个月下来可以有两三块钱的收入。姑妈的手长年累月地捞糯米糊糊，手指经常被泡得白白胖胖，特别是右手的大拇指、食指和中指，和别的手指很不一样。每次她来抱我，当她把我的小手往她温暖的掌心里合的时候，我总是特别喜欢去抚摸玩耍她的这三个指头，它们香香的、软软的，摸起来总是非常舒服。

"小丫囡囡，你可别犯傻，这糊糊不能吃，吃了可是要拉肚子的呀。"我还记得有一次，由于糊糊闻着太香，我趁着姑妈没注意，偷偷捞了一点放在嘴里尝，把姑妈急坏了："快，快吐出来！你这傻丫头，这可不是真的米糊，不能吃！"

姑妈着急的样子，历历在目。尽管我到现在也还是不明白，为什么闻着很香的米糊不能吃，姑妈一直没有和我解释。而我受惊于姑妈的着急表情，就再也没有去碰过。我只是喜欢去闻，闻着米糊的香味，一边学着姑妈的动作，捡一块碎布片在手里，认认真真地去涂抹，一边还要帮着赶走那只时不时在旁边也同样觊觎香香米糊的黑色大猫：

"喂喂！你快走开！这个不能吃！别过来！"

当我慢慢熟悉了四合院之后，拐婆婆的这只黑色大猫我也早就不害怕了，但我依旧不敢和它靠近，需要手里握一块小碎布片来给自己助威：

"喂喂！你别过来噢，我的手里有宝剑，你过来它会砍你！喝！啾！咻！"

我挥舞着我的碎布片"宝剑"，在离黑猫足够远的地方，把我的眼睛瞪得足够大，去吓唬它，对着它挥来挥去比画上一通。那只黑猫，它仿佛能听懂我说的话，总会随着我的叫喊，乖乖地远远地蹲下来。

它不想和我作对。在我瞪着它的时候，它总是极舒服自在地随意打个大大的哈欠，眯起眼睛来，黑乎乎毛茸茸的身子懒洋洋地趴在地面上。我知道它在看我，但是却不会再靠近。

黑猫没有名字。我与它相处了快一年半，每次我都是喊它"喂喂"，它每次都不回答，但是每次都会立马眯起眼，朝我蹲下身子来。

四合院里许多时候都是非常安静的，我关于长川的记忆断断续续。

姑妈除了煮一日三餐，绝大部分的时间都在埋头摆弄那布垫，有时候坐在靠窗的饭桌前，有时候则坐到四合院进门的门廊通道处，那里摆放着几块圆鼓鼓的黑色石头，进入夏天，特别是仲夏，在炎热的中午，再没有比坐在这几块石头上做活儿更舒服的事了。

　　这是一个年代久远的四合院,木浆草混拌着泥土制成的厚重墙壁,很挡热。它一共有四个入口,但是只有我姑妈家的这个入口处摆放有石头,其他的几个入口基本上是空空荡荡的,有时候会看到一两张歪歪扭扭的小椅子、小凳子,但是都不及在这几块黑色大石头上坐着来得舒服。

　　甚至有时候,冬天里我也会跑去那里坐着,带上那块专属于我的小小的厚布坐垫。这坐垫是在姑妈指导下,由我亲手粘制而成,既费时又费力。挑了我最爱的各种花布碎条,差不多用了两碗多的米糊,才好不容易叠成能坐的形状。姑妈帮我把它切整成非常漂亮的圆环形状,还另外找了结实的布条,用纳鞋底的长针一针一针细细密密地把边缘包裹得平整又漂亮。布垫制成后沿着边缘打一个不大不小的洞,一根由细布条搓成的彩色布绳穿洞而过,扎成一只绳圈。绳圈的大小刚好够我的小手穿过,这样我就可以把布垫拎在手里,到处玩耍。我在黑石头上爬来爬去,等腰高的布垫被拎在手里,跟着我一起磕来磕去。

　　姑妈在叠"布轮",门廊对着大马路,时不时有村人走过。一开始,他们不认识我,于是他们就走过来和姑妈说话:"咦,这小女孩是哪位? 是你哥的另外一个女儿? 没有见过啊。"

　　每当这时候,姑妈就会认真地介绍我:"是的,这是小丫,我兄弟的四女儿。来,小丫,快叫叔叔婶婶。"

　　据说小时候的我非常听话,顺从柔弱的性格莫非是天然生成的? 几乎每次需要与不同的大人打招呼时,我都会及时停下我在玩耍的任何游戏,非常礼貌地回应:"叔叔好,婶婶好。"

只有一次例外。

那是我到了长川之后不到一个月的时候，同样是在门廊外，我和姑妈姑父还有表哥表姐一起，刚刚吃过晚饭。天还大亮着，表哥表姐搬了条凳和书包出来做作业，姑妈在屋内灶台上洗碗，姑父站在门廊外抬头看天，预测明天是雨是晴。我的姑父是一个沉默寡言的打铁匠，平时走村访寨在外面讨生活，极少在家里，大约两三个月回来一次。如果家里有重农活需要男劳力，他就会抽时间专门回来。比如这一次，早稻的播种正是关键时期，天气逐渐转暖，要尽快把水田整好拢齐，把码好的秧子一批一批插种下去。

这似乎是全村的风俗，外出的男人们难得回来一趟，邻居们便也会三三两两地过来小聚，问一些外面的事。门廊外热热闹闹，另外几个也是和姑父一样在外面做活儿的村人，吃完晚饭过来找姑父。一堆新的面孔。我无所事事，拎着我的布垫，正蹲在门廊下看蚂蚁。突然，不知道是谁把我腾空抱了起来，吓了我一大跳。我赶紧转头，听到姑父在和他们介绍："是的，老婆娘家哥哥的孩子，刚到我们家不久，名字叫小丫。来，小丫，和叔叔们打个招呼。"

抱着我的并不是我的姑父，而是另外一个陌生人。

平时虽然也有过被陌生人抱的经历，但是多数时候都是一些阿姨或婆婆，这次很不一样。

时隔多年，我早已想不起他的面孔，也不记得被抱了多久，但是当时的感觉却依然真切强烈，有如巨大的毛毛虫蠕过皮肤，我的身子被紧紧箍住，有种说不出来的不适感，仿佛整个人被什么黏液给粘住了,有奇奇怪怪的力道在侵犯揉捏着我,仿佛某种无法形容的危险骤然降临,除了用彻头彻尾的尖叫声来拯救自己,我觉得我再也不能有别的方法了。

"不要抱我,放我下去! 放我下去!"

我一边尖叫一边拼命地挣扎,要把那双手用力挪开。我的尖叫声把在屋内洗碗的姑妈也惊动了,她甩着两只湿淋淋的手急匆匆地从里面跑出来:

"怎么了,怎么了? 我的宝贝囡囡怎么了?"

姑妈一着急便会情感外露,一外露就会叫我"囡囡"。"囡囡",我的另一个名字,是姑妈给我取的唯有我才能享有的她对我的昵称。

我的反应太过激烈,早已把全场的人都惊住。

那个人慌张地把我放下,急急地摊开双手,赶紧弄出一副无辜的面孔向大家讪讪地解释:"这——我,我就是抱小孩嘛,我又不做什么……这,这喊得,好像……好像我要欺侮她似的……"

大人们没有太多惊天动地的复杂想象。我的尖叫固然让人意外,但是谁也不会往心里去,空气停顿也不过几秒钟,就被相互的喧闹代替了:

"这小孩,真能吓人,这叫得……"

"声音还挺大,哈哈。"

"刚来到长川,可能还不适应吧。"

"没见过这样的啊,抱一抱这么大反应。"

"哈哈,真有意思。"

我的姑父,倒像是他做了错事似的,赶紧向他们解释:"来来来!没事!小孩子,不懂事,别理她,我们聊我们的……"

姑妈当时所能做的,也仅仅是赶紧把我抱在怀里,一边哄我一边把我抱离现场:"乖囡囡,别怕别怕,没事,来,和姑妈到屋里去……嘘,不叫了,不叫了,我们到屋里去……"

我记得那天我尖叫了很久,差不多把整个四合院的人都惊动了。住在四合院东头的美秀首先跑了出来,接着是隔壁的陈叔叔,他那个几乎从不出门、一心埋头复习准备考大学的儿子也出来了。住在四合院对角离得最远的拐婆婆,也挪着她的高脚板凳,一颠一颠地走过来。拐婆婆的黑猫比美秀跑得还要快,早早地蹿进我姑妈家的屋子,熟练地跳到它常待的窗台那个位置上,黑黢黢的眼睛睁得老大,直愣愣地看着我,好像它也想知道到底发生了什么事。

尖叫声把那么多人招进了姑妈的屋子,我觉得有点儿不好意思。特别是拐婆婆,平时极少见到她离开她的弄堂,活动范围基本是方圆不到五米的,却因为我的尖叫声走得那么远。南厢房的扫把头伯伯,探头探脑地也想挤进来看看,被姑妈喝住了:

"你就别进来了,又没有什么事情,不要来凑热闹。"

只有住北厢房的李阿姨家没有人过来,他们家一共有六个小孩,各自之间相差不到两岁,每天争吵打架热闹非凡,大概对于小孩尖叫这种事情早已见怪不怪,所以丝毫不受影响。

记不清最后姑妈是用什么方法使我停住了尖叫。我只记得姑妈当时的怀抱,还有她的有着好闻香味的双手,不停地轻轻抚过我的头发、我的肩膀。她一边轻轻地拍着我,一边在我耳边轻轻地发出"嘘嘘""没事了,没事了"的安抚声,在这些熟悉的安全感里,我总算平静了下来。

小孩子的惊惧不会没有理由,用古怪手法抱我的那个人,在我到长川的第二年,被乡警抓走了,是一个经常被他抱去玩的小女孩的妈妈报的案。

那天我的尖叫倒是给我带来了好处,自那之后,整个长川的人都知道我不喜欢被大人抱。除了我姑妈,还有与我们住在同一个院里的美秀姐,其他人对我基本采取了"敬而远之"的态度。不与人进行亲密接触,在很大程度上方便了我的独来独往,我想长大后的我喜欢独处的性格,也许就是在那个时候形成的。

我在长川差不多待了有四年。除了四合院和戏院,我几乎不去别的地方。

长川很神奇,并没有比方山村大许多,是一个不超过一百户人家居住的村子,但是就是在这样不起眼的贫穷的村子里,居然有一家非常宽敞的戏院。在距姑妈家大概三个四合院距离的地方,有一栋足可容纳两三百人的大屋子,它比周围任何别的房子都要高出许多,极其壮观地耸立在一堆陈旧简陋的泥土房子中间。

我发现那个地方,纯属偶然。

那天是个赶集日,还是星期天,一大早姑妈就带着表哥表姐下地做农活去了,去的地方比较远,要在那待一整天。其时已是夏天,天气炎热,她担心如果带了我去,我不仅人小腿短走不了路,大太阳晒着也容易中暑,所以就决定把我一个人留在家。她把我的中午饭(两块红薯、一碗菜汤)温到锅里,让我饿时自己取来吃,她则揣了另外两块红薯出门。她嘱咐我只能在四合院里面玩,不要乱跑。出门前她拉着我的手去四合院的东头门廊下,把我托付给了拐婆婆。

可是,我不喜欢拐婆婆。我一向有点儿怕她。不喜欢的原因非常简单:拐婆婆长得和其他人不一样,她只有一条腿。

拐婆婆的年纪非常大了,我不知道她有多少岁。她满脸皱纹,从来不笑,经常一动不动地盘腿坐在门廊下的高凳上发呆。她眼睛从来不看人,只盯着她面前的地面,非常专注,一副不愿意别人去打扰她的样子,她的那只空荡荡的黑色裤管从高凳上垂下来,被风吹得晃晃荡荡。我特别害怕那只裤管,总觉得好像那里面藏了什么东西。尽管很多时候,拐婆婆总是把裤管直接撩起来,在大腿根部随意打个结,明晃晃告知别人她只有一条腿。殊不知,打着黑色大结的少了一条腿的模样,会令我更加害怕。

我从来也没有想过,为什么拐婆婆只有一条腿,我只知道自己面对不寻常的人和事时,我的天性总是使我生出自然而然的不适反应。很久以后,我才从姑妈的口中模模糊糊地得知,拐婆婆是一位"荣誉军人",她的腿,是在打仗的时候失去的。总之,是很久以前的事了。

如果不是美秀姐去赶集了,我可不愿意和拐婆婆待在一起。美秀姐一周一次,要把绣好的枕头拿到集市上去卖。赶集日通常就是四合院最安静的日子，其他人都不在，除了我和拐婆婆。

我不喜欢拐婆婆，但是却喜欢她那只黑猫。黑猫大部分时间都和拐婆婆待在一起。在拐婆婆无声发呆的时候，它总是忠心耿耿地在旁边陪伴着。它蹲守在高凳下面，两只非常漂亮的大眼睛灵活地转来转去看着四周，像一个卫士似的。时间久了，黑猫也会突然站起身来，大大地打出一个哈欠，四肢伸开做伸展动作，它把腰弓起来一会儿，又把肚子贴在地上一会儿，忽而用力抖一抖全身的毛，伸出舌头舔舔爪子，扭头理一理尾巴，一整套动作做完后，它就会歪着脑袋去看拐婆婆。如果拐婆婆还是一动不动，它就会蹲坐回去，回到卫士的样子。

拐婆婆非常厉害，经常可以一动不动地坐一整天，有时坐着坐着就睡过去了，眼睛闭了起来，整个人与高凳融为了一体，像是一座黑色雕塑。

那天她看起来比较困，大概是天气炎热的缘故。中饭我没有回姑妈家吃，拐婆婆不准我回去。我学着黑猫的样子当了一上午的卫士，拐婆婆进到她的厢房里煮了面条，喊我进去一起吃。拐婆婆虽然只有一条腿，但是她煮的面条却非常好吃，我记得那天我把整整一大碗面条都吃得干干净净。黑猫也是一样，拐婆婆弄了一大勺面条放在靠墙放的那只黑瓷碗里，连汤汁都被它舔得一点儿不剩。

我们吃完后，回到外面门廊下。拐婆婆回到高凳上坐着，黑猫重新摆出卫士动作。阳光直直地从天空照射下来，四合院寂然无声。我把时时带着的布垫随手垫在地上，人爬上去，蜷缩起来。我才微微闭眼那么一会儿，忽而醒来，发现拐婆婆不见了，不知道去了哪儿。转头去找黑猫。黑猫拖着大大的尾巴，正从拐婆婆的厢房里蹑手蹑脚地出来。它站定，瞪大眼睛愣愣地看了我好一会儿，忽而垂下脑袋，眯起眼，一转身贴着墙脚，就往四合院外面蹑手蹑脚地走去，我下意识地跟着站起身，拖着我的垫子就跟了过去，路过厢房时往屋内一瞥，果然拐婆婆在里面睡大觉。

四合院后巷，是一条又窄又长的弄堂，连接着一排排矮小破旧的房子，黑猫好似熟门熟路，一径走到底并不回头，忽而往左一拐，蹿进一处半掩着门的泥房子里。我三步并作两步，兴冲冲地跟了过去。不知是谁家的泥房子，里面堆满了柴火杂物、瓦砾破砖，角落里还有一只豁了口的大缸，作用不言而喻——长川人习惯把大粪坑和杂物放在一处。那黑猫停也不停，直接穿过这些乱七八糟的物什，从一处坍塌的矮墙边跳下去，来到一条更窄的通道。通道七拐八拐，忽地撞见一堵高墙，在往四面八方延伸，我还来不及细看，那黑猫突然就不见了。

"喵"的一声，声音从地底下传过来。我正纳闷，墙根下黑猫探出脑袋回望我，原来高墙下面有一个洞，那黑猫钻进洞里去了。我想也不想，也钻了进去。

就这样，我第一次来到了戏院里，那座废弃了许久的既空旷又壮观的戏院。

一开始，我以为只有我一个人知道这个地方，我并不知道这是一座戏院，只是被它的空旷安静所吸引。这间房子是如此之大，屋顶是如此之高，夏日阳光从梁柱间的缝隙洒落进来，把寂然无声的周遭照耀得如同的梦境,目之所及是我从未曾见过的景致。

它不是方山家乡那些千篇一律低矮阴暗的泥土房,也不是长川这里四处可见的破旧逼仄的四合院,更不是山里遮不了风挡不了雨的茅草铺子,而是如此宽大,如此明亮,如此坚固,如此空旷。更重要的是,它的空旷里透着某种说不清道不明的吸引力,让我不由自主喜欢上了它。

黑猫比我早熟识这里,从墙洞一出来就沿着一溜细窄楼梯"嗖嗖"地直奔舞台。

它大摇大摆,仿佛到了另外一个世界。与在戏院外的悄无声息完全不同,它忽而在舞台中间欢快地打滚,忽而贴着地板"嘶嘶"地展示它的爪子,蹿来蹿去好像在追捕什么猎物,忽而敏捷地爬上柱子,蹲在高高的横梁上,把它的大黑尾巴高高竖起,双目炯炯有神地俯瞰着整个舞台,仿佛俯瞰着它的王国,一副悠然自得的模样。

我则刚好相反,由于一下子不能适应这样的空旷,我显得比较呆,整个人晕乎乎的,只是机械地慢吞吞地循着黑猫的路线走过去,一边走一边小心翼翼地左看右看。许多东西都来不及看。

黑猫在横梁上洋洋自得够了,三下两下沿着柱子"嗖嗖"地滑下,来到我的脚边,用它的大黑尾巴来蹭我的脚背,把我蹭得麻麻痒痒,害我差点儿笑出声来。又似乎嫌我手里拖着的布垫妨碍了它,趁我不注意"喵"的一口咬住叼走,一直跑到舞台中央才停下来。

　　它转过头来看着我，仿佛在邀请我。布垫放在地板上，它伸展四肢，眼睛微微眯起来了。我走过去，学它的样子双手双脚摊开，躺了下来。我的脑袋枕在布垫子上，地板凉凉的，舒服极了。屋顶看上去很远，远得像一座宫殿，宫殿被一朵一朵棉花似的白云包裹着，黑猫静静地伏在我的身旁，它在发出均匀好听的呼噜声："呼——噜——呼——噜——"像是某种我从未听过的音乐，不知不觉间，我也闭上眼，睡了过去。

　　这间戏院，自从我熟悉了它，我不仅跟着黑猫从墙根的洞里爬进去过，还把墙洞四周都认认真真地观察了许多次。

　　我在长川，无处可去时，这里就成了我最隐秘自在的活动之地。

　　戏院总是长年累月地锁着门，从大门板的缝隙往里面看，整个大厅空空如也，但是在大厅尽头却完好无缺损保留着一座极为壮观美丽的戏台——我常常和黑猫睡大觉的那个舞台。这座宽敞得有点儿离谱的巨大戏台，从气派至极的演出台到化妆间，到练功房，到服装室，再到乐器存放区等，一应俱全。台子正前方那涂了深红色描金油漆的木制围栏，仿佛刚刚制成，沿着饱满流畅微凸的椭圆形舞台一路围绕起来，与舞台四周那四根镶嵌着金色双龙图案的巨大柱子相互辉映，让整个宽大的舞台完全可以称得上是流光溢彩。

　　在戏院里，我哪儿也不去，只喜欢在舞台上玩耍，有时和黑猫一起去，有时自己一个人去。里面的阴凉与无边无际，以及那些错落散乱的房间，给了我太多的想象与探索的空间。我一个人从这里钻到那里,踏着舞台上中空的地板"咚咚咚"地跑来跑去,竖起耳朵听回响。我把舞台回廊与柱子上红红绿绿的图案摸了个遍,着迷于上面每一道雕刻出来的纹路。我双手双脚摊开仰躺在舞台中间,屋顶上有几处盖了透明玻璃瓦片的地方,光从那里照进来,一束接着一束,安静透亮的光,就那么照在我身上,照在我伸开的手指上。我看着手指渐渐变得红艳艳,犹如某种谜团。

有时候,我想试着把戏院分享给姑妈家四合院里的其他人,但是似乎没有人对戏院感兴趣。当我和美秀姐说起戏院的时候,她一脸惊诧慌张的表情:"小丫,你去那里干什么?听说那里又脏又乱,黑乎乎的,可怕着呢,不要去不要去。"

美秀是除了姑妈之外我在长川最喜欢的人,虽然她大部分的时间都在踩缝纫机,连和我说话的时间也很少,但是每次只要我一跑到她那儿,她就会从她那台笨重的缝纫机上及时地抬起头,并瞬间对我展示一张热烈灿烂的笑脸:

"小丫来啦,快来坐下。"继而又说,"你呀,别跑来跑去,小女孩安静一点儿多好呀。来,来坐我旁边,看我车花吧。"

她总是被一大堆花花绿绿的布料包围着,就像她说的那样,想要从那些花布中跨出来都很难。她没有时间陪我玩,却总是叫我到她的旁边坐着。我喜爱她的笑,我觉得她的笑像极了我在梦中的笑,在梦中遇到特别高兴的事情时我也是这样笑着的。

和美秀在一起,就算她不陪我玩,我也毫不在意。很多时候,我就照她的吩咐,安安静静地在她房间里坐着,隔着那一大堆布料看她车花,时不时地接收她偶尔抬起头来对着我的灿烂的笑。美秀很开心,我也很开心。然而,我姑妈说:"美秀也是奇怪啊,对你经常笑,可她平时和自己家里人都不怎么说话呢,总是愁眉苦脸的。"是吗?哦。年少的我还不会琢磨笑容和愁眉苦脸的距离有多远,姑妈且说我且听,听完即罢。

"小丫,你也可以去找院子里的其他小孩玩呀,如果坐久了觉得无聊的话。"美秀有时会这样提醒我。她不知道,其实我做过这种尝试。

北厢房李阿姨家的六个小孩,看上去年龄都差不多,似乎没有比我大多少,一开始我笑嘻嘻去和她们打招呼,但是她们完全不理我,仿佛对我有一种天生的敌意,没有理由。一次两次是这样,三次之后,我只能放弃了。她们不喜欢我,最大的理由可能是她们不像我总是无所事事,她们有忙不完的活,才懒得理我。我经常听到李阿姨用高亢的声音在不停地吩咐她们做事:

"衣服怎么还没有洗掉?饭烧好了没有?家里满地的鸡屎,怎么不扫一下?赶紧去把晒场上的干草背回来!眼看着就要下雨了……你们这群懒女,一个比一个懒!算起来有六个人,可是什么活儿也干不了!吃倒挺能吃!就是因为你们,家里都被你们这群讨债鬼给吃穷了!……"

李阿姨总是骂骂咧咧的,经常把那几个瘦兮兮的女孩子吓得够呛。

小孩子之间的交往简单明了,若是一开始没有建立起友谊,那么接下来基本上就不可能有任何进展。她们在我记忆中留下的,仅仅是"六""女孩""讨债鬼"这几个字眼,其他的,就没有任何的印象了。

拐婆婆只有一条腿,除了四合院,哪儿都不会去。姑妈隔壁天天闭门只顾埋头复习考大学的陈叔叔父子,平时几乎看不到身影。南厢房的扫把头伯伯,平时以捡垃圾为生,早出晚归,有时连着许多天不见人,偶尔见到也只会咧着嘴朝我傻笑,顶着他那一大丛又密又长的打结的脏兮兮的花白头发,多少显得有点儿吓人。虽然他每次看到我都和颜悦色,但是我一看到他那一大丛"巍峨壮观"扫把似的头发,心里就会忍不住打怵,赶紧转身躲到姑妈的身后,远远地偷偷地打量他。

我的表哥表姐平日里也都不在家,总是早出晚归。偶尔在饭桌上遇到,他们基本对我也是不理不睬,似乎总是特别忙碌,不是急着做作业,就是赶着去哪里的地里,急急忙忙地去完成姑妈给他们安排的农活。虽说他们比我大了不过四五岁,但是在我的眼里已经完全是大人了,不仅因为他们每天都要下地,去做那些差不多是大人才做的活,也可能因为总是听到姑妈时不时地教导:

"你们都已经上学了,得更懂事,要帮家里多分担一点……不准欺负小丫,她还小,你们每个人都要让着她……你们是大人了,别老是还想着玩……小丫是客人,你们别想着什么都跟她比……"

那时候农村里小孩"长大"的一个标准是"上学了"。

现在回想起来,姑妈对我的关爱,一度还曾引来表哥表姐的敌意。有好几次,趁着姑妈不注意,他们会把姑妈盛在我饭

碗里的大白米饭扒走,故意做出凶巴巴的表情:

"喂!不准出声噢,反正你又吃不完,你那么点儿大,又不干活,少吃一点!"

我眨眨眼,当然不会去告状,因为事实上每次姑妈给我盛的饭确实有点儿多,我根本吃不完。

他们除了羡慕我得了姑妈太多的宠爱,很大程度上也是因为我每天不是玩就是睡,总是闲着,所以才产生"嫉妒"吧。毕竟,对于乡下的孩子来说,即便还没有上学,家里也会布置许多的活计,总有一些活会适合哪怕只有两三岁的孩子,就像李阿姨家的那六个孩子,据说她们中有一个还在刚刚会爬的时候,就已经知道怎么照顾她的妹妹了,我亲耳听到李阿姨有一次难得地表扬她家的老四:

"她可厉害,两岁的时候就帮我带孩子了哈。那时候老五刚生出来不久,天天就知道哇哇地哭,连我都没辙,可是只要我这老四一爬过去,拍拍她摇摇她,她一准就能停了哭声……没事!我呀,自那以后就常丢老五在家里,管自下地干活去!有她姐在旁边陪着,可稳妥得很啊……"

似乎每一个人只要一来到这世上,才刚有了意识,别的姑且不管,第一时间必须考虑的就是干活,无论大活小活,反正你不能闲着,不能只知道玩,更不能贪玩。而我,阴差阳错地寄宿在姑妈家,因"客人"的身份,倒是躲过了一劫,在我明明具备了干活能力的时候,也依旧可以自由自在地玩耍。姑妈对我的疼爱延伸到每日每夜,使我成了一个彻头彻尾的"另类",任何时候我都只要管着我自己眼前的乐陶陶就可以,任何其他的事都与我无关。我的身边本来有许多人，但是很多时候所有人都仿佛离我很远，远到似乎整个天地间就只剩下我一个人。

所以，在这个四合院里，除了有时候在美秀姐旁边专心致志地看看她绣枕头绣被单，我更多的时候是独来独往，一个人到处寻访可能存在的各种快乐。

而最能满足我的，就是那间大戏院了。

有一次，我居然还在那儿捡到一面圆圆的小镜子，就在舞台最靠边最黑暗的那间屋子里，一面巴掌大的完好无缺的小圆镜子，好端端地搁在窗台边上。镜子被蒙上了一层厚厚的灰尘，我撩起衣服把它擦得干干净净，然后带回了姑妈家。

从此我有了两件心爱之物，一件是姑妈与我合制的布垫，另一件就是这面小圆镜子。每天早上起来时和晚上睡觉前，我都要拿出来照好几遍。光洁明亮的镜子，在里面可以清晰地看到自己的模样：额头、眼睛、耳朵、鼻子、嘴巴，加上一头由于缺乏营养看起来枯黄稀疏的乱蓬蓬的头发。我经常把镜子拿出来照，每次看到的都是一模一样的自己，没有任何的变化。

小圆镜子既可以照出人的模样，还可以照出猫的模样。当我和黑猫齐刷刷躺在舞台上玩耍的时候，我把小镜子掏出来给它照，想看看它在镜子里是不是也是一样，一双大眼睛神秘莫测。但是比较奇怪，黑猫似乎不喜欢照镜子，当我搂住它的脑袋，才刚刚把镜子朝它的方向移动，它就"哧溜"扭身躲开，再想把它揽回时，它就索性一弓身直接逃开了，"嗖嗖"地蹿到横梁上面去，气定神闲地盘踞在梁上，理也不理我。

关于小圆镜子，我还发现了另外一个秘密。阳光从舞台上方的玻璃瓦上射进来时,每当我把镜子对准阳光,就会瞬间在空中产生一束圆圆的光柱,光柱随着我手腕的转动,可以照到任何一个地方。透亮的光柱,把遥远的屋顶每一处都照得亮闪闪的,多么有趣!

照完屋顶我又去照猫,透亮的光线朝着猫追来追去,黑猫在横梁上躲来躲去,正宗的躲猫猫游戏。有时我也不去照猫,而是把光线停在离猫儿不远处,逗它来捉光线。我晃一下它跳一下,我晃两下它跳两下。当它快要捉到时,我就突然把镜子藏起来,光柱瞬间消失,只留下黑猫傻呆呆立在舞台中央,那模样把我逗得哈哈大笑。笑完又赶紧放出光线,让它玩耍。

猫儿和我,常常只因这一个小游戏玩得不亦乐乎,总要把那一天的阳光都玩完了为止,玩到天色渐暗,才心满意足地回到四合院去。

再后来,断断续续地,听到了一些关于这间戏院和戏台的故事。

姑妈说,这间大房子,新中国成立前是一户地主的私人财产,那户人家,用现在的话说就是长川首富。那首富在"文化大革命"期间受了批斗。他一急眼就撞了柱子,当场就没了命。他的老婆和孩子,一时回不过神愣在那里。待人群散去,他们默不作声地也回了家。人们开始还奇怪这娘儿俩怎么不回来收尸,谁也没有料到,这娘儿俩一回到家就一起偷偷吞了金子,也紧随着撞柱子的人去到了另一个世界。

房子既然成了无主之房,自然而然就被收编为公共财产,并且冠上了一个全新的名字——村民大会堂,成了全村人进行公共活动的地方。曾经显赫耀目的人,最终只留下这么一座空荡荡的戏台。

戏台虽然成了公共财产,但是自那之后,村民们就极少在这里聚集。说不清是什么原因,可能只是嫌这里面太空旷,戏台又太高远,不适合人来人往的热闹。一直到那个学戏班子的到来,才打破了这里的沉寂气氛。

一个不知从哪儿来的学戏班子,在我寄宿长川第二年的时候突然出现。

那是个夏末秋初的下午。我很久没有去戏院了,因为天气渐凉,戏院里开始弥漫出一股阴凉沉闷的气息。黑猫首先嗅到这种气息,当我再去戏院的时候,它根本不跟着过来。我一个人在戏院,毕竟有点儿无趣,不及有黑猫在好玩。独自去了几次之后,我也就不怎么去了。

那天我恰巧在戏院门口的空地上玩耍,于是看到了学戏班子的到来。

一支长长的队伍,一群十二三岁的男孩女孩,在一位有着一双细长严厉眼睛的白发女子带领下,带着大包小包的被褥枕头草席衣物,缓慢而来。那位女子居然有戏院的钥匙,她直接走到大门前,"咔嗒"一下把锁打开,队伍跟在她的身后鱼贯而入。他们带的东西真多,除了大包小包的衣物,还有锅碗瓢盆等,在戏院里席地铺开。

我探头探脑,想跟过去看,毕竟不认识,还是有点儿胆怯,眼看着队伍铺排停当,再然后,"吱呀"一声,那穿着黑衣黑裤的白发女人,直接就把戏院的大门给关上了。

我在门外走过来走过去,走了好一会儿,差点儿想从墙根那个我熟悉的洞里爬进去,看看他们在做什么。想来想去还是不敢,只好无精打采地回四合院去。一回到四合院,就听到姑妈和隔壁四合院的陈婶已经在讨论了。原来,这是一批来学戏的人,他们借这个大房子,是为了在里面学戏、唱戏。

姑妈说,那年老女子有可能是过去那个长川大财主请过的戏子之一,否则的话不可能会知道这个远离城市的小村子里有这么一个完好的戏院。

"说不定就是过去那个唱功最好的青衣,那时候年轻,现在年纪大了有点儿认不出来了。"姑妈说。

"是哪,那个时候,我们这里有这么好的戏院,连邻村的都会来借用,经常很热闹,可惜后来出了那事,一般人可都不敢来了。"陈婶叹了口气。

"以前的事,别提了,吓人。唉。"姑妈也跟着叹气。

"听说里面有不干净的东西。现在,有这么多的人进去闹一闹,说不定不干净的东西就跑了。这是好事。"陈婶说。

"也是,那也只是传闻,又不是真的会遇到。总之,能热闹起来总是好事。"姑妈点头赞同。

我听不懂"不干净的东西"是什么意思,歪着脑袋听了一会儿,就去灶间吃饭了。

无论如何,那班男男女女刚来到长川的时候,着实令全村的人兴奋了好长一段时间。那时候不像现在,在偏僻贫瘠的乡下,既没有电视机也没有收音机,每天除了上山砍柴下地锄草等各种农活，最多也只是在白天快结束黑夜快要来临的时候，到大门口站一会儿，和邻居们大眼对小眼地看一下，然后散去。没有娱乐活动，没有意外，也没有新鲜的事。

学戏队伍的到来，使大家仿佛一下子多了一个可以去的地方。村人们喜滋滋、充满好奇地涌到戏院门口，很想好好看一看这学戏是怎么一回事，有不有趣，好不好玩。

很多人都说，看戏是一种享受，有趣，过瘾。

我的爸爸妈妈非常爱看戏。然而，当他们听到我居然想去学戏时，一下子就变得非常严肃，他们认认真真地对我说：

"你以为这戏看着好玩，又热闹又气派是吧？看戏是一回事，可这学戏则是完全不同的另外一码事。台上三分钟，台下十年功。各种基本功的学习辛苦自不用说，平时几乎都是在路上，差不多就是一大堆人一起流浪，一下子到这里，一下子到那里，经常是吃了上顿没下顿，没地方住，挨冻挨饿，这些你没有想过吧？就算你不怕这些，你能坚持下来，好，终于等到可以上台了，但是呢，得到的往往可能只是个小角色。想象一下，你学了五年、十年甚至几十年，但却永远只能演一个丫鬟、书童或者是小兵的角色，到那个时候，你还会觉得唱戏有意思很好玩吗？除了这些，更重要的是，你可能被人欺负，被人看不起，因为啊，在三教九流里，就数戏子最卑贱最可怜，也最没有前途，吃的是青春饭，耗的是心泪血，你啊，你年纪小，懂什么啊……"

当然，他们对我说这番话时，不是在长川，而是在我离开长川回到方山，即将要去上小学的时候。我记得当时的自己只是很随意地说了一句"很想去学戏"，他们就回答了这么一番长篇大论，我听得云里雾里，差不多是被他们那种一脸沉重的"严肃"吓到了。之后我就再也没有提过。

在长川时的我还太小，小到并不知道自己会对演戏这样的事情感兴趣，我只是喜欢往那戏院跑，尽管很多时候，戏院的门总是关得严严实实的。

学戏队伍借住戏院提出的条件是村里人不准来打扰学戏，借住的时间为两年，两年结束后他们将为村人奉上九天九夜的免费演出。

虽然村喇叭里有明明白白地说过这个条件，但是村人头几天还是不死心，有事没事就会转悠到戏院附近。中午吃饭的时候，大家不约而同地端了个饭碗，碗里面装满番薯、洋芋、南瓜之类的（那时少有人全餐吃大白米饭），走出家门，晃晃荡荡地从村的四面八方会聚到戏院门口，一边吃饭一边探头探脑，希望隔着厚厚墙壁听出一点儿端倪。

戏院很多时候都静悄悄，村人们的围观显得有点儿无趣。难得突然听到里面传来长一声短一声的吊嗓，大家愣愣地你看看我，我看看你，心里大概想着：这戏，是这个样子唱出来的？这也未免太难听了。

又有那么几天，戏院的门忽然打开了，人们看到里面有些乱糟糟，草席铺子东一个西一个地扔着，没有看到鲜艳光亮的戏服。那些面黄肌瘦的年轻学戏者，一个个也似乎无精打采，在那空荡荡的舞台上这里站几个那里站几个，就那么默不作声地站着，时不时甩甩胳膊蹬蹬腿，不知是什么意思。再有突然不知从什么角落里传出一声喊叫："走！"男孩女孩就在台上急匆匆地转起圈来。忽而又一切青止，恢复死寂模样，人一下不见了，只剩下一个留在台上，不知道是哪种乐器又在那一瞬间被弄响，吱吱嘎嘎地，好像很不顺畅，唱的人唱唱歇歇，伴奏的人有一搭没一搭，又有人重新跑回舞台上，又开始甩胳膊甩腿，然后，继续静寂无声。

"嘻！还不让看呢，我看啊，半点儿意思都没！"

"是啊，瞧他们那慢吞吞的样子，那也叫唱戏文？！啧。"

"我看他们那些草席真是破得不成样子，简直跟乞丐差不离……"

"我说啊，这就是戏子呢。可怜！"

长川人最善于下结论，在最初的新鲜感过去之后，村人们见怪不怪地摇头晃脑散了开去。戏院的门又继续关上了，戏院外面的空地上不再是人来人往。戏院恢复了当初的静寂。

我也下意识地跟在村人的身后走回姑妈家，但是一转头，我又拐进了旁边的小巷，熟门熟路地七拐八拐，拐到那个墙洞下，"哧溜"一下，又钻进了我来过许多次的戏院里。

黑猫有没有尾随着我，我不知道，我只知道自己不知从什么时候开始，或许是某个没法解释的瞬间，突然对那个黑衣黑裤的"老女人"（我可一点儿也不认为她老）产生了向往和爱意。

她好美——这是我见她第一眼时的强烈感觉。

她的眼神非常严厉，可是，在严厉的背后，又隐约饱含着某种柔软。她有着同样严厉的嘴角和高挑笔挺的婀娜身段。她一头白发，发量很多，她把头发高高束起，一丝不苟地盘在脑后。

　　长川村人背后都叫她"老女人"。然而，长川村里也有许多"老女人"，但一律佝偻着身子满脸皱纹，和她没有半点儿的相似。在我的记忆中，在她身上，我一点儿也找不出任何"老女人"的痕迹。

　　难道只是因为她长着一头白色的头发，所以那些人就叫她"老女人"了？我不知道，年纪尚小的我，并不是十分清楚"老女人"的具体表征和含义，唯一能记得的，是她印在我脑海中那种难以表述的既清晰又模糊的美：神秘，带着诱惑。

　　在村人们已然忘却这些人以及这静寂戏院存在的时候，我几乎天天都跑去那里。一个安静瘦小的四岁小女孩不会招致厌烦和驱赶，所以我每次都得以顺利溜进戏院。而且很快，我得到了学戏队伍的认同，只要不去打扰他们，我可以在戏院任何一个地方走来走去，可以随便待在哪里。

　　学戏的男男女女，我分不清谁是谁，只一律叫他们小姐姐或者小哥哥。而教戏的，那个美丽白发女子，她让我管她叫"林老师"。

　　林老师，与多年后教我语文的初中老师一模一样的姓。只是初中老师比这白发林老师年轻许多，我叫她"小林老师"。

　　我仰着我那张热切痴迷的小脸，蹲在舞台的围栏边不声不响地看他们。林老师让男孩女孩们列队，齐刷刷地做抬腿运动。他们挺拔幼嫩的身姿，在她的指引下做出各种优美的动作。他们的腿笔直，可以抬到头顶上，用一只手轻轻挽住，另一只手则轻轻地伸向远方。"挺胸、抬头、侧压、伸展，再伸展，低一些,再低一些。旋转、倒立、后翻,再后翻,跳高一些,再高一些。注意眼神,眼神要亮,要清,要专注,含有情感。这里转身,这里屈腿,这里你得把你全身的力气都抛掷出去。对,就是这样……"

一切都是那么新奇!

很多时候,他们的动作也非常单调,男孩和女孩,手都摆成一种姿势,双腿一字叉开,成排成排地排在舞台上,一排就是一整个上午。林老师排在最前面,她目不斜视,神情专注严肃,头仰得高高的,手臂也抬得很高。她的目光投向屋顶,投向虚空,一动不动。时间久了,我看到有些小姐姐偷偷地哭了。林老师没有动,她们也就不敢动。整整一个上午过去,整整一个下午过去,整整一个晚上过去,我趴在舞台边不知不觉等得睡着了。醒来时,一切就像隔了一层纱,我迷迷糊糊睁开眼睛,舞台上的队伍一时好像离得很远,几乎快要看不见了。我迷迷糊糊地感觉自己的身体飘了起来,林老师美丽的白发和身影也在渐渐远去,恍惚间我听到姑妈的声音在耳边响起:

"不好意思,唉,这孩子,在哪儿都能睡着,谢谢谢谢,我抱她回去,打扰你们了……"

瘦瘦小小的姑妈,抱着我往返于戏院到四合院,不知道消耗掉多少个静寂的夜晚。我在戏院度过了很多快乐时光,时光消逝得如此之快。

学戏的小哥哥小姐姐,我看到了他们白衣素裹长袖飞舞的模样,听到了他们低回婉转悠扬欢快的各种声音。他们拧腰,甩袖,低首,皱眉。似嗔似怒,忽喜忽悲,美妙的嗓音、喷薄而出的呼唤与哀叹,从林老师的唇间一一流淌出来,回绕在戏院的围栏雕柱之上,绵绵不绝。

差不多两年的时光,我既置身于他们之间,又仿佛和他们没有任何关系。他们总是那么专注和忙碌,舞台是他们唯一的世界,四季变化对他们没有任何影响。不管是炎热无比的夏天,又或者是冰雪凛凛的冬天,他们都一如既往地出现在舞台上,一年四季都是薄薄的单衣,他们只专注于单调的练习,抬腿,收腿,收腿,抬腿。他们和林老师一样,喉咙里发出"咿咿呀呀"的长声短声,声音一次比一次响,一次比一次清亮。

我和黑猫,有时一起在舞台上学他们的样子,也假装认认真真地一起抬手抬脚,有时候则远远站在台下,在那些满地堆着瓶瓶罐罐的不知是哪一个小哥哥小姐姐的被褥上坐着,抬头看着,再不知不觉睡过去。有时候我突然醒来,台上的人们还在练习,而我的身上则多了一张毯子。我抬头望去,看到林老师,她就盘腿坐在我的身边,埋头在膝盖的一个本子上写着什么。她的雪白头发一丝不苟地挽在脑后,她离我非常近,散发出一种非常好闻的气息,和姑妈身上发出的米饭香味不一样,她的香,有点像是秋天田野上青草的味道,松软,带点儿甜味。

林老师从来不叫我的名字,也不曾问过我的名字,但是她会给我盖毯子,会坐在我旁边,会在我半梦半醒的时候帮我赶走停在我脸上的蚊子。当我在摇摇晃晃学小哥哥小姐姐们的动作的时候,她还会来摸摸我的脑袋,然后,会突然叹一口气。为什么要叹气?我不晓得。

这些,都在平平淡淡的日子里发生。然而,在我的记忆中,我与戏院的人们，依然没有交集，也许是那时候的我实在年纪太小了；又也许，不与队伍之外的人有任何接触，原是每一名学戏者必须遵守的规定，所以那戏院才会长年累月地关着，是为了保持绝对的平静。只有我和黑猫，是意外的常客。

四合院的平静，与戏院的平静有异曲同工之妙。连单调的内核都仿佛息息相通。每天早上，当我睁眼醒来时，我的姑妈总是坐在我的床头，一边埋头叠她的布轮，一边温柔地对我笑："小丫醒啦。"

也不用等我回应，她就自顾自起身，去到墙角水缸边，用大木勺舀一勺水，倒在旁边洗脸架上的脸盆里："小丫，来，洗脸。"

如果是冬天，她就去灶上舀一勺热水过来，兑成温水。

当我起床下地，差不多洗好脸的时候，姑妈就已经把热腾腾的早饭摆到窗边的桌子上了。有时候是香香的扎实的杂粮粥，里面大豆、小豆、玉米什么都有。有时候则是黏糊糊的菜泡饭，外加一块热乎乎的大番薯。还有时候是稀稀的米汤，外加两块热乎乎的大番薯。番薯几乎是每一顿最主要的食物。无论早饭、中饭还是晚饭，锅灶上总有一口锅里雷打不动地蒸着它们。表哥表姐比我起得早很多，我起床时他们通常已经上学去了。他们带去学校的中饭，通常也是番薯，每人两块，凉着吃，冬天也是一样。那时候我不懂事，不明白为什么每天都有吃不完的番薯，不明白蒸着番薯的锅里中间那一小盒白米饭的意义。每次姑妈从锅里小心翼翼取出那香喷喷的米饭时，总是第一时间把米饭往我的碗里分，表哥表姐只能在旁边眼巴巴地等着。姑妈自己很少吃米饭，似乎与米饭有仇，几乎餐餐只吃番薯,偶尔煮一些菜汤来搭配。

　　年少的我不明白,那一小盒米饭所象征的爱。姑妈的身体一直都不好,和她长年累月地只吃番薯有关,可惜当时的我不明白,等我明白的时候,已经是很久的后来了。

　　陪我吃完早饭,姑妈有时候继续叠布轮,有时候则背着锄头下地去。她很少带我一起下地,说是不安全。她总是把我寄送到拐婆婆那里,或者是美秀家。姑妈爱我,她似乎知道我有天生的独处能力,在基本掌握了我的活动范围后,她就不大管我了,随我自在玩耍:或是在四合院,或是在戏院,或是在美秀家,或是在拐婆婆家,差不离。

　　在美秀家玩的时候,我会把美秀房间里堆放着的布匹往自己身上挂,把自己打扮起来,假装我也在唱戏,学着那些戏院里看来的动作,时而扭扭身子歪歪脑袋,时而咿咿呀呀地也哼一些小调出来,每当这样的时候,美秀就会被我逗得乐不可支,她说:"小丫,你唱的跳的都太好了,你多学一点啊,每天来唱给我听。"得到称赞的我,就更加起劲了,我跑回姑妈家,把姑妈家床上的枕头巾也扯了过来,让美秀帮我把它们绑在我的两只手腕子上,变成唱戏的袖子,我把这两截假袖子用力甩来甩去,甩累之后,我就躺下来呼呼大睡。这是一段开心而平静的回忆。

　　无论待在哪里,不外乎是各种不一样的平静。

　　两年的时光不知不觉过去。或许,是比两年还要略长一点,记忆中天气已经比较寒冷,是个冬日的清晨。戏院门口忽然来了好几辆拖拉机,驮了满满好几车的大箱子。林老师神情严肃地站在戏院门口,指挥搬东西的队伍把箱子一只接着一只往戏院里面抬,除了箱子,还有一群没见过的人,一律长褂长裤,齐整整在舞台上排开,高高低低地开始搭架子。一些梯子被搬上搬下,黑沉沉的箱子一只接着一只被打开,箱子里的东西让人眼花缭乱,不知从什么时候开始,忽而亮起了许许多多的大灯,把舞台照得雪白炽亮,还有许许多多色彩鲜艳的大绸幔布被挂了起来,在舞台上一层又一层地围成神秘的屏障。许多人在那里忙碌着。

林老师在戏院门口郑重地挂上了一块牌子,上面写着:今晚首场,《穆桂英挂帅》。

当然,那个时候我并不认识字,我是从围观的长川村民嘴里听到这个戏名的。

学了那么久,终于要开始正式演出了?我兴奋得有点儿晕头转向。差不多一整天的时间,我都泡在戏院里,在忙碌的人群之间钻来钻去。我带着拐婆婆的黑猫,一起钻来钻去。黑猫似乎没有我那么兴奋,一副无所谓的样子,总得"喂喂喂"叫它许多次,它才懒洋洋地跟过来。

从一开始的对它有点儿害怕,到后来经常一起玩耍,再到谁也离不开谁似的亲密,我和黑猫之间,早已建立了非同一般的友谊。在四合院里的时候,黑猫基本上只陪拐婆婆,但是一出四合院,不管我走到哪里,它就只围着我转,一人一猫,一前一后,长川人都觉得这已不是"拐婆婆的猫",而是"小丫的猫"了。

我习惯了每天都要看到它,每天都要和它玩上一会儿才会心满意足。它喜欢我拍它的背，更喜欢我揉它的脖子和脑袋。每次我的手指才一碰到它的肩膀，它就眯起眼睛软绵绵地伏下身子来。它会柔顺至极地伏在我的脚边，任由我的手指在它身上划拉来划拉去。

特别是一起在戏院里玩耍的时候，那时学戏的人还没有到来，空荡荡的戏院里就只有我和它，它经常一起陪我躺在舞台上，我喜欢它毛茸茸的大尾巴扫过我手心手背的感觉，喜欢它脑袋和我贴在一块时，轻轻搂住它，听它发出好听的呼噜呼噜声。

它不仅仅是拐婆婆的卫士，也是我的卫士，只要有它在，所有的老鼠都会躲得远远的，我见过它除了柔顺之外的神勇模样。

那是我刚到戏院玩耍的时候，我对戏院里不熟悉，特别喜欢在舞台的那些房间里"探险"，探险的后果是一不小心就会遇到硕大的老鼠，被吓得够呛。有一次，就是我捡到小圆镜子的那次，那天是个下雨天，窗户外面也是黑乎乎的，我从凳子爬到桌子上，才站起身，看到镜子的背面后，我把手伸出去取镜子，一只大老鼠不知从哪里蹿出，竟然直扑我的手臂。我在瞬间发出的尖叫声，立马把黑猫召唤了过来，黑猫躬身一冲爪子一拍，三下两下就把老鼠拿下了，那动作实在是干净利落、威风凛凛。黑猫把老鼠直接叼到舞台上，老鼠还没有完全断气，缩成一团瑟瑟发抖。黑猫不时用爪子去逗它，假装给它逃跑的机会，故意让它跑出好远，等它自以为快要溜掉的时候，黑猫就"嗖"地冲上前去，轻轻松松叼回来。玩够了，黑猫又增加一个新的动作，它把老鼠叼在嘴里，沿着戏院大摇大摆地走了一圈，一边走一边从喉咙里发出低低的"吼吼"声，仿佛在宣告：这是我的地盘，谁也不要来挑衅！自那以后，我在戏院里就再也没有遇到过老鼠，这都是黑猫的功劳。

为了回报黑猫对我的保护，我总是亲密地去搂抱它的脖子，去挠它的痒痒。我喵喵地喊它，它则喵喵地回应我。我们一起懒洋洋地躺在戏院的舞台上。

舞台被布置得精美绝伦，布置舞台的人们忙了差不多一天一夜。那一天的人们，是如何的喧嚣和穿梭往来，我通通不记得了。那盏夺去黑猫性命的灯如何从屋顶坠落，我也完全没法想起。只记得，那天的我，一整天待在戏院里，眼看着戏院在一点一点变得越来越好看，越来越灯火通明，仿佛某个我从未见过的世界即将缓缓被打开，期待某种快乐的发生是那般强烈，我恨不得一步都不离开戏院，只想一直待在那里。

姑妈在人群中找了我许久，好不容易把我弄回四合院，强行催我提前吃晚饭，又破天荒地非要给我洗个热腾腾的热水澡。要知道在当时的乡下，冬天里洗一次澡不容易，有许多的准备工作需要做，既费柴火又费水，冷冰冰的风从破旧泥土墙壁的缝隙间"嗖嗖"地钻进来，灶台的火需要足够旺，浴盆里的热水得足够满，才能免除洗一次澡着一次凉的危险。那天的我略有点儿不耐烦，戏院里还非常热闹，我着急地还想去那边。黑猫歪着脑袋立在窗台上，等着我。姑妈大概也知道我的心情，她一边帮我擦身体一边对我说：

"小丫，别急呀，今晚姑妈不催你早睡，你还可以再去戏院玩一会儿。还没有告诉你,你爸爸妈妈今天也要到长川来,长川难得唱戏,我把你爸爸妈妈也叫过来一起看。他们说了,要顺便把你带回方山去,再有半年时间,你就可以去上小学了,让你提前回到方山,熟悉熟悉。姑妈给你洗得干干净净打扮得漂漂亮亮,你很快就可以见到爸爸妈妈了……"

我的爸爸妈妈要到长川来?我一时间还不明白这个信息对于我的意义,只一心想快些回戏院去。姑妈给我换上干净松软的衣服,屋外天色尚未黑透,我急急忙忙熟门熟路地一头钻回巷子,往戏院而去。黑猫紧随我身后,我分明地意识到,它应该是和我一样快乐。

在我刚才暂时离开戏院时已经有乐手在调试各种乐器,它们在发出各式各样悠扬好听的声音。成排成排让人眼花缭乱的戏服,齐整整地沿着墙边一溜儿挂起。珠光闪闪的头饰、大大小小的妆台镜子、空气中飘浮着香粉的味道,让我目不暇接。

我仿佛一时跌进一个五颜六色、繁花似锦的不真实梦境,一种我从未见过的盛大,在我的眼前不可思议地铺排开来。我迅速灵巧地在人群中钻来钻去,数不清的黑色的腿在我身边一排一排移动,仗着熟悉方位地形,我三下两下越过人群,重新钻回舞台上。舞台帐幔的前方空无一人,大束大束金黄色灯光从上方落下来,把铺了一层崭新席子的台面照得如同白昼,一切好像都已经准备好了,我走在舞台当中四处寻找,咦,刚才在这里认真指挥人群的林老师去哪儿啦?

真正的热闹在后方。我探头探脑地去找寻帐幔后面传来的声音。

在后台，我看到了那些学戏的小哥哥小姐姐，齐刷刷坐在各自的妆镜前，脸上涂着厚厚的又是白色又是粉色的好看至极的粉，他们神情庄严认真，专注地紧紧抿着嘴，有人捧来一件又一件色彩缤纷的戏服。有人已开始试穿，许多小旗子在肩膀上摇来摇去，有一种让人眼花缭乱的美。鼓乐队伍已全部到位，齐刷刷在舞台一侧按高低次序坐好。队伍最前端是一面红色耀眼的大鼓，足足有半人多高，那手执鼓槌的汉子，身姿挺立，双手端抚鼓面，看上去既威猛又气定神闲。最漂亮最魅惑的当然是那个舞台了，一层又一层灯光和幕布围绕着它，把它变成了一座浮在空中遥不可及的白色宫殿。

那晚，每个人，都显得那么不一样，不仅仅是人，每一样物品，也都显得那么不一样，都是那么的庄重且宏伟。这样的庄重和宏伟使我产生了一种完全不敢去打扰的感觉，我悄悄探头看了许久，继而悄悄地把脑袋缩了回来。

我回到了舞台中间，这亮闪闪空无一人的舞台，有那么一刻，让我恍惚觉得它只属于我一个人，有那么一秒钟，好像所有的声音都停止了，所有的人和物都一动不动，我好像被什么召唤着，促使我很想在舞台中间跳起舞来，咿咿呀呀，我不知不觉开始挪腿，想要一步一步往更靠前的地方移动。

可是，我的脚才抬起，脚尖突然就撞到了黑猫，它"喵呜"一声尖叫，被我踩疼了？我不觉得有踩到它，怎么回事？它的身躯横在我面前，不肯让开，不让我往前走，好像要专门来挡我的路。我有点儿生气了，扭了扭身子想拐弯越过它，可是它突然又朝我撞了过来，嘴里继续"喵呜喵呜"地大叫着。在它的阻挠下，我不仅走不过去，反而还被逼退了好几步。今天的黑猫好不懂事！我定定神，弄不明白它到底想干吗，我"喂喂喂"地大声呵斥它，作势想要冲过去，它却突然亮出它的爪子，更加大声地发出"喵呜"的声音，爪子划过雪白的草席，发出难听的"咝咝"声，它全身的毛都炸了起来，感觉如果我非要冲过去，那么它就会毫不犹豫地朝我扑过来。我一时不知如何是好，明晃晃的灯光照着这威风凛凛的黑猫，它那发亮的眼睛一动不动地盯着我，就在那一秒钟，突然，一声巨大的声响，空中有什么东西轰然落了下来，人们忽然发出尖叫，我突然就看不到黑猫了，只看到一件圆滚滚、热得发烫的物事直通通掉在了我的脚边。

变故来得太突然，我使劲睁大了眼睛想看看发生了什么事，还没等我定神，我的身子就被人抱了起来，我只来得及转头去看，隐约看到一截毛茸茸的黑色尾巴从圆形物事的边缘下露了出来，一动不动。

再转头，不知道抱着我的是谁，只看见一张雪白的脸，漆黑的眼睛直愣愣地看着我，忽而又把我脑袋搂住，紧紧抱进她的肩窝，她一边轻柔地拍着我，一边喃喃地说："没事了，没事了。"听到这声音，我才发觉她是林老师。不等我反应过来，她抱着我急忙忙地离开了舞台，许多人同时涌了过来。

"别怕，别怕，我带你去找你姑妈……"她喃喃地柔声安慰我。

林老师抱着我匆匆忙忙往我姑妈的四合院走去，她把我抱得太紧了，我都快有点儿喘不过气了。我一点儿也不害怕，小巷子里黑乎乎的，我闻到林老师身上发出很好闻的香粉味，我使劲地闻着,感觉舒服极了,一边却忍不住想着黑猫,不明白黑猫为什么不一道跟着我回来。

时间突然过得非常快,记忆也仿佛一瞬间发生着模糊的穿插。我腾云驾雾般地被抱回四合院,心里既挂念着黑猫也挂念着即将开演的戏。一进到四合院林老师就急急叫着我姑妈的名字:"云姨,您快来,黑猫,黑猫出事了,小丫她……"

我姑妈有着一个很好听的名字:月云。几乎所有的长川人都叫她云姨。

四合院里除了我姑妈和拐婆婆,其他人早就到戏院去了。姑妈因为要准备我爸爸妈妈来之后要住的地铺,所以还在阁楼上忙活着。而拐婆婆腿脚不好,一个人晚上行走不便,所以要等我姑妈收拾好之后再一起去戏院。

听到林老师急促的声音,姑妈赶紧跑出来,拐婆婆正在姑妈这边楼下的厢房里候着,一时间,她们自然而然地凑到了一起,又好像要防着我听见,只顾耳对耳嘴对嘴地小声交谈着。我只隐隐约约听到几个字:

"……灯,落下……黑猫……"

林老师很快先自己回到戏院去了。姑妈也不干活了,她抱着我,一边找来一支手电筒,一边招呼着拐婆婆:

"走,我们也去戏院,戏很快就开演了……你不要太难过,黑猫……"姑妈后面的声音有点儿小,听不清楚在说什么。

拐婆婆行动迟缓,且好像在想着什么心事,她慢腾腾地把她那副已然磨得发亮了的拐杖支在胳肢窝下,默不作声地就着姑妈照着的手电筒光线,和我们一起,一拐一拐地向戏院走去。

戏院里人声鼎沸，每个角落都挤满了人。

我们才走到门口，一个打着白底妆的唱戏的小姐姐忽然不知从哪儿钻了出来，她匆匆来到拐婆婆身边，凑到拐婆婆耳朵上嘀嘀咕咕说了几句什么，一边还伸手来搀扶拐婆婆，拐婆婆就跟着她去了。戏院后面有个侧门，她们正朝着侧门走去。

姑妈抱着我，使劲地往戏院的人群里钻。还好姑妈家的长凳白天就已摆好位置，离舞台没有很远。我们挤过了许许多多的人，等我们好不容易走到了自己的凳子边，舞台上早已经热热闹闹、咿咿呀呀地开始了演戏。我使劲地伸长了脑袋去看舞台上面有没有黑猫在，眼睛转了好几圈都没有看到。再扭头去看侧面时，却发现拐婆婆坐在乐队的正前方，一个离舞台最近最好的位子，正睁大了眼在全神贯注地看戏。很难得看到，拐婆婆脸上竟然有着乐呵呵的表情。

拐婆婆怎么跑到舞台上去啦？我有点儿疑惑，却也很快被弥漫在戏院里的满满的鼓乐声转移了注意力，一时感觉舞台上正在千姿百态地开放着许许多多的花，许许多多漂亮至极的场景和人。很快地，我也把黑猫忘记了，只顾着一心一意乐颠颠地看起戏来。

那是一个全新的世界，一个繁华到忘我的世界，我恨不得一头扎进去。我认为自己也进到戏里面了，我目不转睛地追随着舞台上的人，一个五岁的孩子，懂得什么？台上唱戏人在哀哀地吐着词，大概在讲着一些悲伤的故事，我能听懂什么？我并不知道，我只知道我在台下不由自主地哭得一抽一抽的，根本停不下来。有好几个瞬间，姑妈不得不专门停下来安慰我，并把我抱得更紧一些：

"小丫囡囡，不哭啊，这只是戏，这个人并没有真的被杀掉，是假的，假的啊……"

姑妈平时唤我小丫，但是一着急起来便自然而然在后面加上"囡囡"二字，以示对我加倍的疼爱和抚慰。

我的爸妈在戏快要演完的时候才出现，他们是在一天繁忙的田间劳动结束后从方山赶过来的，走了几个小时的山间夜路。瘦小的姑妈已差不多抱了我一整夜，我被移到了爸爸的腿上。夜戏临近尾声，渐渐地我的眼皮也开始慢慢变重。时间太漫长，毕竟兴奋了一整天，过度的专注与过度的快乐纠缠太密，体力的透支显而易见，我等不及戏院散场后的静寂来临，不知不觉竟在爸爸的膝上睡了过去。

不知道是谁把我抱回来，也许是妈妈，也许是爸爸。

戏太好看，却也令我过于神经兴奋，太累了，我呼呼大睡，一直睡到第二天中午才猛然醒过来。

一醒来，就闻到屋内弥漫着一股罕见的浓浓的肉香味。

好奇怪，又不是过年，怎么会有肉的香味呢？

"小丫，你醒啦。"睁开眼没有看到姑妈，是妈妈在床边。

"快起来洗把脸吃东西，爸爸和姑妈已经去了戏院了。你呀，真能睡，我们可是连中饭都吃过了。"妈妈说，"来，等你吃完，我们也赶紧去戏院……"妈妈把放在床边我的衣服递过来，然后去了灶台那里，把温在锅里的饭和菜重新端了出来。

太香了，我的肚子一时咕咕作响。睡得太久，人一时还有点儿晕乎乎，我下意识去看窗台，黑猫没有如往常一样蹲在那里看我。可能它和拐婆婆一起也去了戏院吧，我迷迷糊糊地寻思。

穿衣洗脸吃饭。今天的桌上有一道我从未见过的菜：一小碗黑乎乎的肉，已然炖得熟透，汤汁浓郁，一小块一小块紧实的瘦肉齐整地浸在汤里，香味就是从这只碗里发出来的。

"小丫，你浇点儿肉汁吃饭，肉别吃太多，给你爸和姑妈留一点，晚上你姑父表哥表姐也要回来，给他们也要留一点。"妈妈用勺子舀了两勺肉汁到我饭里，同时也挑了几块小小的瘦肉放到我的碗里来。

"哦。"我回应着妈妈。

其实妈妈根本不用担心我会多吃，因为我一点儿也不喜欢吃肉。

平时在姑妈家吃的都是以素菜干菜为主，几乎不见肉。偶尔姑父从外面做工回来会带一点点猪肉，姑妈把肉放到菜里一起煮，我也只吃菜不吃肉。姑妈每次给我夹肉过来，我总是把肉又放回碗里去，就是不喜欢吃肉。甚至觉得放了肉一起煮，连菜的味道也变了，不怎么好吃了。

可是，很奇怪，今天的肉，特别香，我一点儿也不觉得反感，我第一次有了吃肉的欲望，怎么这么香？

我把妈妈放在我碗里的几块小瘦肉一下子就吃光了，啃得可谓干干净净，连骨头都很香。我甚至学着平时姑父吃肉时的模样，把骨头也放在嘴里吸了又吸，吸得滋滋响，把最后一滴汁都吸干净了，太好吃了。

我一边吃一边想着黑猫，想到如果我把这么好吃的骨头拿去给它吃,那它会高兴成什么样! 平时我虽不吃肉,但是姑父他们吃完剩下的骨头我总是第一时间仔仔细细收拾起来,每次都去喂给黑猫吃。黑猫喜欢吃骨头,每次都吃得咯噔咯噔地响,特别地欢快。

我三下两下把剩下的浇了肉汁的米饭给吃完了。妈妈在洗碗,我把骨头拢起来攒在手心,急急忙忙跑到庭院唤黑猫:"喵喵,喂喂,喵喵,快出来,有好东西吃。"

庭院静悄悄,没有任何回应。

我屏住气息,刚想走到拐婆婆的厢房看一看,妈妈已然在叫我:

"小丫,别再到处跑了,快过来,我们一起去戏院。"

想到戏院,才想到黑猫估计早已经去了戏院。我一转身,跑到妈妈前头。

"慢点儿,跑那么快,当心摔着!"妈妈在我身后大声地提醒我。

戏院里和昨天晚上一模一样热闹,人群一模一样多。戏院大门口更是多了其他不同的人,多了一些挑着挑担的小贩,在大声兜售着瓜子、花生。有卖甘蔗的,有敲糖的,还有卖蒸糕的。戏院侧边上一块空地,还有人摆出桌子、椅子支了个馄饨摊,火烧得正旺,热腾腾的水蒸气翻滚着,送过来一阵又一阵食物的香味。每个人都在吆喝着。戏院正门大开着,咚咚锵锵的锣鼓声松一声紧一声从里面传出来。

我一阵眼花缭乱。

妈妈从后面赶了上来，在我差不多快要跨过戏院门槛的时候一把捉住了我：

“小丫，不准再乱跑了，可别又掉下什么东西来被砸到，来，跟着妈妈认真看戏去……”手腕被妈妈紧紧拽住，我只好老老实实跟着妈妈走。穿过一层又一层紧密的人群，人头攒动，远远听到爸爸在叫妈妈：

“小优，这儿，这儿呢。”

还是昨天晚上的凳子，我们好不容易挤到爸爸和姑妈身边。人还未站定，我一抬头就看到舞台上，拐婆婆又坐在了同样的地方，在那一众乐队的最前面，一把崭新的藤圈椅，把她的身子围拢得稳稳当当，她正半眯着眼等待着戏文上演。

我使劲把拐婆婆的周围瞅了一圈，没有看到黑猫踪迹。

“姑妈，姑妈，拐婆婆怎么又坐到上面去啦？”我忍不住问姑妈。我想说我也想坐到上面去，可是，姑妈不理我，她在忙着和爸爸说话。

“难得来一趟，就索性放下心，不要急着回去，索性把九天的戏全看完了再走……”

“姐，家里的活计多，看不了那么久，最多待个两三天……”

“不知道今天唱什么。”妈妈也加入了谈话。

“今天的戏文是薛平贵征东。”爸爸回答。

“文戏和武戏都在一出里，这个剧团不一般，我们有眼福。”爸爸乐呵呵地说，同时一伸手就把我搀了起来，让我坐他腿上：

“来，小丫，爸爸一边看一边给你讲解，这个薛平贵啊，可厉害了呢。”

虽然我的手里还紧紧地攥着肉骨头,虽然我在挂念着黑猫,可是看戏的诱惑着实吸引着我。很快,锣鼓声渐渐越来越高昂,舞台上唱戏人开始穿梭往返,无数金色的银色的橙色的耀眼的光从天空散落下来,那一层层云幔忽而卷起忽而拉开,一时绿意盎然一时又刀光剑影,每一张好看至极的面容亮闪闪。爸爸认真在我耳边一幕幕地解说,这是宰相府,这是王宝钏,这是寒窑,这是薛平贵,这里为什么会打仗,这里为什么他要逃走。

同样是戏,没头没脑地看和有章有法地看是多么不同。爸爸是个戏迷,对每一个角色每一个段落都了如指掌,一个下午的时间转瞬而逝。我认认真真半懂不懂地听着,感觉在爸爸的话里,还有许多个我不曾听过的故事和道理,我想尽可能地多听一些。

当舞台上落下最后一声鼓点时,我觉得自己仿佛忽然长大了许多。看戏的人们意犹未尽地慢慢往戏院外散去,我也不像往常一样急忙忙又蹦又跳地走路了,任由爸爸牵着我的手,学着大人的步调,走得特别端庄和稳重。我一时忘了黑猫,也忘了去想拐婆婆为什么可以从头到尾坐在高高的舞台上。

姑妈比我们提前回到家,家里早已做好了热腾腾的晚饭。姑父和表哥表姐也回来了,姑父倒了酒,说要陪爸爸饮两盅。表哥表姐那时候已是初中的住校生,只回来看一晚,明天一早就又要回到学校去。眼看家里人员都齐了,想到可以一起去看晚戏,大家都非常高兴。下午的戏只是《薛平贵征东》的上半部,爸爸说了,最精彩的还在下半部呢,可以看薛平贵如何一雪前耻，以及王宝钏怎样因夫荣耀。王宝钏正是由林老师扮演的，每次只要她一出场，一举手一拧身一亮嗓子，我就能认出来。林老师唱得最好听了，每次我总是不由自主地跟着她一起，她笑我就笑，她哭我也哭，着实入戏。

"确实很不错，一般的剧团，可不敢排演薛平贵，这戏所需的人和料都非常多，故事又长，如果不是有一点底子，准出差错！"爸爸对下午看的戏赞叹不已。

"这还是个新剧团呢，学了也只两年多点时间……"姑妈在旁边解释着。

"还是有根基在，才可以教得这么好，这么快。听说剧团长是那财主家戏团的后人？"爸爸又问。

"这倒不是很清楚，也没有去问。不过，林老师那眉眼确实眼熟，人长得可真好，虽然都满头白发了……"

"不管怎样都是好事，毕竟戏院已荒废了这么多年，这一次这么热热闹闹地闹过，以后啊这房子可就重新活过来了。"姑妈有点儿感慨地说。

"是啊，之前你们村的人都说那里不干净，这下可不会闹了吧。"我妈妈也从旁问。

"都是些捕风捉影的事，其实那房子可好了，又结实又宽敞……不过，这次一开始也真是被吓一跳！那灯都绑得好好的，怎么就突然从上面掉了下来，那黑猫……"姑妈说到这里，突然把声音降了下来，一时又偷偷转过头来看我，"唉，可把我们囡囡给吓坏了……"

"不过，据说这就是去煞、冲抵，有过血光之现，以后这房子就不会再有不干净的东西了。"

"是啊,是啊,我们赶紧吃饭,吃完就去戏院……"

姑妈招呼大家入座,表哥表姐去灶边把饭碗一一端了上来。

我一时听不懂他们在说什么,只是忽然听到"黑猫"这两个字,才使我好像猛然回想起来,是啊,我都有一整天没有看见黑猫了,我都快把它忘啦。转而才想起中午的肉骨头还握在手里,本来是想在戏院时给黑猫的,可是黑猫一直没出现,我不去找它,它居然也不来找我,不知道跑哪儿玩去了。

抬头看看桌上,那碗肉汤还好端端地放着,想到如果等大家都吃完再去喂骨头,那还要挺长时间,我决定先把我手里的骨头给黑猫送去。趁着他们在热热闹闹地聊天时,我转身溜出家门,"嗖"一下就跑到庭院,一边跑一边"喂喂,喵喵"地叫唤着黑猫,往拐婆婆的厢房而去。

庭院里一如既往的黑灯瞎火,那时候电灯还没有完全普及,家家户户都省吃俭用,虽然每个房间里都已经装了灯泡,但是通常一家也都只会开一盏,人在哪里活动就开哪一盏,一律都是最低瓦数的。走廊里没有灯,庭院里一年四季都是黑乎乎的,只有偶尔刚好哪家沿着廊边的房间开着灯时,才有一点点微弱的光透到庭院里来,可以让人影影绰绰地看到一些轮廓。

黑暗一点儿也难不倒我,这个庭院的每个转角每个回廊我都非常熟悉,闭着眼睛也能走到拐婆婆那里。我"喵喵喵"地叫了半天,黑猫也没跑出来迎接我,我三步两步就到了拐婆婆家的房子。拐婆婆家更加小气,一盏电灯也舍不得开,还是一如

既往地只把那盏非常老旧的煤油灯点着,周遭都只有一点点光,我兴冲冲地一脚跨进门去:

"喂!喂!喵喵,你怎么还不出来呀,我都叫你叫了这么久了,你都不回应一下!"

我探头探脑地去找黑猫,完全不去看拐婆婆正一个人端着饭碗坐在桌边吃晚饭。

"喂喂!喵喵,喵喵!喂,快出来呀!"我转了一圈也没有看到黑猫,正疑惑着,拐婆婆突然在那边笑了起来:

"小丫,你在找什么呢?"

"我在找黑猫啊,我带了骨头给它呢!"我回答。

"什么黑猫,你不会不记得了吧?"昏黄的光线下,我觉得拐婆婆好像在笑,她招手叫我过去:

"过来过来,这,黑猫不是在这里吗?"她说。

"什么?"我什么也没有看到。

"这不是在碗里吗,你不记得啦,黑猫昨晚不是被灯砸死了嘛,所以我就把它炖了汤,可香呢。给你姑妈家也送去了一碗,平时她也经常帮我喂黑猫的嘛,黑猫死了,这肉理应分一碗给她。对了,如果喜欢吃,我这里还有,要不要我再盛一碗给你?"

拐婆婆叽里咕噜说了一大通,我什么也没有听懂,睁大了眼,愣在那里。

"真没有想到有这么多肉,看着挺瘦的一只猫呢,骨架倒是挺大。"拐婆婆还在说,"猫是只好猫,可是,没了就没了呗,谁知道灯会掉下来,你说是吧,这不,只能炖汤来喝,不能浪费啊……"

"小丫，那肉汤你喝过了吧，味道可好着呢，拐婆婆我可是弄了整整一个上午，弄得可干净了……

"这猫不仅肉好，毛皮也新鲜紧实！你看，我都完整地剥了下来，就摊在那面墙上，光滑着呢，小丫你要不要去摸一摸，和活着的时候一模一样……

"这猫跟了我都有六七年了，唉，可惜是有点儿可惜了……"拐婆婆絮絮叨叨地说着。

肉汤，骨头，很香的肉汤饭。我的手里那一小撮我想给黑猫吃的骨头硬邦邦地硌着我。

拐婆婆在说什么？黑猫？什么意思？

我无意识地顺着拐婆婆颤巍巍的手势往墙上看去，赫然看到黑猫平平直直地摊在墙上，它的四只脚伸得老直老直，在黑暗中向四面八方伸去，直得就像四根直通通的棍子。它长长的尾巴垂了下来，一动不动。它的脑袋侧歪着，也是直挺挺地贴在墙上。

"这么好的皮毛，可有大用处，我的脖子一天到晚被风吹着，等它风干了我可以做个围脖，围在脖子上肯定暖和……"拐婆婆还在自言自语。

我死死地盯着墙上的黑猫，脑子里还是转不过来。黑猫，黑猫。黑乎乎的光线下那贴在墙上的黑猫一时显得硕大无比，似乎比平时要大上好几倍。

"怎么样，要不要再来碗肉汤……"拐婆婆的声音干瘪瘪的，她的同样干瘪瘪的嘴角一张一合，却又分明显得无比热情。

051 长 川 | 051

　　我直直地盯着她看，看她佝着腰坐在桌旁，手里结结实实地端着碗，碗里有肉汤。她的那只没有腿的裤管垂挂在椅子上，那是一把崭新的藤椅，黑色的裤管直通通地垂着，昏暗的光线下看起来像极了黑猫的尾巴。她的稀疏的头发散着，扁塌塌地塌在她满是皱纹的额头上，煤油灯的光一晃一晃地打着她的眼睛，打着她的脸颊，打着她的耳朵，她满是皱纹的嘴巴朝我咧着笑。我手里的骨头硌着我，硌得我手指发疼，我的喉咙不知为何突然咝咝地响了起来，我的肚子莫名其妙地开始发热，好热好热，有一种热腾腾的东西好像突然从我的肚子里烧了起来，它越烧越厉害，一边烧一边往上冲，它翻江倒海般地冲出我的胃，冲到我的喉咙，又烧又热，受不了了，很难受很难受，我拼命地摇头，一点儿用都没有，它拼命往外面冲，可劲儿地冲，完全不受我的控制。终于，"哗啦"一声，我开始大声地呕吐了起来。我开始尖叫。

　　《薛平贵征东》的下半部戏，在那之后就再也没有看到过。我隐约记得那天晚上在我开始尖叫之后，有很多人朝我跑过来。我又哭又叫，谁也摁不住我。我一边叫一边眼睛直愣愣地瞪着，眼珠子瞪得老大，着实把所有人都吓坏了。姑妈断定我是丢了魂，大家七手八脚地把我抬回姑妈家，爸爸把我摁在床上，姑妈则手忙脚乱地给我准备法事：叫魂。她急急忙忙地找来米，找来红瓷酒杯，找来手帕，找来白酒，找来火柴，又急急忙忙地把米装在酒杯里，装满，再急急忙忙地用手帕把杯口蒙上，把蒙好手帕的酒杯急急忙忙地放在我脑门上，放一放转个圈，放一放再转个圈。她一边转圈一边嘴里念念有词,如此这般操作了三次,才把酒杯挪去灯光下,小心翼翼地揭开手帕,查看手帕下面米在杯子里的形状,检查后判断是哪个方位的哪个"小鬼"勾去了我的魂,她仰头含一大口白酒在嘴巴里,朝着"小鬼"所在的方向直通通地喷出,同时火柴早已燃起,随着酒的飞溅,火苗也"轰"地直往那个方向燃烧起来。这下好了,"小鬼"被吓跑了,我的魂回来了。

也许是叫魂起了作用,也许是我实在哭叫得太久了累了,我没有再继续喊叫,昏昏地沉睡,浑身大汗淋漓,到了后半夜,我开始发起烧来。

回忆进入这一段,大人们说我后来变得很安静,接下来的白天和黑夜我都是安静地睡着,不肯吃也不肯喝,他们只好时不时给我灌一些米汤水,以及姑父去田里找来的据说能退烧的草药熬成的汁。我再没有去过戏院,就那么安静地躺着,一直到三天之后,我的烧终于退去,爸爸妈妈带我离开了长川。

他们告诉我的记忆和我自己认为的不一样。我不觉得自己有发过烧,我在第二天的上午就重新跑去戏院了,是从那墙洞里钻进去的。上午的戏院极其安静,演员们还未曾从前一晚的辛苦演出中恢复过来,一个个都在呼呼大睡。戏院里安静得好像一个人都没有。我记得我沿着过往和黑猫经常走的那条楼梯往舞台上走,那楼梯比往常要高出一些,我得手脚并用才能爬上去。舞台上安静地摆着所有的物品,所有的乐器,所有的戏服,所有的箱笼物事都一动不动。厚厚的布幔层层叠叠无声地垂挂着,屋顶上方各式各样硕大的黑灯、银灯、白灯,也都一动不动地被绑在那里,看起来坚固无比。灯没有开,一切死寂着,戏院四壁的墙同样厚实牢固,没有什么光能跑进来。只有舞台上面的那几处玻璃瓦片,还是和之前一模一样,一如既往地把白天淡淡的静默的光线投落进来。我记得自己走到舞台中间,就在黑猫被压住的那个地方,蹲了下来,试图细细去看地板上有没有留下什么痕迹。我不觉得我有特别难过,但是舞台角落里不知道躲了个谁,一直在呜呜地哭泣,我觉得不是我。我还记得,林老师突然在我面前出现,我清楚地记得她伸出的手碰到我脸时的触感。她告诉我,黑猫是只神猫,它肯定是预感到上面的灯要落下来,所以才坚定不移地挡在我的面前,不肯让我跑到舞台前面去。她说其实死后的世界并不可怕,黑猫在那儿会过得很好。黑猫会飞,会躲,还会说话,可比现在更厉害了哩。林老师把我抱进她的怀里,我伏在她的肩膀上,她的雪白的头发把我整个的脸都遮住了,我又闻到了那股好闻的青草的味道。

我记得我还和林老师道过别,说我要回到方山去了。我还隐约听到了大人们的对话。他们说剧团为了安抚拐婆婆,直接买了两把上好的白藤椅作为赔偿,那买两把白藤椅的钱,都足够买好几只小黑猫了。不仅买了藤椅,剧团还给了拐婆婆一个前所未有的待遇:直接在舞台上看戏,最近的距离,每天还派一个小姐姐接送,无论开场散场,每场都风雨无阻。

姑妈说了,从来没有见到拐婆婆这么开心过,整整九天九夜,极致欢乐的看戏时光。

自那之后,我再没有看见过林老师,也没有看见过拐婆婆。

　　姑妈说拐婆婆在我离开长川后的第二年就去世了。当我隔了两年再回到长川拜年时，长川的四合院已经不大一样了，原先拐婆婆住的地方，新搬进了一对小夫妻，他们把拐婆婆的房间里里外外都刷了一遍，连外面的回廊也不放过，到处都刷得雪白锃亮，再也不是过去黑乎乎脏兮兮的模样。

　　所有属于拐婆婆的东西一律被丢了出去，那两把尚且还很新的白藤椅也被搬走了，不知道搬到哪儿去了，而黑猫的影子，更是无从找寻。

贰 // 方山

总是在生活之外的罅隙
才能清晰地意识到时间存在
这些无形的巨人、旅人
它们缓慢抚过静谧时空的模样
如同不动声色的山脊
千百年来只是耸立着,耸立着
悄无声息,默默品尝着四季变化
更迭着无穷无尽的温暖与寒冷

　　曾经有很长一段时间,我几乎完全无法适应"新家"的生活:忙碌的父母,疏远的陌生的姐姐们,属于我责任范围需要照顾的爱哭的妹妹,几乎不怎么说话、一直干活的阿婆,以及每日里由不同的家庭人员指派给我的、每个孩子都必须会做的永远做不完的"轻松活儿"——扫地、洗碗、抹桌子、洗衣服、挑拣豌豆、晾被子、喂猪、喂鸡、喂鸭、喂鹅、拎水、割猪草、晒霉干菜等。从长川的"安静"突然被拉进截然不同的方山"忙碌",环境的变化让我猝不及防,这期间没有任何可以让我过渡的中间部分,一切都是那么自然而然地到来。也正是在这个时候,我被正式告知,我行将六岁,得有个六岁孩子的模样了,指的是,我得学会干活了。

　　其他的土生土长在方山的六岁孩子,和长川四合院里的那六个女孩一样,比我更早接触并接受所有这个年纪在一个大家庭里理应承担起来的各种工作,对于这种属于孩子们的分内忙碌早已见怪不怪。回到方山的我,第一次意识到在长川时候的安静幸福,意识到自己在姑妈的呵护下,度过了多少自由自在的舒服时光。

我曾仔细观察过,除了我,方山其他和我差不多年纪的孩子,似乎早就熟谙了这一切,与他们相比,我确实是落后了不知多少。

他们每个人,都已经掌握了一种自发的程序和规律,好像天生就是干活的机器。对于每一天密密麻麻必须完成的事,他们自有他们的方法,先做什么再做什么,好像早已成竹在胸。就拿我们的邻居阿香家三姐妹来说,我看她们比我也大不了多少,但是她们每天早出晚归,低眉顺眼,干活熟练,没有任何的怨言和不快,连不开心的神情都从来不曾流露。

只有我是个意外,我不喜欢这一切,不喜欢干活。

我爱玩,爱发呆,爱躲到僻静处玩一个人的游戏,我不喜欢被打扰。

这些过往存在于我身上的自由散漫的特质,在方山就显得有点儿格格不入。

所有我曾热爱的和“玩”有关的事物,不知不觉间,都不再成立。没有人可以做到一边玩一边干活,既不可能,也不被允许。诚然,每当我偶尔逃脱劳动时(比如趁着去山岩边拎水,躲到山脚的岩石缝里先偷偷玩一会儿过家家),不免也会意外遇到一两个“懒惰鬼”(方山村人对于不肯干活的小孩的统一称呼),他们也曾想凑过来和我一起玩。但是基本上一次也没有成功过,他们的父母就好像是他们的影子,完全神出鬼没,总是会在他们还没开始捡小石头(捡石头当小盘小碗)的时候,就把随手拾起的碎瓦片给远远飞过来了:

“瞧你个懒惰鬼,又想偷懒!还不给我赶紧回家去!你猪还没有喂呢,就想着玩!看我不好好教训教训你!"

瓦片落到身上,如果不够分量唤不醒孩子们的沉迷,他们就会换成石子,总能又快又准地招呼到贪玩小孩的脑门上,"哎哟"一声,脑门上就现出一道血红的印子。

还有一些其他父母,则采取不声不响突然出现的方式,总是在我们才开始分树叶(假装是菜)的时候,他们就"哗啦"一下突然从孩子的背后蹿出来,他们连训斥都没有,直接就把手里的杉刺树枝高高擎起,兜头盖脸地往自己孩子身上抽去。杉刺树枝尖尖的刺扎到肉里的感觉很不好受,往往才抽了两三下,那些孩子就疼得跳了起来,一边尖叫一边又跌又爬地赶紧逃走。

有的则更简单,手边有什么用什么,有时候是裤带,有时候是扁担,有时候则是捶衣服的洗衣捶,有的直接熟练无比地弯腰脱下一只鞋子,熟门熟路抄起来照着孩子的脑袋就开打。林林总总,不同款式殊途同归的教训方式。

下狠手的往往父亲要比母亲更干脆利落些。母亲则通常会一边打一边咒骂:

"让你偷懒!让你偷懒!看我不打死你!打死你!"

"喂!警告你啊,你可别带坏我家孩子,谁不想要个好呢,你不学好是你的事,可当心着哪!"

每次遇到这样的场面,我总是被吓得够呛。

不仅仅是那些父母凶神恶煞的样子让我害怕,还因为那些孩子在挨打之后望向我的眼神,好像他们都在异口同声地责怪我:都怪你,就知道玩,这下好了,把我们也连累了。

那些怨恨的神情，让我心有余悸，好像我突然成了罪人。这样的事情发生了几次之后，再遇到他们的时候，我就赶紧远远地躲着走了。

我不想连累他们，更不想被人看到我在偷懒。村人们自有一套关于"好小孩坏小孩"的评论，我不愿意成为他们眼中的"懒孩子""坏孩子"。如何热爱劳动，真是一门大学问。我觉得我必须尽快爱上劳动，要好好完成属于我应该做的所有的事情。被深深的自责和罪恶感所控制，每次偷懒过后，我都会很认真很努力地这样对自己说。

可是，这份热爱太难了。

幸好我的父母一向温和，在我的家里倒是从来不会有打人或者骂人的事情发生，就算我完不成指定的劳动，他们最多也是叹叹气、语重心长地对我说上几句：

"小丫，你啊，长大了，可得争口气啊，手脚也得学得快一些，你看你的姐姐们，到了地里哪一个不是一把好手，你得琢磨琢磨，多跟姐姐们学习啊。"

每当这样的时候，我总是觉得羞愧万分。我看到爸爸妈妈每天下地的辛苦，也看到姐姐们的忙碌，可是我呢，总是好像游离在整个世界之外，无论对自己灌输再多的"劳动光荣"的想法，我依旧还是能充分地意识到自己的心不在焉，总是不由自主地去看天空。方山的天空比长川的天空要蓝很多、好看很多，总有大朵大朵的白云慢悠悠飘过，我对那些白云羡慕极了：

"若我是那天上的白云该多好，天天飘在空中，什么活都不用做。"

我一边自言自语，一边跟在阿婆的身后。我的左手拉着妹妹的手，右手则拖了一把长长的扫帚，跟着阿婆走到小坝溪边去。

小坝里泡着好几箩筐地里挖回的番薯，等着被一一洗干净。洗好晾干，再把好的坏的分开，坏的用来喂猪，好的则挑出来压碎沥汁，汁液浸在大水桶里慢慢沉淀，等沉到水底凝固成块，把上面的水倒掉，湿块取出，放到大太阳底下去晒。等着晒干，再一一敲碎，做成番薯粉。这一整个程序的完成，往往要耗费十来天的时间。番薯粉是山里农民不可多得的宝贝，制成后拿到市集上，可以卖好几块钱，钱可以用来换生活用品，多少可以补贴一点一大家子人油盐酱醋的开支。

说了那么多，算起来我每天所做的事，最频繁的也不过是给阿婆打打下手。其实基本上所有的家务，都还是以阿婆为主，人小力微的我，当下最主要的任务是长身体，长力气，长个儿。可惜的是，我从小到大，都是又瘦又干，长年累月总是一副营养不良风一吹就会倒的样子。还一会儿感个冒，一会儿又咳个嗽，三天两头总是会有个头痛脑热的病，所以我的父母一般也都不大敢安排太重的活给我，只能由着我每天这里摸一下那里摸一下，随意打打酱油，完全没法成为一个完整的劳动力。

好不容易跟着三姐上一回山去砍柴，也会一不小心就被镰刀刮一下，手指头割开的血道子还来不及处理呢，我的轻飘飘的细脚又扭到了。最后的结果是三姐赶紧扔下她手里的柴，不得不着急忙慌来捉我的手指，她随手扯过一根不知道什么草急急地把我的手指给绑了起来止血，伏下身把走不了路的我赶紧背回到山下去。

"别哭啦别哭啦,没有那么痛,回家去歇一歇就会好的。"三姐一点儿也没有责怪我的意思,只是想到回头还得再上一趟山就感到懊恼。

伤口并不严重,阿婆爬到阁楼里,在某处黑乎乎的墙角找来一片灰白的"八脚喜"(某种昆虫的尸体,它在临死前会在墙上结一小张细细软软的网,然后自己爬进去,在里面安静地死掉,网和身体融在一起,干了之后成为某种神奇的药,用来止血消炎,十用九灵),贴在手指上裹好,外面再绕一层碎布条,把手指包得胖胖的:

"没事,小丫别怕,过两天就好了。"阿婆轻描淡写地说。

包好后,赶紧又来检查我扭伤的脚。她把我的脚转来转去揉了一通,确定并没有伤到关节和骨头,就放下了心。阿婆吩咐三姐回到山上去:

"别担心,你妹妹好着呢,下山时记得把她带去的镰刀也给拿下来,可别丢山上了。"

三姐点点头,毫无怨言地继续回去做她的砍柴工作。这下可好,接下来我可以一动不动只坐在那里看云了,一连看了三四天。

家务活没有什么技术含量,我跟着阿婆这里弄一下那里弄一下,多少也能帮上一些忙,可是那些出了家门口的事,我实在是没有一样能做得好。

砍柴我砍不好,什么翻地、种土豆、种萝卜、撒小麦、割稻子、插秧苗等我一概不会,也不会锄草——锄头拎不动。就算最轻松的活——拔猪草，也是常完不成。方山村家家户户养猪，关于拔猪草，方山的小孩随便一个都比我眼疾手快。竞争太激烈，我背了只竹筐出去转悠大半天，总是只拔了一点点，最后不得不心灰意懒地回家去。

还有一个原因，有时候好不容易看到有一大丛茂盛肥嫩的猪草，我正欢快地想伸手去拔，可是转眼又看到那些嫩叶下面竟然聚集着许多硕大无比的毛毛虫！我赶紧缩手。我怕毛毛虫，不只毛毛虫，我什么虫子都怕。可是田野里偏偏到处都是虫子，什么虫都有，各种颜色各种品种各种大小，有蠕动的，有爬行的，有长刺的，有"嗡嗡嗡"地叫着飞来飞去的。为了避开这些虫子，我总免不了要比别的小孩多花上些时间，在拔之前先折一根树枝噼里啪啦地把虫子扫开才敢下手。于是，往往不是猪草被候在旁边的其他孩子直接抢走了，就是一通忙乱之后时间被消耗掉了。

我多么羡慕那些不怕虫的孩子。我也羡慕我的三姐，她不仅不怕虫，还天生"神力"，人又聪明，不管什么农活，她都一学就会。三姐是我无法逾越的一座高峰，一个永远用来最直接和我对比的对象。其他的姐姐好歹年龄和我差得远，比我能干也理所当然。唯有这三姐，她只比我大了一岁，可是，她却和我是那么不同。不只是我被拿来和三姐一起比，几乎所有方山村年龄差不多的孩子都会被和三姐比。

同样六七岁，我看起来好像六岁都不到，可是我的三姐那时却已长得像十几岁孩子那样高，比我足足高出一个头还多。同样吃着番薯、土豆，其他方山村人的孩子看上去都有点儿身形单薄、孱弱无力，我的三姐却长得四肢壮实、长胳膊长腿，仿佛浑身都有使不完的力。在我刚回方山连山路都走不稳的时候，她就已经可以独自一个人挑着五棵大萝卜稳稳当当地从山坡上走下来了。阿婆把萝卜放到秤上称，好家伙，整整四十五斤！一个七岁的孩子，女孩，随手挑起四十五斤的萝卜稳稳走回家！只此一事，我的三姐就成为所有方山孩子向往的对象。每个孩子一站到我三姐面前，都会不由自主地升起一股无法言喻的羞惭感，方山的每一对父母在生小孩的时候都会暗暗祈祷：

"不管生男的还是生女的，总要和庆堂家老三那样，力气大能干活才好，可以帮父母做多少的事！"

他们也照着我爸妈生养我三姐之前的方法依样画葫芦，咬咬牙把家里仅有的那只大公鸡绑了，杀了给孕妇一个人吃。可是呢，往往事与愿违，除了我三姐，方山再没有出过其他天生"神力"的孩子，一个也没有。

妈妈在生三姐之前还怀过两次孕，但是不知什么缘故都没能留下，总是在才怀上的时候就不知不觉流产了，我的爸爸担心妈妈的身体，才杀了公鸡来给妈妈补一补。不承想再怀孕之后，就生下一个力大无比的三姐来。

"你还小，活是永远做不完的，要及时休息，不能等到累过了头才停下来……"我常听到爸爸在仔细地告诫三姐。

"没事呢，爸，我不累。"我的三姐总是这么闷声闷气地回答，继续去做各种她已经熟门熟路的活。

那时我的大姐和二姐已上了初中，平时住校，只有周六周日才能回到方山帮忙干活。而我和三姐则每天往返于邻村小学,她走路也比我走得快许多,一放学把饭盒书包往我怀里一塞,她就跑了。她自顾自跑到前面,先去地里寻父母,往往都是我和阿婆还没有做好晚饭,她就已经一趟一趟把地里的农作物搬回家了。

她白天读书下地,晚上也不闲着,经常夜里两点就起床(妈妈一般一周做两次豆腐),帮妈妈磨豆腐,整整两大桶湿豆瓣,差不多三个小时才能磨出来。她磨好豆腐后再倒回床上眯十几分钟,很快又起来,又准备上学了。她把我的书包和她的书包打理好,中饭带去学校蒸的饭盒也备好,才到床边把睡得迷糊瞪瞪的我给叫起来,叫我一起上学去。

"农活太多,可别误了做作业。"妈妈常担忧地提醒三姐。

"没事,误不了。"三姐说,"读书嘛,就那么点儿事,简单得很。"

我和三姐只相差了一岁,入学同一个年级,同一个班。那时的乡下小学混乱嘈杂,有的留级,有的重读,大的小的常混读在一起。一个年级只有一个班,六七个不同自然村的孩子组在一起,吵吵闹闹加在一起差不多有四五十个人。从一年级开始,我的三姐就是班里的班长兼学习委员,无论身高还是学习成绩,我的三姐要远远超出我们整个年级的人许多。

身为学习委员,光是自己的成绩好还不够,还要帮老师们处理班级里的各种琐碎事。比如要去收全班的作业本,布置老师每天发下来的班级工作,安排人扫地、擦黑板,督促每个同学背书,给老师办公室拎水,等等。不管是什么活,三姐都能及时完成,把所有事情都办得妥妥帖帖,门门功课都是一百分。

刚进入小学的时候,几乎每个老师都喜欢我三姐。他们都说,从来没有看到过一个七岁的孩子,这么成熟稳重,话不多,做起事来有板有眼,从未出过差错,什么事交给她,都让人放心。

三姐的非凡表现,在报名的第一天就显示出来了。

那还是我刚从长川回来后不久。

还记得那是八月的最后一天,第二天就是九月一日,是所有新生入学的日子。我的阿婆,在一个星期之前,就早早帮我缝了一只新书包。从好几件旧衣服上裁下来大小不一的布料拼凑起来,仔仔细细缝在一起,里面则衬上一层薄薄的内衬,兜底密密细缝。袋口还做了翻盖,翻盖上的那几块料子最好看,阿婆花了好几天的时间,才把它们缝成花儿的样子。外加一根宽宽的斜挎肩带,也是好几种细布合在一起缝起来,既可以单肩背也可以斜挎背,又好看又耐用。

我太喜欢这只花书包了。只是可能缝的时候没有具体对比过尺寸,对于小学一年级的学生来说,这只书包显得有点儿大。

当我第一次背上它时,它那长长的肩带吊着我的肩膀,大书包几乎垂到了我的膝盖上。包大人小,把我衬得更瘦矮了,妈妈在旁边都看得笑了起来。阿婆也笑了,她说这只书包给我三姐背就比较合适。

但是三姐有了另外的一只,是大姐以前用过的旧书包。

包大一点不要紧,一年级书少,索性还可以把饭盒也装进去，以后书会渐渐多起来，到时候就刚刚好，阿婆这么说。

阿婆手巧，帮我把肩带叠在一起重新缝了一遍，再背时，书包刚好在我的腰际。每年我都长一点个儿，阿婆就每年把肩带拆开调长一些，这只书包，一直陪我度过了整个小学时光。

说实话，一开始的时候，我对学校充满向往。毕竟，那是一个我从未接触过的地方。对于一个爱幻想的孩子来说，一个完全陌生的地方总是有着神秘的诱惑，无论它好或者不好，都会对它产生自然而然的期待。

读书，在我年幼的认知里，总觉得是一件很神圣的事。

大姐二姐虽然早已上学，但是一回到家也总是忙着下地干活，很少说起和学校有关的事。我有时候看到她们在做作业，忍不住上前去问她们"读书好不好玩"，她们总是一口就把我的问题给堵了回去："好不好玩，你自己到时候自然会知道！不能打扰我们就是了，没看到吗，我们在做作业呢……"

她俩面对面坐在我们家庭院那棵有着巨大冠状枝叶的枇杷树下，就着傍晚最后的一点光线，急忙忙地埋头翻着课本。而每当这样的时候，我的妈妈总会及时来支开我：

"小丫，别在那里吵姐姐们，妨碍她们做作业！快过来，帮忙到厨房干活，晚饭要烧的马铃薯还没有削皮，赶紧来削皮。削完皮去河溪里把鸭子赶回来，对了，把背篓带去，来得及的话再去溪边拔点儿猪草……"

我有点儿不情愿，"读书好不好玩"虽然还不清楚，但是至少有一点可以肯定：在做作业的时候，什么活都不用干了，真好。

　　我一边背着背篓往外面走，一边还要回头再看一眼，最后一点点阳光从枇杷叶子的缝隙间漏下来，忽明忽暗的金色光亮时不时地扫过姐姐们的头顶、扫过小木桌上摊得满满的各种书本、扫过她们不停移动的手，一切都那么安静。怎么说呢，哎，她们埋头做作业的样子，可真好看！

　　我的阿婆大概有点知道我的心思，也会笑眯眯地告诫我们：

　　"小文小丫，别急啊，很快，你们也都要上学去。我跟你们说，识字，可是非常的重要，只要识了字，就可以懂很多东西……"

　　我的阿婆也认识字，缠过小脚的她，算是方山老一辈里面屈指可数的几个识字人之一。她常给我讲《圣经》里面的故事。我基本听不懂。于是她说：

　　"小丫，等你读了书认识字，就可以自己看了……"

　　不仅阿婆这样说，我还隐约记得长川戏院里林老师对那些学戏的小哥哥小姐姐训话："……你们别以为学戏简单，前提是得认识字，一部好的戏，只有读过书的人，才能咂摸出它真正的味道……每个人，都要读书，通过读书，才能明理。也只有明白了道理，才会有可能成为一名真正的戏人……"

　　上学，去学校，读书。我差不多是怀着一种热切的盼望等待这一天的到来，可是呢，事实却是，从第一天开始，我就厌烦了读书。为什么会发生这么大的转变，那还得从我们入学的第一天开始说起。

　　九月，算起来正是秋天，但是并没有半点儿秋天的模样，这个月的头两个星期,反而会比整个夏天的任何一天都要更热一些。几乎每一天,天空上方都是大白太阳高高地挂着,热腾腾的阳光仿佛可以把视线内的一切都能融化、晒糊,空气中充斥着干燥烦闷的浑浊气息。早晨还好,只要起床的时间够早,山谷里多少积攒了一点夜晚留下的清凉的风。我们很早就起床了,书包和饭盒全部准备妥当,妈妈给我们煮了玉米糊当早餐,三姐和我吃过后迫不及待就要出发。学校在方山邻村,从方山村走过去,差不多有三公里的路程。

夏末天亮得早,晨光熹微,爸爸送我们上学,他要挑一大担木柴到学校,木柴算是我们中午在学校蒸饭的费用,每个学期每个学生需交三百斤柴火,我和三姐两个人,就得交六百斤。一担柴大约一百五十斤,爸爸说了,他会分次挑去学校,让我们不用担心。当然,家里有钱的孩子则不一定要交柴火,也可以用钱来付蒸饭费。

三公里的路途对于一个小学一年级的孩子来说不算很近,但由于心情愉悦兴奋,我一点儿也没有感觉到远,只觉得三下两下就到了。倒是途中爸爸因为挑的柴火太重,停下来休息过两次,使我急不可耐的心情又增加了几分。

学校坐落在邻村的中心,由一座老旧宽敞的祠堂改造而成。祠堂的四面外墙和屋顶看起来威严凛然。

祠堂前面是一块宽阔平整的大空地,这空地既是广场同时也是晒场,春天的早麦,夏天的黄豆、豌豆、绿豆,秋天的玉米稻谷,冬天的番薯、萝卜等,家家户户在地上画了线,都有专属于自己的地盘,竹席背出去摊开,一年四季的农作物挑拣筛选,基本都在这个广场完成。

广场的尽头是一片黑乎乎的大水塘,沿着水塘两边狭窄的泥泞小路,相继延绵匍匐着一些又黑又暗的低矮泥瓦房,村人就住在这些黑暗的房子里。紧挨着泥瓦房的,则间杂着一些露天大瓦缸粪坑。难得看到有几户人家稍微有点儿讲究,在瓦缸上搭盖个草棚子,使粪坑显得隐蔽些。整个村落的房子,大体就围绕着这中心的祠堂广场和水塘展开,渐渐往外面伸展。

村落比我们方山村要大出起码三倍,广场上往来忙碌的村人也几乎从不间断,大家一边干活一边大声对话,沟通彼此地里的情况,谁家的农作物比谁家的收成好,谁家的稻谷更瘦弱,等等。可以大声嚷嚷的话题在广场上完成,而其他家长里短的闲话则转移到水塘边进行,村人蹲下来凑在水边,手里一边洗着什么一边嘀嘀咕咕,压低了嗓子你一句我一句。几个脑袋凑在一起,一忽儿则突然爆发出一阵突如其来的笑声,仿佛确实谈到了特别好笑的话题,一忽儿又赶紧忍住,四下里张望一番再继续,似乎怕被人听到,如此这般。

水塘很有些年份了,塘水看上去深沉而浓厚,终日里一副波澜不惊的模样。

这样一动不动的水应该不会很干净,但是这个村的人却似乎不在意,家家户户几乎所有的清洗工作都喜欢到这里来处理,洗衣服,洗菜,捣番薯,杀鸡杀鸭清理内脏,夏天还有拎着水桶在塘边直接舀水往身上倒的村人,据说这样洗澡比较畅快。另外,还时不时可以看到有洗粪桶的,在那个大家约定俗成的略低矮些的缺口处,全村人的粪桶轮流放在那里洗干净。塘水长年累月地接受着洗礼，时间长了就不免散发出一些味道，从旁边走过时，这味道便不知不觉地往鼻子里面钻，再加上小路另外一侧大粪坑的气味，两股味道混在一起朝你包围过来，往往使人觉得头昏脑涨。

　　而从方山走到祠堂来上小学，必经之路就是这水塘。不知道是不是我的鼻子太过敏感的缘故，每次走这一段路，都会觉得头重脚轻，总得下意识地屏住呼吸，胸也时不时跟着发闷。我只好快步地走，小跑着急急忙忙地通过。无论是上学还是放学，一年四季，我最怕走的，就是这一段路。

　　春天还好，散发的气味没有那么突兀和浓烈，可能是被村外远处山上栀子花的香味冲淡了，时不时地下一场雨，雨后的空气总是会比较清新。冬天的寒冷空气凝滞，所有的气味也就仿佛被冻住了似的，各自停留在自己的专属区域，不怎么会到处乱飘，鼻子基本可以保持通畅舒服。当然，同时冻住的也包括嗅觉吧，气温到零下时，我们这些走路上学的学生，十个有九个都是鼻头上长着鼓囊囊的冻疮，大部分时间是又疼又痒地红肿着，闻到什么气味都没有特别的反应，倒是少了面对臭味的不适。最怕的就是夏天和秋天，热腾腾、成分复杂的各种气味，或湿答答或黏乎乎地结合在一起，形成一股又一股顽固氤氲的味道，围成一个巨大的包围圈，把水塘周边充斥得严严实实。

　　幸好祠堂和这水塘之间有一个宽大的广场隔开，这气味飘到教室去的日子并不多，否则的话，五年的小学时光怕是更难挨了。

　　也是奇怪，只有第一天，在那入学报名的第一天，我完全没有闻到任何的味道。可能是对于成为小学生的期待，盖过了所有其他的感觉，我的关注点一心一意都只在"马上就可以读书"的快乐里，根本来不及看到或闻到其他。

甚至记忆里，也没有任何关于走过这仿佛大半个包围圈似的水塘窄路的记忆。我只记得那天的整个报名流程，以及在那之后的所有细节，记得自己当时跟在爸爸和三姐身后欢快走路的心情，一切都历历在目。我紧张又兴奋的心情，在爸爸忽然放下挑担停下脚步时，到达了一个顶点。

"我们到啦！"爸爸大声宣布。我猛抬头，一座灰乎乎泥土浇筑成的大房子耸立在我们面前。

泥墙灰瓦，灰乎乎的墙根，灰乎乎的大门朝着宽大广场的这边。我看到这座房子有三个门，当中的门最大，有两扇大门板。其他两边的是单门板的小门，小门紧紧关着，没有开。大门看上去有点儿陈旧，敞开着，大门的门楣处，横挂着一块长长的木头牌子，上面写着四个暗红大字。在牌子下面，挤满了一堆叽叽喳喳的孩子，门口处，几张桌子一字排开，桌子后面，坐了好几位看上去很威严的人，应该就是学校的老师了。

"这就是方山小学！"爸爸笑呵呵地指着那块牌子说。

好奇怪，原来这个村也叫方山。

不久以后才渐渐弄明白，原来方山一共有七个自然村，都叫方山，只是大小不一。有小学的这个村落最大，房屋最密集，人口也最多，号称方山一村。以这里为起始，其他的村落根据距离的长短，在一村的周边，零零散散地依次铺开，一二三四排过去，排到我的家乡，就是方山七村，距离最远，大体上村子也最小、最落后。

爸爸带着我们走向校门时,我注意到除了孩子们,还有很多大人。他们也像我爸爸一样,都挑了柴火,报名的桌子不远处有一个大磅秤,他们把柴火挑过去过秤,有人在埋头记数字、写名字,时不时地听到有老师大声把结果报出来:

"方某某!一村,三年级!学费已收,柴火一百六十斤,足,过!"

"许某某!四村,一年级新生!学费已收,柴火一百五十斤,足,过!"

"陈某某!五村,二年级!学费已收,柴火一百五十二斤,足,过!"

同样都是方山村,每个村的姓氏却都不一样,只有我们七村和一村是一个姓,都姓方。

大门口有专门的老师把关,只有那些交了学费交足了柴火的孩子,才可以进到学校里。其他的再急再挤,也不可以靠近,桌子旁边的小孩也好大人也好,都老老实实地听着老师们的安排,叫到名字的时候才可以走上前去。

旁边广场上的柴火越堆越高,完成报名的家长们一个个急忙离开,赶着回到各自的村里去下地干活。起码一半以上的孩子都进去了,不时地听到大门里面传来一阵阵欢快的笑声,外面的孩子急不可耐地要进到里面,每每听到"过!"的声音响起,那获准进去的小孩就像得了什么荣誉似的,赶紧高昂着头飞跑过去,三步两步跨过高高的门槛,差点儿和里面往外面跑的孩子撞上。里面的人刚刚领了新书,想要拿到外面来炫耀一番,立马被门口把关的老师喝住了：

"回去！不准跑到外面！都回教室乖乖坐着！"

那些得意的孩子只好刹住脚，只来得及把手里的书高高举起来，朝外面的广场晃动一番，便心满意足地转身跑开。

学校里面传出来的声音虽然热闹喧嚷，可是从大门望进去却什么也看不到，只看到一面直通通的木板墙，进学校的通道大概在板墙的两边，孩子们跑进跑出，仿佛兵分两路，左右都可以消失不见。高墙里面一棵又高又直，有着挺拔身姿的大树从墙上探出头来，直通通地伸到天上去，树顶上黑油油的茂密树冠，随着庭院里学生们的笑闹声一阵阵摇摆不定地快活着。

终于轮到我们了。三姐的个头比我高出一大截，排在我的前面，才走到最当中的那张桌子前，就差点儿被老师轰走：

"去去去！这里是一年级新生的报名桌子，你到旁边去！找另外的老师！"

由于三姐长得太壮实，且神情也沉着老练，老师果断以为她是二三年级的学生，亏得我爸爸及时地凑上前去，才解释开来：

"老师好，这是我三女儿，方小文，生日在正月初三，长得快、扎实，其实她才七岁……"

"是吗？看上去起码有十来岁了，这可真看不出来……"老师一脸惊讶。

三姐的名字被端端正正地写在了老师的录取本子上，一旁则很快有人过来又是打手势又是"这边这边"地大声呼喝着，指挥我爸爸把杵在我们身旁的柴火挑到指定的地方去。

"好,好,等一等,我还有另外一个女儿,方小丫,也要报名。来,小丫,快到前面来……"爸爸急忙和他们解释,一边转头找我。我早已经等得着急了,听到爸爸叫我的名字,赶紧从三姐身后钻出来,热切地站到老师们面前。

"这,你是一个人陪孩子来的吧。"那老师看也不看我,只对我爸爸说话,"我跟你讲,如果只挑了一个人的柴火过来,那我们就只能先录取一个,得等你补上另外一个的份额,才能填表格。"

"过来过来!"那位老师忽而又抬手招呼我三姐,"别愣在这里了,你和你爸到后面去,柴火交掉就赶紧进到学校里,别挤在这里了! 对了,还有学费! 学费到最左边那张桌子那里去交,把表格带过去! 快去快去!"

他不容置辩地把写着三姐名字的那张纸"嚓"地撕了下来,匆匆塞到我三姐手里,就转头忙忙地喊着:"下一个!"

老师们似乎完全没有看到我,仿佛嫌我碍事,只一味地把我扒拉开,招手让后面的人上前。

又瘦又矮的我,昏头昏脑的,一下就被推到了旁边,排在我身后的其他孩子瞬间拥上来,我转头想找爸爸和三姐,他们也突然不见了,不知道被挤去了哪里。

"爸爸! 三姐!"我使劲伸长脑袋,去找他们的身影。

"小丫! 你先到外面去站会儿! 等我放好柴火就过来……"看不清爸爸在哪里,但是听到了爸爸的声音。

我晕头转向地从人群中退出来,跟跟跄跄地退到旁边空一点的地方。

　　远远抬头看到三姐傻愣愣地站在人群的另一边,在最边上的那张桌子那里,一忽儿转头好似要来寻我,一忽儿又顾自低头,可能在交学费。爸爸则在另外的地方,在搬弄那堆沉重的柴火,然后传来了报数的声音:"方小文!七村!一年级新生,柴火一百八十二斤,足!过!"

　　我踮起脚尖使劲左看右看,巴巴地很想挤回报名老师那里去。我的脑子里一片空白,只觉得有点儿想哭,刚才的一番推挤,差点儿把我肩膀上的书包都给扯下,幸好我一直把书包带子紧紧攥在手里,才不至于被扯脱。我把侧背的书包穿过脑袋改成了斜背,小心翼翼把它重新护住。

　　真是奇怪的一阵混乱。

　　往后退一点,再往后退一点。

　　一时间,眼前的扰攘好像突然和我没了关系,太阳在一点一点往天空正中间爬行,当我意识到自己的身体被晒得热烘烘的时候,我发现广场上的人都快消失不见了。热辣辣的阳光劈头盖脸地照射下来,把广场四面八方都照得明晃晃的。也不知道时间过去了多久,我眯着眼睛傻乎乎地在原地等待,终于看到爸爸朝我走过来,爸爸对我说:

　　"小丫,这样啊,刚才爸爸和老师商量了,还差了点钱……呃,你三姐是交清了,她现在进去领新书,你在这里再等爸爸一下,等爸爸回村把另一份柴火也挑过来,你就可以报名了。你别急哦,很快的……"

　　爸爸低头摸了摸我的脑袋,光秃秃的柴火挑担横在他的肩膀上,他对我笑了笑,似乎有点儿抱歉,继而又猛地转过身,急

匆匆地往回走了。才走了两三步,又突然转头大声对我说:

"小丫!别傻站在太阳底下等,到学校墙根那儿去站!否则人要晒坏了,不急啊,爸爸很快回来……"

爸爸大踏步"腾腾腾"地穿过广场,三下两下就消失在那排矮墩墩的土房子后。

我慢吞吞地往学校墙根方向走,一边走一边摸着我的扁扁的书包。早上出发时妈妈给我们准备了两只饭盒,我和三姐一人一只,饭盒里并没有放米,只给我们分别装了两大块生番薯,说是上学第一天吃番薯比较方便,省了带菜的麻烦,学校里蒸熟就可以吃了。三姐眼快手快,直接把两只饭盒都放进了她的书包,她说她来保管就好,她力气大背着轻松。不知道为什么我突然觉得有点儿饿,如果那番薯在我这里就好了,生的也无所谓,可以拿出来啃两口。

广场上已经没什么人了,老师们开始往大门里面搬桌椅,报名大概基本结束了,大人小孩都已经三三两两离去。学校里面依旧传出来各式各样的声音,感觉忽而离我很近忽而又很远。除了那堆又高又庞大的柴火垛,广场上已经没有什么吸引人的东西了。太阳漫不经心地把一道又一道的炎热送下来,把广场到处都烤得热腾腾的。

还没走到墙根下呢,抬头突然看到三姐从学校门口走出来,我赶紧大声叫她:"三姐!三姐!"

"小丫!"三姐手里并没有拿着新书,她快步走过来一把拉住我,走到墙根那晒不到太阳的地方站定,三姐把嘴巴凑到我耳朵旁边小声地说:

"原来是爸爸学费没带够,所以只能先录取一个,他刚才一直在和老师说好话,说是先把柴火挑过来,学费过两天再补上。你放心,老师已经同意了,等爸爸回来,你就可以进学校啦,对了,我还看了我们的教室,他们说,新生只有一个班,大家都在一起读,我们同一个教室。"

三姐笑眯眯的,似乎极高兴,又急匆匆地说:"你知道吗?刚才老师看到我长这么高,还安排我干活了呢,让我和高年级的同学一起到外面来帮忙搬柴火。本来新生是不允许走到外面来的,只有高年级的学生才可以出来搬柴火,低年级的学生在里面负责各个教室的打扫卫生,只能待在里面!不和你说了,我得赶紧干活去!你等着,爸爸来了就可以进来啦!"

三姐乐颠颠地跑开了,往那堆柴垛跑去。果然那边已经陆陆续续站了一些高年级的学生,正在老师的指挥下两人弓着腰一捆一捆地往学校里面搬柴火。

墙根这边除了我,还零零散散站了另外几个小孩,我是后来才知道,那也是几个没有交学费的学生。小孩有高年级的有低年级的,有两个新生就是后来和我同班的昌宪昌平兄弟,昌宪还成了我的同桌。

在我斜眼打量他们的时候,他们也在瞄来瞄去地看我。

高年级的那几个学生,可能对于"欠学费"的事情已经见怪不怪,被阻挡在学校大门之外这样的事对他们完全没有产生任何的影响,他们半点儿也没有着急或是担忧的神情,站了才一会儿就抱团玩起来了。就着墙根下那一点儿阴凉地方,他们一会儿捡起地上的小石子扔来扔去,一会儿你推我一下我碰你一下地推搡着，大声嚷嚷着，好像随时会打起架来似的，闹个不停。而我，只是拘谨地站着，很怕他们会打闹到我的旁边。我观察到，这些欠学费的人里面，只有我一个是女的，其他的都是男的。由于意识到这种独特性，我没来由地感到一阵羞耻。

怕什么偏来什么，才在担着心呢，"呼"的一声，不知什么东西突然飞过来打在了我的书包上，"通"地磕了一下落到了我的脚边。我被吓了一大跳，低头看，原来是一块半只手掌大小的破瓦片，我差点儿被打到了，还好有书包挡着。人还没从受惊中回过神来，那帮男孩子就已经直通通地冲到了我的面前。

"我的！"

"我的！"

四五个人同时扑到我的脚边抢起瓦片来了，我躲无可躲，赶紧往旁边让。可是周围一片混乱，不知怎么的，我就突然踩到了谁的手指，瞬间就听到一个惨叫声响了起来：

"哎哟！痛，痛！谁踩到我啦？！"

忽地，一张恶狠狠的黑脸蛋在我面前立了起来：

"是你，这个臭丫头！你踩到我啦！"

他一边甩手一边哇哇叫，把我吓坏了，我还来不及说"我不是故意的"时候，他就突然伸手来扯起了我的书包：

"大家快来看！这么丑的书包！这么多的补丁！太难看啦！"

他一边大声嘲笑着，招呼另外的几个人也凑过来看，一边则使劲地又拉又拽，想把书包从我的身上扯下来：

"我们别玩石头瓦片了，不如来玩扔这只书包吧，哈哈！"

这变故发生得突然，我完全不知道该怎么办，又急又害怕，只能紧紧地攥住书包带子不敢放手,身子被扯得摇来晃去,感觉有好多张面孔在我面前,都在笑哈哈地想要欺负我,我快要哭了。

"你们在干什么?! 快放手!"学校门口那边有人喊了起来,是一个女人的尖嗓音。

"有产! 又是你! 就知道又是你在欺负同学了! 你,你要气死我了!"来的人骂骂咧咧的,三下两下把围着我的人赶开。

我看到她气哼哼地一伸手,就准确地揪住那个叫"有产"的家伙的耳朵,一下子把他拎得"哎哟哎哟"地叫起疼来:"妈,妈,轻点儿,痛……痛……"

"你个臭小子! 你都留级了,还在这儿闹! 去去去,自己到里面和老师求情去,这学费的事还没解决呢,你就犯毛病! 再这样你书都没得读了!"女人一边骂一边把有产往祠堂那边拎,并不看我一眼,两个人脚不沾地似的就走了。

我惊魂未定地靠回墙边,另外几个小孩被这一打岔,也都退了回去。时不时地,又有另外的几个大人从校门口出来,各自也把剩下的孩子往学校里领。可能都是一起去求情的吧。我愣愣地猜想。

到了这会儿,关于"上学"的兴奋和开心已经基本消磨得差不多了,我只希望爸爸能快点回来,不想再这样一个人待在外面。我看到柴垛那边搬柴火的人也陆陆续续快要完成工作,阳光一点一点往我的脚下晒过来,三姐满头大汗地跑过来两次,她说她又去问过老师了,老师还是坚持说交了柴火才可以进校门,她让我耐心等待。我看到她额头上有一道血印子,她说是被一根柴火弹起来刮到的,不碍事。最后一次再跑过来的时候,她和我说她要进去检查新书了,说是老师已经在里面开始点名,柴火也全部搬完了,校门会关上,她暂时不会到外面来了。

"小丫再等等,爸爸肯定很快就到啦!"三姐一说完就急急忙忙地进到学校里面。门关上了。

过了半天我才想起来,忘了问三姐番薯的事。不知道番薯有没有放到学校蒸,不知道什么时候才可以吃,我觉得肚子越来越饿。站久了有点儿脚酸,我顺着墙根慢慢蹲了下来,太阳已经完全地占据了天空,视线内的一切都变得白晃晃的,我的眼睛都快被照得几乎睁不开。原先的阴凉地方早已全部裸露出来,秋老虎把我的身体晒得发烫,热乎乎的空气,热乎乎的我。我把书包取下来放到头顶,用来挡太阳。书包够大,人蹲着身体缩起来一点,基本也算是待在阴影里了。我觉得爸爸已经去了很久,可是总也等不到他回来。

又不知道过了多久,我忽然听到"吱呀"一声,转头去看,校门开了,三姐从里面走了出来,她走到我旁边。走近了我才发现,她的手里托了两只饭盒。

"小丫,番薯蒸熟了呢,爸爸还没有回来吗?"她说。

"老师说你的柴火还没送来,只能蒸一盒。今天就先这样吃吧,交了柴火就好了。"她又说。

她一边说着一边把饭盒打开,上面那盒是蒸熟后的番薯,下面的是没有蒸过的饭盒。用凉饭盒托蒸过的饭盒,这样不会被烫到。三姐问我喜欢吃生的还是喜欢吃熟的,最后我们决定两个人各一半，半块生半块熟，这样分着吃，最合适。

"你在外面吃，我得回里面去。刚才我是和老师说妹妹在外面他才让我出来的。老师说下午也不上课，里面还在搞卫生，有些桌凳坏掉了，说是等修补好了再上课。"三姐说完把那只热饭盒用衣角兜起来拎着，又回到学校去了，校门重新被关上。

我早饿坏了，来不及不高兴，也没有兴趣问三姐关于学校里面更多的事，接过饭盒后就赶紧顾自蹲下，一口一口吃起番薯来，午饭时间转眼就过去了。

肚子吃饱了，心情就没那么不痛快了，我把生的熟的两块番薯都吃了个干干净净，饭盒捧在手里摸来摸去地玩，时而用脚踢一踢脚边的碎石头，站一会儿又蹲一会儿。整个广场静悄悄的，时不时也有个把村人出现，这时，我才注意到广场尽头有一口大水塘，有人拎着东西去到水塘边在洗洗刷刷，太阳太热了，出现的人很快也就消失了，远远望过去，水塘的水又黑又亮，水面上微微泛着细粼粼的银色的光，那一荡一荡的水波纹，晃起来如同夜里悄无声息的山林的叶子。

我盼着爸爸回来，都盼得有点儿发困了，不知怎么的，我忽然想起了长川的黑猫，如果黑猫在这里就好了，它会陪我一起玩石子，我还可以把饭盒咚咚地敲起来逗它，黑猫特别喜欢发出声音的东西，在长川时我有时候捡一根木头"嘭嘭嘭"地去敲墙壁，它也会歪着脑袋认真地在旁边听上半天。我隐隐约约地意识到，黑猫是死去了，永远死在了长川，死在那个亮闪闪的舞台上。而这会儿，我看着眼前这亮闪闪的广场，越看越觉得它像极了长川那个舞台。我很想跨过这个大舞台,走到水塘那边去看看,可是呢,想来想去,终究还是没有挪动脚步,我怕我离开校门一步,就会错过什么。学校的门一直紧闭着,渐渐地,里面的声音似乎都快听不到了,我蹲在墙根,把我的脑袋摆在膝盖上,迷迷糊糊地快要睡过去。

下午的时间似乎比上午过得快一些,爸爸差不多快要到最后一节课了才出现,在学校刚好敲起了钟声的时候。我也是后来才知道,原来学校里面有一口不大不小的钟,像一只缺了口的小圆脸盆,倒悬着挂在高高的屋檐下,一根长长的绳子连到庭院当中的柱子上,绳子一拉钟声就响起来,老师们用钟声来区别和确认时间,每一节课的开始和结束时都用打钟来表示,每一次敲三下,"当当当"地开始,"当当当"地结束。这学校各方面条件都不怎么样,唯有这钟敲起来的声音极好听,又清脆又悠远。第一次听到时,昏昏欲睡的我还以为哪里突然要开始唱戏了呢,我是彻底把广场和长川混为一谈了。乃至爸爸挑着柴火出现后,我也以为还在幻觉里,只恍惚远远看到一个幻影,一丛摇摇晃晃移动着的黑影,在慢吞吞地朝我移动过来,又仿佛很久以后,才忽然听到了爸爸的声音:

"小丫……小丫,喂,怎么了,怎么不说话?"

"我,我……爸爸,我刚才好像听到有地方在敲钟哦,是不是要唱戏啦……"我晕乎乎地问爸爸。

"哈哈,你这傻丫头,是不是睡着啦!"爸爸笑呵呵地站在我面前,他挑了好大的一担柴火!为了遮太阳,他的头上还戴了他那常常戴的破了好几个洞的大斗笠。爸爸的脸被晒得红通通的。

"来得有点儿晚了,中午有事情耽搁了一下。"爸爸说,"来!咱们到里面去,柴火挑来了,我的小丫可以去报名喽!"

爸爸挑着柴火"噜噜噜"地走在前头,我昏头昏脑地赶紧跟过去。

学校的门并没有锁上,手一推,"吱呀"一声就开了。刚才传来的钟声原来是为了集合,卫生工作告一段落,所以通知各班各级的人都回到教室坐好,开始上新学期的第一节课,时间上也是当天的最后一节课了。

接下来的报名倒是出人意料的顺利,爸爸把柴火送去厨房后就带我去了老师们的办公室。办公室只有一位老师在,他听说了我的情况后埋头写了一张条子给我爸爸,说是拿着条子直接去一年级新班就可以了,其他手续去找班里的老师办。这位老师颇有点儿和颜悦色,我后来才知道他就是校长,奇怪的是,他的和颜悦色我只见过这么一次,后来任何一次见到他,他要么就是冷漠地板着脸,要么就是有点儿凶神恶煞。特别是后来三年级我们班私自春游回来的那场"公开大会"上,他对我三姐和小方老师批评时所展露出来的样子,和最初那个"和颜悦色"的样子,完全是两个人。

学校这会儿显得有点安静,老师办公室排过去之后就是教室,紧紧地一间挨着一间。爸爸带着我往里面走,我偷偷歪了脑袋去看,旧旧黄黄的窗格子后坐着一排排的学生,每一间都有一位老师在讲台上讲话。绕着长廊走了差不多快一圈时,我们找到了一年级的教室,里面同样也是坐满了人,讲台上站着的是位女老师，正在抑扬顿挫地说着什么。

过了好一会儿她才看到有人站在门口，她停下说话，直直地朝我们走过来。爸爸赶紧把纸条递给了她。

"方小丫，一年级新生。"她一边看纸条一边打量了我一眼，那眼神甚是凌厉。

"你可以走了，孩子留在这里就可以了。"她在对我爸爸说话。

爸爸拉着我的胳膊往教室里推了一下，说："小丫，要听老师的话哦，好好读书，爸爸走了。"然后笑眯眯地转身走了。

整个教室静悄悄的，我有点儿手足无措地站在门口，觉得教室里黑压压的有许多双眼睛在看我。女老师理也不理我，顾自慢悠悠走回讲台上，半天才突然地说起话来：

"方小丫……嗯，大家看一看，哪里还有位子呢？"

"哇，原来是只小鸭子，鸭子怎么也要上学哪！"不知谁突然爆出这样一句话，随即教室里就猛然响起一阵笑声，另外还有几个人立马接了口开始"嘎嘎嘎嘎"地学起鸭子的叫声来，此起彼伏，场面一派混乱。我看到坐在第一排的那个男同学，正是刚才在学校外面欺负我的有产，他朝我挤眉弄眼，我一下子确信刚才说我是鸭子的话肯定就是他说的。我恨恨地盯着他，很想顶一句什么话回去，可事实上我却是愣愣的，什么也说不出来。

"安静安静！"女老师的嗓门太轻了，几乎被班里闹哄哄的声音给盖住了。

"听到没！安静！"老师拿着鸡毛掸子在黑板上用力敲了好

几下,哄笑声才终于渐渐停了下来。

"老师好,小丫是我的妹妹,可以让她坐在我旁边吗?"我忽然听到三姐的声音。

站起来的果然是三姐。她一站起来就显得特别人高马大,她的嗓音也特别响,我觉得比老师都要响亮许多。我三姐一说话,班里的人一下子就安静下来了。

"哦,原来她是小文你的妹妹啊。"老师忽然笑了起来,"刚才正要说到你呢!这,这,你俩也长得太不一样了吧。"她一只手指指我,一只手又指指我的三姐,好像发现什么奇怪的事情似的。

"好吧,那就去坐到你姐姐旁边吧。大家挤一下,不够的桌子凳子,学校明天会安排的。"她摆手叫我往教室的后面走,我三姐个高,坐的是最后一排。

我小心翼翼地贴着墙边走到后面,看到三姐在笑呵呵地朝我挥手。我走过去,发现她旁边已经坐了人,是一个男同学。三姐一把把我拉了过去,让我坐在中间,我们三个人坐成一排。

我总算是坐在教室里了。

"好了!今天着重要表扬的新生就是方小文!她在搬柴火的劳动中表现突出,其他班的老师都说了,她干活利索,完全看不出是一年级的新生,还以为是三四年级的老生呢!她呀,给我们全班都争了光,我们大家都要向她学习!来,鼓掌!"老师带头鼓掌,学生们也跟着噼里啪啦地拍起手来。

我半天才反应过来,原来她是在表扬三姐。许多人都在转头看我们,我一时只觉得自豪无比,也赶紧跟着用力地拍手。

此刻的心情犹如过山车,从刚才的不知所措到突然地享受连带的荣耀,真有点儿回不过来神。

"来来来,接下来我们开始上课!"老师说,"来,让我们来看黑板,跟着我一起读,《小学生守则》……"

黑板上,密密麻麻地写着一大篇文章,上面的字我一个也不认识。

"这是今天的第一节课,也是最后一节课,读完我们就放学。"老师又说。

我的意识一时跟不上,嘴巴一边机械地跟着老师的声音念念有词,一边又去看面前摆在书桌上的好多本新书,很想伸手去翻翻看里面有什么。但是还没来得及动作就被讲台上"梆梆梆"的敲击声给扯了回来:

"跟你们讲了多少遍了!不准低头,不准翻书!以后有的是时间看书!现在,双手双脚摆好坐好!都老老实实给我看黑板!!"

看来想动手翻书的人不止我一个。

鸡毛掸子敲打黑板的声音有点儿吓人,我赶紧收敛心神,学着旁边三姐的样子,老老实实地把双手叠放起来,摆在桌面上,老老实实地跟着老师,一字一句地开始念黑板上的字:"《小学生守则》一、热爱祖国,热爱人民,热爱中国共产党……"

一共有十条守则,老师带着我们反复读了又读,课本始终没有被打开,大家朗读了不知道多少遍的《小学生守则》后,感觉才过了没几分钟,就听到外面"当当当"地敲起钟来。

崭新的开学第一天,就这么稀里糊涂地结束了。

我没有领到新书,据说是发完了,要过几天学校才能拿到新的书。老师让我先和三姐合用一套书。

桌子凳子也是几天后才能全部准备好,我挤在三姐和一个男同学中间,挤了一个多星期才等到我的桌子。有了桌子后我就转移到第一排去坐,和那个叫许昌宪的同桌。那个从二年级留回一年级的许有产同学,则坐到第二排去了,还好不是在我的后面。我常常看到他时不时地去扯他前面一排的女生的头发,一想到如果换成是我坐在他的前面也会这样被他扯头发,我觉得我八成也会像那个女生一样哭起来,而老师通常也不去骂有产,反而总是责备那个哭的人:

"哭什么哭!莫名其妙的,别影响大家上课!"对于这个留级生许有产,老师们已见怪不怪,只要不是特别明显地妨碍到上课,老师基本都不愿意搭理,反正翻不了天,懒得去管他。于是乎,那一整个学期,洋洋得意的有产和视而不见的老师,总是形成一个鲜明的对比,我也一样,慢慢地也就见怪不怪了。

在等桌子等书的那一个星期,记忆中我也不记得有上过几节和学习有关的课,除了时不时地背诵《小学生守则》,大部分的时候都在劳动。

我们的那位班主任女老师,是方山本村唯一有着大学经历的高学历人才,是去到外面见过世面的,虽然她大学没有能顺利毕业只回到村里当个临时教师,但是由于书读得比较多,就拥有了和其他老师很不一样的思维和嗜好,比如她特别爱让学生背诵《小学生守则》,当然她自己是分分钟能倒背如流,这一点是全校的其他老师都比不上的,她背诵的熟练程度即使是校长,也会感到汗颜。除了爱让人背诵《小学生守则》,她的另一个特点就是特别爱干净。第一个星期的劳动基本上都是由她安排给我们的,从头到尾都在搞卫生,洗桌子、洗凳子、洗窗户、洗门槛、洗黑板、洗学校的厨房等。为什么会去洗厨房呢?原来在学校负责蒸饭的老头是她的父亲,她一向希望她自己和她家人所有的活动范围都能保持洁净,所以清洗厨房的任务也就落在了我们这批由她带领的新生身上。我们一遍一遍地拎着水桶从学校到水塘又从水塘回到学校地往返着,把所有她指定的地方和物件都擦得干干净净,常常累得头晕眼花。而这样彻彻底底的清洁工作,每个月至少要来那么两三回。

除了清洁,我最不喜欢的活是养猪。学校在开学的第一天就抱回了两只小猪仔,同样是在厨房里,那猪圈应该已经很有些年份,又破又旧,脏兮兮的。虽然女老师已指挥我们仔仔细细里里外外擦洗了墙壁和栅栏,但是怎么弄都没法达到她想要的标准,到最后总是以不高兴而告终:

"你们懂不懂! 在城市里面养猪,那可是天天都要给猪清洗,这样猪才会长得又干净又健壮! 唉,算了算了! 别洗了,你们还是负责拔猪草吧!"

而这个时候她的爸爸也总会及时地来解围:

"我说女儿哎,唉唉,你就,将就一点,咱这,毕竟不是在城里啊,还是按着我们乡下的规矩来就可以了,就这么养着,脏一点就脏一点,挺好!"

父亲的劝解多少还是有点儿作用,做女儿的气哼哼地走了。而我们则听从老头的安排,每天两个人,一天两筐,用中午吃完饭休息的时间跑到外面去把猪草拔回来。午休有差不多两个小时的时间，基本不会影响上课。当然，那些借着拔猪草的名义，在外面躲课玩耍的学生就另当别论了，下午错过了课回到学校，老师还不能责罚他们，他们总是理直气壮地为自己开脱：

"老师，是真的呢，我们没有撒谎，确实是今天的猪草很难找到，所以回来得有点儿晚，嘿嘿，老师你不能怪我们。"

"算了算了，懒得骂你们！还不赶紧回到座位上去！瞧你们那脏头脏脑的样！"

老师虽然气哼哼，但也毫无办法。每次都只能胡乱说上几句就结束。毕竟，养猪也是学校的一项重要事务，半分也耽搁不得。

然而，学校为什么要养猪？据说是为了补贴老师们的家用。因为这个学校很穷，常常会有发不起工资的事情发生。就算准时发工资，那工资也总是少得可怜，于是校长就想出这个方法，养两头猪，趁上学期间由学生们用闲暇时间来帮忙养，每年都指定由一年级的新生负责照顾，虽说是照顾，也不过是负责拔猪草，其他工作则由女老师的爸爸来完成，毕竟他才是厨房工作的主要负责人，也是领着学校一份工资的呢。等学期结束刚好养大，就把猪或是杀掉或是卖掉，无论是分钱还是分肉，多少也能补偿一点儿老师们一个学期的辛苦。而刚入学的新生也能通过拔猪草的劳动，来更加深刻地体会到"劳动最光荣"的精神，集体养猪的荣誉感和自豪感，也可以通过这样具体的事情来得到充分展现，所以，无论是在哪个方面，养猪都是一件全方位有百利无一害的事。

而我，虽然讨厌拔猪草，讨厌养猪，但是我们全班上下一共有五十七个人，两人一组轮过来，一个月最多也不过轮到两次，只要努努力，也就一次又一次地克服了下来。

就这样，有时劳动，有时学习，有时拔猪草，我正式开始了我的小学生涯。

第一个星期的入学记忆之深刻，不仅仅是对我而言，三姐也由于这第一个星期的卓越表现——这个女孩厉害，干起活来真是半点儿也不含糊，可比许多男生都麻利多了——被老师直接任命为班长。再经过一个月后的学习测验，三姐得了个全班第一名，老师就把学习委员的工作也安排给了她。三姐和我一起，都热烈地进入了小学生活。

可以说，在那件事发生之前，三姐确实是得到了全校老师的喜爱，在学校里走起路来那可是衣角带风、神采飞扬。老师喜爱她，班里的人就更不用说了，无论是男同学还是女同学，他们都有点儿怕三姐，其他姑且不说，光是她那大高个，悄无声息地站到我们任何一个人身后，大家经常会以为是老师突然出现，连神态表情的严肃，也像极了大人，完全没有一点儿小孩子的样子。

她的沉稳和能干，与同年龄的孩子所拉开的距离不仅仅是一截两截。很多时候她也在班里代行老师之责，比如帮老师改作业，监督同学们备课背书。她板着脸的模样，仿佛从生下来开始就和"孩子"两个字全然无关，小孩子本该有的幼稚和调皮,在她脸上基本看不到。

只有一次例外,那是在三年级的时候,也就是那件事发生的时候,只有那么一次,我极其罕见地在三姐的脸上,看到一个孩子该有的神情。

只有在那一次,我才知道,其实三姐也爱玩贪玩,只是长得太快的身躯在某种意义上过早地限制了她的童心,又因为她天生太过懂事,比同龄人更容易看到家庭的辛苦,所以才早早地进入了大人的模式。而三年级那次她的"童心突发",纯属意外。

自从入学后,一年两学期的读书时光,无论春夏秋冬,每个学期里除了读书,还有其他一些各式各样的假期,比如六一儿童节、五一劳动节、双抢农忙节、清明节、端午节、教师节、中秋节、国庆节、春游秋游等。那个时候和现在不一样,所有的节日,只要是学校安排了放假的,所有的人无一例外都是回家,下地干活。

不存在节日的休息,学校里也从未举行过任何和节日有关的集体活动。学校的老师少有完完全全的全职老师,除了时不时地出现的流动的代课老师,在校的老师大部分都是一半身份是农民一半身份是老师,每位老师的家中,也无一例外地排着许许多多做不完的农活。每次只要一放假,老师们也都赶紧回家去,背起锄头急急忙忙去下地。

三年级的那次意外,是因为我们的班里,来了一位代课老师。他代课的那一个月,刚好遇到了这个学期里的一个假日:春游。

这位老师并不是我们学校的老师,他来代课的时间不长,虽然来校的时间极短,但是他却很快得到了一个极其了不起的称号——"爱玩的小方"。

这是其他老师给他取的绰号,其中很有点儿贬低的意思,基本上和方山人对叫不爱干活爱偷玩的"懒孩子""坏孩子"差不多。

小方老师是一位屡考屡败的高中毕业生,是我们班主任数学老师陈老师城里的侄子。据说他一口气连考了三次大学,可是每次都是差了那么两三分没有考上,考不上还想考,就一遍一遍复读。后来交不起学校的学费了,他就在家里复读,只一根死脑筋地说想读书,其他的什么也不肯做。他家里的人早就对他灰了心,听人建议说可以去乡下试试当代课老师,刚好陈老师那段时间生了病,后腰上长了一个叫什么"缠腰龙"的东西,是一大片又红又肿的大疙瘩,疼得下不了地,所以家里就让小方老师来给陈老师代几天的课。乡下的学校总是时不时缺老师,如果教得好能适应,说不定就可以在哪个学校寻得一份长期的工作。

"教书,我是喜欢的。本来我报考的也是师范大学,学完后就是想当一名教师,一边代课一边继续备考,没问题。"小方老师自信满满地对家人说。

可能是由于极少来乡下,他来到我们学校后,对一切都感到新鲜。除了正常的上课时间,他几乎都在学校外面跑,才没几天就把周边的山头都爬了个遍。他借住在陈老师家里,但是什么活都不帮忙,每天放学到外面疯跑一圈后回到住的地方,两腿一伸,两手插在裤兜里,大马金刀地随便往哪儿一坐,就等吃等喝,吃完喝完就又继续跑去村里村外瞎转悠,一刻也停不下来。

"我看他呀,也不怎么认真复习,就知道玩,难怪考了许多次都考不上。"其他老师看到他这样子,就免不了在他身后嘀嘀咕咕。

贪玩的方老师对我们的教学方法,也和所有的老师不同,似乎特别随便。每次课堂上所教的内容,好像也根本无所谓我们听不听得懂,他只管按着书本一二三四一读了事。作业也是一样,有时布置有时不布置,加减乘除也不怎么来抽查我们,有时候连作业本也会忘了收,收上去之后也会忘了批改,好几次还得三姐提醒他,他才赶紧把作业批完,把作业本给还回来。

班务也是一样,基本什么都不管。班里一切有着约定俗成的流程,按照陈老师留下的操作模式进行就可以。老师不怎么安排学业,学生们巴不得能闲则闲。三姐也乐得不用去多做班务杂事,每个人都很开心地各得其所。所以几个星期下来,各方面都顺顺当当地没出任何的差错,一直到春游那天的来临。

春游那天是星期五,在星期一全校开大会的时候,校长就已经在操场上宣布过,他说:"同学们好,这周的周五是春游日,按往常的规定,可以放假一天。所以,你们周四放学后就不用回来了,连着后面的周六周日。大家到周一再回到学校来上学。"

这原无异议,大家也都习惯了只要放假就是统一回家做农活,所以一点儿也不意外,只知道那天不用来学校就好了。然而，大会结束后，小方老师回到班里就问我们了。

"你们这里春游居然没有活动吗？"他一脸迷惑。

"活动，什么活动？"同学们一时不知该怎么回答。

"春游哎，一年只有一次，就没有想去哪里玩玩的吗？"小方老师又问。

"玩？怎么玩？玩什么？"同学们可谓丈二和尚摸不着头脑，根本答不上来。

"难得放一天假，你们不应该想着去哪里好好玩一玩吗？"小方老师依旧追问，"我的意思是说，你们之前，往常是怎么过这个节的啊？就没有什么有意思的集体活动吗？没有大家一起去哪里玩一玩？"

"呃……"

"没有呢，老师，以前我们就是放假，不读书一天……"

"我们这里是，只要一放假，大家就都回家干活……"

"没有玩啊……"

"怎么玩？不会玩……"

"家里也不准玩，只要不读书，那就是干活……"

"学校没有活动，不会玩……"

一时间，大家开始七嘴八舌。

"连玩都不会啊，这么说，你们就算是放假，这假也是白放的喽。"小方老师皱着眉头，一副苦苦思索的样子。"这样吧，让我先想一想，这是个假期，总得做点儿什么的吧。"他自言自语，忽而就断定说，"哈，等着吧，一定有地方可以玩。现在呢，先上课！"

他说完之后，同学们就不再讨论了。大家你看我，我看你，看了好一会儿，就跟着老老实实上起课来。

日子一下子就到了星期四。大家基本已经把"春游"这件事情忘掉了，只知道上完今天的课明天就不用来了，一直到星期一再回到学校。星期四的第二节课是数学课，数学课之后是自修课，自修课之后就可以直接回家。

上课的铃声响过之后，小方老师慢悠悠地进到课堂里来了。

"同学们，在上课之前，我宣布一项决定。"小方老师边说边扶了扶他那副有着厚厚玻璃的近视眼镜（据说他在第一次备考期，由于最后冲刺的时候天天熬夜看书，在短短不到一个月的时间就把一双好眼睛生生地熬成几百度的近视。那时候的老师基本上个个眼光雪亮，不管教室哪个角落哪个学生有个小动作，他们都能看得清清楚楚，准能"嗖"的一声一截粉笔头就直挺挺飞过来在学生脑门上炸开，谁也逃不了。鲜有老师戴近视眼镜，所以这也是大家对他印象深刻的原因之一）。他把他那瘦兮兮的身子伏在讲台上，笑嘻嘻地说："我决定了，我们班明天去春游。"

"春游？"大家面面相觑。

"是的，同学们听好了。"他认认真真地说，"我打听过了，离我们这里很近的，就有一个好去处——方岩山。

"它很近，只要翻过方山村后面的那座山，再走个几里路，就是方岩山。

"那可是远近闻名的风景胜地，我可是早就听说过那里了，我也没有去过，我以为很远。从我们城里过去，得有个几十公里。

"但是从山路走过去，他们说还不到二十公里，那可近得很。

"我们明天这样安排，以方山村为集合点。方山村的同学不用再走到学校来，其他离方山村近的学生则一律到方山村的村尾集合，路途不近，我们早点走，集合时间定为早上五点半，会合后，就直接出发。

"去的时候我们走路去，回来的时候不用走路。我都打听好了，方岩附近有很多好玩的地方，除了有非常秀丽雄伟的自然风景，它还是个佛教圣地，那里有观音祠、胡公庙、天街、五峰书院、南岩北岩等，够我们玩一整天的了。对了，那边山脚据说还有一个烈士墓，我们也要去瞻仰一下，缅怀革命先烈，这都是有必要的。在离烈士墓不远的地方，就是汽车站。回来时我们可以从另外一边沿着大水库的路线坐车回来。车子可以一直开到我们的乡政府，从乡政府走回我们村，到学校最多三公里路，方便得很。"

不容商量，小方老师仔仔细细、清清楚楚地一下子说了这么多。

"谁也不准缺席，今天放学回家后就和爸妈说，这是学校的规定，必须每个人都要参加，要集体去春游！"

他又补上一句："对了，记得向爸妈要点儿钱，明天外面吃午饭，还要回来买车票，至少要四五角吧。"

一时间，所有的人都惊呆了，半天回不过神：

"春游？明天？"

"是去方岩吗？听说那里可漂亮可好玩了……"

"我从来没有去过，是走着去，坐车回来？"

"大家都去吗？其他班级的人去不去……"

"你没听到老师说吗，就我们班……"

"放假不干活出去玩，我爸妈可能会不同意……"

"怕什么，都说了是学校的集体活动！老师说的话，爸妈不同意也得同意……"

"就是，我可是一次也没有出去玩过……"

"春游，就是玩的意思，其他村的学校也有出去玩的呢，就我们学校什么活动都没有……"

"还得要钱呢，我怕爸妈不给，我家穷……"

"穷什么！不会是几毛钱都没有，肯定会的！我们难得集体活动一次呢。"

"不知道要走多久……"

"只要是玩，多远我都能走，那可不怕。更何况，回来还可以坐车，我可是从来没有坐过公共汽车呢……"

"听说方岩天街上有烧饼卖，我要吃烧饼……"

"那里还有纸花，我姐姐去过一次方岩，她买回来的纸花，可漂亮了……"

"还有泥哨子，两分钱一只，我有个姨也去过方岩，她送过一只哨子给我，可惜被我弄坏了，明天我要自己再买一只回来……"

"反正，那里人又多又好玩，可热闹了……"

　　大家越来越兴奋,有的忧心忡忡,有的喜出望外,各种反应都有,一时交头接耳叽叽喳喳地停不下来。

　　"停,停,停一下!"

　　"哐哐哐",小方老师用黑板擦敲了好几下讲台,大家才安静下来,继续听安排:

　　"大家听我说,我们先点一下人数,看有多少同学是到方山村集合,多少是到学校和我集合。"

　　人数很快点了出来,男男女女一共五十七个学生,加上老师,一共五十八人。根据距离远近,很快分为两批:到方山村集合的有三十四人,到学校集合的有二十三人。星期五早上的六点,两批人到方山村会合。方山村集合的人由我三姐带队点数,学校集合的则由小方老师自己带队点数。

　　一切安排妥当,只等着明天了。

　　数学课倒是上得还算顺当,最后一节的自修课大家就都有些心不在焉了。

　　"我得早点回家,跟爸妈好好商量,得央求他们同意……"

　　"我家没钱,我可以带点儿干粮,不在外面吃午饭,只要有车票钱就可以了……"

　　"我等不了了,好激动好激动,我要出去玩了……"

　　"春游……到方岩……"

　　"我明天要早点儿起床,第一个跑到方山村……"

　　小方老师被大家吵得不耐烦,索性就提前让我们放学了:"走吧走吧,早点儿放你们走。记住了啊,明天一定不要迟到,六点准时在方山会合!"

"对了，班长记住了，"他突然点了我三姐的名字，"小文，我跟你说，你明天在方山，五点半一到就点人数，如果你那边的三十四个人齐了，而我们学校的这批人还没有到，那你就先带着大家出发。早走几步不要紧，我们人多，路上会拖时间，你们早点儿走，我们很快会追上来的。"

破天荒的头一次，放学之后三姐没有一个人先跑走，而是慢悠悠地陪着我一起走。她乐呵呵地点头，把那三十四个同学的名字一一郑重写在小方老师发下来的白纸上，她把纸叠得方方正正，小心翼翼地收在口袋里。

"我明天也穿这件衣服，纸条就放在这个口袋，很方便，一到时间就点数。"一边走，她一边居然还凑过身子来和我聊天。

"好的三姐，别担心，我帮你记着，纸片就在你这件衣服的口袋里！"我也觉得特高兴，三姐笑眯眯和我说话的时候毕竟不多。

"不用你记，我自己记着呢。"她甩了甩头，第一次流露出顽皮孩子该有的笑容，"哈！走路嘛，我可是最厉害了。二年级的时候我就跟着爸爸去赶集了，也是翻我们村后面的那座山，那山路我可熟悉了，最山顶的分岔处，一边去往市集，一边就是到方岩，我听我们村里的人说过好几次呢，就往那里走，很近！"

三姐乐呵呵地说："只是走走路，都不用背东西，走多远都是再轻松不过！"她说的背东西，指的是每次跟着爸爸去赶集，她都是要么背着树要么就挑着农作物，翻山越岭，每个月都会去上那么一两回，她都已经习惯了那种辛苦了。

"春游，我们真的要去春游咯！出去玩咯！整整玩一天咯!"她一边走一边还顾自发笑,人高腿长,不知不觉就走得太快,她不得不停下来等我,"对了,倒是你,你还一次也没有赶过集,就怕你走不了那么远的路呢。"

"我能走,三姐,你别担心我,我肯定能赶上你们!你看,我现在去长川看望姑妈,不也是都自己走的吗,那也是山路,也很远呢!"我急急忙忙地保证。

为了证明我也可以走得很快,我赶紧把我的小短腿挪得更快些,一步不落地跟上三姐的脚步。

"也是!毕竟这是去玩呢,多开心!肯定能走!"三姐自己也笑了起来,"方岩,我们要到方岩去咯!我们要去春游咯!"

她又蹦又跳地走着,全不见平时的稳重样。我兴高采烈地跟在她身后,又一次觉得"学校"这两个字是多么地让人高兴!是"学校"的集体活动,"学校"组织了这次春游!"学校"让我这一向沉默寡言的三姐这么开心这么欢快!多么好的学校!

一整个晚上,我不知道我的三姐睡得好不好,我反正是几乎一夜没有睡。

不停地想象着方岩的热闹,想象着春游活动时所有人叽叽喳喳的各种快活。我就那么想象着激动着,人躺在床上却根本睡不着,一直翻来翻去。躺在另外一头的阿婆敲了我的腿好几次,我才努力地安静些。我就这样一整夜那么兴奋着,差不多快要天亮了才昏昏沉沉地睡去。

"快快快!快点起来!"三姐火烧火燎的声音在耳边响起。

"还早呢,不急啊,小文。"接着听到了妈妈的声音,"离五点半还早着呢,我们家走到村尾,最慢也不用五分钟,不急的。"

"我得早点到,我是队长,我要第一个去那里等着。"三姐更加用力地扯我的胳膊。

我立马醒了过来,急急忙忙跳下床。

对于这百年一遇的难得春游,我的爸妈举双手赞成。妈妈一大早就起床,给我们做了带在路上吃的烙饼,把平时爸爸下地用的那只水壶也给了我们,满满地灌上了水让三姐背上。最后又给了我们钱:"小文,这钱你们带上,每个人一元,难得出去一趟,别省着,想吃什么买什么,只管用去。看到喜欢的东西也可以买一点。"妈妈笑吟吟地吩咐三姐。

我们一个学期的学费都只要十元钱呢,妈妈却一下子给了我们两元钱!

"妈妈,太多了,这不是都带了干粮了嘛,不用买吃的……"三姐想把钱退回去一点。

"拿上,好好地去花掉,把妹妹照顾好!"妈妈坚决地把钱放回三姐手心,只嘱咐她要看管好我。

"妈妈别担心,我自己能照顾自己!我还要帮三姐点人数呢!"我三下两下穿好衣服洗过脸,妈妈做的早餐菜汤泡饭放在桌上,我稀里哗啦一口喝个干净:"走!三姐!我好了,我们走!"

天只有一点点光亮,山谷里晨光熹微,四面群山黑沉沉的。我们来到村尾的小桥上,过了小桥后就是大片的田野,田野与山林连在一起,灰蒙蒙一片,我们匆匆忙忙跑过去,果然,在小桥的那一头,黑暗里已是影影绰绰站了好几个瘦小的身影。

"陈莉,你们怎么这么早!"

"美姿,你也到了!"

"有福、大勇,你们也到了!"

一二三四五,桥头那边转眼已到了十几个同学,都是我们方山邻村附近的孩子。三姐和他们一一打招呼,大家都带着兴奋的神色。很快,其他的同学也都陆陆续续到了。三姐从口袋里掏出昨天那张名单,一一检查上面的名字,被喊到名字的同学就大声喊"到"。

一共三十四个同学,一个都没有落下。连陈村的昌宪昌平两兄弟都来了,他们爸妈是出了名的全班最凶悍,兄弟俩平时可是半点儿懒也偷不了的。上学时经常看到他们身上会有这里青那里紫的揍揍痕迹。"唉,没什么,干活干不好,惹他们不开心了,揍一下很正常……"他们畏畏缩缩的,早已习惯了逆来顺受。昨天最担忧的也是这兄弟俩,当其他同学兴高采烈地讨论着春游细节的时候,只有他们是一副完全不可能实现的样子:"我们,我们肯定去不了,爸妈肯定不会同意……"

那蔫头蔫脑的耷拉模样,和今天的得意扬扬截然不同:"不知道怎么回事,一开始我弟还让我不要说,说是说了也没有用,可能又会挨一顿打。可我还是说了,你猜怎么的,不仅没挨打,他们一下子就同意了! 真是奇怪! 你看! 我妈还给我们每人四角钱,让我们随便买东西吃!"

这兄弟俩,一副打了胜仗的样子,在同学堆里蹿来蹿去,一有新的同学到来就喋喋不休地重复他们的得意。

　　大家讨论着,渐渐地有点儿着急。天已经慢慢转向明亮,可是学校那个方向的山路上还是一个人影也没有出现。我们离开家的时候看过时间,妈妈说是五点十分,这么长时间过去,肯定是不止二十分钟了。我们谁也没有手表,不知道是不是已经过了约定的时间,不明白为什么小方老师带队的队伍怎么还没有来。

　　"不会是计划变了吧……"

　　"是啊,怎么还没有人来……"

　　"现在到底是几点钟了,天都快亮透了呢。"大家开始忧心忡忡。

　　"应该快到了吧,可能就来了……"大家拼命伸长了脖子望向学校的方向。不安的情绪渐渐堆积了起来。

　　"小丫,你跑回家看一下吧,确定一下现在是几点钟。"三姐想了想后吩咐我。

　　"好的!"我赶紧撒腿就跑。回到家看到阿婆在庭院里,她被我吓了一跳:"咦,你们不是去春游了吗,怎么突然跑回来?"

　　"要去的呢。"我胡乱回了阿婆一句。冲到厢房里,伸脑袋往桌上那只缺了钟面玻璃的小座钟上一看,指针赫然指向五点五十五分。

　　我转身赶紧跑回小桥去:"三姐,三姐,早过了五点半了,都已经五点五十五分了!"我气喘吁吁地说。

　　"就是说嘛,肯定过了时间了。可是他们还没有来,怎么办?"所有人的眼睛都齐刷刷地看向三姐。

　　"可能,可能小方老师是被什么事耽搁了吧……"我的三姐埋头想了好一会儿，果断做出决定，"这样吧，我们先出发。昨天老师不是说过了吗，说万一时间到他们还没有来，就让我们先出发，他们会赶上来的。"

"太好了！"三姐话音刚落，所有人都欢呼了起来。就是嘛，板上钉钉的事，说好了的全班春游，哪有什么事会耽搁，既然人都齐了，出发就是。班长带队，不需犹豫，直接出发！

大家立马转身，匆匆离开小桥边，欢天喜地地往山里跑去。

田野离山林有一段不近的距离，同学们沿着田埂小路，仿佛一群出了笼的鸟儿，一路朝山上飞奔。有些同学一边跑一边还会回头看看来路，看有没有小方老师突然出现。

大队人马奔走的速度很快，三五成群地你追我赶，转眼就脱离了田野路，很快开始要进入山路的爬升。这时，太阳渐渐从东边的山峦后慢慢探出头，山野的模样越发地清晰了，黑夜在彻彻底底地褪去，极目回望村庄，已能看到有些农人正从家舍走出来，背着扛着下地工具往地里去了。公鸡已鸣叫过许多遍，一切都已苏醒，全新一天的劳作开始了。

三姐走在最后面。前面打头的是昌宪昌平两兄弟，他们最兴奋，谁都抢不过他们，只好让他们走在最前面，况且他们有过多次赶集的经验，大概也知道那个往集市和往方岩的交叉口，应该不会引错路。

队伍陆续进入山林，三姐回头再次查看，忽然，看到方山村的拐角处，影影绰绰有几个小个子人影正飞快地朝我们这个方向跑过来。仔细一看，就是我们的同班同学。

太好了，终于来了。三姐感到很开心。她也没告诉已经往山上爬去的同学，而是自己停下来等他们。我在队伍的中间，和陈莉走在一起，她和我都是属于人矮腿短的瘦小女孩，走起山路来虽说也是稳当熟练，但却比不得其他同学，如果像他们那样又蹦又跳一边走一边玩耍的话，那可就走不快了。我们需认认真真埋头专注，基本上只能顾着自己脚下的路，不闻不问不闹，方能跟上整个队伍的速度。所以，当后面的队伍气喘吁吁地带来新的消息时，我们傻愣愣地停住脚步，根本不知道发生了什么事。彼时，大部分人都已快爬到半山腰，后面从学校过来的同学，这会儿也和我们站在了一起。

学校只到了十一个同学，其中有两个很奇怪，不是我们班的，而是四年级的同学，没有看到其他人。小方老师也没有来。

"出……出事了……"后面来的同学上气不接下气地说。

为了追赶我们，他们大概一路上都是在跑。

"还是我来说吧。"三姐接上他的话头，用镇静的语气把发生的事情跟大家解释了一遍。

原来，小方老师要带我们出来玩的事，我们的校长并不知道，学校不知情。而我们班今天早上出来春游的消息，不知怎么被泄露了，其他班级的学生听到后都不愿意，都想参加。于是今天一大早，学校里就挤满了人，每个年级都吵吵闹闹地说要集体参加活动，校长被喊过来了，其他的老师也都被叫回学校。小方老师被校长拖住，要他给个交代，问为什么不经学校的同意就私自带学生出游。小方老师完全脱不开身，而其他的老师则一头雾水，没有一个清晰的主张。学生们想春游，老师们则都不想这样临时行动，于是一群人就僵在那里。最后校长发火了，说既然大家都这么闹，那好，索性今天就不放假了，所有人都老老实实回到学校，索性上一天的课，三年级小方老师的学生，也不准去春游，赶紧派人去方山村把人都喊回学校，取消春游假。

"我们不甘心，所以趁校长不注意，先跑到前面，看看你们出发了没有。原来你们都已经进到山里了。"

"校长说很快会派两位老师来追我们回去，怎么办？"

"小方老师肯定是不能来带队了，他被校长看得死死的，连陈老师也赶到学校了，正在数落他呢……"

"你们说怎么办，难道真的就大家一起回学校去？"后来的人眼巴巴地望着我们。我们面面相觑，队伍虽已停住，但是其实已经不齐整。昌宪昌平兄弟俩爬得太快，跟在他们身后的那四五个同学也是手快脚快，早已和我们拉开了一大段的距离，不知跑到前面什么地方了。

"就这样回学校去？我可不愿意！"

"我也不愿意！"

"好不容易出来一趟！才不回去！"

"都走了这么多的路了，还想叫我们回去，没门！"

"老师自己说好的带我们春游，又要我们回去读书？才不要！"

"不想回去！不回去！"

"可是，如果不回学校，校长会不会罚我们？"

"是啊，万一，到时候他找家长谈话，说是我们不听话，那就麻烦了……"

　　大家伙你一句我一句,又愤慨又生气,可是一时也都拿不定主意,最后都眼巴巴地看着我三姐。毕竟,三姐是班长,大家想听听她的主意。

　　"我也不想回学校。"沉吟了好一会儿,三姐说,"这样吧,我们来个表决,如果半数以上都不想回学校,那我们就不管小方老师来不来,继续走。如果半数以上同意回学校,那我们就集体回去,大家说好不好?"

　　"好!"还没说要春游还是要回学校读书呢,几乎所有的人都举起手来。

　　结果显而易见,除了三四个性格较软弱的同学稍微有点儿摇摆,其他人全部赞成要去春游。

　　"不管了! 就去春游! 有什么事回来再说!"

　　"就是! 就这么定了! 别想那么多,大不了回来被骂一顿!"

　　"对! 骂就骂呗,又不是没被骂过! 我妈还天天打我呢!"有的同学嬉皮笑脸。

　　"好,既然大家都决定了,那我们就出发吧。"三姐露出她一贯的沉稳作风,安慰同学们说,"没关系,到时候回到学校,我去和老师们解释,就说我们出发得早,不知道学校的新决定,人早走远了。"

　　"就是! 班长去解释,肯定没问题! 况且,我们这么多人,要罚也一起罚,我们不怕! 大不了受罚!"大家叽叽喳喳。

　　"那赶紧的! 我们赶紧走! 老师肯定很快要追来了!"那两个四年级的同学提醒我们。

　　"是呢,快快快! 我们别磨蹭了,赶紧往山上跑!"

"我们走快点，管他谁来追，都让他追不到!"

"快! 快!"

"我妈带我去过一次方岩，我去烧过香，我认得路，让我走最前面!"其中一个四年级同学嚷嚷着。

队伍微微侧开身，把他们让到前面去。还是由我的三姐在最后，大家急急忙忙继续赶路。众人既已齐心，便再没有其他顾虑，只一味地给彼此加油，你拉我一把我助你一力，每个人浑身的劲全冒了出来，再陡峭的山路也不觉得难走了，只感觉轻松快活。

清晨的早春水雾弥漫在山林间，空气中到处都充斥着沁人心脾的好闻味道。越往山上走越觉得舒服自在，太阳的光线从遥远群山的后面照过来，穿过一层又一层的雾气，把我们眼前的山路映照得忽而翠绿忽而金黄，一切都好看极了。树木幽深的某处，有栀子花静悄悄在盛开，送过来一阵又一阵甜甜的香味。山涧溪泉叮叮咚咚的声音传过来，与晨风吹动草木发出的簌簌声合在一起，整个山林生机勃勃。是的呢，我们在逃学，在春游的路上，去玩! 这多快活! 渐渐地，大家忍不住哼起歌来，可是，唱的是什么歌呢，才唱了几句就忍不住都笑了。

"起来! 不愿做奴隶的人们，把我们的血肉，筑成我们新的长城!"

这样的歌和当下的风景很不匹配，完全唱不下去。可是我们会唱的歌也实在不多，虽说学校里有音乐课，但是老师很少教唱歌，而是让我们做作业，语文数学课的作业，都可以在音乐课上做，老师说了，唱歌没什么用，把语文、数学学好才是正理。

所以我们会唱的歌没有几首,除了这雄壮的国歌,勉强又唱了一首《我的中国心》,长江黄河吼了半天,并不知道它们具体在哪儿。把《我们是共产主义接班人》《三大纪律八项注意》也唱了一遍。有同学想起一首《让我们荡起双桨》,但是也只能哼前面的两三句,老师只教了那么几句,并没有把整首歌教完。能唱的歌都唱完了,再想不到其他的歌了,大家就瞎哼着,胡乱由着自己随口编出来的调子,大声地胡乱嚷嚷,非常开心。突然,不知道谁喊了一声"老师追来了!",把我们吓得不轻,慌里慌张地你推我我推你,谁都不敢回头看,又是尖叫又是兴奋,更是逃命似的往山里跑。

我注意到三姐竟然还钻进路边的山林里,去采了一大把栀子花出来,她把乳白色的漂亮花朵编成大大的花环往头上戴,还问我好不好看。三姐戴着花环的样子好看极了,我忍不住咯咯咯地笑了起来。她以为我在笑她,就赶紧摘下花环,急忙把花环扣在我的头上,她说把它送给我了,让我好好戴着,这花环够大够密,戴到方岩去还可以当遮阳帽。

我笑嘻嘻地把花环从头上移下来,怕戴在头上会被山路两旁的树枝刮到碰坏。我把它套在自己的手臂上,像环抱我最心爱的小人书一样小心翼翼地抱着它,满腔满鼻的栀子花香,就像满腔满鼻的快乐,一下子把我包裹得严严实实。三姐快快地跑去前面了,我也急不可耐地赶紧追上去。

等大队伍走到岔路口时,昌宪昌平他们已经有点等得不耐烦了。看到我们到达,他们埋怨了几句,又为自己走得快而得意。在听说了我们迟到的曲折原因之后,他们直呼后怕,又说

肯定不去学校,别说是老师来追,就算是他们那凶猛彪悍的父母追来,也决不去学校:

"这回可什么都不管,非得出去好好玩一天不可!"

他们虚张声势,做出一副恶狠狠天不怕地不怕的样子,把大家都逗笑了。

三姐在这里把队伍排成纵队,重新点过名,本班的四十三人,加上四年级的两人,确定全部加起来是四十五人。

"大家注意了,我们现在没有老师,只能靠自己去方岩,接下来大家可不能再散着走,万一走岔了路就不好了。我们按照这会儿定下的位置,每个人都记住自己前面和后面的是哪个同学,时不时就检查一下,确保所有的人都不会离开队伍,大家说好不好?"

"好!"大家异口同声地回答。

三姐天生有一种领导才能,也不知道她当时是怎样想出这个方法的,人盯人,人管人,一环扣着一环。走山路时固然有人走得快,有人走得慢,会拉开距离,但只要时不时前后瞧一下,一下子就很清楚有没有人掉队。我们在山路走完转到山下大马路上时集合了一回,走到方岩山售票处时集合了一回,整个方岩山玩遍之后到山下烈士墓前面再集合了一回,一直到走回学校又集合了一回,确保所有人都平安回到学校,才一个一个散开各自回家去。整个春游过程总共只集合了这么四回,每回都迅速又方便,每个人都在自己的位置上,简单又有序。

我还记得那天回到学校后的情况,彼时天早已黑透,也早已过了晚饭时间,差不多都快到晚上的九十点了。我们不知道方岩到我们乡政府的车每天只有两班——一班是早上的八点,一班是下午的三点,所以错过了车。三点钟时候的我们还在方岩山上的天街玩耍,大家正兴高采烈地吃着午餐,暖乎乎的太阳热腾腾地照着我们,我们还以为是正午时光,时间还多得很。因为来的路上好几次走错路,那个说是来过方岩的四年级学生,在山林中的某个三岔路口带错了道,一队人跟着从山顶一直快走到山脚时才发现不对劲(正常的话走到山脚时应该是大马路了,可是那个岔路走到山脚还是密不透气的山林,一眼望不到边),不得不重新爬到山上,另选了一条路去走。群山莽莽,并非如小方老师说的那样"只要翻过方山村后面的那座山,再走个几里路,就是方岩",群山之后还是群山,且一路上还有各种岔路,我们可谓战战兢兢偏了好几次路才好不容易走出山林,又走过一段不算短距离的大马路,才终于看到巍然耸立的方岩山。

也是非常奇怪,一路上在山林里钻来钻去赶路,一会儿走错一会儿走对,本来所有人都已累得不行了,感觉力气都快用完了,可是呢,在看到方岩山的那一瞬间,所有人都不觉得累了,所有的疲惫一扫而光,大家尖叫着欢呼着奔跑过去,就像才出发一样,所有的力气都莫名其妙地回来了。接下来就兴高采烈地排队买门票,急不可耐地恨不得立马爬到方岩山上去,好赶紧放开手脚尽情玩耍。买门票时稍微出了点小意外,售票的老头问我们是哪个学校的,得让老师来买票,幸好三姐人高马大,最后支支吾吾假模假样地当了一回"许老师",还好老头没有识破,把票给了我们。这完完全全是场大胜仗!

后来无拘无束的游玩有多开心可想而知。

没有大人管着,也完全不去注意时间,观音堂、胡公庙、千人峰、南岩、北岩等景点,我们都细细逛了个遍,五峰书院还没有去呢,问了一位山上的工作人员,说是在方岩后山下去的山崖底,一往一返要两三个小时,肯定来不及。于是大家就决定不去书院,一股脑儿涌到了天街去玩。天街很热闹,有吃有喝有玩,还有各种小玩意出售,一大排五颜六色的纸花满满堆在街头街尾,看得大家眼花缭乱。我们每个人又是吃又是喝又是买东西,乐而忘返,等意识到太阳在慢慢下沉时才依依不舍地从天街上撤下山来。

来到山脚下小方老师所说的烈士墓前集合时,我们才发现公共汽车早就不在那里。这下傻眼了,天很快黑下来,肯定是不能从原路返回,只能沿着公路走,绕一个很大的圈,走过一座大水库,从水库头一直走到水库尾,再经过好几个村庄,才能抵达乡政府,从乡政府再走回学校。路程倒不复杂,只有这一条大马路,没有岔路,在问清楚路线之后,我们开始急急忙忙往回赶。

也是这一次春游,使我过早地明白了一个道理:不管去往哪儿或是期待什么,总是在最初出发的时候,或是刚刚开始憧憬的时候,才最吸引人,最美丽。无论多么开心的旅行,乃至梦想,一旦实现之后,总会带来无可言喻的惆怅。一切结束了,也就那样了。

差不多二十公里的路,我们整整走了四个多小时才走回来。说实话,到最后我们几乎所有的人都快走不动了,大家谁也不说话,只咬牙默默赶路,天越来越黑,幸好明晃晃的大马路到了晚上依旧还是明晃晃的,只是变成了泛青的白色。后来月亮也慢慢出来了,月光照着这一队沿着弯弯曲曲的水库马路匆匆移动脚步的人。大家像是梦游一样,只是不断重复机械的动作——迈腿迈腿再迈腿。那个时候,仿佛脚也不是自己的了,每一步踩下去都好像踩在云里,好像随时会踩空。幸好,从头到尾倒是连摔倒的人都没有,每个人仿佛一路都走得稳稳当当。曾经有那么两三次,突然听到身后有拖拉机轰隆隆开过来,原想着看看能不能搭个车,可是毕竟我们人多,有四十五个人呢,不管是哪辆拖拉机都坐不下。大家讲义气,谁也不肯搭车,很快,再也没有车子经过了。继续走着走着,渐渐地就感受到了一种莫名其妙的怨气在蔓延。三姐一开始还在给大家鼓劲加油,时不时想和大家交流一下谁买了什么吃了什么,好像那样说些话路途就会变短了似的。但谁都没有搭腔,我也没有理她。后来,当大家觉得已经再也走不动时,又转了一个弯,才终于看到了乡政府马路边那棵巨大的老樟树。巨大无比的老樟树枝繁叶茂地在暗夜里伸展着身子,黑压压的身影在明晃晃的月光照耀下,显得亲切无比。谁都认识这棵树,毕竟乡政府离我们学校才不过三公里路,每个人都来过这里。每个人都一瞬间又有了一点力气,马上快到了。于是大家继续鼓起了勇气,终于把最后的一段路完整地走完。

种种疲惫感无须描述,我只记得当我们到达学校时,学校当然早就放学了,没有看到别的学生,老师们居然一个不少地在那里等待。除了老师,有一些同学的家长也在等着。小方老师耷拉着脑袋,不知道他经历了什么,反正他的脸上是一副完完全全被打败了的表情。校长黑着一张脸,立在我们学校大门口那盏惨淡灰暗的灯下,恶狠狠地盯着这一群灰头土脸的"春游班"。

"老师,我们一共去了四十五个人,这里是名单,我们都回来了。"我的三姐从口袋里掏出名单,想去递给小方老师。一伸手,却被校长夺了过去。

"哼!我早就知道了,一共四十五个人。"校长拿过名单,眼皮也不抬一下,看也不看我三姐,冷冰冰地宣布,"算你们运气好,还能走得回来。你们明天不准休息,给我老老实实补课!其他年级的同学今天可都是上了一整天的课。你们一个也不许落下,四十五个人,明天后天的周六周日,都不许休息,回到学校来上课!小方老师教课!就这样!解散!"

这就是对我们"出逃"的惩罚。我们还来不及回应,那几个等在旁边的家长早就不耐烦地冲了过来,冲在最前面的就是昌宪昌平的爸妈:"好啊!胆子越来越大了!居然敢撒谎了!什么学校集体春游,什么每个人都要参加,我还为你们高兴呢,让你们出去玩上一回,这下可好,假的!把我们的钱骗去吃喝,看我不打死你!"

他们冲过来把昌宪昌平的耳朵熟练地揪住,推搡着人就骂骂咧咧地往回走了。兄弟俩哭丧着脸,差点儿脚不沾地地被拎了起来,跌跌撞撞地消失在黑暗里。

另外的父母,虽没有昌宪昌平爸妈那么吓人,但是也都没有好脸色，一个个阴沉着脸，各自上前领回孩子，谁也不说话，孩子们都只好静悄悄地跟在父母身后。

大家都散去了。老师们也走了。小方老师自始至终都没有说过一句话。

我们的爸爸也来了。爸爸担心我们，看这么晚了我们还没有到家，所以来学校接我们："怎么样，小丫走累了吧？来，爸爸背你，我们回家去。"

"爸爸，小丫很厉害，我们真的是走了很多的路呢。"伏在爸爸的背上，我隐隐约约听到三姐在表扬我，"她可一句也没有说累。爸爸，我觉得下次我们可以带小丫一起去赶集了，她能走，一点儿都没问题……"

三姐还在说着什么，可是我却听不到了。我累坏了，自己那两条已经完全没有感觉了的硬邦邦的腿，像两截硬木头似的，一甩一甩地在爸爸身子旁边晃动。我的脑袋一动不动地歪在爸爸的肩膀上，三姐送我的花环还在我的臂弯里，虽然栀子花早已经被白天的太阳晒得软掉了，但是甜甜的花香还在。我迷迷糊糊地一边闻着花香，一边望着夜晚天空里那轮大大的月亮，月亮好像在笑，又好像在点头。我晕乎乎的，慢慢地就在爸爸的肩膀上睡着了。

人生中的第一次春游，是如此让人印象深刻。三姐在天街上的笑颜，我们姐妹俩一起吃馄饨时的开心，初始出发时那种令人激动兴奋的快乐，栀子花的甜美，等等，都是让我永远忘记不了的美好回忆。而同时留在记忆里的，还有那些当时想不明白的模糊部分,也依旧是那么长年累月地模糊着。

比如小方老师一开始是那么积极提议并组织春游的人,为什么后来就那么安静了,什么话都没有说?他不担心我们这样没有老师陪同的私自出游可能会出事吗?为什么他不偷溜出来找我们?

又比如为什么班里和睦相处同心协力的情景,在整个小学的时间里,也仅在那次春游才出现了一下?为什么平日里同学之间不是争就是吵,每日里总有那么多的争执发生,不能一直团结又快乐呢?

小方老师在春游之后又代课了一个星期,就忽然消失了,连道别的话也没有和我们说一句。陈老师板着一张脸回到我们的课堂,提前结束了他的病假。他的班主任职位被校长撤掉了,成了一名普通的数学老师。他闭口不谈小方老师,好像压根不认识这个人似的。

春游之后,我三姐的班长职务也被撤了,理由是胆子奇大,身为班长没有责任心,不务正业。

三姐的班长职务被撤之前,校长曾对我们班的一些学生做过摸底调查,想了解为什么那天这么多人会都到方岩去,难道就没有人提出异议,说不想去春游想回到学校读书吗?关于"假装不知道学校新规定"的说法早就被打破,校长从那批后来赶上来的同学那里已了解清楚,我三姐是在"知法犯法"的情况下带领同学出游的。

"身为一名班长,不出面制止不听话的学生倒也罢了,她倒好,还头一个跳出来带队犯错!完全不把老师的话放在心上!

像这样无班纪无认识的行为,一定不能容忍! 这是原则性问题! 必须得很深刻地认识到错误,得好好认错!"

这些话,是在全校开大会的时候对我三姐所进行的公开批评。除了之前"配合调查工作"的同学,还有另外几名同学,也在陈老师的鼓励下,期期艾艾地透露了那天出逃的"真相":"我们,我们本来是想回到学校的……可是,班长说了,没事,不用担心,没有老师也可以出去玩,所以,我们就都跟着去了……我们现在很后悔……"

老师在上面做报告的时候,我偷偷观察了我们班的其他同学,发现差不多有一半以上的同学,都是一副追悔莫及的表情。而剩下的,则一副事不关己高高挂起的模样。老师在上面说,他们在下面漠不关心地听着,低垂着眼皮,连视线都不往台上站着专心受批评的我三姐投去。他们大概是对我的三姐有着恨意,认为都是因为我三姐自作主张带大家去春游,所以后来的那几天大家都得回到学校读书,本来是有一连三天假期的,最后连周六周日都得补课,真是亏大了。大家累得半死,还要被家里的大人们责骂埋怨,有些还挨了打,唉,这笔账太不划算。

我的三姐站在台上,一句辩解的话也没有。她也没有认错,只是接受了"不再当班长了"的处分。

而由于她不肯认错,渐渐地,老师们就给她扣上了"糊涂孩子"的名号,该做的思想工作也做了,该启发的也启发了,这孩子老是不开窍,就是浪费了老师的苦心。慢慢地,老师们就都不大愿意搭理我三姐了,再后来,由于三姐突然在一次数学考试中破天荒地没有考及格，老师就把我三姐学习委员的职务也给撤了，很快，我的三姐就和我一样进入了"普通学生"的行列。

如果不曾发生过"春游事件"，三姐会怎样？我无法想象。只记得自那以后，我的三姐就更加沉默寡言了，她依旧默默地做着一些该做的事，但是原本专属她的那份神采飞扬，就如同栀子花的香味消失于夏天一样，一去不复返。

春游所带来的动荡，并没有持续很久，接下来的小学生活，和之前的小学生活并没有太大的区别，只是波澜不惊地继续向前。很快，我就要满十岁，行将攀升一级，成为一名四年级的小学生。

对于方山的孩子来说，十岁是一个不折不扣的分水岭。

如果说在十岁之前这些半大不小的孩子时不时还能偷些懒，无论是下地的农活还是帮衬的家务活，做父母虽然把各种活儿摊派下来，但是实际对于完成这些活儿的要求并不是很高，有时候即使做得不怎么样或是完成不了，最多也是口头骂骂咧咧喊一通了事，并不会有太过严厉的惩罚。

过了十岁，那就进入了完全不一样的状态。

在方山人约定俗成的规矩里，人只要过了十岁，就不能当孩子来看待了，虽然还不能算是一个实打实的成年人，但是至少也是半个大人了，只要跟"大人"（虽然前面还有个"半"字）两个字搭上边，那么就必须得负起大人的责任来。

参与大人们的农活，体验成为一名真正的家庭成员，为家庭扎扎实实贡献一份力量的骄傲心情，这是许多刚刚度过十岁生日时的方山小孩最为激动的向往。然而这样的心情往往只出现初期，通常很快会被排山倒海淹过来的各类活计所击溃。而一旦追求骄傲的心态不再存在，为了尽可能地从做不完的繁重农活中逃避开，这些半大孩子便又会渐渐养成另外一种本领：装病，装聋作哑。我还记得印象最为深刻的那次"水库训人"事件，愤怒的父母为了彻底惩罚那个"狡猾可恶至极的坏小孩"，差点儿把他淹死在了水里。

那年暑假，在一个烈日暴晒的中午，方山人刚刚结束在地里一整个上午面朝黄土背朝天的劳累，三三两两回家吃中饭时，突然就被村里传来的一长串尖厉的高声咒骂给吸引了，其间还混杂着另外一道时有时无的哀号和讨饶的声音。

"你这个挨千刀的死小孩！懒虫！你竟然敢骗我！看我不打死你！！"

"妈，妈，别打了，求你了，是我错了，呜呜——"

"你这个讨债鬼！我是上辈子欠了你！你投胎来不帮我担点儿扛点儿，净知道偷奸耍滑来欺骗你阿爸阿妈！看你还装不装！看你还装不装！！"

"妈，妈，呜呜，我知道错了，别打了，我不敢了……再也不敢了……呜——"

"今天我要好好教训你一顿！我看你真的是反了天了！我打死你！"

"痛！妈，痛！别打了妈，我不敢了……呜哇——"

村人面面相觑，正在想这是谁的声音，怎么大热天居然有工夫教训孩子？一抬头就看到晒场那里显出两个身影，在大太阳底下一人揪打着另一人往水库坝这边移动。

"你给我走！别哭着一副死相！今天我不打死你我就不是你妈！"

"别，妈，你饶了我吧，妈，呜哇，我知道错了，真的再也不敢了，妈，痛，痛，饶了我吧，呜呜——"

这会儿的晒场上热浪滚滚，尘土在烈日的暴晒下碎成粉末。两个人就那么声势浩大地从粉末中走过来，那速度奇快。众人定睛细看，原来是住在村尾的龅牙芳，她一只手里高高地擎了一把扫帚，另一只手里则死死地拖着一个人，她一边拖着一边时不时把手里的扫帚准确密集地往那佝偻着的身子上招呼，一边嘴里不停歇地大声地咒骂着："哼！你还知道痛！你敢明着来骗我，你还敢说痛！打死你这讨债鬼！我打死你！"

龅牙芳的身子并不高大，事实上看起来还有点儿瘦弱，长期青黄不接的农村生活使她一直以来呈现出一副营养不良的样子。然而瘦小的身躯一旦爆发出力量来往往会显得特别惊人，平日里她就一向以尖厉高亢的嗓门著称，方山人一般都不敢惹她，无论谁对谁错，只要是跟她对上了，基本上都是三句话不到就急匆匆地在她那又亮又脆的尖嗓门中败下阵来。

这会儿她是和谁干上仗了？似乎这次的声音比过往任何时候听到的都要高出好几倍。

"妈，妈，呜呜——我错了，我再也不敢了……"那哀求的声音似乎在渐渐低下来。

村人很快发现，被她拖在地上半跌半爬的人原来是她的大儿子，那个叫大智的男孩。

　　大智今年十二岁,已是小学五年级的学生。虽然一向吃喝方面的营养总是欠缺,但是却发育成一副罕见的长高个,尽管瘦骨伶仃,但是怎么看也不像是才十二岁,那个头几乎就是个能扛能打的准大人了。

　　他有个众所周知的嗜好——读书,从一年级开始成绩就特别优异,每个学期的考试门门都是一百分。不管是语文、数学还是其他科目,不管是什么样的书,到了他的手里,他三下两下就能看出其中的门道来。识字快,学得也快,村人们私下里都说大智这男孩前途无量,照这么读下来,将来准能成为方山村的第一个大学生。

　　但是他的父母却不这么认为。大智爸爸平日寡言少语,但是一听到村人称赞他儿子聪明学习成绩好时,总是会露出一副不高兴的模样,时而还咕哝一句:"读书好有什么用,空长了一副好身架,个儿都快和我一样高了,但是啥农活也不会,天天驼着个背,怎么教他都笨得要死,连拿个锄头都拿不稳,什么忙也帮不了,唉,麻烦!"

　　"十二岁了! 十二岁了! 还是一点儿也不懂事,每次下地都磨磨蹭蹭,从来没有积极主动的时候! 一天到晚就知道读死书,那书又不能吃又不能喝,有什么用!"龅牙芳和她的丈夫看法一模一样,也对大智只爱读书不爱干活的性情感到极度不满,每每大智做不好农活惹她生气的时候,她一点儿也不犹豫,顺手扯起身边随便什么东西就劈头盖脸地打起儿子来:"这点小事都做不好! 看来得好好教训教训你,不训不成才!"

　　一把扫帚,一根竹枝,一只拖鞋,甚至一条毛巾,有什么拿什么，不管是什么，只要一到了她的手里，分分钟就能变成很方便的"教训工具"，三下两下就熟练地往儿子身上招呼。

明明个头比母亲要高出许多，但是只要这个当妈的尖厉嗓门一开音，做儿子的立马就矮下身子来。本来就细瘦的身体，在母亲叉腰呼喝下，就化作了软绵绵的面条，任由他妈妈又拖又拽，只能撑着一只细长的手臂，踉踉跄跄地跟在他妈妈的脚边。

一个咒骂着，一个则哭求着，如两团热腾腾的尘土疙瘩块，完全不顾村人诧异的目光，一路磕磕碰碰地往水库坝而去。再一会儿，更加凄厉的求饶声就从水库边传了过来，分明还听到"扑通扑通"的水花四溅的声音，龅牙芳的喝骂声则随着水花的声音换上了新的词："胆子可真大！居然敢骗我！好！我今天就把你摁死在水库里，看你还怎么骗！"

这下应该是闹大了，不像是平日里普通的打骂，如果没有人去制止的话，可能真会出大事。大伙儿你看看我，我看看你，一时不约而同地朝水库坝跑了过去。有一个村人则脑子冷静些，急匆匆地转身跑到我家来："庆堂！快出来，要出事啦，看来只有你这个村主任出面，才能劝得了大智他妈，我看她啊，八成是疯了，她想把她儿子淹死在水库里哩！"来人一脚踏进我家房门，大声嚷嚷着，探头探脑来寻我爸爸，"快！赶紧走，再迟怕就来不及啦！"

我爸刚从地里回来，汗津津地站在厨房灶台边，才倒了碗凉水端在手里想喝，不明就里就被拖着走了。

太阳热腾腾地高悬在水库正上方，不言不语直通通照着镜子似的火辣辣的水面。在众人七嘴八舌的劝告下,加上我爸爸义正词严的警告后,龅牙芳总算把儿子给松开了,她虽然依旧是骂骂咧咧的,但是声音开始轻了下来:"这可怪不得我!得怪他自己,谁让他骗我来着!"

大智被从水中捞了出来,蜷缩成一团瘫在岸边,浑身都湿透了。脸和脑袋估计被扫帚不知道拍了多少下,已经肿了起来。

他断断续续地呻吟着,喃喃地自语着:"不敢了,下次肯定不敢了。"

事情并不复杂,据龅牙芳的描述是,大智高烧好几天了,也说不清哪里不舒服,总之脑袋一直发热,于是就随了他躺在床上养病,不需要下地。她和大智他爸带着另外几个孩子天天忙着收割大豆,又是翻地又是晒禾又是捡豆,回家还得做全家人的饭,忙里忙外地累坏了。孩子既然生了病,只能由他,时不时还得去问候一声,每次去问时大智总是很主动地让做母亲的去摸他的额头:"妈,还是难受,烧着哩。"

每次大智的额头总是烫烫的。

这一天下的地是邻村的远方地,正常来说一般是早上去了就得干到傍晚才能回,中饭带些干粮去吃。早上出门时龅牙芳去摸了大智额头,果然还是烫。中午她临时回家取忘了带的一件农具,却赫然发现这个发着烧的儿子正躺在堂屋看书,半点儿也不像生病的样子,赶紧冲上去一摸额头,根本没在发烧。儿子看到突然出现的母亲时被吓坏了,赶紧招了供。原来他把热水壶偷偷藏在床底下,每次用热毛巾把额头焐热了再喊他妈妈来摸。为了躲避下地干活,大智把不该用的方法都给用上了。

"看来这次怪不得龅牙芳下手狠,小孩太聪明果然不好,怎么净想些鬼点子……"村人们听了来龙去脉之后,对大智的同情心忽而就消退了,纷纷加入谴责的队伍。

大智这一次被打得够呛,虽然偷躲着享了几天的清福,但是装病这样的行为实在令人不齿,自那以后就再也没有村人会去称赞他的聪明了。"学习好有什么用,心术不正。"村人们偷偷地这么评价着。又因为事情闹得够大,把村里其他的小孩也吓得不轻,那些平日里习惯揍孩子的父母也都借着这个机会明里暗里地警告自家的小孩:"你看,你看,大智被打成什么样子,没有被浸死算是他的福气了呢!谁如果好样不学学坏样,就是一样的下场!"

由装病弄成真生了病,大智后来真的发了好几天的烧,他妈把他摁在水里时使的劲儿太大,令他不知不觉间喝了不少的水,大概把肚子也喝坏了,一张脸苍白着,拉肚子也拉了好几天。他病恹恹的样子,又把他妈气得牙痒痒,恨不得再打他一顿。

"等到我真正长大的时候,谁也打不了我。"父母不在时,大智还是忍不住和村里的小伙伴们立了誓言,"我就是不喜欢干活,我就喜欢读书,等我长大了,天天读书,谁也不能管我!"

大智的誓言没能实现,在他初中毕业拿到高中录取通知书的时候,他爸爸为了给他筹学费,去一个采石场做短工,不慎被滚落的大石头压到一条腿,一家之主在医院里足足待了两个多月。医药费幸好是由采石场来出的,龅牙芳也不得不跟在医院里侍候照顾着,好不容易等到出院时,好好的一个人就变得一瘸一拐的了。腿虽然保住了，但是再也下不了地。

龅牙芳一把眼泪一把鼻涕地哭诉责骂着儿子："你看你！都是为了你，这下好了，把你爸给弄残废了，你还想读书，读什么书？家里这么多活以后谁来干？你给我老老实实待在家，以后哪儿也不准去！"

据说除了医药费，采石场还赔了一小笔钱，用来给大智做学费是足够的了，大智也试图央求过他的妈妈，说等读完书再去赚钱来还，但是话才说到一半就被她妈妈一连串的咒骂给打断了："哼！你想也别想！这可是你爸的血汗钱！这是我们全家人用来保命用的，家里弟弟妹妹这么多，指不定谁突然出个事！你小子也太没有良心了，这个时候了还来跟我提读书，你好意思吗？你有本事现在就去赚钱，没本事就老老实实跟我下地去，我还跟你说了，你啊，就是个种地的命！"

对于十五岁年纪的大智来说，已经算是完整的大人了，他既不甘于种地，又无法继续去读书，那就只有一条路了——出门去打工。村里的大喇叭在每个周日的下午，会定时播放一些某某镇或是某某邻县的工厂关于招聘各类小工的信息，大智静悄悄听了好几个周日，终于有一天，他连他妈妈都没有告诉，从家里拎了一只布袋子就出走了。由于走得突然，他的妈妈觉得受到了伤害，于是连着好几天对村人们抱怨不止："唉！你说我怎么生了这么一个讨债鬼！连个招呼都不打，也不知道去了哪儿！就这么突然不见了，你说我得上哪儿去找！唉，孩子长大了就是留不住！连句贴心话也没法说，家里什么活都不帮衬，这不，那么大的一个人，说走就走，一点儿责任心都没有！"

　　从十岁,再到十五岁,大智算是顺利完成了一个小孩成长为一个大人的转变,不久之后就是一名踏踏实实工作的打工人了。喜爱读书的孩子不多,读书成绩好的孩子更不多,方山村的孩子长大后,除了跟着父母在地里干活,无非也就是只有这一条出路——出门去打工。

　　龅牙芳骂骂咧咧地抱怨大智的不告而别,从头到尾不曾担心孩子去了哪里。外面那么多的小工厂以及各式各样的家庭作坊,随便去到哪一家,只要不怕苦不怕累,多少都能赚出几个钱来,至少家里吃饭的粮食就可以省出一份:"哼!这个臭小子,算他聪明,不再咧咧咧地来烦我要学费,出去就好,管他去哪里,肯定有饭吃!"

　　龅牙芳自信且带了点儿得意的口吻,是大部分方山父母面对自家孩子第一次出门打工时的语气,基本上都是自豪而笃定的:"是啊!长大了,出门去!不是去学手艺,直接去打工!管饭吃,拿钱!"

　　只要出门就好,去做什么不重要,累不累不重要,重要的是孩子最终能拿回来多少钱,这是方山村人衡量一个孩子有没有出息的标准。而对于孩子们来说,成长的最终标准也只在于,能不能帮家庭分忧,能不能赚到钱。小时候想象中关于成长的荣誉感,那种迫切和急促,往往随着年龄的增长,渐渐消融于现实。

　　在我十岁生日的那天,发生了一件让我记忆深刻的事——我见到了我的大妹。

我的生日临近春节,一周之后就是阖家团圆的除夕夜。

那年的冬天特别冷。

因已临近春节,所以我们所有人都已经回到了家。在镇上读高中的大姐,乡里读初中的二姐,我和三姐以及小妹,这些天所有人在忙碌的都是一些和过年有关的事:整个春节期间需要用到的柴火堆到楼板上一一码好,院子里所有的杂草要好好归整一番,所有的门窗格上发黄的破旧窗纸撤下来清洗干净糊上新的,所有漏风的墙洞及脱落的板墙裂缝要仔细堵上补上,家里这里那里都需要打扫清理,准备过年的食物,炒米炒糖,把地里的萝卜收回来,打年糕,宰鸡宰鸭,等等。

最重要的环节是杀猪。

整整养了一年的猪已足够肥,邻村专门负责杀猪的屠户一大清早就会上门。他通常会在我们睡梦未醒的时候开始抄刀工作,他那承包了几乎整个方山村杀猪任务的屠宰技艺相当娴熟,猪的哀号声只响起来那么一下两下,便迅速哑然无声。等到我们起床的时候,就只看到院子里留下了一摊血水,其他的什么也看不到了。

我盼着生日却又不喜欢生日,也不知什么缘故,每年杀猪的日子,总是恰巧选在我生日的那一天,我总是不得不心情喜悦的同时忍受着杀猪带来的满屋满院极难闻的血腥气味。

我的妈妈喜爱仪式感,我们家虽说家境贫穷,但是一年四季无论是什么节日,只要是万年历上清晰写明的特殊日子,我妈妈便总是会认认真真地按照指定的风俗来过。

比如,春分要吃春菜,妈妈就会专门去野地里采来野苋菜给我们炖汤喝，说是喝了之后全年可以平平安安。又比如，立夏时要吃红枣，妈妈在那天就一定会给我们煮上一小锅甜甜的红枣汤，虽然每个人最多只分到三四颗红枣，但是那香甜味道却总可以在我们的唇齿间回荡许久。七月十五吃糖糕，妈妈让我们去把嫩绿的丝瓜叶摘下，和着清早浸泡下的米汁磨成米浆，米浆入蒸锅一层一层浇熟，好看又好吃的淡绿色糖糕就做好了，然后用裁刀切成菱形，妈妈通常还会把它们分成好几份，村里那些上了年纪的阿公阿婆每人都有口福，邻居的小孩跑过来，也必然会分给他们一人一块。有时候妈妈会蒸上两锅，其中一锅是给长川姑妈家的，蒸好切好装在竹篮子里，让我翻山越岭送过去。好吃的东西做好后，与人分享是一件自然而然的事。

小暑吃绿豆粥、大暑吃凉粉、小满吃豇豆饼、立秋吃苦瓜、白露吃菱角、冬至吃麻糍等，我的妈妈总是不怕麻烦和劳累，任何节日都不放过，宁可暂时把农活耽搁上一天，也要把那天的节日过好。绿豆苦瓜什么的比较简单，只是吃个象征意义或是摆摆样子。但是像糖糕这种高难度小吃，往往就得花去一整天的时间来制作。

糖糕制作程序复杂，凉粉的工艺过程也非常细致讲究。麻糍的制作就更麻烦了，得先有糯米（我家的水田只种粳米，从来不种糯米。据说方山的温度不适合糯米生长，前人曾经试过，但是种下后再怎样细心照料，基本还是会颗粒无收）。糯米金贵，往往得花不少钱才能买到，花钱买一般只能想想，家里基本不会有多余的钱，但是可以用粳米去换，粳米换糯米，三比一。换来的糯米,妈妈总是特别珍惜地把它们专门放在一只大瓷瓮里,不到必要的时候绝不拿出来,留着春节元宵节做汤圆,冬至做麻糍,以及年夜饭时打年糕。糯米得先磨成糯米粉,这时候就必须爸爸也来帮忙,石磨粗大,舍不得一颗糯米丢失,爸爸妈妈总是小心再小心地花上一两个小时的时间才能把糯米粉全部研磨出来,取一部分和水蒸熟,一部分放回瓷瓮待下次取用。蒸熟后的糯米粉团移到石臼里,用石杵去反复捣捶,起码得捶上一个小时,才能使麻糍变得又糯又润又有筋道。石杵既重且沉,高高举起,落下时还得小心,不能碰到石臼内壁,否则石头粉末碰砸出来和到麻糍里可就不好了。这不仅是个力气活,还是个技术活,操作人非爸爸莫属。爸爸举石杵,妈妈打下手,两个人汗津津地劳作着,我们姐妹几个则候在旁边又开心又着急地等待。每到这个时候,我们的阿婆,总是会预先去把红糖姜汤熬制好,只等着麻糍捶完出臼,爸爸就会手把手地把麻糍一朵一朵地捏出圆圆耳朵形状,麻糍落在姜汤里,筷子一捞一蘸,急不可耐地放进嘴巴里,软乎乎,香润润,节日的气氛瞬间就会满满地溢开。看到我们吃得太急太快,我的妈妈总免不了嗔怪几句:"哎呀吃慢些,慢一些,当心噎着!"

荒废一天的下地劳动时间,为了所谓的节日,给我们做吃的,这在其他方山人看起来纯属不务正业。常有村人走到我家,看到我们一家人围成一圈正一本正经地叠粉糕(一种用番薯粉和水后捏成圆坨坨再蒸熟的食物)时,便总是会来笑话我们:"哟!又在弄吃的啦!这回是做的什么稀罕物事呢?哈,这不是番薯粉嘛,锅里随便放点水搅一搅就能吃了,干吗弄得这么复杂!"

方山村旱地多水田少,所以大米饭就特别金贵,一年下来全天吃米饭的日子并不多,而番薯则易于种植产量也过得去,所以很多时候就用番薯作为主食,方山人家家户户吃番薯,一般也都只是最普通的直接囫囵个地蒸熟了就吃,不会像我们家,又是叠粉糕又是烘番薯饼这么复杂。在他们看来,这纯属浪费时间。更何况,就算我们做得再复杂,那番薯也还是番薯,并不会变出米饭的味道,可能在他们的意识里,我们的大费周章着实是一件滑稽可笑的事。

"我说你们啊,真不怕麻烦!弄得挺像那么一回事!还祭月呢,两只那么小的月饼,还不够月亮看的呢,哈哈。"邻居村人笑着善意规劝,至今想来都觉朴实有趣。

那一年的八月十五,爸爸赶集去卖木头,在集市上站了一整天,木头还是没有卖掉。卖不掉就没有钱买月饼,爸爸想了想直接把木头扛在肩上,走到集市上唯一的一家食品店,跟那个店主商量,动之以情晓之以理,与他论节日的重要性以及家人团聚的必要性。那店主居然被打动了,答应我爸爸可以下次赶集时再付钱,木头寄存在他那里,就这样赊回两个小小的月饼。不只有月饼,店主还送了我爸爸两个又大又圆的苹果,说送给孩子们吃。因这"壮举",妈妈着实把爸爸赞扬了一番,爸爸也很得意,他到家时已临近夜晚,我们急急忙忙地吃完番薯饭后,就在妈妈的指挥下忙活了起来。

先把庭院仔仔细细清扫一遍,然后把条凳搬到庭院来搭成台子模样，上面摆好圆圆米箩，两个月饼放在米箩最前方，后面则由两个大苹果"护驾"，再后面是四小碗绿豆汤，一字排开，寓意四季葱茏，旁边再摆上香盏，点香之前需先把整个庭院熏一遍，谓之"请月"。熏院子用的长如芦苇的艾草，是爸爸许多天之前从野外割来的，晒干后妈妈把它们分捆成一小把一小把可拿在手上的长圆柱状，一头尖一头平，从尖尖的那头点火，雪白的浓烟就会散开。妈妈给我们每人都发了一把，相继点燃，把它们握在手里，沿着庭院的四周走上三圈，袅袅白烟升腾交错，在夜色中描绘着极好看的各式各样的图案形状，才一会儿工夫，整个庭院就被熏得香喷喷了。

　　空气中淡淡的山风和艾草的香味混在一起，实在是好闻至极，在我们做着这些准备工作的时候，圆盘似的月亮正从山峦的背脊上一点一点探出头来，等到它跃到半空中的那一霎那，银色的月的光辉如金粉般从天际洒落，把整个山谷都照得雪白透亮，这时候妈妈把细香也点起来了，正式进入"祭月"的阶段。夜的静谧柔美笼罩着一切，黛青色的群山静静围绕着我们的香香庭院，妈妈让我们去洗过手漱过口，草蒲团放在米箩后方的地上，也是一字排开。妈妈说，可以"拜月"了。拜月指的是我们跪在草蒲团上跟月亮说悄悄话。

　　"不管说什么，它可是都能听见的哟！"妈妈笑眯眯地告诉我们，"说什么都可以，说什么月亮都会满足你……"

　　我和姐姐们很认真仔细地合掌跪拜，姐姐们开始叽叽咕咕地轻声说话，那时候我还小，不知道该和月亮说什么，我就偷偷转过头去看我的爸爸妈妈，发现他们并没有和我们一样跪拜，他们只是鞠躬。

　　爸爸和妈妈两个人齐齐站着，齐齐抬头仰望月亮，他们的眼睛细细地眯起来，嘴巴在微微动着却没有发出声音，果然是在和月亮说悄悄话，感觉说了好一会儿，然后俯首弯腰，认真地朝月亮鞠起躬来。他们的模样有点儿过于严肃，我觉得连过年祭天时他们都不曾这么严肃，月亮的光华笼罩在他们身上，仿佛给他们穿上了一身银色的衣裳，在那一刻，似乎有一种极为神秘的力量在整个庭院拂过，月亮把所有夜的清凉和宏大都包裹起来了，夏虫的鸣叫声仿佛在很远很远的山的外面。

　　我也抬头去看月亮，月亮真的是太美了，美到根本无法形容，我不仅看到月亮，也看到月亮背后那一整个无穷无尽的深蓝色的天空。我认为天空也很美，天空的美是月亮映衬出来的，就如同月亮的美是天空描画出来的一样。在细香即将燃尽的时候，我看到爸爸妈妈相视而笑，阿婆端了一碗清水出来，把水浇在庭院的地上，谓之"净地、净月"，到此整个祭月流程就结束了。邻居诧异惊讶的声音也是在这个时候突然蹿进我们的耳朵："在拜月啊你们……哈这两只小月饼……"

　　两只小月饼，被切成许多份细细的三角形，妈妈的刀功极好，不仅我们每个人都有份，妈妈还乐呵呵地邀请邻居也一起吃："来，来，你们也来尝尝，小是小了点，不过这可是我们家庆堂用智慧带回来的月饼呢，这味道可绝不一般……"

　　邻居不明白什么是"用智慧带回来的月饼"，但是也觉得分吃这么小的月饼不好意思，于是推辞的言语也就更坚定了些：

"不吃不吃！切这么小，填牙齿缝也不够哪，哈哈！你们吃！"

继而又说："就你们不怕麻烦，什么节都过！我可觉得哪，这个习惯不好，这会把孩子们宠坏！咱们可是天天下地干活，累都累死了，如果还要搞这么多名堂，那可不是给自己找麻烦嘛！我就不这样，我家从来不吃月饼，又贵又难吃，没必要！"

他们的善意提醒和责备，一点儿也没有给我的爸爸妈妈造成困扰，只用一句"孩子们喜欢嘛，这没什么"就糊弄了过去，爸妈很快和他们聊起别的来，比如问他们明天去哪一块地上干活，哪里的农作物长得好不好，草多不多之类的。我和姐姐们则笑嘻嘻地围坐在草蒲团上，这时候阿婆把苹果也切开了，切成许多块，我们一边小口喝着绿豆汤，吃着捏在手里小得不能再小了的月饼，一边抬头看月亮，偶尔也吃一小块苹果，只觉得乐滋滋的，十分快活。我还看到邻居家的小孩悄无声息地靠在我家庭院的枇杷树下，偷偷地看着我们吃。他们的父母已经拒绝过我妈妈的邀请了，无论如何也不会走过来，就算走过来，我也不想分给他们吃，因为月饼实在是太少太小了。我看到阿婆抓了几块苹果在手里，走到枇杷树下去分给那几个孩子吃，也许是畏惧父母的批评，他们犹豫扭捏了好一会儿，才突然伸手一把夺过，急急忙忙把苹果塞到嘴巴里。

那一个夜晚，所有的场景和记忆，有如一幕又一幕埋在深海里闪闪发光的电影，遥不可及又触手可及，任何时候想起，都是那么清晰而熠熠生辉。

而我的十岁生日之日，当我见到我大妹的那一刻，也觉得时间似乎是停顿的了。对那个时候的我来说,大妹仿佛来自另外一个世界,一个我没有见过的世界。因为大妹太漂亮了,她太新了。所有和她有关的一切,都是新的。新的,豪华,富贵,亮闪闪。

一切还是从清晨杀猪后的血腥味说起吧。

杀猪对于方山人来讲,是一件大事。

小猪仔通常是在过完年之后到集市上去买,一只或是两只,放在猪笼里挑回来。方山人家家户户都养猪,原因只有一个,为了一年一次的春节杀猪大典。猪的用场可太大了:

猪头要用来祭天谢年;绝大部分的猪肉可以拿到集市上卖了换钱;猪油熬起来存好用于全家一整年的炒菜烧饭;留几根猪肋条用盐腌起来在平日里偶尔可以开开荤;割一小块瘦肉在过年期间炒到菜里招待亲戚朋友;猪内脏仔仔细细清理好可以打好几天牙祭;猪血也是好东西,据说吃了之后可以清洗身体,使血管畅通无碍;就算是一小片猪皮,切得厚一点,擦一擦锅底,也能炒出好几个菜。

总之,一句话:猪全身都是宝,价值千金。

既然猪这么好,那为何不多养几只? 当然不可以。一是因为小猪仔很贵,买一只猪仔往往就差不多把家里两个孩子的学费给花掉了。二是因为养猪很累人,那时候没有猪饲料一说,所有猪食都得满山遍野去寻来,既费时间也费精力。家里虽人口众多每天都有吃喝,但餐餐基本都吃得干干净净(大人为了省给孩子们吃,很多时候自己还吃不饱),不会有任何多余的东西剩下，所以也就没有泔水之说。全村几十户人家几十只大大小小嗷嗷待哺的猪，外面的猪草在全村孩子们日日夜夜的搜刮之下，也是僧多粥少。要把一只瘦瘦弱弱的小猪仔养成肥肥胖胖的大肉猪，着实不是一件容易的事。虽然每户人家随便数数都有好几个小孩，但是拔猪草依然是个竞争激烈的活，为了争夺一丛鲜嫩丰茂的猪草，大家常会恶语相向，男孩子们性子烈，时不时还要大打出手，幸好还有各式各样其他的农作物（番薯叶、萝卜皮、烂土豆、南瓜藤等）来做补助，所以一年摇摇晃晃的时间下来，临到年底时通常也能顺利圆满地把一只小猪仔变成一只壮实肥硕的成年猪。

除了上述两个原因，不能多养还因为有风险。猪仔初到家时，往往身体羸弱不稳定，养个三到五天突然死掉是常事，不知道是犯了猪瘟还是吃坏了肚子，没有什么征兆，有时候是一两个月后突然倒下，有时候则是大半年都平安过去了，到了秋天却忽然又不行了，一口气突然就没掉了。这样的时候，就仿佛是遇到大灾祸了，一家人哭天抢地地埋怨着，也不知该埋怨谁，心疼打了水漂的猪仔钱，恨不得拿脑袋去撞墙。小猪仔死了也舍不得扔，一边骂骂咧咧着一边则赶紧刮毛剖肚，能捞回多少是多少，好歹也弄来吃了了事。如果是养了半年后突然倒地的猪，也不自己吃，还是央求那个杀猪人到村里，趁着它还未死透的时候，急急忙忙赶紧再去补上一刀，谓之"放血"，血即使不能全部放清，但是至少能让猪肉看起来还算正常，杀猪人自有收留处，他会按照约定俗成的规矩，往主人家手里塞几张钱，死了猪的人连数也不去数，大家心照不宣地点点头。死猪被扛走，而手心里的钱也足够重新买新猪仔了（可能还略有盈余），这事也就算过去了。

幸运不曾半途而死的猪，无忧无虑地吃着喝着，睡着觉，慢慢养膘，一般都是在春节临近的小年左右，才迎接那最后一刀——杀猪大典。

农历十二月的第二个星期开始，村人们就极有默契地开始你前我后地召唤杀猪人，今天到你家，明天到我家。杀猪人有时单身一人赴会，有时则会带一个小徒弟一起来。把肥猪从猪圈里赶出来按到待宰的案板上，需要好几个人一起配合。杀猪人走在最前面，腰后面别着明晃晃又尖又长的杀猪刀，他手里擎着一棵大白菜，先把肥猪诱出猪圈，待它最后一只脚一跨出门槛，杀猪人就"嗖"的一声把手里的白菜抛掉，身子向前灵敏地一跳，双手伸过去就准确地钳住猪的嘴巴，随即把猪脑袋使劲往自己的胳肢窝里紧紧夹住，与此同时，所有候在旁边的人一拥而上，迅速扑围上去又是抬猪腿又是抓猪耳朵，四只猪脚被紧紧握住，有的则把猪尾巴也高高扯起来，猪一时动弹不得，被吓得发出惊恐的尖叫，场面一度混乱。

众人手忙脚乱地把肥猪抬起往庭院里那又宽又长的案板移动，那猪拼命挣扎，发出的凄惨叫声简直直冲云霄。案板的一端下面早摆下一只老大的木桶，木桶里放置了适量的盐水，杀猪人在案板上把猪脑袋钳住高高往后方仰起，露出脖子，他把马步稳稳一扎，右手往自己腰间一探，尖刀便擎在手里，只见白刀子进红刀子出，"扑哧"一声扎进，手腕一带一转，鲜红的血顿时喷涌而出,那肥猪便降下声音,继而短促地哼唧了几秒,就软绵绵地一动不动了。

小时候的我有点儿奇怪,越是害怕的事物越是忍不住想去探究个明白,虽然杀猪这种事情没有什么可探明白的。若是提前得知杀猪人第二天早上会来,姐姐们通常会躲在被窝里,把耳朵严严实实堵住,理直气壮地睡着懒觉,等到整个流程全部结束才会出来。如果杀猪的时间放在下午,那么她们都会早早就躲到外面去,她们连猪的惨叫声都听不得,更别说见这样的血腥场面了。

在我不曾满十岁的时候,我也和姐姐们一样,要不躲在房间里,要不就是跟着她们一起躲到外面去。但是和她们完全不感兴趣的厌恶不同,对我来说,用好奇和恐惧来形容似乎更贴切些。我是因为害怕和不敢看而不愿在场,但是心底里却隐隐约约地认为,那场面有一定的吸引力。若论这一点,也许我和方山其他人家的小孩没有任何不同。方山村很多小孩都喜欢看杀猪,他们乐此不疲,看完一家换另一家,乐呵呵地大声说笑着,你推我挤,成群结队地追着猪的惨叫声跑过来跑过去,事后则挤眉弄眼地凑在一起各种评价,评价谁家的猪叫得响,谁家的猪特别笨,还评价那些抬猪脚的人,谁去拎猪脚时被猪重重踹了一脚倒在地上很狼狈,谁的裤腰带则在混乱中被扯掉了,等等,他们都一清二楚。

我不曾追着猪跑,在我生日的这一天,我第一次没有和姐姐们那样躲在阁楼房间的床上,趁她们缩在被窝里小声聊着天,我一个人悄悄地溜下了床。十二月的清晨寒风料峭,我站在二楼堆着柴火的那处楼板角落,伸着脑袋往下看。我瞪大了眼睛,把杀猪的一整个过程,终于认认真真仔仔细细地全部看在了眼里。

记忆在躯体中留下痕迹,画面和声音虽都已渐渐褪去,但是那天早上那种一动不动的冷,那一点一点渗透进我裸露着的皮肤的所有感触,任何时候想起都记忆犹新。周遭很冷,然而探向楼下庭院视线内所看到的景象,却又无端让人升起一种无可名状的燥热,仿佛有一汪不知道从哪儿来的无形的水,随着画面的变化升腾,在忽冷忽热地转换着,不停歇地从头到脚一遍一遍冲刷我的身体。肢解、剖肚,许多血肉模糊的内脏一股脑儿滑落出来,被砍断了和身体连接的那颗猪脑袋,毛被刮得干干净净,杀猪人把猪的尾巴砍下,仔细把它塞到那微张着的猪嘴巴里,嘴巴听话地稳稳地接住尾巴、咬牢,它看上去似乎在微笑,一副对自我很满意的样子。

自那之后,我再也没有看过杀猪,恐惧和害怕也没有了,也没有产生厌恶,我只是好像突然明白了什么。虽然,其实还是什么都没有弄明白,只是自那以后,我对杀猪就一点儿也不感兴趣了。再以后,我比姐姐们还要躲得快。每逢杀猪的时节,再冷我也跑到外面去,冬季的山谷里到处都是冰挂,我跑出去摘冰挂玩,一个人在冰天雪地里,往往会玩到忘记时间,总是在阿婆迈着颤巍巍的小脚走出来找我时才赶紧跑回家。

以往的生日,通常会以一碗扎扎实实的鸡蛋挂面开始。

两个圆滚滚热乎乎的白煮蛋,配上平时只用来招待客人才舍得下锅的一小把面条,放一点青菜叶子或是撒一点咸菜,再挖一小勺香喷喷的猪油化在上面,就是一碗美味诱人的长寿面了。那时候鸡蛋金贵,一年到头也极少吃到几次,虽说养的鸡不少,但是下的蛋基本都舍不得自己吃,要一个一个攒起来拎到集市去卖。山里的人们来钱的途径不多,这对家家户户来说都是最正常不过的做法。孩子们就唯有在过生日的时候,才能理直气壮地向父母提要求:"不可以! 今天我生日,必须得吃鸡蛋! 不吃鸡蛋我就长不大了,还有考试也会考零分! 我现在上学了,我要吃鸡蛋,我要考一百分!"

也不知道是哪一位方山前人定下的规矩,留下这么一个传言,说过生日时如果不吃鸡蛋会长不大,面条多一点少一点无所谓,但是必须得配鸡蛋,一双筷子加两个鸡蛋,凑在一起寓意为考试可以考一百分。有些父母本想假装不知道传言蒙混过关,往往被孩子点破,于是有的只能乖乖就范,有的则心里实在舍不得,或是刚好上次赶集时卖完了鸡蛋,被孩子这么一逼就有点儿恼羞成怒,就只好顺手从门后扯出一把拖把,把孩子一顿胖揍了事:"鸡蛋鸡蛋! 一天到晚只想着吃,活没见你干多少,你再说鸡蛋,看我不好好收拾你!"

我和他们刚刚相反,我小时候一点儿也不喜欢吃鸡蛋,对面条也不怎么感兴趣。从小到大,虽说一直以来我们家在吃的方面并不是很宽裕,但是在我的记忆中却不曾有过什么饥饿感,或是对某一种食物有过极强的渴望,从来没有。我最爱的两种食物,我的家里任何时候都没缺过——咸菜和霉干菜。我喜欢过生日不是因为鸡蛋,而是因为喜欢生日之日的仪式感,喜欢被单独对待的那种感觉。一碗香气四溢的面条,爸爸妈妈还有阿婆在这一天专门对我说的话,姐姐们也会送上祝福,以及这一天我最大,什么活都不用干,想怎么玩就怎么玩。生日之日不用干活,这是我的爸爸妈妈专门为孩子们定下的规矩:"生日啊,很重要的日子呢,这一天是你们的降生之日,什么都不要做,就好好地歇歇吧!"

几岁了,该做些什么,注意些什么,对每一个孩子的生日叮嘱都是不一样的。

我特别喜欢这样的场面,喜欢听爸爸说话,喜欢一家人围坐在八仙桌旁的关于生日而发生的溜走得特别快的那些开心的片刻。姐姐们觊觎我的鸡蛋,故意靠我特别近,有时候还会直接对妈妈说:"妈,反正她又不喜欢吃鸡蛋,不如你把鸡蛋加一把葱直接炒一炒,这样全家人都可以吃到,多好,嘻嘻。"

但是在我十岁生日的这一天,因为这样那样的缘故,这个环节被取消了。这一天,抛却杀猪带来的短暂震荡,我们家所有的人,都在为另外一件更重要的事情而兴奋期待着:我几年未见的大妹,今天要回到方山来,回到我们家,和我们一起过新年。

对于这个四岁就离家的大妹,我的记忆有点儿模糊。

大妹和我相差三岁,她离家的时候正是我从寄养的姑妈家回到方山的那一年,我回到方山上学读书,她则由于与"湖镇陈家"的"缘分",去到我阿婆的家乡湖镇,成为陈家的养女。我的阿婆为了我家阿公,从平坦热闹的湖镇私奔到这偏僻遥远的山里,由于家人的反对,她与家里几乎断绝了联系,但是却与同一个镇上相同年纪的好朋友陈家阿娴一直保持密切联系。

阿娴没有远嫁,而是和同镇的陈家儿子结为夫妇。

两个亲密玩伴,并没有随着时间流逝和年岁的增长有所疏远,从姑娘到嫁作人妇,再到各自儿女成群,生活的酸甜苦辣所衍生的短暂甜蜜和永恒磨难,使她们的关系更加亲近。阿娴的丈夫去世得早,他们的独生儿子生了四个孩子:三男一女。三个男孩都顺利长大,最小的孙女却在四岁的时候因突发的高烧而意外去世。阿娴对三个孙子的情感比较淡漠,却唯独对这个孙女极其喜爱,从出生的第一天起,就是含在嘴里怕化了、捧在手里怕摔了似的小心翼翼地养着,担心儿子儿媳性格太粗心不懂得带女娃,她白天黑夜都把这个小孙女带在身边,劳心劳神地一直照顾到四岁。谁也没有料到,突如其来的一场高烧竟然就这么轻易地把一个女孩给带走了。

那一年,阿娴来到方山看望阿婆时,突然注意到了我的大妹,同样的年纪,同样瘦瘦小小的长相,讲话细声细气,同样圆溜溜的大眼睛。

"这,这不就是我们家阿莲吗! 她在这里!"阿娴抑制不住地喜极而泣,"我的乖孙女,你可知道奶奶有多想你吗,来,快来奶奶的怀里……"

我家阿婆还没有反应过来,我的大妹已经张开她的小手臂自然而然地靠了上去,没有半点儿排斥,任由阿娴把她紧紧抱在臂弯里。

"太好了,这孩子,跟我这么亲。这就是我的阿莲啊! 阿香,你和庆堂他们好好商量一下,帮我劝说劝说,这孩子和我有缘,你就当成全了我吧。我肯定待她比亲孙女还要亲……"

阿娴恳求着我的阿婆。

一切发生得很突然，但是一切都似乎非常合理，顺理成章。

我的爸妈心软，架不住对方的苦苦哀求，随着对方一连串的承诺，心情就渐渐变得摇摆：去到陈家，孩子可以得到非常好的照顾。

对于捉襟见肘的家庭来说，孩子去过一种可预见的"好日子"，是一件极为诱人的事，更何况要去的这个家庭并不是陌生的，而是相交深厚知根知底的陈家。

"就当是让女儿去享福，多了一个家来照顾她，我们还是常常走动，可以常常去看她，她也随时可以回来看我们。这，应该是可以的吧……"

聪明的阿娴一下子就抓住了我爸妈的动摇："你们放心！你说得太对了！对！就是这个意思，就让孩子多一个照顾她的家庭，以后就是亲上加亲，我保证决不会让她受到一丝的委屈，一定全心全意疼爱她把她养大。这孩子跟我有缘，你们看她这不也很开心地抱住我不放吗，她也喜欢着我呢！只要有我在，我绝对亏待不了她……"

我的妈妈试图从她手上把大妹抱回来，大妹却突然地转过头去，歪着脑袋依偎着本该陌生的阿娴，且垂下眼睛假装入睡。

"囡囡，来，妈妈抱……"

大妹一动不动。

"嘘，走，奶奶带你去外面玩儿。"自称奶奶的人抓住时机，抱着我的大妹笑眯眯就往门外走去。

从我家庭院一路走到村口,我的爸妈一直紧跟着,一路上试图把大妹的注意力转移回来:"囡囡,跟我们回家吧,奶奶抱你久了也累呢,还是让爸爸妈妈来抱……"

大妹仿佛没有听到似的,依旧只去回应阿娴的诱惑,小脑袋依旧只是歪她的肩膀。

"我们的阿莲真乖,跟着奶奶去,奶奶家里有很多很多好吃的好玩的,奶奶带阿莲好好玩。"

除了爸妈,我三姐也一直跟到村口,也许是某种说不清道不明的担忧,三姐并不知道发生了什么,只是直觉认为自己的妹妹被一个陌生人抱那么久不是一件很好的事,且看到大妹还一直不肯理自己的爸妈。三姐急了,忍不住大声地呵斥起大妹来:"你怎么回事呀!快点呀!赶紧下来!跟我们回家去!"

听到三姐责怪的语气,大妹更是不放手了,只管把身体往村口外倾斜,其力气之大差点儿把阿娴都给绊了一下,阿娴开心地哈哈大笑起来:"我们家阿莲,这是着急要跟我去了呀!"

命运成为定局。大妹就这样去了陈家。

光阴倏忽,转眼就是三年之后。而在这三年的时间里,陈家借着"不变换环境让孩子稳定成长"的说法,一直都不肯放大妹回方山走动,每次都是我的爸妈去湖镇探望。那时候不像现在,去哪儿都有公交车,只要是出了家门基本都是靠两条腿来走,往往一走就是一整天,农事忙碌,谁也没有闲工夫把时间花在走路上,探亲访友这种事情,一年也不会超过三次。于是,我的大妹很快就习惯了那边的生活,每次就算她看到自己父母出现,遵循着那位奶奶的建议(如果两边都叫爸爸妈妈,怕太混乱会影响孩子脑子成长),她也只是礼貌懂事地叫"阿叔阿姨"。我的爸妈心里虽有隐隐的失落,但是看到大妹在新家庭确实备受宠爱,人也养得白白胖胖,比在方山时显得好看许多,并没有显露出半点儿不适的样子,于是也就渐渐释怀了。

大妹不再是我的大妹,在她跟着那位奶奶离开方山时的那天,就已经失去了自己的名字,她成了阿莲,仿佛从来不曾和我们家有过什么关系,而是从头到尾都是陈家人。为了今年能让大妹回到方山来和我们过春节,爸爸可谓软磨硬泡,最后以半只大肥猪的代价,总算换来大妹可以回来和我们一起住一个星期。陈家富裕,自己不养猪,每年过年都是拿真金白银到集市上直接买猪肉过年的。爸爸在我的生日那天一大早把大肥猪杀掉,砍下半边身子,把独轮推车摆开,猪肉沉甸甸地覆在车架上。爸爸在底座那里还仔细绑上两大捆沉甸甸的柴火,一并给陈家送过去,爸爸笑呵呵地说:"我这么提,她就没有拒绝的理由了,哈,陈家奶奶面皮薄,她碍不过情面,我们再给她加上两捆大柴,囡囡这次说什么也得回来过一次年。她把我们女儿养得那么好,我们送她点猪肉也是应该的……"

为了迎接大妹的回来,爸妈把各种该想的都想到了,除了正常的宰鸡宰鸭,妈妈还去请来了裁缝,等着大妹到家时要给她专门做一身新衣裳。那时候做新衣裳也是一件大事,我们家境清苦,并非到了春节就一定有新衣服穿。关于衣服新旧的事,妈妈曾耐心教导过我们:"衣服不一定要新,但是得整洁干净。只要你保持干净得体,那么就算你的衣服上打了补丁,也是清清爽爽的！"

裁缝前两天就已经来到我们家，沾了大妹的光，妈妈这次给我们姐妹几个也都扯了新布，每人都有一件新单衣。妈妈给大妹扯的布和我们不一样，我们的都是纯色的厚厚麻布布料，但是给大妹的却是一块印着一些漂亮花朵的棉布。妈妈说大妹和我们不一样，她年纪小，穿得花一些好看。妈妈这样说的时候，我的小妹在旁边热切地瞪大了眼睛，小妹已经长到四岁多了，但是她穿的衣服都是我们穿过的小了留给她的，和崭新的花衣服基本还没有过正式的接触。

"好啦，都不要羡慕！以后等我们家的条件好起来，妈妈保证每年都给你们做新衣服，冬天的夏天的都可以做。对了，听说啊，现在有一种叫'的确良'的衣料，那料子是又薄又好看，花色很多，据说穿上后凉冰冰的呢，等明年春天枇杷卖好了把钱攒起，咱就给家里每个人都扯上一匹，好好地凉它一整个夏天！"

妈妈的一番话，说得大家都笑了起来。妹妹也不瞪眼睛了，乖乖跑到一边去缠住阿婆："阿婆阿婆，今天五姐姐回来了，妈妈说让她和你睡，那我睡哪儿啊？我可不可以也和你们一起睡啊？我不想和姐姐们睡，姐姐们老挤我，还扯我被子……"

听妈妈说，大妹在陈家一直都和她奶奶睡，她喜欢听耶稣歌，陈家奶奶和阿婆一样是基督教徒，常常唱耶稣歌给她听，于是渐渐就养成了一个不听歌就不肯入睡的习惯，还好阿婆也会唱耶稣歌，所以阿婆陪她一起睡就是最合理的安排了："囡囡在那边金贵，你们说的的确良啊，人家陈家早就有了，我们家囡囡去的第一年夏天穿的就是的确良！陈家奶奶那可是真心疼爱我们囡囡，她呀，把囡囡一年四季的衣服都做遍了呢！加上以前阿莲留下来的，我们囡囡那可是一辈子也穿不完哟！"

　　一年四季地穿新衣裳，在我们看来是连想都没法想的。的确良，在我的记忆中，还是大姐快上高三的时候，妈妈才第一次掐头掐尾地按着大姐的身材扯了一块新布回来给她做了两件的确良衬衫，为此妈妈还郑重宣布："我跟你们说啊，上了高中的才可以穿的确良，你大姐学习好，需要几件好一点儿的衣服，穿得舒服些，学习成绩也会更好。你们大妹是自己的福气，去到一个不用愁吃穿的家庭里，我们其他人啊，还是要靠自己的努力，只要努力，这日子就会越过越好！"

　　的确良看着很漂亮，但是穿在身上却并不是很舒服。大姐说，那衣服料子特别奇怪，穿在身上沙沙作响，一出汗就会整件衣服贴在身上，就像鼻涕虫整个化掉瘫在了你身上，又黏糊又难受："它和麻布衣服太不一样了，它就紧紧地贴着你，感觉真难受。"姐姐皱着眉头这样形容，忽而又补充了一句，"只要不出汗就没事，这衣服颜色明亮，我还是很喜欢的……"

　　关于新衣服和色彩鲜艳衣服的认知，那个时候的我们，仅限于此。对我们来说，只要有不是打过补丁的衣服，或是看上去相对还不怎么陈旧的衣服，我们就很满足了。

　　一整个上午，我们就在大妹即将到来的紧张和忙碌中，又兴奋又着急地数着时间。

　　由于注意力被转移，我也很快不再因为生日没有吃"生日面条"而感到不高兴，开始想象：大妹，是怎样的呢？妈妈说她从今年起也是小学生了,不知道镇上的学校怎样,大妹爱不爱读书呢? 会不会也和我一样,一点儿也不喜欢做作业呢? 大妹会不会玩过家家的游戏,爱不爱玩雪? 等大妹一到,我想我可以带她去山边去捡冰松果,采冰挂……有一个星期的时间呢,我们可以想方设法地玩儿!

　　大妹在临近傍晚的时候才回到方山。爸爸推着独轮车,一路从湖镇走回来,大妹端坐在独轮车上,一副不苟言笑的模样。爸爸说她可能有点儿紧张,那边本来说要派一位哥哥陪她一起过来,但是临到时候哥哥们都有事,走不开,陈家奶奶既已答应让大妹回来小住,说到做到,但是反复交代了一星期后一定得给她送回去:"女孩子嘛,离家太久不大好。"

　　爸爸把独轮车停在家门口,我们迫不及待围了过去。

　　大妹太好看了!

　　完全可以这样说,在我们曾经看到过的所有小孩子里面,再没有比大妹更好看的女孩了,她从头到脚都是新的!

　　她戴着一顶和她身上衣服一样花色的棉绒绒的帽子,光滑鲜艳,衣服和裤子都是崭新的,整个人看起来肥嘟嘟的,穿得很厚实,要多暖和有多暖和。和我们身上所穿的灰乎乎、薄兮兮的卡其布棉衣完全是两个样!

　　"这种布料叫绸缎提花,一般的家境条件不会有这样的料子。特别是那顶帽子,别看它是小小的一顶,但是却特别费布料,想缝制这样一顶帽子,差不多得有半件衣服的料,而且还费手工……"那个裁缝见多识广,摇头晃脑地把大妹的帽子和棉衣裤都给我们认真做了介绍。

大妹帽子下面露出来的头发,梳成一对很好看的细细长长的辫子,乌黑干净齐齐地垂在脑后,再束在一起,交接处缠着一条粉红色发带。真是要多好看就有多好看!

大妹的手里还捧着一只圆鼓鼓的金黄色物事,那物事外面罩了一层不薄不厚的纯色绒布,她笼着两只白白嫩嫩的小手覆在上面,妈妈说那个东西叫"铜火炉",功用和我们家的暖手炉一样,里面放了炭火,也是用来取暖的,只是我们家的暖手炉基本上又是缺口又是破损,上面也没有盖子,除了提手的地方还略显得光滑,其他地方简直不能碰,灰乎乎脏兮兮的炭灰随时会溢撒到外面来。用暖手炉取暖远远没有玩雪取暖来得快,还不如跑到雪里抓一把积雪使劲地搓手指,三下两下,双手很奇怪地就会从冰冰冷忽而变得热腾腾,且还不易长冻疮。当然,也不总是百分百有用,我们平日里尽管万般小心,但是那冻疮还是会悄无声息地窜出来,一般都长在小拇指上,或两个,或三个,几天就会又红又肿硬邦邦地向我们示威,总是让人又痒又疼。大妹这么白嫩的小手,不知道长了冻疮会是什么样子,我想我可不能带她去抓雪玩,若是冻坏了那可就麻烦了。

我一边呆呆地望着大妹,脑袋里一边胡乱地瞎想着。她同样亮闪闪的大眼睛瞪着我们,不知道她有没有和我一样也在胡思乱想呢。大妹的脸蛋儿可真好看!那眉眼简直就像是画中人一样,可不像我们,冬天的冷风把所有农村孩子的皮肤一律吹刮得又皱又裂,一个个干瘪瘪、蔫头蔫脚、灰不溜秋,简直没法看!

"咦？怎么都傻站着呀，快来帮忙，给妹妹拎一下东西，赶紧把大妹接到里面去，都杵在这顶风的门口，回头都吹感冒了，哈哈哈。"在我们发愣的时候，爸爸乐呵呵的声音传过来。

还不只是我们围着大妹傻看，其他方山村人也都凑过来围观。

庆堂家的女儿，送到湖镇陈家去养育，几年没有消息却在今年回来小住，据说陈家家境富裕，把个小女娃养得就像花骨朵儿似的，谁都想过来看看热闹，谁都觉得稀罕。毕竟，由于孩子生太多养不起而送人的家庭有很多，但是大部分人家都是送走之后就不会再有往来，孩子走一个少一个，不要有纠葛才是最好。

"还真是白白胖胖！"

"这可真是好命，一下子掉进了富贵窝！"

"这养得也太好了！瞧那一身衣服，多新！多好看！"

"大概是天天都有大白米饭吃！只有吃白米饭才能长这么白！"

"这还是庆堂家那个瘦瘦细细的五囡吗？完全换了个人了！"

村人七嘴八舌地议论着。

妈妈和阿婆也来到门口，我们众星捧月似的把大妹迎进庭院，迎进堂屋。一切都是亮闪闪的！

我的十岁生日悄无声息地过去了。那个年过得既开心也谨慎，我们都喜欢和大妹待在一起，但是隐隐约约之间，又觉得似乎没法完全无所顾忌地玩在一块。大妹不怎么爱笑，对于我们时不时发出的大声嚷嚷也好像不怎么习惯，虽然我们平日里也常被阿婆告诫"女孩要有女孩样，不要动不动又叫又跳"，但是我们闹到兴奋的时候常会忘了这一点。

我的阿婆来自湖镇的大户人家，所以在对我们的教育里也自然而然会带上一些大户人家的"习气"，会有一些其他方山人完全不放在心上的这样那样的规矩，比如，笑不可露齿，吃饭时不可以讲话，坐要有坐姿，站要有站姿，等等。且不说别的，如果要往细了说，光是在饭桌上的注意事项就有好多：握筷子要正确，夹菜时不可以在菜碗里挑来挑去，筷子不能伸太远，手肘不能朝外叉开，胳膊不可以摇摇晃晃，要闭嘴咀嚼，不可以发出不好听的吧唧声，等等。每当我们出错的时候，阿婆总是会在旁边及时提醒，但一般也不会特别严厉，有时候也会任由我们嘻嘻哈哈地闹。

但是大妹和我们完全不一样，她比我们要安静严肃许多。算起来她也才刚刚过了七岁，但是那神情那模样就仿佛是一个小大人了。任何时候，她的双手都是规规矩矩地收拢着，从来不跟我们一样推来推去，她的大眼睛会很认真地盯着我们看，但是一般不参与我们的游戏。

我们的家里活动空间有限，姐姐提议大家一起跑到水库上面去玩，去水雾弥漫的山沿看野鸭子。大妹摇摇头，一点儿也不感兴趣。

我说我可以带大家去我的"私人领地"参观。所谓私人领地，不过是我在村尾的那座大石桥底下偷偷开辟出来的一个小洞穴，我把它用树枝树叶遮盖起来，里面放了许多我的"宝贝"：

奇形怪状的小石头、长得弯弯曲曲的树根、各种模样的松果、自制的麻秆皇冠等一些乱七八糟的东西。我把那些我认为很好玩、很好看但是姐姐们却会拿来取笑我的宝贝一律藏在这里。为了大妹,我觉得被取笑也无所谓,因为我真心认为自己的那些宝贝一定可以博大妹一笑,说不定她兴致来了还可以和我一起钻到洞穴里玩上那么一会儿呢。

没用。我的那堆小东西丑兮兮地躺在那里,大妹碰也没有碰一下,且很认真地说了一句话:"那里面不会有很多小虫子吗?看起来那么黑乎乎的。"

黑吗?我探头伸进去仔细瞅了一下,好像是有点儿黑,但是,小虫子有没有,我没注意,以往来这里我只顾着玩,倒忘了虫子的事了。我也很怕虫子,好奇怪,之前我就没有想到过洞穴里可能会有虫子,我感觉有点儿沮丧。

姐姐们这次倒没有来嘲笑我,大姐还在旁边说了一句话:"妹妹放心,冬天是不会有小虫子的,小虫子都冻死了。"

妈妈让我们尽力陪大妹玩,但是村前村后都找遍了走遍了,都没能引起大妹的注意。我第一次意识到我们的这个小村庄似乎有点儿贫瘠,许多以往在我眼里看起来很有趣很神秘还没有玩够的地方,似乎一下子都变得特别简单无聊。

杉树上垂下来的冰挂没有往年那么好吃,溢洪道的冰流冰崖也没有往年好看,山峦上的松针树全身裹着冰花的模样也变得很普通,漫天遍野的雪也是最普通不过的雪,大家连打雪仗的兴趣都没有了,雪地下埋藏着的以往觉得又肥又甜的地参,挖出来咬两口就不怎么想吃了。

　　其他方山村的小孩倒是和往年一个样，一堆接着一堆在雪地里跑得欢快，又叫又跳地闹着。

　　只有我们这一行人，连行走都是静悄悄的。大妹手里一直都捧着她那只又暖又好看的暖手炉，很乖巧地跟在我们身边，大姐走在最前面，这里那里地介绍着，但是大妹基本不怎么搭话，都只是很小心地看着路。方山的路又窄又泥泞，我们自己走惯了没有什么，可能对大妹来说免不了太滑了一些。妈妈在我们出门时曾叮嘱："你们都看着点儿！可不要乱走害妹妹摔一跤，到时候就麻烦了！"

　　大妹的衣服过于好看和干净，当然绝不可以摔跤，所以我们也就特别小心，速度肯定是不敢快的，也不能去地形太复杂的地方。总之，尽量挑那些平坦些的安全的路面来走，每一脚都得小心翼翼。就这么绕着弯子，大气也不能出地走了没一会儿，我们都觉得身上有点儿冷起来。终于还是绕去了水库坝的那边，水库坝以石阶为主，石阶平整而简单，只需拾级而上即可，大家这会儿才仿佛突然松了一口气，在石阶这里，哪怕是滑一跤也是干净的，石阶上只有雪，没有任何的泥泞，二姐三姐开始顾自在石阶上蹭蹭蹭地大踏步往上走。大姐去牵大妹的手，大妹没有拒绝，改用一只手拎那只暖炉，两个人稳稳当当往上爬去。我和小妹落在最后面，但是那一瞬间突然觉得欢快起来，我也学着大姐的样子，把小妹已然冻得冰凉的小手拉过来，我们两个也手牵手兴奋地往水库顶上爬去。

　　最终我们还是看到野鸭子了。

　　在视野一片开阔的水面上，那层薄薄的流动的有如游龙的水雾之下,一群毛茸茸的小鸭子悠然自得地浮在那里。时不时有一两只会突然地使起劲来,一个猛子扎到水里消失,突然又从另一处水面钻出来。水波被划动的声音清脆悦耳,野鸭子的小小翅膀扑棱着滑过水面,把山谷间的寒气都给驱散了。

我们姐妹六个人,手挽手站在水库坝上,水库坝一边可以看到水面上可爱至极的野鸭子,朝另一边望去,则一眼就能看到我们家的庭院,爸爸妈妈还有阿婆都在那里。我们的房子在山脚下,烟囱里有一缕细烟飘了出来,估计是妈妈和阿婆在准备年夜饭了,爸爸说过,今年我们要把所有能弄出来的美食全部摆出来。

"难得我们一家人终于团聚了,大家都要好好吃一顿!这是一个全新的年!一个新的开始!以后啊,我们的囡囡应该每年都能回来了,我们家每年都可以团聚!"爸爸的声音比任何时候都铿锵有力,把我们每个人都感染到了。

十岁的那个年过得特别快,不仅仅是因为有回来的大妹,还因为那一年我们计划了许多事。年夜饭吃完的时候,我们姐妹几个围坐在一起,各自聊在新的一年里想做的事,以及对未来的憧憬。

大姐说她不打算考大学,而是考大专,大专毕业后可以直接当一名老师,上大学的费用比大专要高出许多,而且不一定包分配,不确定性很大。大姐喜欢文学,虽然想上大学的诱惑要远远大于中专,但是她不想增加爸爸妈妈的负担。

"当一名老师也很好,也是我喜欢做的事,并不妨碍我一直看书读书。"大姐一向有自己的主见,一般想好的事就不会改变。二姐则和大姐想的不一样,她说她不喜欢读书,只考虑读到初中毕业,她希望去学一门手艺。

"读书嘛,认识字就好啦。反正我的学习成绩也不好,还有半年就毕业了,高中我肯定考不上,到时候都不用等通知,你们知道不,前两天来我们家的那个裁缝原来是我们的远房亲戚呢。我想去学裁缝,就跟这个亲戚学,等过完年我就提前和爸妈说,学个两三年后,我也出师了,到时候至少我们家就不用请裁缝师傅了,还可以上门给其他人家去做衣服赚钱,一举两得!"二姐那时候还只有十五岁,但是却一副胸有成竹信心满满的样子。

"小文,你呢,你的梦想是什么?"大姐笑眯眯地问三姐。

"我,我还没有想好呢。我,我不知道。"对于突然被发问,三姐一时显得有点儿木讷,"我就,干活吧,我的力气大,给爸爸妈妈多做点活就是了……"

"活可是干不完的呢,还是得想想我们以后可以做什么。"大姐听了三姐的回答,笑着点点头后,若有所思的样子。

那一刻我很怕大姐来问我,我想我也肯定回答不出来。我和二姐一样不喜欢读书,但是不读书可以做什么? 我的力气不像三姐那么大,也做不了什么农活,那怎么办呢?

你的梦想是什么?

这一个对于现在的人来说习以为常的问题,对于那时候的方山人来说却并不存在。

外面的世界有什么,人的一生可能发生什么,一概不知道,不清楚。所能看到的、听到的,也无非是离我们的生活、离我们的眼睛很近的事。

比如，当我看到大妹的崭新衣服时，我能想象到的也无非是：那个湖镇在哪儿？那里的小孩都穿这么好看的衣服吗？再或是，当我的爸爸妈妈每餐都心甘情愿只吃番薯而把那盒唯一的米饭分给我们吃时，我的心里还会纳闷：爸妈好奇怪，明明米饭比番薯好吃很多，为什么他们却不喜欢吃？

我们对于贫穷和富裕也完全没有概念，满眼所见的都是差不多的人，方山村可谓"人人平等"，谁家也不比别人家多一只碗，或是少干一天农活。我觉得我的"梦想"都特别直接实际，实际到我都不好意思说出来。

比如，我觉得我最近的梦想是想要一双崭新的雨鞋。我眼下穿的雨鞋是从三姐那里传下来的，跟了我快一年了。当然，这鞋毫无疑问是三姐从二姐那里得来的，至于二姐是不是从大姐那里接过的我就不知道了，我只知道这双鞋到了我脚上时基本上陈旧得不成样子了。无论是鞋底还是鞋帮都已经补过好多个补丁，黑乎乎大小不一的旧的新的塑胶补丁，不规则地粘在鞋身已褪成灰白色的雨鞋上，刚刚补好时还是好的，但往往只要一穿上它走进雨里或是泥雪地里，脚趾在里面一用力，它就会嘎吱嘎吱地迅速裂开，兴冲冲地把水啊，雨啊，泥浆什么的，一股脑儿地迎进来，走起路来"咕嗞咕嗞"响，这种感觉非常不舒服。那个时候只要是下雨天，每当我回到家时脱下雨鞋查看我的脚，就会发现我的两只脚总会变得又白又肿，脚趾缝间还有一些脏乎乎的印子，怎么洗也洗不干净。

除了雨鞋，一直以来我还很想要一把属于我的镰刀，姐姐们都有镰刀,就我没有,她们总是笑嘻嘻地来取笑我:"你下地也不过是去拔猪草而已,要什么镰刀,弄根棒子赶赶蛇就好了!"

一把镰刀在手,对我来说确实壮胆的作用比它真正的用处大,所以也只能是想想,并不会真的向爸妈提要求。除了雨鞋和镰刀,对了,就这几天开始,我想要一个真正的书包。阿婆给我缝制的书包已经用到了第三年,旧衣服拼凑的带子有好几个地方已裂开,阿婆重新给我补了好几层新的补丁上去。妈妈告诫我不要总是想要新的东西,要爱惜物事,本来我也认为,这只又大又旧的花书包陪我走过整个小学都没有问题,如果不是因为看到大妹那只崭新的军绿色书包太漂亮的话,也许我的梦想就不会那么强烈。

除了以上这些,我最强烈的是想拥有很多小人书,如果能像那个许昌宪一样每次开学都有新的小人书就太幸福了。还有,如果可以每天都不用干活天天看连环画,那么我可能会高兴得在梦中也笑出声来。

然而,这些都不是梦想,大姐说了,这些充其量只是愿望,梦想和愿望不一样,梦想是长大后想去做什么、想成为什么,而不是拥有什么。

我想去做什么?我想了又想,想不出来。一瞬间我想到了长川,想起那些在那个古老戏院里看到的让我迷醉的片段,去学唱戏?我真想立马跑回长川去看看,除了看连环画,我觉得自己最喜欢的就是看戏听戏了,如果我能去学戏,那肯定也是一件非常开心的事!但是姑妈说,自从那次演出之后,林老师的剧团就再也没有回过长川,不知道下次什么时候才会见到。

大姐也柔声地问了大妹,问她最想做的事情是什么。虽然已经和我们在一起待了有好几天,但是大妹依旧仿佛是从很远的地方才刚刚来到我们中间的陌生人,除了那天在水库坝上曾经和我们手拉手,大部分的时间她只和阿婆待在一起,并不怎么和我们说话。在我看来,但凡和她有关的一切,都是神秘的。

崭新,是一种意象,又仿佛是一面看不见摸不着的墙,它把我们和大妹悄无声息地隔开,大妹拥有方山孩子们试图拥有的一切,我可以猜测方山小孩的所有愿望,但是大妹想要什么,我半点儿也猜不出来。我们都耐心地等待着,想听听大妹的心里在想什么。也许是那个崭新的世界对于才七岁的大妹来说过于单一,大妹睁着亮闪闪的大眼睛想了许久,只说出了这么一句话:"奶奶说,上学了,就好好读书,只做两件事——读书、陪奶奶。"

大妹嘴里的奶奶,当然就是那位陈家阿娴了。爸爸妈妈说,在那边,大妹全部的生活都由阿娴奶奶打理。大妹细声细气的说话方式,估计也是那位阿娴奶奶教出来的:

"奶奶说,女孩子要文文静静,要多陪陪奶奶才是好孩子。"不知道什么缘故,大妹时不时会说这样一句话。

曾经有一个下午,我跑到阿婆房里,想把大妹再带去水库坝上玩,还有另外几个方山小孩在庭院外面等着呢,可是大妹就是一味地摇头,她纹丝不动地坐在阿婆给她拼凑起来的小桌椅上,一边认认真真埋头做她的一年级寒假作业,一边细声细气地拒绝我:"奶奶叮嘱过我,让我不要跑到外面去,我不去,我在这里陪奶奶。"

　　当然,在方山时,她就把阿婆当成了阿娴奶奶。阿婆因为缠过小脚,平时走不了远路,自从大妹去了湖镇之后,阿婆就再也没有看到过大妹,虽然每次爸爸妈妈看望大妹回来后都会和阿婆认真转述大妹在那边的情况,但是阿婆每次都会不自觉地掉眼泪。她总觉得是自己的错,不应该和阿娴走得太近,以致连拒绝的勇气都没有。虽然事实上大妹在那边确实吃得好穿得也好,比在方山时不知道强了多少倍,可是当我们这样一家人聚在一起过年,明明是热热闹闹讨论新年话题的时候,阿婆却忍不住说起:"唉,当初真是不应该,我们苦是苦了点,可也不是养不起,真不该就这样让她抱了去……我相信阿娴肯定会把她当亲生孙女来对待,只是……唉,这么长时间才能见上一次……"

　　阿婆的叹息声里既有欣慰也有懊恼,爸妈也不知该怎样接话,只能陪着默默地低头。这次大妹回到家里,阿婆比所有人都高兴,她颠着一双小脚,忙前忙后地张罗着一切,又是晒褥子又是擦洗床架,还让妈妈帮忙把垫在草席下的稻草全部重新换过,经暖烘烘太阳暴晒过的稻草,厚实齐整地铺在床上,又松又软,还散发着一种香味。阿婆把堂屋的地扫了又扫,还把她屋子里唯一的那只老旧樟木箱子也打开,里面放着一些换季的旧衣服。也不知道要找什么,她把衣服一坨一坨往外面翻,都翻到底了也没有找到。她好像想起了什么又好像什么也没有想到,呆坐了半晌又把衣服一坨一坨堆回箱子里。忙完这一茬,她又把家里所有装有抽屉的桌子也一一翻开查看,整了几样零零碎碎的东西出来:一小堆毛线团子、一只破损了边的木头珠子、几颗大小不一的纽扣、两三本连环画。末了,她喃喃自语了一句:"唉,没有什么新鲜东西,连环画应该会喜欢,就看看连环画吧。"

我也曾悄悄向大妹打听,她在湖镇的家里有没有连环画,喜不喜欢看小人书,平日里她最爱玩什么,爱不爱过家家游戏,湖镇的小孩们会不会吵架打架,要不要去拔猪草,等等。对于我所有的问话,大妹一概不回答,她只会睁大她那双黑亮亮的大眼睛直望着我,既好像不知道该怎么回答,又好似不怎么想理我,最终我只好作罢。大年三十的晚上也是一样,当我们问询大妹最喜欢什么的时候,大妹也一如往常,只是睁着一双好看的大眼睛,说了那么一句"好好读书陪奶奶"之后,就再没有说别的话了。对于大姐的问话,倒是小妹急不可耐地举手发言:"我来说,我来说! 我要上学! 我要考一百分! 考一百分就可以有花棉袄穿了! 我要像五姐姐一样,穿得漂漂亮亮!"

这原本是那位裁缝师傅逗我小妹时说过的话,小妹却当真了。小妹稚气高昂的声音,一时把我们都惹得哈哈大笑。

"我不知道长大之后要做什么,但是过完年后我最想做的事是赶集! 我已经过完十岁生日了,我要去赶集!"许是受了小妹的影响,且突然想到真正的可以进行的事,我忽而也变得大胆起来,于是急急忙忙地跟着发言。

我想去赶集已经想了很久了,但是每次都被爸妈拒绝,姐姐们则更是回回都七嘴八舌地来打击我:"小丫么,当然不能带去,要力气没力气,光是那二十几里山路,她也走不下来,更别说带东西去集市上卖了,到时候走累了说不定还得背她呢。她又不是三妹,瞧她那瘦弱的样!还是等过了十岁再说吧,嘿嘿。"

但是这次却不一样了,大姐首先肯定了我的要求:"是噢,四妹也满十岁了,个头也比往年明显长了一截,过完年天气转暖和之后,是可以试试跟爸妈去赶一次集啦。"

"哈哈,只要不拖后腿就好了。"二姐掩嘴笑我。

"不会的不会的,我现在身体强壮得很,走再远的路也不怕!"担心二姐的话引起更多人的反对,我急急忙忙表态。

"什么是赶集?"我的大妹突然怯生生地问了一句。

"噢,赶集嘛,就是去集市上卖东西!走很远的路,集市上又热闹又好玩,人多得很!卖的东西会变成钱,什么都可以拿到集市上卖!"难得大妹开口说话,我赶紧认真地对她解释着,还"自以为是"地加上一句,"那集市可能和你们湖镇一样大呢,等大妹你到了十岁,我带上你,我们一起去赶集!"

"要走很远的路?那我不去。"大妹眨巴眨巴眼睛,也加上一句,"我不喜欢走远路。"

我一时不知该怎样接话,只好愣在那里。

看到大妹对赶集感兴趣,爸爸在旁边认真接上话茬:"是啊囡囡,得翻山走远路,你不知道,咱们这山里啊,几乎所有的生活用度,都要靠赶集才能换来。囡囡,你以后经常回到方山来,就会知道方山和湖镇那可是很不一样的。小丫,你不知道,你大妹在湖镇,别的可能见得少,那热闹可是每天想见就可以见,那里可以说是天天有集市,那里有一条人来人往的街……"爸爸转头又和我说起湖镇的事。

我不知道人来人往是什么意思,也不知道什么叫街。长川虽说比方山大,人也比方山多,但是也没有街。三姐跟着爸妈去赶过集,但是只是描述出"人多,远,热闹",别的也说不出什么了。小小的方山村被绵延不绝的群山包围着,往村口外走的路,是去上学的路,也是去乡里的路,再顺着走出去,可以去到镇上,再去到区里,最后到县城里。而湖镇具体在哪个方向,我完全没有概念。

"不急,等你再大点儿,爸爸带你去湖镇。"也许爸爸看出了我的疑惑,笑眯眯地这么告诉我。

"我们都没去过,我们都想去。"姐姐们听到爸爸的话,一时都兴奋地插嘴。

"可以,可以,回头等我和陈家奶奶商量过,大家都可以去看你们妹妹,慢慢来呵。"

"是啊,以后我们家的条件也会越来越好,多走动也委屈不了囡囡,陈家奶奶应该很放心才是,"妈妈忽然叹了口气,又说,"现在我们也不用考虑那么多,总之,囡囡还小,只要在那边待得好就好,别的不说,能健健康康长大就可以啦。"

那一夜,我们还聊了什么,我已经不大记得了。留在我脑海中的回忆,更多的是一家人在一起的其乐融融,以及自我对未来的懵懂想象,再就是,似乎只在那一次过年,差不多玩得快要天亮了才去睡。后来还有许多的其他方山人和方山小孩也都跑到我们家来玩,庭院里和堂屋里都站满了人,大家叽叽喳喳地闹腾着,过年的气氛几乎一直延续到了第二天的早上。

关于过年,在方山有个说法,除夕夜大家可以不用睡觉,想玩到几点就几点,名为守岁。最好是一直热热闹闹,临近零点的时候,还可以跑到庭院点鞭炮,虽说买鞭炮的钱最是浪费,方山有好多人家是直接略过这个环节的,但是即便我们家再拮据,爸爸也总是会准备好几筒冲天炮,外加两串长溜溜的小鞭炮。我们总是喜欢把小鞭炮拆开了来放,每人手里擎一根燃着的长长的树枝,将细细的捻线凑上去,一点着就赶紧甩开扔地上,听到那短短的一声"叭",就觉得特别快活。阿婆说守岁时越热闹就代表来年越是顺畅,收获越丰盛。方山的每个小孩都可以任意玩到很晚,只要精力足够,能玩到天亮还算最有本事。但是到了年初一晚上就可以完全不同了,晚饭一吃完就得赶紧入睡,大人们说,初一是"老鼠嫁女日",晚上一来临,家家户户就催着孩子们上床睡觉,说是不可以打扰到它们的重要日子,否则一整年都会被它们闹得不安生。不知道这样的说法和习俗是从哪里开始及什么时候形成的,总之我们家一向都会认认真真照做。不同的黑漆漆夜晚所散发出的不同意象,是童年时代永恒的谜。

年初三的时候,爸爸就把大妹送回湖镇去了,说是既然答应了陈家奶奶,最多住一周,那么就得说话算话,掰手指数着日子,到了就得回。

依旧是推着那辆独轮车,依旧是绑了两大捆柴在上面,车尾位置则把大妹坐的小板凳结结实实拴好。大妹稳妥地坐上去,依旧是捧着她那只很好看的暖手炉,她崭新的书包和鼓鼓的衣物包裹放在脚边,妈妈给她做了两套新衣服,也一并放在包裹里。

大妹坐上车的时候,我看到妈妈的眼睛红了起来,阿婆则靠在堂屋门口,只一味地抹眼睛。许久后我妈妈才说:"去吧去吧,路远,再不走的话回来就要天黑了。"

我们跟着爸爸的独轮车一直送到村口,妈妈和阿婆没有和我们一起走出来。

大妹依旧是安安静静的,也不和我们说再见,只是点点头,大眼睛瞪得圆圆的。爸爸朝我们大声说了一句:"快回吧,爸爸最迟傍晚也就回来啦。"

四周山野的雪白茫茫一片,爸爸大踏步走在满是雪印的脏兮兮的泥土路上,独轮车就这样"咯噔咯噔"地被推走了。

不仅我们觉得大妹过于安静,其他的方山村人也一致持这样的看法。

"养得可真俊!白白胖胖的,只是,是不是太文静了些?"

"女孩子嘛,文静些才好啊。大户人家嘛,和我们不一样。"方山人自问自答。

过完年,大妹回到她"崭新"的湖镇去了,我则顺利进入半个大人的行列,终于可以开始满心盼望地计划起我的首次赶集日来。

为什么要使用"终于"这么严肃的词?是因为这一天我已经等了很久了。想想看,把山里的东西带到集市上,换成钱,钱可以买任何我想买的东西,想想都开心。镰刀、书包、连环画,也许还可以吃上一碗香喷喷的馄饨,集市上有很多人,很多有意思的没见过的东西。除了这些想当然的想象,更主要的是,只有去赶过集,那才是真正"长大了"。

可能是期待赶集的心情过于强烈,以至于仿佛整个春天都变得缓慢起来,这一年的寒冷比往年要散去得迟缓太多,雪季一直延绵到将近三月底,快到四月初时天气才慢慢暖和起来,然而一暖和就进入了雨季,春雨、大雨、中雨、小雨连绵不绝,湿漉漉的山谷里到处都是水雾弥漫,雨季和雪季一样不利于山路行走,集市虽说是雷打不动的五天一次轮着进行,但是赶集的人们却不得不由于天气的阻碍而减少翻山的次数,像我这种还是毛小孩的当然是直接被摒弃在外了。那段时间的方山人大部分忙着抢种田野里的活计,极少离开山里,偶尔逮到一两回晴朗天气,大家就不约而同地一起跑一趟,也有人在雨天去赶集,但是集市上走动的人也少,背去的树在那里搁放了一整天也无人问津,换不到钱最后只能无功而返。我一边上着学,一边焦急地等待天气完全放晴的日子,且那个日子还必然得是周末,即使赶集日那天有了太阳,但只要不是休息日,那就和我无关。太阳和休息日,两者缺一不可。于是,时间快速过去,等到真正属于我的赶集日到来时,已差不多到了五月份,那天是个确凿无疑的大晴日,正是星期天。在前一天晚上,我已经激动得几乎睡不着觉。

因为第二天地里有许多其他的活计,姐姐们就不去赶集了,要跟着妈妈去下地,去赶集的只有我和爸爸两个人。爸爸要背那棵放在屋檐下面最大的木荷树去集市上卖,木荷是所有木材里面最值钱的,但是木荷树也很重,只有爸爸能背得动。

吃完晚饭后,三姐笑眯眯地来叫我:"小丫,你过来,我们去楼上,给你看一样东西。"

三姐虽只比我大一岁,但是她是"老赶集"了,身强力壮的她已经许多次跟着爸妈一起,背过许多种木材去集市上卖,许多方山人都知道,庆堂家的小文,是正经劳力,别看她年纪小,可是她干的活、她去赶集换回的钱,也许比普通方山成年人还要多呢。三姐殷切地把我拖到我们住的阁楼里,我以为她要和我说一些和赶集有关的事,或者她可能要好好地叮嘱我一番,免得我给爸爸添不必要的麻烦。都不是,三姐俯身在床底下的箱子里捣鼓半天,捧出一套衣服来:"来,你穿一下,试试看,可能会比较松,但是应该能穿。"

看到三姐手里的衣服,我一下子惊呆了:"这,这不是你的赶集衣吗? 给我?"我又惊又喜,一时反应不过来。

"是啊,你明天不是要去赶集了吗,给你穿,你试试合不合适。"三姐一伸手,直接把衣服塞了过来。我下意识赶紧接住。

这是我三姐最爱的衣服,是两年前从遥远的哈尔滨大姨妈家寄过来的一套旧运动衣:不薄不厚的布料,长袖衣长袖裤,裤子是很淡的蓝色,上衣则是淡蓝色中夹杂着一些白色的横条纹,松紧带的腰口和裤脚口,除了两只袖口部分微微磨损之外,其他都还非常新。来自城市的衣服和我们乡下山里的衣服完全不一样,实在是非常漂亮! 三姐也只有在赶集的时候才舍得穿它,所以我们都叫它赶集衣。

"小丫,你知道吗? 我喜欢这衣服,除了好看,最主要的还是舒服,穿上可舒服了,特别是走山路时,不管迈多高跨多大的步子,这裤子可是丝毫也不绕脚,脚腕包得牢,路边的草茎也好蕨叶也好,都不会扎进来,只管大踏步走,完全不用担心。"

三姐叫我试穿一下。我一点儿也不客气,立马把身上的衣裤脱下,三下两下就换上了。

啊,棉质衣服贴着肌肤的感觉果然非常舒服,全身都又柔又软,完全不是平时所穿衣服那种粗糙与厚重的感觉,我忽而抬手忽而抬脚,兴高采烈地转着圈,让三姐帮我查看全身。

实际上,这衣服穿在我的身上无论是上衣还是裤子都有些显大了,毕竟我和三姐的身量相差有点儿远。我的胳膊细、腿脚也细,衣袖松松地挂在手臂上,袖口几乎可以把我的整只手掌都藏进去,还有脚腕处,也不是三姐说的能包得牢牢的,整个裤管都有点儿长,裤脚边的松紧带也好像不大灵光了,并不能紧紧地贴在我的脚踝上,还有一截未展开的裤脚堆在脚背上,走两步似乎就会拖到地上。我使劲又提了提裤子,但是没用,我一松手它就又掉下来了。我不禁有点儿着急,看我手忙脚乱的样子,三姐忍不住笑了起来:"真奇怪,今年我穿它觉得有点儿紧了,我看你也高了好多,想着应该是刚好合身才对的呀,怎么还这么松呢。"

"没关系,是你太瘦了,能穿,我来给你稍微整一整。"三姐说着便让我把衣服换下来,转身找来了针线,又找了几根橡皮筋,她三下两下,把袖口和裤脚都长针短针地缝了一圈:"来,你再穿一下试试。"

重新试穿,哈,好厉害,袖子和裤脚都短了一截,虽然整体上的宽松没有改变,但是手和脚都露了出来,新缝上的橡皮筋把袖口和裤脚都妥帖地勒得恰到好处,抬手抬脚都没有半点儿累赘! 再配上我那七成新的解放鞋,简直是帅气无比。

"这样最好,我们两个都能穿,轮到我穿时,我只要把橡皮筋取下来就好了。缝个橡皮筋简单方便,这下我们两个人都有赶集衣啦。"三姐对自己的缝针手艺很满意,笑嘻嘻地说。

那一刻,我很想对我三姐说点儿什么,我知道她像对待宝贝一样对待这套衣服,而我平时私下里还常常拿她和自己比,总觉得什么都比不上她,一向对她有点儿又羡又嫉的心态,可是呢,她却把最喜爱的衣服给我穿。我突然觉得有点儿羞愧,什么话也说不出来,只仰头喊口号似的说了这么一句:"三姐,我要去楼下,给爸妈也看看!"

"明天要早起,你得早些睡觉呢。"

"嗯,到楼下洗完脸就立马回来睡觉!"我回答她。

我俩一前一后又从阁楼钻了出来,回到楼下。

虽然人还未走去集市上,但是仿佛已经是成功赶集回来了似的,当我穿上一套有着象征意义的"全新"衣服时,我觉得自己已经变了个人了,我和姐姐们一样,终于也长大了。

"哟! 赶集衣都穿起来了,你是打算今天晚上就出发吗?"大姐正在堂屋整理豆子,妈妈说明天下地前要先出一锅豆腐,大姐循例在帮妈妈做准备工作,她看到我一副志得意满的样子,忍不住就来调侃我。

"真不错! 看起来完全就是个大人了嘛。小丫今年长得快,都快赶上你三姐了,这衣服穿着挺合身的!"还是妈妈最贴心,总是知道我喜欢听什么话。

"别的都好说,明天得及时醒来才是第一步,可别像做豆腐一样,说好了要起床帮忙,却一味地睡,怎么叫都叫不醒呢。"大姐笑嘻嘻地不依不饶。

一听这话,我顿时感觉不好意思了。

我确实有过无数次睡过头的羞愧经历。那时的妈妈,一般一周左右就会做一两次豆腐,有时候会挑到邻村去卖,有时候则只在村里兜售。方山村会做豆腐的人家有好几户,但是都没有我妈做的好吃,一旦得知我们家要做豆腐,村人们都会忙不迭地过来照应,虽然拿钱来买豆腐的村人不多,但是用豆子来换也有一定的收益,比例和成本除开,通常一罩豆腐做出来兑换完毕,可以至少多出一斤半豆子的收入。说起来也有意思,不管是卖钱也好还是兑豆子也好,做豆腐实际上赚不了几个钱,且费时费力,但是妈妈说制作过程中留下的泔水却起码可以让我们家的大母猪连吃上一个星期。泔水营养丰富,母猪吃了后精神特充沛,喂起小猪仔也就更来劲,总的来说就是,泔水有助于母猪催生奶水。做豆腐不仅可以改善母猪饮食,同时也改善了我们的饮食。我们天生不喜吃荤,但是却特别喜欢吃豆制品,一整个流程下来,从豆浆到豆花到豆腐皮再到豆腐锅巴,以及最后能炒成小菜来下饭的豆腐渣,做豆腐的任何一个环节对我们都有极大的诱惑,虽然基本上都是看看,舍不得吃。

做豆腐不是一件轻松简单的事,要在头一天的夜里,先把晒干的豆子用石磨碾成两瓣,再用竹匾把豆壳和豆瓣分离。分离出来的颗颗饱满匀称的豆瓣放入大木桶,再倒入等量相称的水,等它软化。软化需要好几个小时,一般第二天的子夜一点左右,天色完全漆黑的时候,爸爸妈妈和阿婆便会看着时间起床,然后开始忙碌。大石磨是头一天晚上就已清洗出来了的,石磨又沉又重,一般都是由爸爸负责磨豆汁,阿婆负责往石磨里添软化好的豆瓣和汤水,而妈妈则在一旁做涮锅烧水兑盐卤等烦琐的工作,偶尔也会替换爸爸顶上几分钟。要一口气把五十公斤的豆汁全给磨出来,是一项繁重又累人的工作,于是有时候我的姐姐们也会在半夜轮番醒来,一边打着瞌睡一边机械地帮着爸爸推上许多圈。瘦小力微的我是推不动石磨的,但是添豆、添水或是烧火,是能帮得上忙的,于是每次得知第二天要做豆腐的时候,我总是自告奋勇说我也要参加。然而,贪睡的我却总是每次都醒不过来,不管头一天晚上睡前是如何斩钉截铁地告诫自己,却总是事与愿违,每每一觉醒来都是早晨天亮得足够透了的时候了,满屋的豆腐香味昭示着我的食言,而我能做的只是感到羞愧。

当然,不论是我也好还是姐姐们也好,如果不是我们主动醒来,爸妈一般都不会来叫,绝大多数时候都是他们自己和阿婆三个人默默地劳作,把自己当成永不会疲倦的机器。他们疼爱孩子的方式,总是如此自然而然和简单。

而赶集的愿望和决心比之做豆腐估计要急切许多,我一边忧心忡忡地担心自己睡过头,一边得偿所愿地在我所期待的时间点里突然地惊醒。听到楼下外间的厨房里传来热闹的声音,做豆腐的程序似乎才开启不久。我晕乎乎从床上坐起,意识到脚的另一头空空荡荡,睡在床那边的三姐早已先于我悄悄起床,到楼下帮忙去了。剩余的睡意瞬间一扫而光,我也赶紧快手快脚地穿好衣服,直奔楼下。

记忆有时会和梦境融合在一起,那天的黑夜和早晨、白日的光线和傍晚的光线在岁月更迭下呈现出一样颜色的光晕,许多细节都已经不记得了:姐姐们在暖雾升腾的厨房里忙活,妈妈在给我们准备带在路上吃的馒头,阿婆在烧火,爸爸在外面黑乎乎的屋檐下翻找木材。然而在决定背什么木材去集市时我和爸爸发生了小小的"争执",我觉得爸爸给我指定的木头不怎么合我心意,那棵细小的杉树,虽然整体上看起来又挺又直,长度也很不错,但是那个头也未免太细了些,乍一看大小似乎和一根锄头把手也没有什么区别,我有点儿不高兴:"爸,就不能给我挑一棵大一点儿的树吗?这棵太小了,我能背得动大一点的。"

"别逞能,爸还不了解你?这棵对于你来说足够了,来,过来试背一下。"爸爸完全不顾我的请求,只让我试背那棵小树。

虽万分不情愿,但是也只能乖乖听从,嘴里不死心地咕哝一句:"这么小的树,肯定卖不了几个钱,这是我第一次赶集呢,我不想白跑一趟……"

"小丫,听你爸的,准没错。这是走远路,可与平时不同,如果选得太重了,到时候会背不动的。"妈妈从厨房探出脑袋,声援爸爸的决定。

"这是杉树,最适合第一次赶集的孩子。杉树木质偏轻,树身直挺少枝丫,别看它小,但这是做家具的首选木材,到了集市上容易卖出去,这棵小杉树可以做好几张小凳子呢。"爸爸看我不高兴,就细致地和我解释。

我躬身去试背了树,不轻不重。歪头打量了一番堆着的其他木头,我背得动的还真不多。可能他们是对的,反正背着它去就是了。

妈妈帮我找了块粗布,把树挨着肩膀的那一截给包了起来,以免树汁污了衣服,这样背着它就不会把我的赶集衣给弄脏了。

爸爸选的树是一截木荷"火炮头",看起来似乎比扁担长不了多少,但是又圆又粗又直,这是最难背的树,圆滚滚,又重又沉。"火炮头"是我们给它取的别名,因为它个矮粗短,乍一看就是活脱脱的还不曾被点过火的"火炮头"。木荷树是所有方山山林中最值钱的珍贵树木,因它生长周期缓慢,密度高且坚硬,家具制成后不容易变形,所以它是绝大部分人家家具的原料优选。要把一棵养到足够大的木荷从山上砍下弄回家里,往往得跑好几趟,得把它锯成许多截分几天才能一一背回。锯开的木头每一截都仔细写上爸爸的名字,免得被不良之人路过背走。那时候为防止有人觊觎和偷盗,往往还是小树苗的时候,方山人就会在各自的山林里给自家的每棵木荷都标上记号,有数字有名字,代表着"不可侵犯"。方山人自认为对付偷盗等行为很有一招,而事实上也是如此,树木也好或是其他的农作物也好,但凡被标上数字名号的,基本上可以安全无虞。

那一天的天气和温度都是那么恰到好处,我记不清自己有没有吃早饭，大概率是兴奋得吃不下吧。只记得一切仿佛在梦境，等不到豆腐出锅我和爸爸就出发了。山中的月色仍然明亮皎洁，爸爸走在前头，我紧紧地跟在后面。依稀看到一些其他邻居也从昏暗的家门口走出来，或躬身驮着一大包装着山货的麻袋，或也是扛着又直又粗的"火炮头"，或挑着一根根被捆在一起呈圆桶状的大木头，或背着竹子，土豆和番薯也是赶集的主要货物，有人在扁担挑着的两大捆芒草旁边再拴上两只草鸡，也是售卖的宝贝，就这样，三三两两的人加入进来，一起上路。

　　一路上，不知道是天色太过昏暗的缘故，还是因为大家都还没睡醒，一个讲话的人也没有，每个人都只顾匆匆埋头赶路。大家时不时心照不宣般停下来换肩，在这细窄曲折的山路上，集体换肩需要一种默契，否则一不小心就会撞到人，哦不，准确的说法是，撞到物，每个人背的东西所占据的山路面积都不小，每个人的行进速度也略有差别，换肩的时间一般也不会太长，最多两分钟，大家静悄悄地站立着，把各自的重负转移到担柱上，让肩膀得以解脱稍微休息一会儿。我也有担柱，来赶集的头一天爸爸临时帮我制作的。跟着队伍在石阶上站定，我把我的小杉树也小心翼翼地移到担柱上，用两只手努力撑住保持平衡。虽然走了没太长的时间，但是已经有微微的汗出来了，我一边喘气一边伸长脑袋看前面的爸爸，爸爸在离我五六步远的地方，"火炮头"太过圆滑，没法完全地由担柱承担重量，山路上的石阶还不平整，我看到爸爸半曲着身子斜着脑袋支在担柱上，肩膀依旧稳稳地扛着木头，那种姿势最多也只能卸去三分之一的力量吧,这样的休息也许比行走还要辛苦。队伍突然又移动了起来,月色照耀下的山林人影幢幢,我们悄无声息地前进着,人群保持着一种奇异的静默,山路越升越高,天色也开始一点一点亮堂起来。路过其他的小村落时,也有其他的赶集人加入我们的队伍。有人开始和我爸爸打招呼:"庆堂,来了啊。咦,后面这位是你的小闺女吗?这么小就来赶集啦!背这么大一棵树哪,真是手段(这是我们这儿称赞小孩的专有名词)!"

"他们家啊,女娃也不比男娃差,每个孩子都懂事得很哟!"其他方山人帮忙回应。

"是的,长大了,赶集哪!"听到旁人的称赞,爸爸大声自豪而欢快地回应。

听到赞扬的声音,我不由自主露出一副更勤奋的样子。我使劲抻直了肩膀,小杉树紧紧贴在我的脖颈上,我明显感觉到它的重量在增加。上坡山路上的石阶又滑又湿,我背着树走爬坡路的经验不多,不知道竟会这般困难。树的重量只是其中一部分原因,更得注意脚下的路,万一滑一下扭个脚就麻烦了,每一步都得用不同的力,才能保持住身体的平衡,这样的行走特别费力,我没有告诉爸爸,实际上我的衣服裤子都已经湿透了,大汗淋漓。

上坡路又陡又费劲,我原以为下坡路会舒服一些。然而,我想错了。错在于,我的小杉树个头大约太长了些,因我人矮个小,下坡的路同样又陡又高,于是树的尾巴便直愣愣地拖在身后的石阶上,没法完全地抬空。每走一步,那树就在我的肩膀上跳一下,重力使得肩膀被一下一下地重复撞击,那种感觉既难受又累人，才没几下，我的肩膀就被震得生疼。我努力变换了好几种姿势，或侧着身子走或踮高了脚尖，都不怎么奏效。渐渐地，我的行走速度开始慢了下来，再转过两个弯后，我看不到爸爸了，下坡路不好歇肩，大家都趁着天色渐亮更快地往山下移动。我的速度追不上队伍，后面的人开始不客气地对我说："嘿！小孩，让我先过去好吗？"

我不敢拒绝，只能乖乖地靠到旁边，让了一个又一个。清晨的水雾从山顶铺天盖地蔓延下来，满头满脸地覆过我的全身，我的眼睛都被水雾打得快睁不开了，也不知道让过去了多少个人，直到山径上只剩下我自己。

到了这会儿，赶集的喜悦已被抛到九霄云外，我手脚并用地搬动着小杉树，肩膀已经麻木，"梆梆"的树尾巴拖在石阶上的声音是那么的单调和无趣。我什么也顾不上了，只奋力往山下而去，转了一个弯又一个弯，这山林和石径仿佛永无尽头，前面连影子也看不到一个，幸好往山下的路只有这么一条，我知道自己绝不会走丢，咬着牙什么也不想，只大踏步往下再往下，忽而一个大转弯时，我突然看到爸爸从石径那边现出身子："小丫！"

"爸爸！"我又惊又喜。立马明白过来，一定是爸爸看我半天没出现，所以回来接我了。

"来！把树给爸爸，小丫累不累？"爸爸三步两步就跨到我面前，伸手把树从我肩上挪过去，还来拉我的手。我的眼泪差点儿就流出来了，一时又羞又愧。

"爸爸我不累，我能背……"

"没事，很快到山下了，到了山下的平路上，就好背啦。"爸爸宽慰着我。

"嗯,嗯……"我一时说不出话来,不想让爸爸听出我声音里的哽咽。

"来,你走前面,爸爸走后面。咱们加快脚步,很快就能赶上其他人啦。"

受爸爸爽朗的语气感染,我的身子仿佛瞬间轻盈了起来。走下坡路原本是我的强项,用力抹去落在睫毛上的水露珠,听从爸爸的话,我赶紧跑到前头去。

山林很快开阔了起来,石阶渐渐转为平坦,转眼就到了山脚,山脚边有一座凉亭,我远远看到爸爸的"火炮头"正被担杖支着,稳稳地靠在凉亭外面的石墙上。

这时天已大亮,凉亭的前方是一条又宽又直的大马路,马路最前方能影影绰绰地看到一些房子。

"小丫,过了这个凉亭,咱们还得走一段路,走过前方那个村子,还有下一个村子,再往下就是集市……"爸爸笑呵呵地给我做介绍。

听说很快就要到了,且接下来走的都是大马路,我的兴奋情绪开始慢慢回来:"爸爸,你让我背树吧,我现在一点儿也不累啦。"

"你行不行? 要不要把杉树绑到爸爸的木荷上? 这剩下的路还是有点儿长呢。"爸爸不放心地说。

"不可以! 我真的可以背! 爸爸你看,我跑起来都没有问题!"为了证明我的轻快,我撒腿就朝凉亭跑去,一边转头还催促我爸爸。

"哈哈哈,好！小丫背树！"

凉亭那边还站了另外几个方山人,看到我们出现,他们立马和我们打起了招呼。

"哟！很快嘛,终于赶上来啦。"

"这四女儿不错,走了这大半夜了,精神头还挺足！"

"这剩下还有不少路,能跟上吧？"有一位阿伯笑眯眯地问我。

"能跟上,能跟上,我走大马路很厉害的,接下来肯定不会掉队……"怕被他们笑话,我忙不迭地表明自己的决心。

"这下好了,继续出发喽！"

他们背树的背树,挑担的挑担,继续精神抖擞地往大马路走去。

爸爸也赶紧放好我的树,自己则重新背起他的"火炮头":"走！小丫,加把劲,我们走快点,很快就能到集市啦！"

小杉树重新回到我的肩上,又变成爸爸走在前面,我跟在后面。

和预想的又很不一样,我以为我的肩膀经过休息后会立马恢复如初,然而完全不是那么一回事。恰恰相反,当小杉树再放回肩上时,一瞬间我被压得下意识地缩了缩脖子:好疼！好重！幸好还是忍了下来,我绝对不要把树绑到爸爸那里,否则我可真没有脸回方山见我的姐姐们了。

也是在那个时候,我第一次发现了人的躯体有许多种可能。疼、重或是累,都只是意识的反映,而只要精神够强大,那么它们就能被克服。

　　杉树压到肩膀时的那一霎,我认为我最多只能忍受几分钟,因为实在太疼,我不得不用我的双臂同时去托举才使疼痛稍微得到缓解,不敢让肩部承受全部的重量。我担心自己没走两步就会被压得受不了,有那么一秒钟我甚至有点儿后悔,为什么不听从爸爸的"建议":如果背不动就把树绑到他的"火炮头"那里好了。爸爸说他力气大,绑在一起也背得动,都怪自己,偏要逞能。然而,这怎么可以?这是我第一次赶集,昨天我还信誓旦旦地说绝不会给爸爸添麻烦扯后腿呢。爸爸返回山上来接我了,这已经让我很羞愧,如果再把树绑到爸爸那里,那我成什么了?不可以,就是不可以。当我在脑子里不停地告诉自己"不可以"的时候,神奇的事情发生了。我歪着脑袋尽力跟上爸爸,渐渐感觉肩膀上的疼痛没那么明显了,杉树似乎渐渐长在了我的肩膀上,它的重量和我行走的身体仿佛融在了一起。什么也不去想,无视杉树的存在,不理会它,只要往前走就好了。

　　我紧紧地盯牢在前面的爸爸的身影。爸爸走得很快,我也走得很快;爸爸歪着脑袋,我也歪着脑袋;爸爸微曲着身子,我也微曲着身子。"火炮头"长在爸爸的肩膀上,杉树长在我的肩膀上,我们一起步履不停地行走在那条望不到头似的大马路上,马路尽头的村庄离我们那么远,好像遥不可及。然而,很快,大马路被我们"消灭"了,再接下来,村庄被我们"消灭"了。继续走过第二条大马路,穿过另外一个村庄,再走过一大截混乱又嘈杂的人群,走过一些低矮的房子,突然间,我和爸爸站在了一大片开阔平坦的空地上。爸爸宣布:"嘿,小丫,我们终于到集市啦!"

这一路上,从凉亭那里一直走到集市,不知道过去了多少时间,我只知道我的意念和行为,都只剩下了两个字:行走。

这一路上,爸爸也好我也好,一次换肩都没有过。我们身体保持着一个固定的姿势,我们没有知觉的双腿带动着我们不知疲倦地往前移动,曾经有许多个瞬间,我以为这种移动永远也不会停下来,一直到爸爸对我说:"来,小丫,我们可以把树竖起来了,不用再背着啦。"

五月末的太阳不知道什么时候已经在天空升起,灿烂无比地照耀着我们。我看到暖暖的亮晶晶的阳光从无穷尽的天际洒落,它们落在爸爸笑眯眯的脸上,也落在我汗津津的脸上。阳光照耀着一切,视线所及之处,是热腾腾的许多走来走去的人,各式各样的声音仿佛在一瞬间突然朝我倾倒过来。

这里就是我向往了许久的集市。

我的身旁是一堆又一堆赶集的人,拥挤和吵闹声令我一时分不清东西南北,来路不知何时已在悄无声息中被吞没,我完全弄不清楚自己是怎么挤到这么热闹嘈杂的人群中来的。

"怎么样,累坏了吧?"爸爸在离我大约一尺远的地方,把他的"火炮头"扎扎实实地竖立在脚边,转过身来掏出他的手绢给我擦汗,我看到爸爸整个肩膀还有前胸后背都湿透了。

爸爸帮我把我的小杉树也竖了起来,且小心地嘱咐我:"小丫,当心些,要好好地扶着它,注意平衡,别让它歪倒了。这里人多,歪倒了可是会砸到人的。"

肩膀被彻底解放了出来,再没有比此刻的感觉更轻松愉快的了。我照着爸爸刚才教我的，一边扶着我的树，一边探头探脑去看周围的世界。

这是我人生中第一次看到这么多的人。

这可能就是传说中的"人山人海"了吧，我这么告诉自己。站在我周围的大部分都是方山人，也有其他的不认识的来自山里别的村庄的人。每个人的身边都竖着树，各式各样、大大小小、高矮不一地往天空伸展着，也有人把许多棵小树绑在一起，捆成两大捆杂木棒子来卖。在卖树人中间走来走去的，都是来买树的人，各种讨价还价的声音，此起彼伏。

爸爸递给我一个馒头："来，先吃一点，走这么远的路，早上吃的都消化了吧。等卖完树，爸爸再带你去吃好吃的！"

我不敢告诉爸爸，其实我早上什么都没有吃，心情过于亢奋，以至于对什么都没有胃口。这会儿也是一样，照理说我应该是很饿的了，可是不知什么缘故还是一点儿也不想吃："爸爸，我不饿，还不想吃，你吃。"我把馒头推还给爸爸。

"哈哈好，对呢，小丫第一次到集市，得留着肚子去吃一顿好的！"爸爸笑呵呵地把馒头收了起来，转头和我说起集市的故事。

爸爸说这里是专门的"木材集市"，每周都会有三乡五镇的人到这里来赶集，山里的人来卖木头，山外的人来选木头，还有一种叫作"中间人"的客人，则专门做搜集木头的行当。这里是整个集市的最边缘，不同的货物会在不同的区域售卖，集市中心才是最热闹的地方，那里有店铺、食品街，各式各样的生活用品都会在那边卖，我们要等卖完树之后才可以去，到时候爸爸就可以带我好好地走走看看了。

我有点儿迫不及待,很想一下子就把树给卖掉,我幻想着我的小杉树给我换来一大笔钱,也许能让我去集市上买我想要的镰刀和书包。

卖树的过程远远比我想象的要无趣得多,时间更是漫长得惊人。我们所有的人,一律得这么一动不动地在大太阳底下站着,人们单调地问询,单调地拒绝,单调地同意,单调地结束。许多时候大部分人都是面无表情的,空气虽然很热,但是每个人都冷冰冰的,各自报着数字。有些人成交了,有些人离去,有些人在陆续加入,有些人则默默地站立着,仿佛快站成了一座雕像,既不与人交谈,也对周围的一切无动于衷。热腾腾的嘈杂和不动声色的冷漠,奇异地交织着。

走来走去的人那么多,走到我们跟前来问价的也不少,我不了解爸爸是怎样的一个售卖方式,只见他时不时地伸出手比画出一个数字,然后对方则摇摇头,也比画出一个数字。我不知道我们的树到底能值几个钱,只是看到爸爸不停摇头,而那些问询的人便离开了。

为什么爸爸不像其他人一样大声地吆喝一番呢?我有点儿疑惑,我看到有另外两个方山人就很能吆喝,他们一边大声报出自己树的名称以及卖的价钱,一边还热情地伸手拉扯那些看树的人,想方设法地推销自己的树。虽然,同样地,许多人也是看了之后就摇摇头走开了,但是,至少好多人都被他们吸引过去了呢。

时间不知道过去了多久,来问价的人越来越少,许多方山人都已经把树卖掉了，他们轻松甩袖的样子让我羡慕极了，他们一个接一个地来和我们道别："唉，便宜点就便宜点算了，卖掉了事，我们先走啦！到集市上喝一杯去……"

又有另外一个说："每次都想卖高点儿，可总是贱卖，难……"

"我的还不错，比预料的多了好几块钱，满意！走喽！"

我看到不远处，有另外几个和我差不多年纪的孩子也在卖树，他们的口才可好了，说的话好多，说着说着，他们真的成功了，树被卖了出去，他们父母自豪的表情溢于言表。我觉得有些嫉妒，如果我也那么能说话就好了，那么之前来我们面前询价的人说不定也会被吸引，那么我们的树是不是就能快一些卖掉？

时间一点一点地过去，太阳已升到了正当空，阳光热辣辣地炙烤着我们，我已等得几乎有点儿虚弱了，头晕眼花，感觉整张脸都被晒得火辣辣的，肚子也开始咕咕作响。我看到集市上已经没有剩下多少人了，转头去看爸爸，爸爸却一脸淡定自若，好像一点儿也不急，似乎可以在这里一直站到天黑。我暗暗下决心，如果再有人到我们这里来问价，我也要和那几个孩子一样说点儿什么。妈妈说了，我这是杉树，杉树很好很值钱，可以做好几只小板凳呢，我决心要好好做一番介绍。前面已经有人给过价钱，有的说三块，有的说三块五，爸爸都没有同意，也许我也可以尝试让人家加点价，或许就能卖出了。我不应该一有人来就脸红，只会张口结舌转头找爸爸，什么都答不出来。

正当我懊恼、后悔、胡思乱想时，又有人朝我们走过来了，我正鼓足勇气要开口，他却直接和爸爸打起招呼来："庆堂，这么晚了还在这呀，今天卖的是什么好料呀?"原来是爸爸认识的人。

"你也来啦，我这可是上好的木荷。"爸爸笑着说，接着又加了一句，"只等着行家来才能相中呢!"

"你啊，会说话!"那人也笑了起来，然后躬身细细地看那树。他看得可仔细了，转着圈，将树身上下左右都看了个遍。他用手摸摸这里摸摸那里，还曲起手指轻轻地敲击，那"火炮头"在他的敲击下发出了轻微好听的"嘭嘭"声，慢慢地，他的脸上露出了满意的笑容:"你这木荷，养得不错，结实，风干得也透!"

"那当然，我的料子，是可以直接开锯的，这棵木荷，那可是半颗疙瘩都没有，一水色的上好板料……"

"行了行了，知道你也懂行，这木荷我要了，就这么着吧!"那人乐呵呵地打断了我爸爸的话，挥手打了个手势，"跟我走吧。"

他的意思是要买了我爸爸的树吗? 我一时还没有回过神来。可是，他们连价格都没有说起呢，我愣愣地抬头看爸爸，爸爸在继续和那个人说话:"好的! 这就给你背过去，不过……你看看这边这棵小杉树，你那里能派得上用场吗? 能不能一起带上，这是我女儿背过来的，她第一次赶集，能不能……"

爸爸在介绍我的树!

"噢，这是你女儿? 第几个啊，咋这么瘦小，这么小就来赶集了啊。"那人笑眯眯地望着我。

可恨我的脸又红了，脑子里组织了千万遍的卖树广告，这时却一句也说不出来。

"这是我们家老四,刚过了十岁了,这不,就带她来看看集市……"爸爸说。

"不错不错,小姑娘挺能干,背这么大一棵杉树过来,行,我要了,用得上! 我看这小杉树,又直又挺,准可以有大用途! 嘿,来吧,那就都背起来,和你爸爸一起跟我去吧。"

那人说完话,转身就走了。

这就好了? 我呆呆地还没回过神,只站着不动。

"咦,小姑娘,怎么还不走呀?"那人回过身来。

"爸爸,好像,好像,他都没说给我们多少钱呢……"我期期艾艾半天,终于把话说出了口。

"哈哈,庆堂,你这女儿蛮有意思,很精明哎!"他用手指点了点我,乐呵呵地说,"小姑娘,你放心,我可是你爸的老主顾了,我们早就约好了价钱,怎么会蒙你呢? 对了,你这杉树,我就算你五块钱,这样可以吧?"

"五块! 这怎么好意思……"爸爸高兴得直搓手。

"庆堂,忘了问你,你今天这块料,应该不止这一截,这么说吧,其他剩下的我也都要了,回头你找时间直接背到我厂里,就不要到这集市上来卖了,这棵木荷,我全包了。最近刚好在找这一批新料,要打一套全屋家具。"

他在和我爸爸说话,还说着什么,我完全听不到了,我完全沉浸在了自己的喜悦中:五块! 天哪! 这么多! 可以买许多东西了!

"小丫怎么啦,怎么一副傻傻的样子?"我突然听到爸爸和我说话的声音。

"爸爸,我,我太开心了。"我的脸又红了起来。

"哈哈,你这女儿太有意思了,这下可以走了吧。"那人和我爸爸都笑了起来。

一时间,太阳变得不再刺眼了,周围的一切也仿佛突然间被镀上了一层很好看的光线。当我伏身再去背树时,这树竟也仿佛没了重量一般,轻轻松松就被我背到那人的家具厂去了。而接下来,我大声告诉爸爸:"爸爸,我饿,我真的很饿了!"

于是爸爸带我去了集市中心,吃了全集市最好吃的现烤烧饼,外加一碗满满的浓香四溢的猪油馄饨,我的肚子被撑得圆滚滚的,走起路来几乎都有点儿困难了。我吃得狼吞虎咽,可是爸爸自己却只从柜台那里沽了一小碗白酒,吃妈妈给我们带的馒头,爸爸说:"白酒配白馒头,香着呢。"

记不得还去了哪些地方,只记得爸爸自从进了集市后就一直牵着我的手。爸爸的手温暖又有力,我们在热闹至极的人群中穿行,眼睛所看到的是许许多多各式各样的店铺,许许多多各式各样我没有见过的东西,爸爸终于给我买了一把崭新的镰刀,还给我买了一双新凉鞋,一双非常漂亮的透明的软软的塑料凉鞋,穿在脚上,冰冰凉凉的,舒服极了!

我清楚地记得那个慷慨的买树人给我的是一张崭新的五块钱,爸爸让我自己把钱存起来,可是我偏不,我回到方山的第一件事就是赶紧跑去找妈妈,大声又自豪地对妈妈说:"妈!这是我卖树的钱!五块!给你!"

我没有说回程走最后一段上坡路的时候实在太累了,看我走得实在慢,天色则已渐渐变暗,于是爸爸就强行背着我爬了坡。伏在爸爸肩上,恍惚间我还睡去了好一会儿,所幸快到村里时突然醒了过来,赶紧从爸爸背上挣脱下来走完最后一段路。我的第一次赶集,有没有给爸爸添麻烦?这个问题似乎已经不再重要,那天晚上,全家人都来祝贺我的赶集收获,我的心里喜滋滋的。自那以后,我就是一名真正合格的方山大人了。

黑色的夜，雪白的羽毛
有一些话语从异乡走过来
在醇香酒杯中慢慢融化
头脑比天空更辽阔
穿越时间的长河
一颗灵魂醒来了
另一颗灵魂还在沉睡
我就是爱如此
如此看着它
看它忽而驰骋千里
忽而又围于沉默
我们攀上层层峰岭
在云朵里轻快地俯视
数一数，留在岁月中的那些
被埋藏的记忆的根茎

　　这一段时间,方山在许多方面都发生了变化,爸爸带领着一个不超过一百四十个人的自然村,完成了许多件了不起的大事。第一件事是历经种种阻碍和复杂至极的曲折,终于使我们的村脱离了"方山七号"的名号,成为独立的行政村,有了一个全新的名字:方山村(对于不了解中国村庄制度的我来说,我不知道方山村和方山七号有什么区别。对于我的困惑,妈妈曾经做过简单解答:独立村嘛,会有更多的自主权,不会什么事都得捏在别人手里,许多优惠都得不到。我听虽听,却依旧是一知半解。从小到大乃至成年以后,我一直说我是方山人,我来自方山,常忘记实际上方山村才是我真正意义上的家乡)。第二件事是把村里超过百分之七十的旱地,改修成可以种水稻的水田(记忆中当时正是袁隆平研发杂交水稻的时期,我的爸爸意识到这是一个可以彻底改变村人吃不饱米饭情况的机会,于是挨家挨户上门做大家的思想工作,说服村人了解和认识水田的重要性,改旱地变水田)。第三件事是修建了村大会堂(那时候人们有个约定俗成的看法:一个村光有自己的名字还不行,还得有一座大会堂,那才是真正意义上独立完整的村。大会堂用来开大会、讨论各种村务村事、办大事或庆典，是接待上级干部及宣读新政策的指定场所，每户村人家里放不下的农具、农作物或是柴火、树木等都可以放在这里）。第四件事是修建村自来水塔，经过反复勘察和检视，村人把山上那股最远但是最纯净清澈的溪涧水，一路建渠引到村里来，在村庄山脊处修起一座高高耸起的水塔，水进村前必须流经水塔，按照爸爸在上海工作时了解到的"自来水过滤原理"，在比水塔还要高的山腰处提前建起好几个大大小小的密封水池（每个水池都有一处可随时打开检修的盖板），一格一格让水次第下降，水经由水池一层一层过滤后进到塔里贮存，干净的水源从塔里流出来，全村沿着窄窄的村路埋上管子，这样家家户户都能喝上方便又香甜的水。在埋水管的同时继续筹钱筹力（自身村庄的人力财力都有限，爸爸带着那封印有村公章的介绍信，抱着那本快翻烂了的"写钱本子"，三天两头往城里及邻村和邻镇跑，从几块到几十块乃至几百块，爸爸几乎走遍了城里的工厂和机关部门，一遍一遍去游说捐款），把村内的泥泞小路和通往村口的路都给拓宽改成了干净好走又好看的石板路。

因为我爸爸的努力，我们方山村是全乡三十几个自然村里第一个喝上自来水的村庄。最小最穷的村，居然率先过上了不用每天挑水烧饭的日子，这在当时着实是奇事一桩。修路用的是互相交换劳动力的办法，我爸爸建议用记工的方式，从邻村请人来帮忙，借来多少工，以后还给对方多少工。由于我爸爸的这个建议，那段时间我们隔壁的村和村之间，也渐渐采取了这样的方法，哪个村需要做一件"大事"时，其他村的人就都会一股脑儿拥过去"帮忙"，每个村都有一本"记工账"，你帮我，我帮你，大家都穷，都没有钱，但是力气却都有，人多力量大，不知不觉许多事情就这样完成了。

除了自来水、大会堂、村路、水田，那段时间还有另外一件让人激动又兴奋的事——全村通上电了！

虽然速度算不上飞快，但国家的全面发展和人民的生活改善，正在一点一点往乡村渗透。

我们小小的方山村，在许多公共事务方面，不知不觉渐渐好了起来。爸爸的举措虽然基本上得到了村民们的支持，但是免不了有许多抱怨："都怪庆堂，过段时间弄个事过段时间又弄个事，这下好了，自家的农活都做不完，为了修个水管子，家家户户的钱袋都掏空了，不仅欠债，还欠了外面许多工。可是呢，这日子也不见得一天一天好起来，那说好很快就要发下来的杂交水稻种子，也是这么久了还不见影，还不是得饿着肚皮，这可怎么办？就说这电好了，电灯当然是比煤油灯要亮，可是这还不是得交钱，那电费到头算下来估计比煤油要贵很多！怎么办？"

那段时间，时不时就有村民跑到我家来，愁眉苦脸地叹气。

钱从哪里来？除了更加密集地往集市上跑，尽可能地多背一些木头到集市上去卖，似乎没有其他办法。然而山林的生长速度跟不上砍伐的速度，眼见着村庄周围原本郁郁葱葱的绿色，一大截一大截地往山顶上撤退，渐渐露出光秃秃的山脊。

村子的贫穷显而易见，村人的抱怨都在常理之中。我的爸爸每天苦思冥想，继而在很短的时间里，又完成了三件大事：村枇杷的改良嫁接，村庆典餐具的置办购买，以及引进山林药材"贝母"的种植。

方山本来就是一个枇杷村，家家户户在房前屋后、种不了地的山沿陡峭之处，但凡有一点泥土的地方，都种上了枇杷。每年的枇杷成熟时是村人们最盼望的季节，果子挑到集市上去卖，往往比卖木材的收入还要可观，差不多占了全年收入的三分之一。枇杷不像木材那么重，挑去集市也很轻松。

枇杷虽好，但是产量却很不稳定，无论平时怎样精心护理，到头来基本还是靠天吃饭，天气和温度是决定一季枇杷收成好坏的最根本条件。

从开花到结果再到成熟，枇杷要经历三个特别关键的时期：一是花开时切不可遇到太冷的温度，否则枝头的嫩花骨朵会在一夜之间被冻坏，掉得干干净净。二是青果结成的初级和中级阶段需要特别充沛的雨水，足够的雨水才可以使果子得到最大的滋养，才能长成又大又圆又饱满的漂亮大果。若是这段时间缺乏雨水，那么长成的果子往往又瘦又小，口感极差。三是果子临近成熟时需要足够的阳光，最后一周左右的阳光太重要了，果子在那个时候每一个细胞都会贪婪地吸收着阳光，把每一道光芒每一缕温暖都完全转化为自身能量。原本青色的果子一点一点被涂上金黄色，越来越透亮，沉甸甸的，蓄了满满的汁液，直至长成诱人香甜的枇杷。

雨水和阳光，缺一不可，若是次序颠倒了则是灾难，特别是最后的成熟阶段，过多的雨水会使果子一颗一颗开裂，等不到完全成熟的时候就从树上掉落下来。村人盼着枇杷成长和成熟的经过,可谓提心吊胆。

产量不稳定,每年的天气温度都是未知,果子品质无法保证,所以就算枇杷能给每个家庭带来较为丰厚的收入,也经常出现付出越多反而损失越大的情况。于是方山人渐渐只是把它看作农作物之外的存在,不愿把过多的精力花在照顾果子身上。而自从我的爸爸当上村主任之后,他得知了乡里设有专门的农业站,站里虽然总见不到人,但是每月都会有一本叫作《农业月刊》的小书放在那儿,那薄薄的刊物上会有各类农作物的信息和知识(即将推行杂交水稻的消息和详细介绍,我爸爸就是从这本月刊上看到的)。我爸爸特别积极,总是在月刊刚刚送达的时候就迫不及待地跑到乡里去领取。他把每一本月刊都仔仔细细收好,有事没事就翻看,然后有一天,大概是从那书上得到了和枇杷有关的消息,他和妈妈说:"我要去西村跑一趟。"妈妈都还没有弄明白西村在哪儿,爸爸就走了。

先是一个人走,回来后又带了另外几个方山人一起去了不知几次西村之后,爸爸就决定带着村人开始做新的实验了:枇杷嫁接。

爸爸专门从西村请来一位技术人员(免费的),同时带回一拖拉机满满的新枇杷枝和枇杷苗(这个需要收费,但是在爸爸的诚意和保证之下,打了欠条,等果子收获时再还上)。新嫁接的枇杷是白色果子,比方山原先的黄色果子更抗冻,更能适应自然环境,且口感和产量都比黄果要高出好几个等级。

"只要能把产量提上去,那么收入自然而然就会增加。"爸爸用简单明了的话作为结语。

村人花了差不多一周的时间，在技术人员的指导下，给村里差不多一半的枇杷树换上了新的枝条。那时候村大会堂已经基本完成了，全村人认认真真坐在大会堂里，听那位枇杷专家上了整整三天的课：怎么照顾新枝，怎么观察新芽的生长，老枝的维护，黄枇杷和白枇杷的相同点和不同点，如何去果留果，如何施肥，施什么肥，什么时候是施肥最佳点，如何进行保暖，等等。接下来，只等着两年之后看成果了。技术人员说："嫁接后最快是两年后挂果，一般是在三年之后基本成形，四年之后就可以稳定了。"

"我们现在是苦一点累一点，但是想想三年后，肯定会有成果出现！"我爸爸信心满满。

时间似乎过得特别慢，村人一边频频点头听着我爸爸的建议，一边却依旧会止不住犯狐疑叹气："唉，三年，那得等很久啊……眼下的日子不好过，收成这么不好，原指望着村独立之后，政府能给我们一些补助，结果什么也没有，还欠下一屁股债……"

爸爸一时无法回答，村里也好家里也好，都有一堆的事在等着他去处理、做决定。妈妈对于爸爸当村主任这件事一直没有发表意见，她习惯了信任丈夫、支持丈夫，而爸爸无论在大事还是小事上都一向处理得合适得体，几乎不曾让妈妈失望过。

"庆堂，我们日子苦一点没有关系，但是我不希望你太操心，一个人的力气有限，能做到几厘几分，还得看老天爷的安排，你需记得不要一下子把力都用完了才好……"妈妈形容对一件事的投入，最喜欢用的词就是"力气"。

力气多做的事情就多，力气少做的事情就少，有的人的力气是细软绵长的，而有的人则只有一时短暂的力，不同的人所能用到的力又各有不同。关于力气的看法和解释，我妈妈自有自己完整的逻辑和看法："凡事要做之前，先掂量掂量自己有多少力气，这样不至于走太岔……"从小到大，妈妈经常细声细语地在我们耳边说这句话。

枇杷的命运三年之后才会揭晓，远的事情可以暂时告一段落，但是每日来临的各种家里村里的大小事件却须得打起十二分的精神来一一面对。

大会堂造好了，村路也修好了，深山里接过来的自来水清洌甘甜，一切都在往好的方向发展。但是，完成这些事情的代价是欠下了一大本子的债。村子里的账本仔仔细细地记着每一笔来自方山村民的代垫款，虽然大部分的款从村外借来，但是本村的村民也有积极奉献，他们认为自来水和村路是自发修建的，该捐多少就多少，可以不补回，然而修建大会堂的钱则应全部由村里来开支，他们愿意尽自己的力来支持，出力可以，出的钱却得还给他们。爸爸也同意他们的观点，所以急着想办法从村里生出钱来。嫁接枇杷时种下一批新枇杷苗，属于村里的财产，是以后村里的收入来源之一，但产果同样也是三年以后的事了。

捐助者的名字，密密麻麻几乎写满了两个本子。爸爸把大会堂其中一面墙专门刷上白漆，然后把本子上的每一个名字、每一个单位都仔仔细细抄到墙上，管这叫功德墙。那些发过善心的人，以后来到方山，都可以在这面墙上找到自己的名字。

每一笔收入和支出都记得清清楚楚，一目了然。为了答谢这些帮过忙的人，方山要举行一次"庆功宴"，把功德墙上的人都请过来吃一顿饭。对外是为了表示感激，这也是必须进行的还礼。对内则为了做总结和回顾，前面的事情告一段落，还有许多新的事情在等待着。

那时候不像现在，由于物资匮乏，所以到哪里或是到谁家去吃一顿"宴席"，对每个人来说，都是一件欢欣鼓舞的"大事"。账上还有一点点钱，宴席日子定下之后，提前差不多两个星期就开始各项筹备工作：统计人数；通知那些来参加宴席的人，光是到处奔走通知，就花去了好几个村人好几天的时间；购买食材，到集市上找最划算的干货；安排烧菜的人；搭建临时锅灶；等等。最后，各方面的工作差不多都落实了，宴席就放在大会堂里进行，摆席用的桌子、板凳也基本上一一凑好了，为了保证每一位来宾都有座位，方山人家家户户把能贡献出来的桌子、板凳都贡献出来了。最后还差三张大圆桌则到邻村去借，由三个身强力壮的村人去哼哧哼哧背回来。然而，到了统计杯盘筷碗的时候，大家还是被难住了。

数来数去，把村里家家户户的所有碗筷都数上，也够不上整整二十二桌的用量。村里临时凑在一起的大厨们商量来商量去，就算是边洗边用，也没有合理的腾挪步骤。更何况，杯和碗即使是去邻村借，估计也不怎么好借，毕竟那时候谁家都只有那么几个小破碗。吃饭这种事情说大也大，说小也小，很多人家里往往连个菜盘都不会有，菜煮好了就堆在锅里，每人最多配一只碗，饭装好了，菜则自个儿去锅里舀一勺浇上了事，谁家都不会有多余的碗和盘。这可怎么办？

以往谁家或是哪个村需要请客开宴席，大家也基本都是采用"借"的方法。同村的人，你借我我借你，谁家有口大一点儿的锅，谁家有只大汤盘，谁家最近新买回来几只小碗，谁家条件宽裕一些有多几只好碗盘，相互之间都比较了解。本村的借不够就到隔壁村去借，有时候为了几只黄花菜炖大肉的汤碗，便得跑好几个村去收集回来。倒也不用担心借的户数太多会分不清楚，那时候每户人家所有的家什家当，都是有名有姓标着记号，哪怕是每一只小碗和调羹，上面也都清清楚楚写有名字（那时候有一种职业手艺人，叫"钉字工"，他们挑着一副小小的担子，走村串户，专门上门来给碗盘钉名字。在碗或盘和调羹的底部，用小铁锤和小凿子细细刻上户主的名字。他们虽是普通手艺人，一般也不识字，只是照着你给他的字样来刻，但是往往刻出来的字却总是又秀气又好看，也是奇事一桩），所以完全不会搞混。只是通常红白喜事也好，寿宴也好，造房造桥完工的庆祝也好，也就请个五六桌，最多也是十来桌。而这一次，方山的宴席实在摆得有点儿大（需要感谢的人太多了），整整二十二桌，别说是我们这么个小山村了，即便是在整个乡里，也极少有摆过这么大的宴席的，这得跑多少户人家？这工作量确实让人头痛。怎么办？

就是在这样的节骨眼上，我爸爸提出了一个大胆的方法：不借了，直接买。

方山村的另外几名村干部一开始听到这个想法时，都吓坏了：什么意思，买？这也太异想天开了！这不是浪不浪费的问题,完全就是没必要啊！况且我们的钱都不够,怎么可能花在这种地方！

"就按宴席的标准,大中小盘加上汤碗调羹,我们采购十五桌的数量,由专人保管,到时候请乡广播站帮忙给我们宣传宣传,我们免费挑送上门,送哪个村都可以,只收租借费,租借费定得低一点,肯定会有人需要租,想想看,我们全乡有四十多个村,每个村里一年四季谁家没有个庆祝请客的日子。这毕竟省心省力,而且整套的宴席盘看起来也有档次,又方便,相信不仅很快可以收回成本,以后这也可以成为我们村收入的固定来源。退一万步,就算到最后没有租成,我们大不了就把这些餐具给转卖掉好了,亏不到哪里去。"

爸爸说得头头是道。村干部们虽将信将疑,但最终还是被爸爸的分析打动了。

于是,方山村又一次破天荒地,成了全乡第一个使用全套宴席碗盘的村庄,那一天的村大会堂可谓门庭若市、热闹非凡。

我爸爸用他最擅长的"晓之以理,动之以情"的谈话方式,成功从集市供销社半赊半买回了整整十六桌的碗盘调羹。继而以最快的速度一口气请了四位"钉字工"来到村里,花了整整三天三夜的时间,把每一只碗、每一只盘、每一只调羹上都细细钉上了我们"方山村"的字样。筷子倒不用买,方山上有的是新鲜毛竹,由一位精壮小伙直接跑到山上,砍毛竹不像砍树那般辛苦和费事,大砍刀挥起,三下两下,一棵青丝丝香喷喷绿莹莹碗口大的竹子就迎面倒下。小伙吭哧吭哧背回村里,十几个人同时上手,十几把柴刀同时运作,很快,二百二十个人的新筷子就被当场削制出来了。除了六桌是村人家里取来拼凑的，放在宴席的末尾，前面的十六桌则是全新的装备，亮闪闪的碗筷瓢盘齐刷刷摆开，那叫一个气派！

大会堂里也通了自来水，让每一个来参加宴席的邻村乡人，充分领略到了不用挑水烧饭的便捷和畅快，临时搭建的锅灶上摆满了待加工的食材——只有过年时才看得到的猪肉、鸡肉、鸭肉样样都有，还有木耳、香菇、银光闪闪的虾皮、黑黪黪厚实的宽大海带。火旺旺地燃烧着，自制的肉丸子、豆腐丸子在直径一米多宽的大锅里咕嘟咕嘟地欢快翻腾。人们在忙碌着，新鲜熬制的猪油渣在火红的锅子里"嗞嗞嗞"地响着，萝卜青菜在平整的地面上一字排开，大厨们的勺子举得又高又准，许多把菜刀同时在好几块临时拼凑起来的砧板上密密落下，发出齐整整清脆而诱人的"咔嚓咔嚓"声，炸得颗颗金黄油亮的花生米仿若灿烂星辰，密密麻麻地躺在那只宽阔硕大的细竹圆筐里。食物的香味不停地一波一波蔓延开去，充满了方山村大会堂里的每一个角落，继而从窗口、门口飘溢出去，一直覆盖了整个村子，山谷里都是快活的味道。

为了把这餐宴席"吃好吃饱"，好多人从早上开始就不吃东西了，外村来的人是不是这样我不肯定，但是方山村的大人和小孩子都大大方方地承认了这一点："吃什么吃！急什么！饿会儿又不会死！当然是等着晚上那一餐！那可是我们自己村的锅灶，都是我们自个村里掏钱买来的好料，吃的是我们自个的东西，不丢人！"

那面写满了捐助者名字的墙下挤满了人，每个人都在寻找自己的名字,每个人都有深深的参与感和自豪感,我的爸爸陪着乡政府的人说着话,汇报工作的进度,顺便提了一下每天在政府广播结束时吆喝一下碗盘租借广告的请求,对方痛快地答应了。事实上,邻村的好几个人看到了这全新的碗碟之后,已经在悄悄打探了:"能不能借给我们请客用用?"在得知租金每桌只要两元钱之后,立马就开始了预约。许多小孩在大人的裤腿间穿来穿去,有的孩子显得特别"勇敢"机灵,他们假装无意识地吵闹着,你追我赶地跑到锅灶那边,趁着烧菜的人不注意,突然从那只竹圆筐里捞出几颗热热脆脆的花生米,急不可耐地丢进嘴里,一时被烫得哇哇大叫。望眼欲穿的等待,从上午到下午,又从下午到傍晚,再从傍晚到晚上。灯火通明的大会堂的喧嚣,差不多快要到深夜了才停歇下来。

这样全体到场众志成城热气腾腾的欢乐场面,在我童年的记忆里,只此一次。

那十六套完整标准的碗盘,在半年不到的时间里,就收回了所有的成本,且在将近五六年的时间里,成为我们村最为稳定扎实的收入,全乡上下,只要请客立马就会想到方山,特别是下半年,差不多一周左右就会有一次租借发生,甚至有时候一天之内就有两个地方要请客,我的爸爸不得不专门安排村里力气最大的两名村人,给他们发工钱,两个人分别挑上沉重的挑担,忙着给各个村子的人们送过去。

而在同一时候,得益于那《农业月刊》,我爸爸用租借盘碗收进的钱,照着月刊上的信息,央求农业站的人帮忙,从外地买回一批叫"贝母"的药材种子,给方山村村民逐一发放下去,把那些靠近山沿的零散小块山地也整理出来,种上种子,一年一季,又是一个全新的换钱渠道。再后来,爸爸还给村里购进了一台碾米机和一台磨面机,派了专人去学习,回来后一个月开一次机器,于是本村的和邻村的人再也不用把稻谷和麦子挑到几公里外的乡政府碾米厂去了,价格比乡里还便宜了好几分,于是大家都愿意将稻谷、麦子挑到方山来,给村里又添上了一笔稳固可观的收入。

村务在发展,方山村的孩子在一点一点长大,而我很快就将小学毕业。

在那段记忆里,似乎整体上周围时不时总有一些热烈的欢欣鼓舞的大事情在发生,村人盼望许久的杂交水稻的种子也终于从乡政府领了回来,水田里种上了充满希望的稻子,眼看着时间一点一点过去,那梦想中的黄澄澄的稻子也终于一茬接着一茬开始增加,也是在那个时候,我听到了一个从未听到过的名字——袁隆平。

爸爸说,袁隆平是位农业科学家,培育出了这种杂交水稻,他是农民的大福星,是个了不起的人。

稻谷的产量确实是在增加,我们一年四季不用再以番薯、南瓜、土豆、萝卜为主食,那些奇奇怪怪各种颜色的菜叶粥也渐渐退居二线,锅灶里时不时可以看到一大锅货真价实的大白米饭,挨饿的时候不多了,日子渐渐好了起来。

然而,这种好起来的迹象,仅仅只是体现在偶尔一顿餐食的细微改变上。很多时候,收割回来的稻谷大家依旧是舍不得自己吃,一半以上都是挑到集市上去换钱。钱似乎就是每个方山人生活中最重要的事:屋顶的瓦坏了需要买新瓦;家里的窗户、门框坏了,请木工来修需要用钱;畚箕、箩筐用毁了,请竹篾匠重新制作需要用钱;要花钱添几只装玉米的大泥罐;鞋子破了得修,太小了不能穿了得换;棉被太破太旧了,最好请个棉絮师傅弹两床新棉被;需要一只新的铝箱来装番薯粉,这样老鼠就偷吃不到了;买雨鞋、雨伞、手电筒、笔、橡皮等,这些都需要钱。

所谓的生活条件好起来,也体现在人们的穿着上。不知从什么时候开始,方山村人的样貌渐渐体面了些。饭能吃饱了,脸上也开始有了红晕,那些补丁叠补丁五花八门的衣服也在渐渐少去,无论是大人还是小孩,每个人都有了那么一两件拿得出手的相对好看的衣服(没补丁就是好衣服)。当然,下地的时候还是最朴素的打扮,哪件最旧穿哪件。

家家户户的情况都差不多,忙碌和疲倦占据了方山人的大部分时间。

我家也是一样,但自从我爸爸当上村主任以后,许多精力和时间被分散了,所以我家似乎比任何一家都要忙碌。有很长一段时间里,我可以清晰感受到我们家里气氛的转变和紧张。妈妈极少责备爸爸,只有偶尔忍不住时会嘀咕一两句:"又去农技站?不能缓两天吗?又去乡里开会?"话一说完,自己也觉不妥,便只能叹口气顾自转身忙去。

爸爸时不时的缺席是我们家庭"致命的缺陷",积压下来的各种农活常常把每个人都压得喘不过气。姐姐们跟着妈妈,除了上学，几乎把所有的时间都花在了地里，夜以继日。爸爸为了把漏掉的时间补回来，只要一去到地里，就加倍地使力，恨不得一天就把三天的活都给抢出来。我阿婆则带着我和小妹，把家里里里外外的活几乎全包了，洗衣、做饭、打扫、养猪、养鸡、养鸭等，种种数不清的家务活层出不穷地围绕着我们。那个时候我的小妹也已经进入能一个人去野外拔猪草的阶段，我不知道她有没有和我一样产生过对各种各样虫子的恐惧，只看到她踮着细细瘦瘦的脚丫子，把那只原属于我的大背篓挂在她的瘦小肩膀上，一趟一趟地把猪草从野外背回来。

一只年迈陀螺，带着两只大陀螺，外带五只小陀螺，我们是陀螺之家，一年四季，转个不停。

眼看着离真正长大的日子越来越近，从小学跨到初中，对每个孩子来说又是一个鲜明的分水岭。

在我的感觉里，一切都还好像是在昨天，仿佛我才刚刚来到学校，无论是对学校还是对读书的热爱，我都尚且不曾完全培养起来，可是，就这么一眨眼，忽而就到了五年级了。

曾经，我是多么着急地盼望着长大！然而，对于长大的憧憬，不知从什么时候开始，渐渐掺杂了一种抵抗的情绪。

也许是因为半个大人的视野，所看出去的一切和孩提时很不一样，那个想象中的大人世界，在一点一点被剖开之后，那种未知的新鲜感似乎在流逝。如同对集市的向往一样，在初始对于未知之地的好奇想象成为现实之后，剩下的只是重复的疲倦。特别是在假期，当五天一次的卖树成为家常便饭时，我渐渐意识到它不再是我向往的事,而慢慢变成一种令我有点儿厌烦且想要躲避的事。因为赶集的疲累是不折不扣的,而且还不一定每一次都能把树卖掉,又或者是卖了一个我完全不满意的价钱,以及当我发现我每次赶集换回的钱,对于我们整个家的开支来说,只是少得可怜的一点点时,我的自豪感就这样荡然无存。

我在重复一件给生活带不来什么变化的无趣的事,好多次我不由自主地这样悄悄告诉自己。

我爱玩,爱幻想,不切实际,对未来没有清晰的构想和向往。从小学到初中,一直都是那么浑浑噩噩。

我到底为什么厌烦读书呢?那原始的读书渴望,到底为什么会在后来一点一点消失了呢?我有点儿百思不得其解。整整五年的小学时光,给我留下了什么?我努力搜索,细细回想,然而,压根儿想不起来什么。

嘈杂的教室,教室里吵闹的学生,讲台上换来换去的老师。充斥在小学记忆里和读书有关的片段,除了课堂里不停歇的学生吵架打架,老师飞舞的粉笔头、揍人的鸡毛掸子的啪啪作响声,其他的几乎想不起来。

学习?知识?书本?这些属于学校的最为明显的符号,似乎和我没有什么关系,成绩没有,乐趣也没有。在小学的最后一个学期,我以刚刚及格的危险分数挤进升学的名单。随之而来的那个暑假,是有记忆以来最为忙碌的假期,因遭遇经年难遇的干旱气候,为了把那些可怜的被晒得支离破碎的农作物从烈日下拯救出来,我们全家上阵,带着水桶、脸盆、洒水器,一天无数次往返于田间水边,想方设法把溪里河里那所剩不多的水一个劲儿地往田里地里搬运,每个人都累得近乎虚脱。

连续超过一个月的烈日暴晒,把许多农作物都晒死了,每一处山地每一道田埂都尘土飞扬,空气中也充斥着暴躁的浑浊气息。爸爸忙于和我们一起运水抗旱,更多的时候则忙于安抚奔走,四处调解村人之间三天两头发生的"争水打斗"事件。谁家的日子都不比谁家好过,目力所及,哪里都是一束束一坨坨毫无生机的庄稼,每个人心里都清楚,光凭这样疲于奔命的人工运水根本无济于事,什么都拯救不了。谁挡了谁家的道,谁抢了谁家的水,哪一段溪水的所有权该归谁家,谁又不该在田间地头碰到时不小心撞了谁的肩膀,等等,不需要具体的理由,每个人的火气都那么大,耐心有限,"人与人之间应该谦让"的良好品德本身极为稀有,于是在那个夏天,人和人之间非常轻易就能燃起愤怒的火焰,吵架、打架一时竟成家常便饭了。

有时是同村人之间互打,有时则是和邻村的人干架。每每和邻村人打架,方山人突然莫名地变得非常团结,总是以胜利而告终,这就苦了我爸爸了。同村人之间的互殴还容易解决,事情过后双方自己也会觉得不好意思,大家在同一个村,低头不见抬头见,只要有人劝说,你让一下我退一步,基本上很快就能平息。但是和邻村发生的矛盾就不好解决了,"争水"事件一旦升级,消息总是第一时间就会被通报到乡里,于是,不管谁对谁错,我爸爸都是首先被问责的第一责任人,作为一名已然成为共产党员的村主任,必须承担所有的过失和后果。于是,约邻村的村干部协商、走访事件双方家庭、当时当境的情况调查、听取多方意见、赔礼道歉、交换讲和的条件、去乡里做报告等，一整个夏天，我爸爸一边叹着气，一边不厌其烦地处理着一桩又一桩由于炎热引起的"突发状况"："这不能算是事件，顶多是个突发状况，我相信双方都是无心的，情绪过了也就过了，之后依旧是好邻居、好朋友……"

我爸爸是天生的乐天派，无论发生多么糟糕的事，他都会用特别幽默而简单的方法来处理。不管是面对气势汹汹的邻村人，还是兴师问罪要求赔偿的受了委屈的本村人，抑或是面对眉头紧锁沉默严肃的乡里领导们，我爸爸永远都是采取不紧不慢坚定温和的态度，他把大的事小的事都一律归为"突发状况"："谁对谁都没有恶意，大家都是为了把日子过好，谁都不愿意发生这样的事，谁都有情绪，就看遇到事情我们怎么去面对……突发状况是一时的，我们最主要的是要把以后的日子过好……"

我爸爸站在双方的立场，该协调的协调，该剖析的剖析，往往双方最终也都能冷静下来，事情也就都能慢慢平息。

爸爸当村主任，给村里带来许多变化，这本是一件值得自豪的事。但是在我的记忆里，我却从来不曾因为爸爸是村主任而感到骄傲，恰恰相反，那时候的我，对于"爸爸当村主任"这件事，一直都很抗拒。因为对于家庭来说，爸爸自从当了村主任，时间便被村务、村事分走一大半，于是我们每个人的农活都增加了，这是一方面。另一方面是随着各类村事的突发与升级，我们家里原先的美好和平静被破坏掉了。

比如说，一家人在好好吃着饭的时候，院子里会突然跑进一个血淋淋的人，大声嚷嚷着说他的头被谁谁打破了，让我爸爸赶紧去主持公道。又或是，爸爸难得下一回厨，正在厨房案板上擀面条时，厨房门口突然甩进一只硬邦邦的死鸡，有着粗大高亢嗓门的方山村妇随之大踏步挤入，双目圆瞪着指控谁谁把她家的鸡毒死了，必须找出"犯人"，让我爸爸立马到"案发现场"去，要求狠狠地赔偿。又有谁家的夫妻吵架，挨了丈夫一巴掌的妻子，一把鼻涕一把眼泪地倚在我们家的灶台上，要我爸爸去做主，否则就要寻死觅活。还有在谁的山上，突然逮到一个偷挖竹笋的"小偷"，那更加是要严惩，村里来看热闹的人全部涌到我们家里，把我们家挤得个水泄不通。谁家麦苗没有长好，谁家少了一只箩筐，谁家的番薯藤爬到不属于自己的领地，谁家的枇杷似乎少了几颗，谁家烧秸秆时不小心把别家田埂上的某棵果树给熏黑了好几个地方，眼看着又要争吵起来，剑拔弩张，非村主任到场便不可收拾，诸如此类，层出不穷的各种奇怪的和不奇怪的大事小事，总是不停歇地在发生。

虽然我爸爸总是尽可能以公正、公平的心去对待每一件事，以他最大的耐力和耐心不遗余力地温和地对待每一个人，然而事有偏颇，再怎样用时用心去处理，也总是会有人不满意。于是，愤懑引起的情绪就会产生，当提出的需求得不到满足时，村人便会霎时忘记我爸爸平时对他们的好，自然而然就把矛头转向我爸爸，口头上的指责和谩骂都算是小事，还记得有好几次，那些瞬间变得野蛮的方山村人，情急之下把我爸爸的衣领也给扯了起来，什么道理都没法讲了，只是瞪着铜铃大的眼睛，脸涨得通红，鼻尖都快蹭到我爸爸的面颊上了，只一味粗鲁地大声嚷嚷着,唾沫飞扬:"那我可不管,你是村主任,你得解决! 你必须得给我解决! 得按我的要求来! 你赶紧给我解决!"

我平生最怕看到吵架、打架,每每这样的时候,我总是又惊又怕。

看到人群一层一层地聚过来,各式各样的呼喝声在我的周围炸响,人们你推我挤,全然不是平日里看到的谦和模样,一时间,似乎我爸爸反而成了罪魁祸首。我完全不知道被围在人群中央的他,是用了怎样的方法,才把空气中的愤怒给一点一点平息,他得费多少的口舌,才能让情绪激昂的人们重新冷静下来,我只知道,事情的最后,无论是处理得妥当还是不尽如人意,似乎总有一些我看不见摸不着的"危险"存在着,如同我妈妈曾经有一次认真和爸爸提过的建议:"庆堂,要不就别当这个村主任了吧,这些人啊,没事的时候个个都好说话,但凡有半点儿不满意,那就毫无道理可讲……你又何苦来做这个出头人呢? 得罪了谁都没有必要,你听听他们那些骂人的话,多难听啊,万一生出别的这啊那啊的麻烦……"

"话不能这么说,事情总得有人去做。我问心无愧,大家都是知根知底,真有什么口角也都是气头上的事,只要耐了性子去说,最后都能理解的。大家心里都有杆秤的,不过是被人骂两句,能有什么事……"

我爸爸笑呵呵的,全然不把这些麻烦放在心上。被人谩骂也好,衣领被人拎起来也好,即使人家已经把唾沫喷到了他的脸上,他也依旧是不急不躁,全然不当回事。不仅如此,为了劝解妈妈,他还会自嘲:"小优,你说的这些我都知道,他们急起来还当面骂我'绝后代'呢。不过是因为我们生的都是女儿,他们就以为戳到了我的痛处,哪知道在我的心里,儿子女儿都是一样的,哈哈,这可惹不恼我。人啊,要经得住事,别人骂你那是因为他们自己心虚,是因为他们需要有人帮忙,如果只是因为几句骂就放弃自己想做的事,那也太软弱了……"

在当时人人皆以有儿为荣有女为耻的闭塞乡下,关于"男女平等""男孩女孩都一样"的观念还比较罕见,那些试图用"一个堂堂村主任竟然没有儿子"来攻击我爸爸的人,并没有收获他们想象中的胜利,反而总是被我爸爸慢条斯理的回答弄得下不来台:"怎么啦,你倒是说说,女孩怎么就比男孩差了?我们自己生出来的孩子怎么就不是我们的后代了?这可都是新社会了,你这重男轻女的想法可得改一改。再说了,男的再厉害,可哪一个男的不是女人生下来的?所以啊,生男生女都一样重要,社会需要平衡,离了谁都不行……"

吵归吵,骂归骂,在我爸爸的努力下,许多事情最后也还是以和平方式而收场。

我的害怕归害怕,妈妈的担忧也只是片刻的担忧,日子总是不徐不疾地往前。而我,并不能做到和爸爸一样对所有的辱骂和惊扰都无动于衷。

比如说,当一大早发现有人悄无声息地往我们院子里丢死老鼠,放学回家时突然被某个邻村小孩拦住问"你那绝后代的爸爸在哪里",某个昨天还好好的满脸笑容的方山邻居今天突然就对我不理不睬,上周还和我手牵手一起上学的同桌这周忽然就翻脸不认人,这些时不时发生的,每天预计不到的事,有熟悉的,有陌生的,在渐渐成长的过程中,总是或多或少地影响着我。而所有在我年少时不曾注意到的、许多看似遥远实则和我们息息相关的事,随着年龄的增长,都一点一点地在我的眼前呈现出来。

也是从这个时候起,我的意识中模模糊糊地产生了想要"逃开"的念头,想躲开、逃开。而至于"逃什么""躲什么","逃去哪里""躲到哪里",心里并没有具体的概念,更没有可操作的方向或哪怕是稍微实际一点的想法。毕竟,我还只是一个不到十三岁的小孩,就算遇到让人不舒服不快乐的大事小事,总是睡一觉就过去了,第二天醒来又是崭新的一天,除了干活时实打实留在手上的印记会延续,其他的都丢在了昨天。

那一段时间,由于家务农活的繁重,我觉得自己全身都处于又酸又痛的状态。我的双手难看得吓人,每个指头都被晒得黑乎乎的,又裂又破,还奇怪地肿胀着。我本想叫苦,可是偷偷去看我的姐姐们,她们的手指也和我一模一样。准确地说,她们比我严重多了,我只是脱皮裂开而已,我大姐和三姐的拇指和食指,还时不时地往外渗着血丝,她们却全当没这回事,好像指头并不会疼痛,依旧每天不是到田里就是到地里,一声不吭地跟在爸爸妈妈身后干活。

我的爸妈和阿婆,他们的手指长什么样?他们已然有着皮革般颜色的粗糙而瘦削的手,似乎看上去都不会有任何变化,仿佛无论怎样增加劳动强度都伤害不了了。我模模糊糊地看着他们的昨天,又模模糊糊地想象着我的明天,我隐隐约约地猜到如果一直到地里去干活,我的手以后会变成什么样子,我有点儿害怕。

我以为,到了初中之后,一切会变得不一样。一个新的地方,或许我会遇上新的不一样的事?新的学校、新的老师,或许我真能学到许多很有意思的新的东西?

我的父母从未对我们有过"读书改变命运"的说教,他们很爱我们,但是关于我们"将来如何",却从没有过具体的讨论,更别提什么规划和建议了。他们辛勤劳作,尽他们所能抚养我们、照顾我们,一点一点改善家里的条件。我妈妈虽说也读过几年书,然而也只能算是认识几个字而已,并不具备远大的思考和展望能力。我爸爸,虽然曾经在大都市上海待过一小段时间,但是作为一名棉纺厂里兢兢业业的小技工来说,并没有太多的机会去看到"社会"或是"世界",他在上海学到的和在方山学到的差不了太多,总体也是模糊而笼统的"真诚对人真诚对事那就一切都好办"的立身为人的根本。也不知是他青年时代哪一阵风吹的,给他的脑袋里灌输进了一种思想,使他坚定不移地信奉一个理念:民主。

对于我们的教育,他只遵循一个道理:

"爸爸照顾你们,但是不干涉你们,我们是个民主的家庭,以后做什么,要成为什么样的人,都由你们自己做主。能读书,就好好读书,我和你妈妈会尽力供养;读不了书,或是回到方山种地,或者出去打工,那也由你们自己选择。"

"父母有养育你们的责任,但是爸爸很清楚,我们缺乏教育你们的能力,以后要过怎样的日子,这得靠你们自己去努力,我和你妈都是本分人,能给予你们的有限,这一点你们要有心理准备。就算是读书，也不是无条件地读，你考得上，那我们无论如何也要把学费给筹出来，不管家里有多少困难，也会满足你。但是如果你一次考不上，那我们家的条件摆在这里，复读是不可能的，家里还有妹妹们，你是老大，你应该能理解……"这段话，是爸爸对我大姐说的。大姐还有一年就要高考了，爸爸语重心长的话，既是对大姐说的，也是对我们说的。

对于几乎全部的方山人来说，读书，从来不是唯一的出路。

然而，出路在哪里？我父母不知道，其他的方山人也不知道。他们自始至终，都只是遵循着命运的安排：生下来，睁开眼睛，看到天空和土地。饿了，需要吃饭，要种地才会有饭吃。建立一个家，有了孩子。得很勤奋，家里的生活才能变好一点，尽可能在单薄贫瘠的基础上，一点一点去创造。跟着前面的几代人的模模糊糊的影子，懵懵懂懂跌跌撞撞地往前，一代跟着一代，几乎不怎么有变化，不可能有变化。

方山人是如此，方山旁边的陈村人、高寮人、桐山人大抵也都是如此。如何寻到好的出路？如何过上好一点儿的日子？可借鉴参考的实际例子几乎没有，三乡五县也不曾听到过谁是靠读书过上好日子的，高中状元翻身行大运的故事只有在戏文里才听过。对于方山人来说，可供选择的路实在是非常有限，每个人你看我我看你，赶集的赶集，下地的下地，努力把手头数不尽的活赶紧完成才是正事，并没有多余的心思和时间去想太多。

我这辈子，唯一的一次发问，关于将来想做什么，也是因为那次大妹的突然归来，才在大姐的引领之下讨论过一次。但是那次谈话,爸爸妈妈并没有参与进来。他们在意和关注的,也只是"一家人要在一起"的核心,现实所迫的分离使他们感到羞愧,只来得及感受短暂相聚的快乐,将来是什么、在哪里,或许是个过于沉重的话题,离我们还太远,能不涉及就尽量不涉及。

我的大姐天生有忧虑将来的品性,常常时不时地就会来鞭策我们:"我跟你们说啊,一定要好好读书,只有读书才能离开方山,要去外面看看。读书读得好,那就不用干农活了,到时候可以在城里有工作……"

"不一定非要读书吧,可以学一门手艺,同样也不用干农活呀!学习成绩不好,读不上的呀!"每当大姐说起读书的观点时,二姐总是第一个出来反对。她有亲眼见到的好榜样为证,"你看我们的表叔表婶,裁缝活做得好,一年四季都有人请他们做新衣,又管饭又有钱赚,看着也不累,还天天有新衣服穿呢,多好。"

"哈哈,我知道你是只想着去学裁缝的了,我不说你,想去就去呗,用爸爸的话来说,我们是个民主的家庭,喜欢做什么就可以去做什么。哈哈,我只督促妹妹们,能读书当然是读书好,读书可是更轻松呢,你们说对不对呀……"

大姐和二姐的争执总是超不过三秒,很快我们就忙着出门去,说话归说话,田里地里有大把的活在等着我们,我们总是笑嘻嘻地你推推我,我推推你,从不会把话题往深入里去说。

我认为大姐说的话很有道理,但是同时也觉得二姐的想法也非常对。我迷迷糊糊的,完全没有自己的想法。

我迷迷糊糊地想着,同时也就迷迷糊糊地把什么都忘记了。我只知道,我已考上了初中,不管怎样,先继续好好读书,总归不会错。

然而,糟糕的是,我的学习成绩非常差。我发现,不管我怎样努力,都无法专注地学习。

因为我发现,初中的生活和小学生活几乎没有什么区别。只是离家更远了些,嘈杂的孩子更多了些,粗鲁冷漠的老师也更多了些,仅此而已。

另外,经历了小学时不时"迟交学费"之后,我竟然还是被同样的事情所困扰,爸爸轻描淡写的解释,并不能把我心里的不愉快驱散几分:"初中的学费更贵了些,只能先交一半,有你三姐在呢,她会去找校长,请校长先记个名,过两三个星期就能补上。"

虽然总是有三姐挡在我的面前去面对校长,虽然她也和我一样欠了一半的学费,但是校长的话语,听起来还是会让我觉得难受:"怎么回事?怎么总有交不起学费的孩子?钱都没有,读什么书?"

三姐和我一样涨红了脸,我们手拉手站在校长高高的办公桌旁边,等待着他的答复。"行了行了,名字记下了,走吧走吧,别傻站在这儿了,到教室去报到吧,回头记得催你们爸妈尽快把钱交上来。"

校长的神情说不上粗鲁,只是有点儿不耐烦罢了。我从来没有和三姐讨论当时她是什么心情,我只知道自己总是会感到羞耻。我们两个都低着头不说话,只好默默退出,去找教室、找寝室。

　　读书、学费、欠钱，这些紧密相连的字眼，使得我对新学校的盼望消失了，仿佛失去了某种权利，只能是当个置身事外的人了。

　　那座没几间教室的窗框松散的寒冷学校，远离所有的村庄。

　　清一色的低矮泥土房，高低不一地沿着一条有着脏兮兮污水的沟渠无声静卧，沟渠和房舍之间有围墙隔开。房舍长得不怎么样，那围墙却甚是可观，墙体由切割成约两米长五十厘米宽的巨大天然石块堆砌而成，把这个破旧寒酸的初中学堂稳妥地围抱在里面，俨然一副神圣不可侵犯的模样。

　　房舍一共分为四栋建筑物。最大的建筑物是教学楼。只有一层高的普通砖泥瓦平房，一间挨着一间。

　　教室平淡无奇。有窗户，但是一半以上的窗户没有安玻璃，只有空空的窗框架裸露着，风一吹，窗框就嘎吱作响，无论是大风还是小风，都直通通往整个教室里灌。夏天倒是凉快，冬天可就有点儿吃不消了。教室前后各有两扇，朝北的墙上刷出一道长长的平平整整的黑板。和小学时不一样，初中黑板是直接刷在墙上的又光又亮的黑，不是刷在木板上的发灰薄薄的黑。每个教室的黑板都很黑，黑得很漂亮。教室里的书桌一共有四排，依次排开，每张书桌都长得差不多，不外乎是陈旧、坑坑洼洼、高低不平的桌面，大概都是经历过许多种伤害。每张书桌后面配一张条凳，条凳和小学的相同，也是两个人共用。教室的四壁空空荡荡，偶尔有几间教室里贴有"好好学习，天天向上"的标语，标语也很旧了，不知道是哪一届学生贴上去的。

教室里除了漂亮的黑板,还有另外一个引人注目的地方,就是黑板前面的讲台。这个讲台和小学完全不一样,很讲究,讲台的地面比教室地面高出差不多一个半台阶,这个高度对老师来讲只要大踏步很轻易就能跨上去,但是对于我们学生来讲就略高了些,每次被叫到台上回答问题或是上台去擦黑板时,都得把脚高高抬直了才能迈上去。讲台上摆着一张宽宽长长的桌子,这桌子看上去非常牢固结实,又因为是摆在高高的讲台之上,所以自然而然就透出一股凛然不可侵犯的威严模样。桌子上面很清爽,除了粉笔和黑板擦,几乎没有多余的东西。当然,除此之外,最显眼的还是那根鸡毛掸子,初中的鸡毛掸子看起来比小学的似乎还要更大更粗壮些,鸡毛也特别紧实密集,一旦打起人来,那鸡毛飞舞的状况也就更壮观些。

这样的教室,一共有九间,每个房间都一模一样,宽敞、破旧,一溜儿排列开,从学校围墙的中段位置开始,一直延伸到学校的东南角,角落尽头隔了不到三米的地方,就是学校的厕所了。说是厕所,不如叫它"茅坑"更贴切,因为它实在是太简陋了。

这是一座不折不扣的半露天的巨大茅坑:一条长长的被挖开的沟渠,一半在围墙里,一半在围墙外。围墙里的这一半被屋顶盖住,从屋顶上伸下一道木质隔板,隔成男女两边,各自有敞开着没有门的小门洞可以进出,里面共计蹲坑三十来个。一到下课时间,这里可就热闹了,全校三个年级,每个年级三个班,每个班五十多名学生加上老师、学校杂工等五百来号人,都急急忙忙往那里跑,一时间各种声音轮番起伏。往往不到一个星期,这沟里就被填满了,黄黄绿绿的水总会时不时从蹲坑里漫延出来,把本身就又挤又窄的行走通道也弄得又滑又湿溜溜,人走进去,连站都不能站稳,蹲就更困难了,所以上厕所对每个人来说都是一次莫大的考验。

不过,这茅坑对我们来说是考验,对于学校以及外面的村民来说,则是不可多得的"礼物"。每当粪池即将漫出来的时候,围墙外的那一半可就忙碌起来了,有好多人挑着粪桶着急地等在那边,随着专门负责茅坑的学校管理员把外面的小门一打开,他们就急不可耐地涌进来。学校把这些粪便卖给村里的农民,既让学校有了额外的收入,也帮助有需求的村民解决了大部分的施肥难题,互惠互利,皆大欢喜。

第二栋建筑物,是老师们的办公室,坐落在整座学校的最中心位置,周围一圈都是操场。同样是只有一层结构的房子,但是整体高度比教学楼要高一些,也稍微新一些、好看一些。

这幢楼似乎刚刚修补粉刷过。四周的墙壁没有脱落,门也是完好无缺的,窗户上有玻璃,不会漏风。有几个窗框上还明显地可以看到曾经的红色油漆的痕迹,到处都弄得很干净。一共四间大开间,紧紧地连在一起,前面是宽阔平整的屋檐长廊,长廊前面则高高竖立着一座约半人高的台子。那是一座旗台,旗台上有旗杆,旗杆上挂着一面鲜艳的五星红旗。

学校再破败再灰暗,那旗杆上飘动的红旗却一直红艳艳地飘动着,简直像是一个奇迹,所以这里理所当然成了学校里最亮眼的一道风景。

在靠近西北角的方向,有另外一排体积更小一些也更低矮的房子,那是老师们的宿舍。一小间一小间的单人宿舍,也是一字排开,我没有数过一共有几间,只被它们身后的那一排又高又翠绿的梧桐树所吸引。那是非常漂亮的树,挺拔的树干直直地向天空伸展着,枝繁叶茂,每一片叶子都有手掌心那么大,风一吹就发出很好听的哗啦哗啦的声音,阳光从枝丫的缝隙热烈地投射下来,树叶的影子落在树下房子的黑瓦上、白墙上,处处斑驳,好看极了。一整个校园,只有这里有这么几棵树,鲜活壮丽生机勃勃的树,与四周空空荡荡灰头土脸的环境显得似乎有点儿格格不入。可惜的是,由于它们生长在老师们的生活区域内,所以我们只能远远地看一看,不存在跑到树下去玩耍一会儿,或是近距离去靠一靠摸一摸的事情。

教师宿舍的尽头,是我们的食堂。说是食堂,不过是一间有着巨大烟囱的大房子,里面有一个巨大的蒸炉灶,蒸炉灶上叠着六七层巨大的木头蒸屉,我们全校的饭盒都聚集在这里。吃饭采取的是和小学一样的方式,每个学生自带饭盒,学校收取饭盒费,以“只”为单位,一天三餐。我和三姐为了省钱,和小学一样只带了一只饭盒,这样只要交一只的费用就可以,学校不管你是几个人吃,只认盒不认人。每次临近饭点的下课铃声一响起,所有人就都争先恐后地往食堂这里跑,生怕去晚了自己的饭盒便会不翼而飞。干粮配饭,咸菜、雪菜、霉干菜、咸萝卜、咸豆角、咸葫芦,每个学生吃的都大同小异。老师们的待遇则不一样,专门有个小灶台,可以另外蒸煮自己想吃的东西,负责蒸饭的大叔也负责给老师们做菜,时不时能闻到一些现炒的新鲜的菜香味飘出来,大家便只好狂吞口水,远远闻一闻就很满足了。大部分的时间都是三姐负责去蒸饭取饭,我则提前准备好一只杯子在操场边上候着,霉干菜铺在杯底,等着她从食堂急匆匆捂着袖子把热乎乎烫手的饭盒捧过来。我们两个蹲在操场边上,急匆匆把米饭拆分,然后捂着自己的饭回到各自的教室。为了两个人都能吃饱,她总是尽可能多地往饭盒里放一些米,要如何把饭蒸得又多又紧又不漏到饭盒外面,这是一门大学问。也有轮到我去蒸的时候,我总是把握不好量,时而多米少水,时而又米塞得太多弄得半生不熟,饭盒盖子也被顶开,学生们挤在蒸屉前胡乱扒拉时,一不小心就会被他们碰翻,于是,整盒饭就倒在黑乎乎的蒸屉上,捞也捞不起来,没办法,只好都少吃一点,暂且饿一餐。所以,三姐总是尽可能去做这些事,也不会对笨手笨脚的我有所责备,每次只是皱过眉头就了事。

剩下的最后一栋建筑,就是我们的学生寝室了。在校园进门的靠左边离教室大约五十米的正东转角位置,一栋不高不矮的房子,后面挨着高大的石头围墙。这栋房和其他建筑唯一不一样的地方,就是它是由厚厚楼板隔成的两层楼房。虽是两层,但是整体的楼房高度却并不高,一眼望去几乎和不远处的教学楼没什么两样。房子前面有一圈低矮砖石围起来的一个小小的院子,进入寝室前得先经过这个院子,院子赤裸裸地暴露在阳光下,穿过院子走到楼板间,一楼归男生住,里面是密密麻麻沿着两边墙壁一溜排开的双层板床,草铺被褥自带,寝室一览无余,没有其他东西。去往二楼的楼梯在小院的尽头,是一架直通通的木头梯子。楼上的光景和楼下一模一样，只是楼上住的是女生。

每当晚自修结束，男生女生都叽叽喳喳地闹着叫着往寝室跑，寝室的功能只有睡觉，学校的正北角落有一口大水井，不管是洗脸、刷牙还是洗饭盒、蒸饭等，一律在那井边完成。四四方方的水井，很宽很大，倒不用担心谁会被挤到井里去，因为那水井的井沿围得非常高，每个人都得踮着脚尖才能把脑袋刚刚够到井沿边上。水井旁边放着几只挂着绳子的铁水桶，绳子的一头连着水桶，另一头则牢牢地绑在井沿外壁的铁圆环上，这样既方便学生取水，又不会因为太混乱而导致水桶掉进水井里。那铁水桶又沉又重，一般人光是拎着水桶都觉得沉，更别说从水井里打一桶水上来了。于是自然而然就由身强力壮些的高年级的同学为其他人服务，那几只桶里总是有满满的水，偶尔也会有争吵抢水的现象，但是不多。

再后来，学生们想出了新的方法，每个人基本都有一只自己的牙杯，那时候的杯子不外乎就那么一种——带有把手的白色搪瓷杯，只是大小不一样而已。想办法找来一根细细的绳（有带零花钱的可以到学校马路对面过溪的邻村供销社去买），或是家里带来细布条撕开接在一起的布绳，绳子绑在杯子把手上，"嗖"的一声甩到井里，不出意外就能很轻松兜到半杯水给拎上来，又方便又安全。于是，每每到用水的时光，井边总是特别热闹，大家各自拎着自己的杯子，忙忙碌碌地打水倒水，洗洗刷刷。时不时地有杯子抛下去时不小心撞在一起绳子打了结，这下可得小心翼翼了，因为扯得太快会弄断绳子。运气好时能很轻易就拆分开,运气不好绳子扯断的话那杯子可就直接往井底沉下去了。丢了杯子的人,不例外总是会嗷嗷大哭起来,毕竟,对任何一个家庭来说,一只搪瓷杯也是一件价格不菲的家当,以后取水麻烦是小事,父母的责骂痛心才是最不好面对的。

我和我三姐共用一只搪瓷杯,是大姨从遥远的哈尔滨寄来给我们的礼物,非常漂亮的一只大杯子,上面印有颜色鲜艳的"大丰收"图案。这只杯子没有掉进水井,而是在才到学校的第二个星期,就悄无声息地不见了。刚到新学校的我们,不知道这个学校有一件最为流行的事——偷窃。

那时候似乎很多人都是小偷,你偷我我偷你,隐秘的私人行动充斥在整个学校。那些丢失的各类小东西有时候从这个女生的身上被发现,或是忽而从一个腼腆男生的口袋里掉了出来,大家心照不宣。报告老师,老师也管不过来,于是乎,渐渐地私下里竟也会慢慢形成合适又合理的处理方法:很简单,如果消失再不出现了,除了自认倒霉别无他法。而一旦失窃物在某处或是某人身上被发现,直接伸手赶紧取回就可以,除了连呼庆幸再无别的行动。

"咦,这不是我的梳子吗? 怎么在你的枕头下?"

"不知道啊,是,是你的啊,那你赶紧拿回去……"

"喂! 你手上这本草稿练习本给我看看。这后面页尾角落里签着我的名字呢,这是我的!"

"啊,啊,不好意思,我,我,我不小心顺手拿错了……对,对不起,还给你……"

物资极度匮乏的年代,偷东西似乎成为一件理所当然的事。大家心知肚明,倒也没有人会特别一定要提到"偷"那个刺耳的字眼,而只是选择了"顺"这个比较温和的字。

为了不被别人"顺"走,大家很快都养成在物品上刻名字的习惯,无论是铅笔、饭盒,还是橡皮、书本,等等,在最显眼的地方标上各自的记号。

诚然,也有一些物品无法标记,比如肥皂,比如咸菜,时不时,总会听到有同学发现东西被偷后的哭喊叫骂声,因无法判断且没有当场抓获,只能暗认倒霉地骂骂咧咧。

而有时候由于标记的速度和"顺"的速度一样快,便也会发生在同一件物品上看到两个不一样的名字或是不一样的符号的事件。这下可就有点儿难办了。于是那件物品就会被两个身份不明的同学用力地扯在手里,各自暗暗地使上最大的劲,脸都已涨得通红了,都不肯放下。最后只好请老师出马,也不知道老师用的是怎样的方法,但无论如何,老师的智慧总是比学生高出很大一截,往往两个同学被各自关在办公室里还不到两分钟,便能很快区分出物品真正的主人。于是一个赶紧低眉顺眼埋头写检讨书,另一个则一副大功告成的模样扬眉吐气地举着物品兴高采烈地回到教室里。

可能是由于被偷的频率过高造成了见惯不怪的心理,也可能是每个人都加入"顺"的行列,于是也就不敢义正词严地对这种行为进行彻底的指责与批判。所以,对于种种"顺"事件的发生,倒也没有使人与人之间的关系更紧张或是更恶劣。失窃者和伸手者在上一分钟还如仇敌般对峙着，下一分钟便又可以手挽手相约一起去上茅厕了。

在晃悠悠飘过云彩的蔚蓝天空注视下，每个人都是有罪的，每个人也统统都纯白无瑕。

我也曾偷过东西，不过不是在学校里，而是参加了校外的"集体行动"。

进到初中的第一个冬天实在太过寒冷，那时候穷，大部分家庭都没有能力给孩子买垫被，寝室的硬板床缝隙太大，底下漏风，每个人都只有一张薄薄的席子铺着，半夜里大家常常会被风吹到冻醒。也不知道是谁起的头，说不如组个队，一起去校外的田里偷点儿稻草回来垫垫，这样会暖和一点。这个建议很快得到了响应，每个班的人都禁不住跃跃欲试，于是队伍不知不觉就壮大起来了。我们决定派代表，不分男女，用抽签来决定参加的名额，我很"荣幸"地被抽中了。

大家瞄准的是离我们学校最近的某个农民的田里，那里有秋后割下还来不及搬走的一个巨型干稻草堆。谋划了三四个晚上之后，找了个月黑风高的晴朗冬夜，我们几十个人摩拳擦掌，在夜自修结束后又等了几十分钟，估计老师们都睡着了之后才浩浩荡荡又悄无声息地溜出校门，摸到那片安静得有点儿吓人的田野里。几乎是伸手不见五指的黑夜，我们跌跌撞撞绕了好久才找到那片稻草堆，一瞬间大家都成了大力士，你拉我扯的，每个人杯里都抱了起码有四五捆稻草，像抢到什么宝贝似的急匆匆地往学校拖。远方村里不知哪户人家的狗不合时宜地叫了起来,把大家吓得个半死,但不敢叫出声,只是更用力地抱牢稻草,发了狂似的奔逃回学校。战绩还不少,我们压根没想过有没有留下"犯罪痕迹",每个人都兴奋得不得了,偷回的稻草人人都有份,大家不约而同地压低声音,匆匆分好战利品。反正都是通铺,大家齐心协力一股脑儿铺过去倒也挺利索,胡乱把落在寝室门口楼梯上的零星稻草也象征性地收捡了一番,这一夜好睡!真暖和啊!

然而,到了第二天,愤怒的失窃农民气冲冲地赶到学校来了,这可不好办了,这不是一个人偷的,而是几乎所有的住校生都有份。怎么办呢?拿也拿了,难道还回去?大概是看到我们一个个冻得脸色苍白有所不忍,那个农民提出了一个解决方案,他说稻草不必还给他了,但要以学校茅坑里的"肥料"作为补偿。

老师们虽说有点儿舍不得,但是一时也别无他法,只能勉强同意了。大概估算了一下损失,双方约定,给这个农民免费挑走四十五担"肥料",他就不再追究我们的责任。老师们算了算,四十五担"肥料",差不多两三个月的额外收入没有了。学校亏大了,当然不高兴,便又想出一个合理惩罚:每个寝室罚大米两斤,充公,不管有没有参加这个行动的同学都有份。一个星期后把凑齐的米送到食堂去,那蒸饭的瘦老头有一杆很不错的秤,他会公正负责地称米,然后把米再交到老师的办公室里。

好吧,虽然我们很不愿意,但到底还是都照办了,由寝室长带头,各自从自己少得可怜的米袋里抓出小小的一把,放进指定的袋子里,老老实实地凑齐了斤数交上送去食堂。这事就这么过去了。

　　初中学习生活与小学相比起来当然多多少少还是有点儿不一样。由于住了校,所以不用天天走路回家,而是周一到周五待学校,一直到周六中午放学后回家住一夜,到周日的下午再回到学校里(那时候还不是双休日,周六的上午同样要上课)。住校带来最直接的变化就是农活的骤减,一开始我快活得几乎有点儿不能适应。

　　放学后不用急着回家拔猪草做家务,可以一个人在学校操场上晃来晃去,或是跑到学校对面的小山坡上找块大岩石坐下发发呆,也不带书,就那么傻呆呆地坐着,从放学一直坐到天黑,再慢吞吞地回到闹喳喳的教室,开始夜自修。这些都是多么新鲜的体验!

　　在平静的日夜轮换之下,学习也似乎变得容易一些了。老师们虽然显得那么高高在上,但是期末考试的时候,我难得每一门都考了八十分以上,这在我短暂的读书生涯里,算是非常好的成绩了。

　　所以,在记忆中的初中第一个学期,过得非常快。我不但记住了我难得的好成绩,也记住了新学校里的各种空旷的冷,各种穿堂风吹过,手上脚上都被吹得长满了冻疮,还记住了操场上每天准时飘扬的红旗是那么耀眼,大家偷来偷去地"顺"的事件不值一提,每天饭盒里的米饭虽然少,但是每一颗都是那么饱满香甜。

接下来的年末春节时我没有在方山过，而是去了长川，因为我太想念姑妈了，于是爸妈就让我提前去了那边，索性在姑妈家过完年再回来。这原是一件极为开心的事，我不知道我会在那里第一次真正目睹死亡。

每到冬季，我的姑妈就会犯病，是咳嗽。准确地说，是每到冬天，我姑妈的咳嗽就会发作得更厉害些。

这是她的"随身病"，已经有些年头。从我能记事起，就时不时会听到她"咳咳咳"的声音，一年四季都不曾停。白天时倒还好，琐事繁多的忙碌，种种吵闹嘈杂，仿佛让人连咳嗽的时间都没有了，所以，那些被忙碌遮盖住的"咳咳咳"，也就似乎听得不那么真切了。然而一到夜晚，咳嗽声就会升级，劳累了一天之后，人连睡觉的力气也没有了，小时候我睡在她的身旁，常在半夜里迷迷糊糊地听到她那隐忍的高一声低一声的咳嗽。

那时候我已经学会去山野里，寻找一种藤状生长开着小白花的草药，是姑父教给我的知识，据说治咳嗽挺有效。把它们连根挖起，每一株都洗得干干净净，放到阳光下晒成软绵绵的半枯模样后，再收在一只半旧不旧的泥土罐里，加上水慢慢熬成一大碗暗褐色的汤汁，一天两次给姑妈喝下。姑父是铁匠，时不时会离家，到外面去找打铁活计，挣一两个家用钱。姑父常常不在，姑妈忙里忙外撑起一个家，几乎没有多余的时间来在意身体，那种草药不易寻，所以断药是自然而然的事。

无论是长川还是方山，那小白花草药总是如隐藏的仙子，时有时无，极难看见。每每遇见，我都如获珍宝，但是无论如何,数量总是少得可怜。

咳嗽不间断地到来,时断时发。冬春两季,阴晴不定的寒冷气温是咳嗽的催化剂,身体状况比较好的时候会自动停止,有时则会不依不饶地拖上一两个月才罢休。

没有草药时,姑妈通常会用"放血疗法"给自己医治。姑妈有一枚尖尖长长的钢针,名唤"煞刀",有半根筷子那么长,全身锃亮,一头圆一头尖,尖尖的那头略呈宽扁月牙状,锋利至极。姑妈一向认为人之所以会生病,最主要原因是血液行走不畅,以及有不健康的黑血出现,所以只要使血液流动正常或是把黑血放掉,那么各种让身体不舒服的症状便也会随之消失。"放血疗法"很简单,只要用"煞刀"在与病症相关对应正确的血脉上刺上几刀,再用力把里面的黑血一滴一滴挤出,直至看到血从浓黑变回殷红,就可以停止。咳嗽应该也是因为身体里某处被堵住了,扎上几刀,一准就舒服了许多。

夏天犯病,比冬天稍微好过一点,晚上大半夜被咳醒睡不着必须得坐着时,至少不用受冻。上床下床摸索着找杯水来喝也比冬天要方便许多,更何况,时不时还得扎两刀。姑妈说了,咳得越厉害,针扎上去就越舒服。

我单薄瘦小的姑妈,倚坐在东厢房光线昏暗的床上,憋住气,一手撩起衣摆,一手娴熟无比地在瘦骨嶙峋的胸脯上使劲扎刀。"煞刀"快速行走过的地方,皱巴巴的皮肤上瞬间就蹦出一连串细细密密的血珠子,触目惊心。姑妈的脸一时苍白着,一时又仿佛突然显出红晕。她说她好多了,慢慢地靠回枕头上去,温柔地对着我笑。似乎只要她笑起来,那咳嗽就会放过她似的。

莫不是用另外一种疼痛来抵消咳嗽的痛苦？

不管她把"放血疗法"说得怎样合理又有效，我却总是觉得，这些大概是因为她担心我害怕才这么编来安慰我的。然而，又有一些时候，其他生了病的村里人，也会走到姑妈家里来，请姑妈这里那里扎上几刀，继而心满意足地离去。

"煞刀"使用过程也许粗暴吓人，但也未必没有丝毫的疗效，很多时候，我看到姑妈真的又好起来了。一碗又一碗草药喝下去，在胸膛上、胳膊上、脖子上各扎出大小不一的密布血点子，然后躺上十天半月，咳嗽声总也能渐渐轻下去。

机缘巧合，我也曾领略过"煞刀"的威力。

小时候不懂事，把珍贵的糖果分给黑猫吃，于是挨了我表哥一脚。在那物资极为匮乏的年代，糖果只有两颗，姑妈一股脑儿给了我，我则顺手剥了一颗分给黑猫，没有分给表哥，表哥一生气，想也没想就照我的胸口踹了一脚，怪我不该浪费那么好的食物。那一脚劲儿有点大，差点把我踹飞了，我贴着墙角，身子就软绵绵地滑到地上去了，疼痛一时让我连声音也发不出。表哥见我脸色煞白倒在地上一动不动，也吓坏了，赶紧奔向房内喊来姑妈。姑妈拿"煞刀"在我的脑门上用力扎了一刀，又在我的肚脐眼旁边各扎一刀，才使我"哇"的一声哭出声来，恢复呼吸，缓过神。

从来不会生气骂人的姑妈，为这事第一次大发雷霆，从门背后取来扫帚，把表哥结结实实地打了好几下。

"煞刀"用得好的人，救急救命那是很寻常的事，我的妈妈也说了，我的大姐还有二姐，小时候都有过差点儿"背过气"的经历，也是方山隔壁村的"煞刀高人"帮忙救回来的。

"大病小病，最根本的原因是气血不稳或瘀堵。一刀下去，把里面堵住的黑血引出来，这病就去了大半了。"那高人如是说。

姑妈也常叹气："我呀，也只能治治头疼脑热应个急，没有那个功力，断不了根，难哪。"姑妈的意思是，她不能用"煞刀"把自己的咳嗽彻底治好，这无论如何就算不上是一种本事。

是了，那时候没有"医院"一说，虽说十几二十个村加在一起，在某个稍微大一点的村庄总会设有一家小小的卫生院。然而，那样简陋空荡的卫生院，似乎并不会具备治疗疑难杂症的能力，更何况，在那样的年代，没有钱上医院是最基本的现实。所以，谁家有人生了病，总是依着家人或前人传下来的各式各样的土法子，或自治或求人帮治，能熬一阵是一阵，听天由命。

"小丫，你一来，我的咳嗽也好了，草药先放着，只管来陪我坐着，让我看看你。呵，又长高了许多啊。"我的到来总是令姑妈又欢喜又高兴。

而我一到长川，总是会觉得比待在方山自己家还要自在舒服。一看到姑妈笑眯眯的脸，一听到她的声音，我的身心就不自觉地愉悦起来。熟悉的小小的光线暗淡的房间，熟悉的弄堂，熟悉的弄堂里圆溜溜的石头凳子，熟悉的窄窄的阁楼，以及飘浮在空气中那淡淡的一如既往的米糊的香味，一切的一切，都是那么美好。

长川的气氛，和方山的忙碌与紧迫不一样，显得比较疏淡和冷清。

黑猫已经不在了，拐婆婆也是，原属于拐婆婆的那个房间早已住进新的人，是一对看起来慈眉善目的小夫妻。姑妈说，他们人很和善，可惜的是，不知道什么缘故，一直没有孩子。他们把房间以及房间外面的那一截弄堂都粉刷得又白又亮，看起来比过去要干净和开阔了许多。但是，我依旧下意识地躲着那片区域。每每不得不路过那里时，我总是低着头缩着脑袋，不知道在害怕什么。

或许，我害怕的还是那面墙，那四肢大大伸开摊在墙上的黑猫的样子，在我记忆里挥之不去，就算时间已把画面变得模糊了，我依然不敢靠近。

四合院里其他的人，也和过去一样，有时出现有时消失。陈家叔叔的儿子依旧躲在房里埋头"复习功课"，其实，那儿子早已过了考试的年纪，但是似乎在他的全部世界里，只有一本书，一本每次都一模一样的书，他永远都只有那么一个姿势，身子半瘫在他们家唯一的那只圈椅里，佝偻的腰，脑袋半埋在那一动不动的书页上，书页旁边还有一碗一动不动的米饭。我有注意到，无论是陈叔叔还是陈叔叔的儿子，他们的眉头比过去皱得更紧了，也比过去更加沉默寡言。这已经是长川公开的秘密，大家心照不宣地理解了这父子俩的奇怪行为，私下里只窃窃私语："真是可怜，读书读成这个样子，几次考试就把脑袋考得坏掉了，真是作孽！老陈可怜啊，看来得一辈子伺候着喽……"

西厢房的李叔叔一家，他们那一字儿排开的六个女儿，有三个已经出嫁，记忆里她们最大的应该也只有十六岁，为什么竟有三个已经出嫁了？对于这个事实，姑妈皱了眉头专门嘱咐过我："小丫，李叔叔家的孩子，你尽量还是不要去找她们耍，她们大的嫁人了，小的那几个脾气有点儿冲，你不要去惹她们比较好……"

姑妈并不知道我之前也极少去找她们玩，只是下意识地认为我会去找年龄相仿的同一个四合院的小朋友一起玩，所以就委婉地提前做一个暗示。"本来嘛，年纪都还太小，不应该把她们嫁掉，也不知道嫁到哪里了。是，这，应该是他们日子过得实在太苦了，不得不如此。总之，你不知道比较好。"姑妈总结性地这么说。

我似懂非懂，只乖乖地点头，下意识又忍不住往那个方向看，他们家的房门，现在是经常性地紧闭着了，偶尔看到有和我差不多年纪的女孩子走到院子里收衣服、晒衣服，又瘦又黑的身影，匆匆忙忙地出来，匆匆忙忙地进去，匆匆忙忙地关上门，一律静悄悄地，我一点儿也认不出来谁是谁。

剩下的就是美秀家了。我特别开心的是，美秀家几乎没有什么变化，不论白天和晚上，那熟悉至极的"踏踏踏"的缝纫机声音，依旧还是那么好听，韵律十足。

虽然再次看到我的时候，美秀显得好像没有过去那么开心，但我也没有往心里去，我想着大概是她实在太忙了，忙到连挤个笑容出来也不容易。因为我有注意到，这次她不是在绣花，而是在做衣服。缝纫机旁边堆着的，不是过去看到的枕头被套的式样，而是清一色的一看就是用来做衣服的料子。

美秀现在不再绣花了吗？我觉得有点儿奇怪。

长川家里有女孩子的,基本都是靠绣花补贴家用。一台缝纫机,给被套、被罩、被单、枕巾、面巾等绣花,从不间断,一年四季地响着。长川女孩不读书,只有两条路:绣花、嫁人。她们从能踩得动缝纫机的那一天起,就只和缝纫机为伴。离长川二十多公里远的花镇,有一个历史颇为悠久,规模也颇为可观的被罩、床单批发市场,长川所有的活计都来自那里。一大捆打了包的单色布匹,由一辆破旧拖拉机从花镇运过来,大约两月一次。拖拉机来的时候,长川人就像遇到什么喜事似的,挨个站到村口迎接。哪几户负责染色,哪几户负责印花,哪几户专门加工被罩,哪几户负责枕巾,哪几户负责绣上图案,等等,看似混乱,实则分工明确。图案的大小和式样,都是规定好的。或山水,或鸟雀,或是大红喜字、寿字、福字。把待绣的区域,用圆圆的竹绷绷紧,然后在缝纫机上穿好五彩丝线,手持竹绷,一点一点绣出层层复杂的美。这样的活计,需得心灵手巧,还要有点天赋,拿竹绷的力度、手指与缝纫机的配合灵活,否则很容易做出次品,次品不值钱,还可能赔钱。

活计永远不够,工钱微薄,再怎样日日夜夜地踩缝纫机,美秀家和长川村其他人的家里一模一样,依旧是困顿贫穷。从我记事时起,美秀家的境况就没有好过。不过,这也不是什么了不起的大问题,在那个时代的乡下,几乎家家如此。每户每村,都是一样的贫穷艰苦,大同小异。只是美秀家的贫穷更严重些而已。美秀,瘸了腿的哥哥,略带痴呆的弟弟,父亲母亲,父亲母亲各自的父母四个老人,一共九口人,组成了美秀的家。他

们家什么都没有,我从来没有看到美秀穿过一件好的衣服。补
丁叠着补丁,她身上的衣服常常是数不清的方块组成的重重叠
叠,春夏秋冬,一律重叠的暗色加灰色。然而很神奇,在我看
来,那依旧是美的。因为手巧的美秀总是有办法让破旧在她的
身上生出不一样的清爽别致。

家虽贫穷,美秀却自有她美丽丰富的世界,她擅长绣双鸟
报喜,厢房里常常堆满了"待嫁"的鸟儿图案。她所绣的鸟儿每
一只都栩栩如生,喜字、寿字、福字对她来说更是小菜一碟。我
着迷于那些漂亮的五彩丝线,觉得那是四合院里色彩最美的地
方。不爱说话不爱笑的美秀,不仅会冲我笑,同我说话,且还时
不时地会为我哼上几句歌:"杜鹃花,红艳艳,山里姑娘爱新鲜,
摘一朵,插耳边,欢欢喜喜度春天……"

记忆中,她时不时还会找几块极好看的碎花布头或是几截
五彩丝线,摊在地上让我随意玩耍。玩玩碎布头唱唱歌,再加
上在我听来仿佛是永恒音乐的缝纫机的"嗒嗒"声,我总是不知
不觉就会犯困,于是一仰头就在那一大堆双鸟报喜的布匹上直
接倒下,美美地睡上一觉。无论如何,在美秀的厢房里,我曾轻
轻松松度过了许多这样的快乐时光。

但是现在美秀没有在绣花,而是做起了衣服,我觉得美秀
真厉害!

"她呀,她在给全家人做新衣服,因为很快她就要出嫁了。"
姑妈说,"算起来也没剩几日了,过完这个年,大年初二还是大
年初三,男方就要过来领人了。"

好奇怪,姑妈用了"领人"这个词,她没有说"结婚",也没有

说"成家"。甚至于，当她说起这件应该算是大喜事的事情时，姑妈好像并没有为美秀感到高兴，反而有点儿忧心忡忡："要嫁去很远的地方，听说是在外省，男方年纪比美秀大，给了一大笔礼金，有了这笔礼金，她这家里人日子那就不一样了。据说啊，美秀嫁走之后，她的哥哥、弟弟也都能讨上媳妇……"

姑妈的话，我一只耳朵进一只耳朵出，没完全听到，只听到"出嫁"这两个字。

难怪没有时间理我，这么大的事情呢。

我扭身跑回美秀房间，笑嘻嘻地问了一句："美秀姐，原来你是要当新娘子了呀，那我是不是可以吃你的喜糖了呀？"

美秀还在那里蹬缝纫机，头也不抬，好一会儿才好像刚刚听到似的突然回答我："小丫，糖有的，会给你留呢，我在赶衣服，你去你姑妈家玩吧。"

我笑嘻嘻地答应了，心里还盘算着：这次寒假提前来姑妈家真是来对了，赶上美秀出嫁，不知道美秀穿上红红的新娘服装是什么样子，肯定会非常好看呀！

我一点儿也不知道，那是美秀对我说的最后一句话。

接下来的日子过得飞快，本来寒假就特别短，初中的寒假作业与小学作业比起来，既增加了数量也增加了难度，于是除了偶尔帮姑妈做些家务，我大部分的时间就都老老实实地趴在姑妈房里那张又旧又重的八仙桌上做功课了。那年的冬天特别冷，姑妈在桌子底下给我摆放了一只取暖的炭火盘，我一边烤着火，一边缩着脑袋，时不时地停下来搓我快要冻僵了的双手，姑妈的咳嗽断断续续，常常不得不重新躺回床上去，盖起被子也还是不够暖和,房间里都是冷冰冰的空气。连着好几日都是阴天,我盼望着能出几天太阳,出太阳就暖和了,可以跑到房子外面去痛痛快快玩上一通。

美秀那里,这几日来了好多亲戚,大概是来帮忙的,又是剪红纸又是贴喜字,要筹备酒席,要杀鸡宰鸭。日子确定了,是在大年初二,中午来接人,美秀属于大龄女出嫁,酒席就摆在四合院,他们家多少年来都没有这么风光过,长川差不多家家户户都有拿到喜帖,每家可以派一个代表来参加喜宴。总之,很多要忙的事。

那天之后,我几乎就没有见过美秀,有时跑到她那里,她总是被一群人围着,我看也看不到。

准确地说,她还是坐在缝纫机那里,还是在蹬着缝纫机,但是那些她家的七大姑八大姨,在她身旁形成了一个包围圈,结结实实地把她围住了。不仅围住,她们还一直在跟她说着话,叽叽喳喳的,都快把缝纫机"嗒嗒"的声音给盖下去了。我有两次试着突破包围圈,终究没有成功,只能从人群的缝隙中望进去,美秀还是低着头,也不知是害羞还是不想理人,她只管做着自己手头的事。

这些人在走来走去,我也跟着晃荡来晃荡去,晃了一会儿我就回到姑妈家了。

白天美秀如此这般被包围着,据说那些人晚上也不回去,而是直接在美秀的房间打地铺,于是整晚就听到那些呼噜声此起彼伏,倒可以使美秀晚上的时光不那么寂寞了。

晚上了缝纫机也还在"嗒嗒嗒"地发出声音,要做的新衣服太多,美秀的手不知道有没有被冻出冻疮呢,我止不住这样想。以前美秀就曾专门给我看过她的冻疮:"喏,我呀,就这根小指头,特别会长冻疮,主要是总翘着,用不到它,所以它每到冬天就会变得这样红通通的。"绣花、车花时所有的手指都在忙碌,唯独右手的小拇指只用来抵住缝纫机的桌面,几乎一动不动。美秀展示给我看时,往往都是在阳光极为灿烂的天气,她把她的小手指高高地举起来,笔直伸在阳光底下,我眯着眼睛顶着光线去看,美秀的皮肤很白,她的手瘦瘦的,唯独那根指头又肥又胖,红通通亮晶晶的。

"还不如一直冷着,一出太阳它就发痒,可难受了。不过,它看起来挺可爱的,是吧。"美秀皱着眉头说,忽而又笑嘻嘻的。

我也会长冻疮,那时候每个人都长冻疮,但是那么好看的红粉粉胖嘟嘟的冻疮,我只在美秀那里看到过。

只剩两三天就过年了,姑妈家也有许多要忙的事,表哥表姐在姑妈的指挥下进行大扫除,终于有大太阳出来了,要赶紧晒被子、晒枕头、晒棉衣、晒棉裤,大家翻箱倒柜,把需要晒的都搬到院子里去一一摊开,准备过一个暖和松快的年。姑父是在除夕当天才风尘仆仆从外地赶回来,带回一大坨新鲜肥美的五花肉,一条冻得硬邦邦已剖开肚子的大青鱼,一只扑棱着翅膀嘎嘎叫的大灰鹅,以及好几盒我过去不曾见到的包着花花纸壳的糕点。不仅如此,他还从怀里掏出一卷鞭炮,堆放在八仙桌上:"这一串鞭炮,是东家送给我的,这下都不用买年炮了。"姑父笑呵呵,又悄悄塞给姑妈一只结结实实的黄信封,"喏,你收着,今年还不错,里面有几张是大票子。"性格腼腆的姑父,一转头就赶紧加入干活的队伍。宰鹅宰鸡的活，一向由他承包，要使年夜饭吃得丰盛，还要摆祭品谢天地，这一整天够我们每个人热腾腾忙乎的了。

前两天姑妈就一直在担心着，怕下大雪，姑父不能顺利回来，这下可好了，人平安归来，带回许多年货，还有大票子，姑妈的咳嗽也仿佛一下子全好了，这一天好像没有听到她再咳过。大约傍晚时分，她得空还跑了一趟美秀家，说是过去帮忙，美秀家有个亲戚带了小孩过来，那个不到两岁的小孩丢了魂，闹腾得厉害，姑妈三下两下就把孩子给安抚好了。回来时，姑妈递给我一只圆鼓鼓的布福袋，说是美秀给我的喜糖。

喜糖不是应该吃喜宴那天才发吗？美秀对我真是太好了！

差不多到了吃年夜饭的时间，表哥表姐已在房间里摆起了碗筷，我真想跑到美秀家去看看！我迫不及待地打开雪白的福袋，美秀用了很漂亮的五彩丝线扎着呢！当我细细摊开时，我发现这福袋竟然是一方手帕！雪白的四四方方的手帕，美秀在一只角上用绿色的丝线绣着细细的两个字，我把它转过来一看：小丫！

天哪！这字太好看了！这是绣着我名字的手帕！我简直是喜出望外！我从来没有自己的手帕，美秀竟然送了一方手帕给我！当然，手帕里还包着好几颗同样好看至极的糖果，我小心翼翼地把糖果放起来，一忽儿担心自己的手指不够干净，之前做作业既用了橡皮也用了铅笔，可别把手帕给弄脏了！我赶紧轻手轻脚地把手帕收进兜里，跑到水缸边舀了一大勺水到脸盆，水很冰，我仔仔细细把双手洗干净，用姑妈的大毛巾擦干手

（平时我洗脸是和姑妈共用一块毛巾的），再小心翼翼地把手帕从兜里掏出来认认真真地看。手帕握在手里，又软又暖，真舒服！我发现，美秀用了双层的布料，四周的白色丝线把两层雪白厚实的细棉布紧紧地压在一起，两个绿莹莹的字不大不小地待在角落，像两个手拉手在玩耍的小孩儿！左看右看，怎么着都太好看了！

"干吗呢小丫，垂着脑袋在看什么呢，快过来吃饭！大家都上桌了！"表姐在灶台那边唤我，叫我过去一起端米饭。果然姑妈姑父表哥他们都在八仙桌那里聚齐了呢，好开心呀，我也不说什么，只小心地把手帕重新叠起来，放回兜里，赶紧加入他们。过年了，过完今夜就是全新的一年啦！我太开心了！

接下来就是大年初一，可是我对这一天印象不深，只记得那天一大早醒来就看到阁楼外面落了满地的雪。大概是下了一整夜的雪，把整个天地都给覆盖了，人还未从床上爬起，就听到姑妈在楼下喊我的声音："囡囡，快醒来呀，下雪了呢，赶紧下来玩雪打雪仗吧！"

又厚又绵的雪，有如天空赐予的神秘礼物。姑妈给我穿了高高的长筒雨鞋，是从表姐那里借来的，表姐说她不喜欢玩雪，姑妈帮我把两只裤脚用布带子扎得牢牢的，以防雪钻进我的小腿肚。雨鞋有点儿大，我毫不介意，就算摔倒也是摔在软乎乎的雪上面，怕什么。我兴高采烈，从房门里跨出来，一头扎进厚厚实实的雪地里，连手套都不戴。据说冰冰凉凉的雪用来搓冻疮可是最好呢，美美玩上一通那冻疮就能治好了！

那一天，留在记忆中的，除了雪还是雪，以及仿佛所有长川人都出动了的热热闹闹的打雪仗。瑞雪兆丰年，大大小小的雪球飞过来飞过去。有人堆了很大的雪人，有人则倒在雪地上哈哈大笑，连我的姑妈都出动了，她拿了一只大脸盆，专找那些没有人碰过的离山林更近一些的雪，她搓了好多个拳头大的结结实实的雪馒头，她说把这雪馒头端回去倒在锅里，用水煮开，再用它来煎咳嗽药，那药效会强上好几倍。我也哈哈笑，跟着姑妈跑进跑出，这一天转眼就消耗完了。

我压根儿没想起去看一下美秀，只恍惚觉得那东厢房和前几日一样热闹，他们家的人都在忙着第二天的喜宴酒席，没有时间跑出来玩雪，红灿灿红艳艳的大红喜字到处贴起挂起，姑父被叫去帮忙铲雪，据说是酒席光有厢房和走廊怕摆不下，估计要摆到院子里来，须把整个院子的雪都给铲干净。美秀一直没有露面，她的家人个个都穿上新衣服了，神气活现地在四合院里走来走去。

转眼就到了晚上，我累坏了。虽然保护得够严实，可是我的裤脚和衣袖还是不可避免地被雪弄湿了，不仅如此，雨鞋里几乎塞满了雪，袜子也湿透了，姑妈帮我搬了炭火盆来，让我坐在旁边烤火。姑妈怕我着凉，严厉规定，没有烤干不许离开。我烤得过于认真了，崭新的湿袜子从脚上脱下来，我不知道那新袜是由尼龙制成的，万不能近火，面条似的袜子，上半截还是湿答答的呢，靠近炭火的下半截，早已烤得焦焦黑黑地卷起来缩成了硬块。

还好，对于毁坏了一双新袜子这等大事，姑妈也没有责怪我，而是赶紧给我找来另外一双旧袜子穿上，这一夜，晚饭有没有吃都不曾记得,只记得烤火烤得发困,继而似乎转眼就已经躺到了床上,还没来得及盖上被子就睡过去了。

第二天就是那个我天天数着的恨不得它快点儿到来的大年初二:美秀的大喜之日,也是我可以大吃大喝的美食之日。

那天早晨,长川一如既往的冷。

我尚在梦中,还没有完全睡醒,迷迷糊糊缩在被窝里,梦到自己变成一条鱼,一条冻僵的鱼,气喘吁吁地搁浅在被抽干了水的水库坝底,口干舌燥,又闷又凉,难以呼吸。四合院里的尖叫声响起时,我一时以为耳朵里被灌进了水,像一把冰凉尖刀,突然插进昏暗的封闭盒子,怎么回事?耳膜里传进来的声音却越来越清晰,是谁在尖叫?我猛然睁开眼睛。

仿佛从很远的远处,嘈杂的声音迅速朝我包围过来。空气中有如探过来一把湿乎乎冰冷的刀背,紧紧地贴在我的脖子上。窗外尚未完全明亮,一点点光线投照在床前光秃秃的楼板上,投照在蹲伏在角落里的破旧瓶瓶罐罐上。有那么一瞬间,所有的声音又仿佛突然消失了,我睁大了眼睛,像寻找什么似的左左右右查看,怕出了幻觉。再一会儿,瘆人的号叫声突然又响了起来,随着一声惨叫,各种嘈杂声重新涌现了出来,很冷,我急于一探究竟,马上从被窝里坐了起来。

突然,我听到很近的楼梯上,有人在咚咚咚跑上来,不知道是谁,那声音大得有点儿离谱。

是我的表姐,她惊慌失措地出现在我眼前,好像碰到了什么吓人的事情似的,好一会儿只张着嘴不说话,好不容易才结结巴巴开口:"美秀上吊了。"

"什么。"

"美秀上吊了。"她又说了一遍。

我不明白。

表姐苍白着脸,直愣愣地瞪着我。

我不明白。我也傻傻地跟着又说了一遍。

我承认,我被吓到了,脑子转不过弯。我没有问问题,表姐也没有和我说话,她只是来告诉我,美秀上吊了。

"你睡着,别起来了,妈叫我告诉你,不要过去。"表姐说完这些,又愣了好一会儿,转头匆匆下楼去了。

我坐在被窝里发呆。

东厢房那边,高一声低一声的"秀啊秀啊"传过来,还有许多其他人的声音,嗡嗡嗡,嗡嗡嗡。

这是真的吗?我不敢相信。呆了半晌,我突然有了个念头,我认为可能是个玩笑,是为了吓唬我吧,表姐以前有事没事也喜欢捉弄我,她喜欢看到我呆头呆脑被吓坏的样子。姑妈让我不要过去?不如我从阁楼这边直接钻到美秀家好了,看看到底是怎么一回事。

我不知道是不是所有的四合院都是这样,一楼各家厢房都独立隔开,但是二楼的阁楼却是连在一起的,户与户之间有一道薄薄的墙板,但是那墙板的高度最多只有一米,只要垫个凳子就能轻易地爬过去。而从姑妈家到美秀家,当中只隔了陈叔叔家一户。二话不说,我就开始行动,急急忙忙穿衣服,急急忙忙找凳子。

事实上,想要顺顺当当去到那边还真不是一件容易的事,可费了我九牛二虎之力。无论是姑妈家也好还是陈叔叔家也好，低矮的阁楼上堆满了各式各样的杂物，几乎都堆到屋顶上去了，狭小的空间被塞得严严实实，我得极其小心地从这些杂物上爬过，既得防止被绊倒，还得当心不要把它们弄翻，有几个地方高低落差太大，我跳过去的时候都差点儿崴了脚。

说不清是什么心情，好像是志在必得，又好像是惴惴不安，更多的是提心吊胆，紧张又害怕。我不知道自己在紧张什么，又在害怕什么。黑黢黢的低矮阁楼仿佛是个危机四伏的冰凉森林，瓶瓶罐罐间躲着许多双在默默偷窥我的黑色眼睛，硕大的家鼠大摇大摆从我的脚边走过。越靠近美秀那边，那些嘈杂的声音却似乎离得越来越遥远，所有的声音都没有我的心跳声来得大。终于爬到目的地了，我小心翼翼地伏在地板上，歪着脖子，使劲地睁大眼睛，从地板的缝隙里往下望去。"咚咚咚"，我担心有什么东西会从我的身体里跳出来，大口大口地喘气，忽而又觉得胸口闷得不行。我不敢再看，只是自言自语："美秀，那个，那个躺着一动不动的人，就是美秀？"

我不敢再往下想。

美秀大概是真的死了。她的房间里挤满了人，人挨着人，影子叠着影子，许多的大红喜字到处散落着。恍惚间我好像还看到了姑妈，又恍惚间我似乎还看到姑妈用明晃晃的"煞刀"在扎美秀的脖子，有吗？可能只是我的想象。

可是呢，美秀一动不动，她就那么直挺挺地躺在一张床板上。有人把她的脸用黑布严严实实裹了起来。从脖子那里开始，整个脑袋都被包起来了。

　　我完全不记得自己是怎么爬回姑妈家阁楼的,回来的路程似乎要比去的时候缩短了好几倍。

　　我不敢待在阁楼上,我摇摇晃晃地去到楼下的房间,房间里一个人也没有。我确信姑妈他们都在美秀那儿,楼下的房间里很冷,简直比楼上阁楼还要冷,没有看到炭火盆,我寻来寻去,发现炭火盆赫然就摆在灶台边,姑妈不是说过千万不能在灶台边放炭火盆吗? 不小心会引到火,我学着姑妈的样子,找了一块厚厚的湿抹布,捂在炭火盆热乎乎的盆边,两只手一起用力,奋力把它拖到了房间中央。

　　找了一只小板凳,我在火盆边哆哆嗦嗦地坐下,把身体尽量地蜷起来,脸朝向火盆的那一边,使劲地去烤自己的脸。

　　爸爸妈妈出现时,我就一个人坐在这房间中央,一动不动,也不知道坐了多久。

　　妈妈说我脏得要命,怎么全身上下都是灰,也不知道钻到哪里去过,好端端的棉衣棉裤,看起来都不成样子了。是的,每年的大年初二,是我家从方山出发到长川来拜年的固定日子,多年来都是这样,我都把这个忘记了,转头看到我二姐三姐也走进房来,她们在问话:"咦,那边怎么那么热闹啊,好多人。姑妈姑父呢,他们去哪儿啦?"

　　姑妈家只有这么一间房子,人一走进来就一览无余,见我一个人傻呆呆地坐着,他们不免觉得有点儿好笑:"怎么回事,都大中午的了,你莫不是还没睡醒吧,怎么一副傻头傻脑的样子? 这么脏是怎么回事?"

　　我是怎样和爸爸妈妈打招呼的,妈妈如何拿了湿毛巾来帮我抹身上的灰尘,我如何洗过脸,姑妈他们是什么时候从美秀那儿回来,他们如何说上话的,这些,我一概想不起来了。我只记得自己从楼板上俯身向下时看到的美秀,那个被蒙了黑布一动不动的人,一具极为陌生的不知道是谁的躯体,全身上下,从里到外,只剩下一种无法形容的害怕,一直在包裹着我。我不知该说些什么,说不清楚,说不了,没法说。

是的,美秀死了。昨天还是前天,送了我一方很好看手帕的人,突然没了。

无法想象,美秀为什么非得那么做,是什么样的绝望和勇气,抑或是猛然想通了的淡然和无所谓?一切戛然而止:喜宴,亲人,空气,枕套,被单。

幸亏爸爸妈妈只在长川留宿一夜,我们第二天就从姑妈家回来了,回到了方山。姑妈家房子空间实在小,每次都住不下,以往去拜年,都是由姑妈领着去借宿到其他长川人家里,可是这次满长川的人都在聊关于美秀上吊的事,爸爸觉得听太多这些闲话不大好,于是就决定提前回方山。

父母贪财,卖了美秀?男方都快六十多岁了,年纪确实太大了些。美秀自己有喜欢的人?早知有此决心,当初决不同意多好。为了哥哥弟弟能讨上媳妇,最后还是后悔了?

林林总总,都确定也都不确定,唯一确定的是,美秀死了。

而我,不知道什么缘故,在那一刻,竟觉得再也不想去长川了。美秀送给我的那方手帕,我一次也没有用,说不清是什么样的心理,可能是觉得它实在太白了,这么白的布料或许不适合用来做手帕,我怕我弄脏了再也洗不干净,它太好看,太漂亮,我只能把它放起来,放在我方山阁楼床下的盒子里。放进去的时候,我还在它外面包上了一层青棉布,学着美秀的手法,我把棉布包成福袋的样子。里面没有放着糖果,卷在一起只有小小的一坨,还是用那串五彩丝带,绑起来,放进去。这样就对了,任何时候打开来看,都会是第一次看到的样子:雪白的,美丽的,绿色的小丫。

那晚我没有去阁楼睡,而是和姑妈一起睡了。在行将睡着的时候,我依稀听到姑妈对我说:"囡囡,你别再哭了,也别害怕,人死了都是一样的,可能比活着还要好呢。"

她是这样说的吗?我在哭吗?我想不起来,我迷迷糊糊地听着,迷迷糊糊地睡去。

剩下一半的寒假,以及寒假后回到学校继续进行初中一年级的下学期学习,这期间有发生什么?什么也没有发生,有若空白。我的学习成绩怎样?乏善可陈。

再然后,很快又迎来了暑假,一个漫长的枯燥闷热的夏天。这是我第一次在假期的时候不想往长川跑,虽然我一如既往地想念着我亲爱的姑妈,想念着四合院门廊里那几只冰冰凉凉的圆石凳。

进入了初二的第一个学期,暑假后回到学校的第一周,我们那戴着大黑边框眼镜的校长突然来到班里,说是带来一个新消息:"同学们,由于学校进行了必要的工作调整,张老师被调到外乡的荆村去任教了。所以,你们班的语文课从这个学期开始，换一位新的老师来带，她是我们省师范大学的高才生，来自县城的林老师……"

在他说着话的当口，我们注意到门边的光影里站了一位似乎比我们大不了多少的纤弱女孩，站在那里像是一道一动不动的"剪影"，穿着裙子的"剪影"。

"来，林老师，你进来。同学们，请大家用热烈的掌声来欢迎我们的林老师！林老师的任教时间没有张老师长，在教学方面可能还有待磨炼，但是我相信，只要同学们一如既往地努力，继续维持和发扬好的班纪班风，那么我相信在林老师的带领下，你们一定能取得更好的成绩，获得更多的知识。来，鼓掌！对了，她不仅是你们新的语文老师，也是你们的新班主任……"

说实话，已经隔了个暑假，我对于上个学期的"张老师"，基本没什么印象了。我也不记得，语文老师是班主任，班主任就是语文老师。对于即将看到一位新老师，我丝毫没有觉得有什么意外或是期待，也没有任何的不适，可谓司空见惯。

在那时候的乡下，学校里更换老师是一件极其简单又普遍的事，至少在我的小学生涯总是那样。五年的小学换了多少任老师，我没有具体数过，我只知道常常会有这样的事情发生：

上课时间到了，我们在课桌后等待，等待许久后发现进来一个我们都没有见到过的陌生人。他（她）手里拿着那唯一的破旧教本，也不知道有没有看到讲台下的学生，没有人向我们介绍过他（她）是谁，他（她）也绝不会有自我介绍，只需要说一声"上课"，我们便翻开课本，然后他（她）在台上开讲，我们则在台下嗡嗡讨论。再然后他（她）说下课，我们就合上课本，静寂那么几秒,看着他(她)离去,然后继续我们的嗡嗡嗡。再然后又不知什么时候,又换了一个新的他(她)到来。

所以,由于小学时期养成的习惯,"换老师"对我来说根本不是一件需要在意的事。我觉得这初中的校长是不是太认真了,不过是换个老师而已,哪需要这么郑重其事地介绍。我不知道其他同学是不是也有和我一样的想法,但是我们每个人还是在校长的指挥下听话地开始"啪啪啪"起劲地鼓掌。

参差不齐的掌声中,门口那个"剪影"突然动了起来,三步两步跨进了教室。我猛然发现,她很高,且并不纤弱,她漂亮极了!

夏末的清晨阳光有时候会突然展现某种不可思议的力量,仿佛是舞台背后的追光。我用力眨了眨眼睛,新老师已经稳稳地站在讲台上,"剪影"突然现出全身清晰的模样:

这是一位干净至极的女老师,身穿淡蓝色细格子"的确良"及膝裙子,腰间系着一条窄窄的不知道是什么材质制成的深色腰带,脚上是一双纯白色的高跟凉鞋。她的脸上亮闪闪的,似乎透着羞怯,却又带着坚定沉稳的神情。一头乌黑发亮的齐肩长发被静静地束在脑后,刘海修剪得整整齐齐,在两道漆黑细长的眉毛上方形成一道美丽的一字弧线。她的嘴角轻抿着,上扬着笑意,亮闪闪的眼睛笑盈盈地看着我们。

仿佛被某种莫名其妙违抗不了的力量催眠了似的,教室里出现了从未有过的鸦雀无声的停顿。所有人的视线都齐刷刷地聚焦在这位神奇的新老师身上,呆愣愣的表情从门口一直跟到讲台,连鼓掌的声音也停住了。

"咦,怎么回事,大家不欢迎小林老师吗?怎么,都不鼓掌了?"校长的声音突兀地在教室里响了起来。

同学们一时从梦中被惊醒,赶紧把停在半空中的手掌继续用力拍下去,这下子每个人都是真心实意的了,哗啦啦的掌声把我们的新老师包围了,我清晰地看到她那与一般农村人绝不一样的白皙的脸上被涂上了一层好看至极的粉红色。

"同学们好,我叫林遇。"她在黑板上写下了两个大大的粉笔字,字体纤细优美。写完后,她转身笑盈盈地看着我们,"大家看清楚了,不是宝玉的玉,而是相遇的遇。以后呀,你们叫我小林老师就好了。"

她的声音柔柔细细的,一点儿也不像是老师。一说完话,嘴唇就重新抿起,表情热烈,却又好像有点儿疏离,好像随时都在绽放着笑,又好像离我们很远,就像是透过好几层厚厚的玻璃在朝我们望过来。

这么漂亮的人是我们的老师?我相信在那一瞬间,可能所有的同学都和我一样,心里闪过的是这样一句话吧。真是意外又局促。我们所有的人,都忘了自己在哪儿,只顾着傻呆呆地盯着新老师看,都仿佛一时化身成了木偶。

我承认,当我看到小林老师的第一眼,恍惚间我把她认作了当年长川戏院里的那个美丽女人。她姓林,她也姓林。只是,小林老师的头发是黑色的,当然,她要年轻很多。

在第一眼看到小林老师的时候,我就执着地认为我见过她。

是因为美丽都有其相通相似的神秘之处,所以才导致我对她产生这不可言喻的熟悉感?幼时在长川戏院里看到的消逝了的影像，与此刻耀眼明亮的真实重叠在了一起？我懒得去分辨其中的差别，只觉得自从小林老师来了，我们周围的一切都变得不一样了，一切似乎都被镀上了一层光。

她的腰板挺得直直的，从讲台上走下来，一边说话一边慢悠悠走过我们的桌子；她走回讲台上，转过身子很认真地看着我们；她把手轻轻地搭在讲台上，问我们问题；她的每一句话语，都非常清晰有力。对了，她是唯一一个在课堂上全程用普通话给我们上课的老师，而不像其他老师总是半普通话半方言地夹杂着。

另外，自从她来了，讲台上就再也看不到脏乱差，看不到粉笔头乱摆乱飞，所有的粉笔都被放在一只她不知道从哪儿弄来的干净简单的木头盒子里，橡皮擦、教科书、课本、考卷、我们的作业本，一切都井井有条、规整有序，没有厚厚的粉笔灰覆盖其上。她把鸡毛掸子也收了起来，她认为这样的物件与教学上课毫不搭边，不需要放在讲台上占去老大一块地方，同样位置改而换之的是一块青色的抹布。

并不觉得有常常见到她不停去擦讲台，然而，任何时候讲台所呈现的面目，总是那么干干净净。

她总是穿得很干净很好看，有好多条不一样的裙子！她那总是带着清新香味的整齐束在脑后的头发，她的干净至极的凉鞋、皮鞋，以及她朝我们笑起来时亮亮白白的牙齿，一切都那么好看！

在那个物资极度匮乏的年代，很多人的吃喝都成问题，所以没有人会把时间或是精力放在穿着打扮上。基本上平日里所见到的，不是黑的就是灰的，别说是美不美了，只要能保持干净就已经很不错。毕竟洗衣皂也好肥皂也好，都不是自家地里种出的农作物，得用一分一分攒下的钱去供销社买回。所以那个时候，大部分人身上都是臭烘烘的。

光说"的确良"好了。在当时那可是极为珍稀的、最为新潮的衣服材料，很多人可能都还没有见过，更别说拥有它了。只有家境阔绰的人才会舍得花这笔钱，在炎热夏季来临的时候，专门去镇上最大的那家供销社（只有那里才买得到"的确良"布料）买回来，还得请专门的裁缝师傅上门来制作，管吃管住还不说，裁缝师傅的制衣费又是另外一笔开销。

可以说，谁家的孩子如果能穿上一件"的确良"的衣服，那就是妥妥的高贵身份的象征。

我还记得我们家的第一件"的确良"衬衫，是我的大姐当年考上了高中得到的奖励。一块印着淡蓝色小碎花的"的确良"布料买回来，央请邻村的刘裁缝花了整整两天的时间才做成。还记得大姐在我们艳羡的目光中穿上它的得意表情，然而，那也只是一件衬衫而已，不像小林老师的这件，这可是一条裙子，那得用多少的布料啊！

妈妈那时候郑重宣布："就这么办！接下来呀，只要能考上高中，就奖励'的确良'衬衫一件！"

我的大姐兴奋地转着圈，她的快活，令我们也一个个心痒痒的，又激动又向往。对了，要说当我意识到自己学习成绩不好的时候，最难过的莫过于想到：我怕是这辈子也不能穿上"的确良"衣服了，看看我，连初中都差点儿没考上，看看我的分数，被高中学校录取这种事,估计是不会发生的吧!

然而,后来有一次当我去交作业的时候,看到小林老师又换了一条裙子,我大着胆子忍不住赞叹了一句:"小林老师,你的'的确良'裙子怎么这么好看,太好看了!"

小林老师笑眯眯地回应了我:"谢谢呀,方小丫,不过,这不是'的确良'呢,这个叫'乔其纱'。"

事实上,我从来没有想过,为什么小林老师会如此自然地告诉我布料的名字,我只知道当时的自己,惊诧于又得到了一个和衣服相关的新名词:乔其纱。

看上去和"的确良"一样轻薄又明亮的布料,原来不一定都叫"的确良",而是有另外的名字。更有意思的是,那时候我并不知道,"的确良"作为夏天款的薄衣料来说,它穿在身上却是最不舒服。这种衣服的料子,虽然看起来花式鲜艳亮丽,款式繁多,但是材质却一点儿也不好,既不透风又闷气,身体一出汗,整件衣服就会湿乎乎地贴在身上,难怪我的大姐后来总是极少穿她的"的确良",她从来不曾告诉我们真实的原因,我还以为她舍不得穿呢,原来那叫一个"难受"!

还不如穿我原本旧式的麻布衣服,虽永远只有一种颜色,却柔软舒适,既吸汗又省钱。

小林老师穿的不是"的确良",而是"乔其纱",所以,无论多么热的天气,她总是一副清爽干净的模样。

后来,离开学校,进入社会,具体地说,是从我二姐开始学裁缝那天起,我也慢慢地知道了更多衣服料子的名称:雪纺、真丝织布、尼龙丝纺、丝光棉、棱织布、细麻、缎等。红橙黄绿青蓝紫,你想要什么颜色就有什么颜色;白花红花蓝花黑花,你喜欢什么花就可以有什么花。时间会变一种神奇的戏法,在不知不觉之间,世界就发生了翻天覆地的变化。只是当时,小小的我也好,以及由"我"而延伸开来的周围的一切,都是在一个迟滞的不流动的状态,几乎所有的人,都只是缩在眼前能看到的小小的范围内,在一个一动不动的壳里。小林老师的出现,光是视觉上,就已经差不多把这条山沟沟里的人"炸"了个人仰马翻。

我是很久以后才知道,她下意识对于"乔其纱"与"的确良"的澄清,对她来说是一个本能的反应。那只是她对于发现"名称"不对的一个小小的"纠正",她并不知道,这个"纠正"对于那时候的我来说竟类似于某种天启:原来,除了"的确良",还有如此美丽的东西。某种意义上来说,它背后所指向的,是一个全新的世界,一个我不曾接触过从未想象过的世界。

爱美,对美的事物进行关注和了解,本来是一件自然而然的事,然而在那个年代,却会成为别人攻击你的最好的理由:显摆、爱慕虚荣、贪恋物质享受。当人们无法拥有本应该拥有的某些事物时,最好的排解方法就是对这些事物进行彻底的蔑视和唾弃,牢牢守住自己的环境和认知,就是对自己最大的贡献。

而小林老师,和她有关的一切,是多么的不一样!

虽然小林老师是师范大学毕业的高才生,但由于是初次教学,更何况还是身兼班主任,所以,校长给她安排完工作之后特别还给她指定了"帮手"：我们隔壁二班的班主任陈老师。

陈老师的年纪比小林老师大许多，已有十七八年的教学经验，他也是一位语文老师。他不仅是语文老师，还是多才多艺的音乐老师。陈老师喜欢音乐，拉得一手非常好听的胡琴。不只胡琴，他的口琴也吹得非常好，以及我们学校办公室里摆着一具不知道什么年代时放在那里快要散架了的木头竖琴，那琴键都七零八落了，但是只要陈老师坐上去，就总是能弹奏出一曲很好听的曲子。还有，很重要的是，陈老师的性格非常好，据说从来不骂人，就连最调皮的学生也没有挨过他的骂，更别说像其他脾气暴烈的老师一样动不动就挥舞着鸡毛掸子打人了。虽然陈老师没有带我们班，但我们都认识他，整个初中只有他这么一位音乐老师，两周一次的音乐课上，他平静和蔼的形象，在我的心目中是一个不可多得的存在。

在清晨，或是夜自修的尾声时，从教师宿舍楼那边，老师宿舍那边时不时会传出一阵柔美悠扬的琴声，一时有如细细流水在缓缓流淌，一时又有如微风飘过山峦，在朝着望不见的远山发出低沉委婉的呜咽。

"有任何不明白、不熟悉的地方，或是觉得教起来有难度的，你都可以直接请教陈老师。"校长如是说。

那件事情发生后，校长就及时地躲开了，而在那之前，我曾亲耳在我们教室听到过类似的话："小林啊，你教得还习惯吧？不行的话，多问问陈老师，他是同年级的嘛，遇到的问题都差不多。或者，你也可以问我，我可是什么忙都乐意帮你的啊……"校长乐呵呵地笑着，有一段时间他特别爱巡查教室，三天两头地就走到我们班，一改以往严厉僵硬的面孔，热情地关照着我们的小林老师。

每逢这样的时候，小林老师总是习惯性地轻轻抿了抿嘴，继而迅速礼貌地回答他，用词可谓言简意赅："谢谢校长，我都挺好的。我知道的，向陈老师请教。"

确实是这样。我们也常常看到，小林老师捧着一大摞厚厚的试卷或是教学资料，有时站在操场的角落里和陈老师说着话，又有时，陈老师手里会拿着一本书或几张纸走到我们班，一边把东西交给小林老师，一边则轻声细语地叮嘱几句。他帮小林老师一起批改我们的作业，还帮小林老师到食堂取饭，在学校断水的时候，他拎着一只塑料水桶到校外村民家里，接回满满的水交给小林老师。

陈老师的个子特别高，比小林老师又高出了一大截，他平日里虽然脾气好，但是绝大多数时候都不苟言笑，然而只要他和小林老师在一起，我们便也总能看到他会露出难得的笑容，清癯的脸上，一忽儿会显得阳光又健康。

小林老师的宿舍，也被安排在陈老师的隔壁，离陈老师一墙之隔。

校长的担心纯属多余。小林老师温婉轻柔的声音，似乎有催眠的力量。那时候我们班的吵闹和混乱是全校出名的，然而只要小林老师一进到教室里来，我们就会很自然地安静下来，继而每个人都听到了期待许久的声音："同学们，今天……"

可能是她第一天来到我们班级时就给我们种下了神奇的种子吧，我们每个人都喜欢听她讲课。

　　她的声音柔柔的，不轻不重，恰到好处，我们则往往会在不知不觉间受到感染，也会变得小心翼翼起来。而她的讲课方式，也和别的老师很不一样。她特别喜欢从讲台上走下来，走到离我们很近的地方，一边讲一边从我们身边走过，忽而停顿下来，朝我们微微一笑。她的眼睛亮晶晶地看着我们，可以看到我们每一个人的眼睛。好像她不是在对我们讲课，而是在透露一些有趣的秘密给我们。特别是当她一边讲课一边慢悠悠挥动着教鞭的时候，我仿佛看到一位音乐指挥家，在随心所欲地指挥着。当然，关于指挥家的比喻，是我后来得知了世上有"指挥家"这个职业之后加进来的，那个时候的自己，只知道着迷于小林老师的一举一动，她所有的动作和手势，在我眼里看起来都是那么优美动人。

　　对的，她有一根我们过去从没见过、别的老师都没有的很好看的教鞭。

　　第一次看到时，我们都以为她拿在手里的是一支钢笔，然而，她的手指轻轻一拉，那"钢笔"就变得又细又长了，锃亮细长，光滑灵动，着实是好看至极。她告诉我们，这种东西的材质叫"不锈钢"，又是一个我们从来都没有听到过的新词。

　　她把这"不锈钢"教鞭拿在手里，像是指挥家拿着指挥棒，有时候在黑板上指指点点，偶尔合在手里轻敲，每一指，每一挥，都带着韵律的美。她的教鞭指到哪里，哪里的同学就会更加精神百倍，坐得更直、更挺、更认真。不需要像其他的老师，总得高高举起鸡毛掸子，再用力地把鸡毛掸子"梆梆梆"在讲台上敲得生响，下面听讲的学生也还是不愿意停下叽叽喳喳的吵闹，非得等"嗖"的一声一只黑板擦朝最吵闹的学生脑袋上飞过去，粉笔灰像一条长长喷气式飞机尾巴似的在教室上空散开落下，才会静止那么一阵。想要学生认真听讲，一直以来是一件多么艰难的事！我们幸运的小林老师从来没有烦恼过。

我太喜欢小林老师了。

不仅仅是因为小林老师契合了我幼年影像中的戏院记忆，或是由于人生中第一次看到与我们整个灰暗年代所格格不入的美，更是因为在小林老师的身上，有着所有我从连环画里、书本里、戏文里曾读到或看到过的，或是向往的，那种叫作"大家闺秀"的美。她是那么的直接和纯粹，把我想象中的各种形象，那么直观而生动地展示在了我的面前：温婉、包容、耐心、坚定、有条不紊、不动声色的敏锐。

我并非因为与小林老师只有短短一年的相处时光，才对她万般赞誉，更不因为后来小林老师意外离世，而扩大了记忆的美好。后来我离开家乡，越走越远，不曾再遇见过当年的同学，然而，我万般确定，一定也有人有着和我一样的感受。当年小林老师的出现，在不同生命个体的成长里留下了重要的印记。

一定有人记得，在那个有限的年代，她曾给予的，那些许多个不经意间的启发和引领、绝不吝啬的亲切、由衷的欣赏与认同。我甚至想，今天的我会喜爱文字，追根溯源去回忆，亦是和小林老师有关。是她，第一次赞扬了我的文字："同学们请注意这一句，'她抹去秤杆上的露珠，小心翼翼地称了起来'。还有这句，'她把竹篮里的枇杷一颗一颗重新默默数了一遍，心里既惶恐又伤心。集市快要结束了，街上的人越来越少，这些可能得剩下来了'。多好！写作文就要这样，要有细节，通过对细节的表述和感受，去观察，去进入，这样写出来的文字才能有生命力，方小丫的作文，就做到了这一点……"

那是一篇名叫《赶集》的作文，我写得很随意。我一直认为自己写的作文啰唆又无趣，从未得过高分，也从来没有老师表扬过我，但是小林老师呢，不仅把我的作文在全班朗读，还把这篇不到一百字的小玩意儿，抄写到了学校的黑板报上，并且在它旁边细致地评上注解，说它好在哪里，如何打动了人心。她简直是满眼放光，好像真的发现了什么好东西，热情地邀请全校的学生都来观看和学习，搞得我都有点儿不好意思。

就是这样，连我这样最不起眼、最不被人注意、总是游离在班级之外的"平庸生""差生"，在小林老师的眼里，也是个值得发掘的可造之才。对我是这样，对我们班上其他的学生也是如此，无论从学习上还是在生活中，真正地关心和爱护学生，对她来讲似乎是一件极为稀松平常的事。

小林老师给人的第一印象虽然是纤细柔弱的，但她也有着与外貌绝不一样的勇猛果敢的一面。至今我还清晰地记得那次班上发生的意外。

有一天，当小林老师正上着课的时候，我的同桌陈莉肚痛病发作，她捂着胸口趴在桌子上"咯咯咯"地折腾了一番之后，突然呕吐了起来，"哗啦"一声惊天动地，一大堆面目模糊的呕吐物倾泻而下。那时候大家吃的东西都是既不好消化又没有营养的,所以消化不良引发呕吐很正常,然而吓人的是随着尖叫声的骤然响起,大家突然发现这堆呕吐物居然有东西在蠕动! 天哪! 一大堆白花花的蛔虫! 陈莉可能被吓傻了,披头散发地佝偻着腰伏在桌边,一动也不能动,再一看,嘴巴边上还挂着两条! 很明显是被卡住了,它们那白晃晃的身体半悬在空中,一弯一扭地蠕动着。这一幕,把全班的人都吓得尖叫起来,并急急地逃开。

活生生的蛔虫呢,谁能不怕? 男生女生都怕!

就在大家乱成一团时,小林老师快步从讲台上迈下来,走到陈莉桌边,她想也不想毫不迟疑地就伸出手把那恶心的丑物给扯了下来甩在地上,并用再镇定不过的声音沉稳地发话了:"没事! 别怕!

"徐小芹,你去把所有的窗户打开!

"快,徐明徐健,你们到教室后面把畚箕拿来,到食堂去,装一些炉灰过来,装满一些!

"陈大福还有刘建庆,你们也到食堂去,抬一桶水回来。

"佳佳丽姿,你们把拖把准备好,还有扫帚。

"不要怕,很快就好了……"

小林老师一边说着话,一边把我的同桌、那个比我还瘦小、哆哆嗦嗦吓坏了的陈莉揽进自己的怀里,轻声安抚她,全然不顾陈莉身上的脏乱。水来了,炉灰来了,拖把也来了,但是大家还是一动都不敢动,只是远远地围着那堆蠕动的东西干愣着。小林老师立马站起身,让陈莉趴到桌上休息不要动,她则挽起袖子,快手快脚地忙碌起来,嘴里还说着话:"来,炉灰给我,我来处理……你们靠边，在边上看我怎么弄……不用害怕，蛔虫嘛，弄好就好了，等我把它们都扫干净以后，你们再来拖地……炉灰还不够，再去取一些……你看，这样，这样，这不就好了嘛……"

可以想象，那是怎样的一个过程。

然而从头到尾，我们可敬的小林老师没有流露出半点儿的畏缩和厌恶。她把最糟糕的部分，不让任何人插手，独自收拾完毕，直至污物全部清理干净。继而又把陈莉带到自己的宿舍，清洗更换衣服，还把她自己的衣服给了陈莉穿，是的，就是那美丽的"乔其纱"。当陈莉跟着小林老师亮闪闪地回到教室时，收获了我们多少的羡慕和嫉妒！

而再接下来，关于"蛔虫"的问题，我们听到了这样一节别开生面的课："同学们，蛔虫是一种寄生虫，我们不用怕它，但是不能不防它。防它要从生活习惯开始。蛔虫的产生一般来说是吃了不干净的食物，才会使虫卵进到我们身体里，虫卵喜欢藏在菜叶上、泥巴里或是不干净的食物里，尤其喜欢藏在指甲缝里。所以我们吃东西前一定要洗手，要勤洗手，保持手指的干净，还要勤剪指甲，不能有啃指甲的习惯，更不能喝生水，这些都是导致蛔虫入侵的因素……

"还有，在你们这个年纪，要定期吃宝塔糖，因为你们还是小孩，免疫力不够强大，蛔虫一旦进到我们身体里，它的繁殖速度非常快，在体内时间久了，对身体的危害可想而知，你们今天也看到了。而宝塔糖，是目前为止杀蛔虫的最有效的方法……"

那个年代的乡下，我们几乎人人都长蛔虫，但是从来没有人会这般耐心详细地和我们解说蛔虫是怎么一回事。它是怎样来的,有着怎样的危险,又怎样去预防。小林老师提到的"宝塔糖",我们都认识,顾名思义,是一种尖尖螺旋形的雪白糖果。这糖果,吃的时候香甜,但是吃了它之后,会有死掉的蛔虫从身体里排出,而很多时候,排出总是很不顺利,往往得借助手的帮忙,那种软绵绵的手感带来的恐惧,远远比它们任意在身体里生长要大出好几倍。我不知道别的同学是不是和我一样愚蠢,但我清楚地记得当年的自己由于害怕,不敢面对吃了宝塔糖之后的上厕所时间,所以很多时候,如果不是妈妈当面监督我吃完,我都会把"宝塔糖"悄悄丢掉。肚子痛就痛吧,总好过不得不去碰触那恶心吓人之物。

虽然不曾严重到像我的同桌那样连呕吐也能呕出一大堆来,但是蛔虫引起的肚子疼痛,对我来说也是家常便饭。

"同学们,我也有过被蛔虫吓到的经历,但是没有关系,只要我们养成良好的生活习惯,那么在把身体内的蛔虫慢慢都杀干净之后,它们就不能再伤害到我们了。"

小林老师这次很严肃。

"老师,我们家没有钱,买不到宝塔糖……"有同学嗫嚅着说出为难的原因。

"老师我最喜欢宝塔糖了,所以我从来不会肚子痛!"也有同学得意扬扬。

"我就爱啃指甲,原来这么恶心……"有的同学被吓到了,赶紧把又脏又有着长长指甲的双手藏到课桌底下,生怕被小林老师看到。

一个星期过去后,同学们突然发现班里的讲台上多了好几样东西:一只透明的塑料四方盒子里,整整齐齐地放满了宝塔糖;一块大大的崭新的肥皂;一只淡绿色高高圆圆的我们从未见过的瓶子,上面写着"啤酒花香波";一条厚厚的条纹毛巾;一只大大锃亮的指甲钳。

"同学们,从今天开始,我们一起来打一场'全班整洁美丽仗'好不好?宝塔糖不能随便乱吃,有需要的同学要到我这里登记过才能拿。但是肥皂和洗发精、指甲钳,都放在这里,你们可以随时取用,还有这块厚毛巾,洗完手用来擦手,我相信,只要大家愿意,我们每一个人都可以是干干净净既不长虱子也没有蛔虫的,对吧?"

小林老师很认真地看着我们,微微带着笑。

这下子大家再没有借口了。衣服也不能因为没有洗衣肥皂而继续脏乱着了,小林老师说了,肥皂用完后她会继续供应新的。肚子痛的事件也渐渐地减少了,自从听到小林老师那么详细的关于"蛔虫繁殖"的描述,谁也不愿意自己的身体里住着那么可怕的寄生物,宝塔糖在非常正确的时间里被一一吃下,大家也不会再指甲长长、指甲缝里塞满一堆脏东西了,教室里不仅有肥皂和擦手的毛巾,还有用起来方便又简单的指甲钳,我们可以随时使双手保持干净。

洗发精我们是第一次见到。一般来说,我们洗头发、洗澡,还是洗衣服,用的都是同一样东西:肥皂。所以洗发精对我们来说是很新奇的宝贝。指甲钳也是,极少有人家里会有指甲钳。人人家里都会有一把剪刀,又大又沉的那种,从剪绳子到剪衣料、剪草席再到杀鸡杀鱼，用的都是同一把。偶尔也用这把剪刀剪指甲，用起来又重又累，所以尽量避免指甲长得太快，最好是在做农活时胡乱折断，那就可以免去剪指甲的辛苦和麻烦。

对于洗发精，男生倒不以为意，他们觉得只要一块肥皂就可以搞定的事不需要去做太多的改变。可对于女生来说就很不一样了，我们全班十九名女生，齐刷刷地排着队挤在讲台旁边看那瓶稀罕物事。

"小林老师，你是说洗头发要专门用这样的东西，它叫洗发精？这瓶东西肯定很贵吧？"

"我听说过洗发精，可是我妈说不用买，说是用起来和肥皂一个样。"

"我只用过香皂，比肥皂好用，香皂也很香，洗发精没见过……"

"小林老师，我不喜欢洗头发，每次洗头那头发都打结得厉害，一扯就扯下来好多，痛死了。"

"就是嘛，所以我才留短发，就不用洗头了呢！"

"小林老师你是说你可以把这洗发精给我们用？是真的吗？"

"'啤酒花'？这么奇怪的名字……"

"味道真好闻，难怪小林老师这么香……"

"用这么香的东西洗头，那头发里的虱子是不是都可以熏跑了呀？"

我们顶着一头毛茸茸乱糟糟脏兮兮的头发，快活兴奋地围在小林老师的身旁,叽叽喳喳七嘴八舌地发问。

年少时的我们,并不会有太多的想法,想象力也极其有限。小林老师来到我们班之后在我们面前一点一点展开的很不一样的世界,那些她和别的老师绝不一样的与我们相处的方式,对我们来说是一种神秘而美好的力量。

我们也会猜测。

我们一致认为小林老师来自一个很富有、和我们很不一样的家庭。县城,毫无疑问,那是真正的"大地方",在我们这山沟沟里,去过县城的人都没有几个呢。小林老师受过良好的教育这一点毋庸置疑,省城正牌师范大学毕业,毕业后还有留校两年的教学经历。她读过许多的书,知道许多我们不知道的东西,她的课上起来永远都是那么生动有趣。

自从我写了那篇《赶集》作文后,小林老师就把我选为"语文课代表",这是我短暂读书生涯里唯一一次"当官"。说是"官",实际上要做的事情极其简单,只是负责班上语文作业的收取和发放而已,有时替老师发一些和语文相关的通知。然而,几乎所有人觉得被老师赞扬和喜爱,是至高无上的荣誉。尤其是对我来说,她是唯一一位对我表达善意的老师。由于"课代表"的身份,我曾多次去到她的房间。我喜欢她的房间,那房间洁净异常,且永远带着一股淡淡的极好闻的香气。还有,我发现她的房间里有很多戏剧磁带。小林老师有一架小小的在当时来说极为稀罕的收音机,只要把磁带放进收音机,那些好听的戏剧就会哀婉缠绵地在房间里咿咿呀呀地响起。小林老师喜欢把声音开得很低,一边听一边轻轻跟着吟唱。难怪我对她有熟悉感，或许是冥冥中对戏剧的喜爱加深了她在我心目中的美丽形象。

有好几次，我坐在她房间里唯一的那张书桌旁偷偷看她。她让我抄写一份试卷，而她则坐在书桌另一头的床沿上，她经常把脸朝着窗户的方向，微微抬着头，好像在入神地想着什么。那神情和在教室里看到的很不一样！就好像，她突然变成了另外一个人，那一动不动的样子，完全不是我们平时看到的那个笑盈盈的小林老师了。

不知该怎样去形容。

在我的记忆中，她总是很认真地对待每一个人，但是和每个人之间，却又似乎都隔着一段说不清道不明的距离。她爱笑，但从不见她有过畅快的大笑。即使我们班在校运动会上赢得最高荣誉，语文成绩全年级第一名，她在第一个学期就被评为全校优秀老师，即使在同学们簇拥着她热烈地朝她献上崇拜的笑脸、当其他老师祝贺她的时候（现在想来当时她得到了多少赞誉的同时也在那些可恶的人心里种下了多少的妒忌），她也只是眼睛亮闪闪地微眯着，依旧是习惯性地抿着嘴唇，只把嘴角上扬，从来不曾大笑出声。

笑有很多种，不是吗？

因为有小林老师的存在，破天荒地，那一个学期的考试成绩，我的每一门成绩竟然都考到了九十分以上。语文就不用说了，九十八分，全班第一名，除了作文那里写错两个错别字被扣了两分，几乎是满分了。

"方小丫，你呀，如果能把粗心的习惯改一改，那就更好了。"小林老师认认真真地对我说,"你看,这不是很可惜吗？失分失在这样的地方,那可不值当。"

对于这样温和的批评,我简直是迫不及待地接受和起誓:"老师,我记住了！我主要是不喜欢检查试卷,下次一定不会了！"

与其说我是因为自己的好成绩而感到高兴,还不如说是因为自己被小林老师认可而得到了幸福感、价值感。想想看,我竟然也能有好的成绩,成为一名好学生,这是多么的不可思议。

在那短短一年左右的时间里,小林老师不仅仅只是带给我们班翻天覆地的变化,还影响到全校,影响到我们学校所在的整个村,乃至于影响到这条狭长山沟沟里的整个乡,小林老师成了这一整个乡里人们话题的对象、时髦的象征、物质与精神结合得最为恰到好处的"美"的代表。连我妈妈都和我提起了她:"小丫,听说你们班新来的老师,是个很年轻的还没结过婚的姑娘家？"

"年纪那么小的老师,她能教你们吗,而且还是个班主任？"我的妈妈狐疑地问。

"怎么不会教,我们班的人都最喜欢小林老师了。"我听出妈妈语气里的怀疑,不禁有点儿生气,"我觉得呀,她才是真正的老师！课上得精彩又有趣,对我们可好了,从来不打不骂,更不会看不起我们,她和别人的老师一点儿也不同！"

我表白似的为小林老师争辩。

"妈妈,那位老师真的是很不一样,遇到谁都是笑眯眯的,和善亲切,人长得像画似的!"我的三姐也帮我来做澄清,她虽然和我不同班,但是她看到小林老师时的表情和我一模一样,我知道我三姐也和我一样,都对小林老师着迷着呢。

"是吗?好吧,我倒是觉得你妹妹现在对待读书的态度是比过去积极了一些,看来还是这位小林老师的功劳啊。"妈妈做了总结后,就也不再多问了。

人们对待"美"的态度,往往冰火两重天,一边是极度向往,一边则是快意摧残。

长大后,当我第一次看那部叫《西西里的美丽传说》的电影时,我的脑子里出现的,就尽是当年小林老师的镜头。

阳光越耀眼,它所照到的物体的阴影就越大。

电影里那个叫雷纳多的少年,偕同一群和他一样年纪的小伙伴,每天在玛琳娜会路过的每个路口等待,他们骑着单车一路跟随、躲在街角处守候、趴在围墙上偷窥。但凡玛琳娜走过的地方,男人为她驻足,女人为她扭头窃窃私语,人人议论纷纷。而小林老师当年所得到的"关注",与电影中的玛琳娜几乎相差无几。

小林老师平时住在学校里,每两周回县城一次。从学校到城里,唯一的交通工具,就是那些带着简易篷盖的三轮摩托,先由它们翻山越岭把人们带到离我们二十多里路的镇上,再从镇上乘坐班车去县城。三轮摩托停在乡政府大门口,停在那棵有着巨大冠状树枝的大樟树下,有时三辆有时两辆,等待搭车的人。小林老师在每个周六的中饭后去那里搭车,从学校走到乡政府门口,大约有一里半的距离。

　　和电影中看到的一模一样，这一里半的路程，自从小林老师来了，在每隔一周的周六中午时分，往往就会比平常"繁忙"许多。

　　学生们放学各自回村，大多数走的也是这条路。我们班的同学天天看到小林老师，已是见怪不怪，往往快快地和她说过"再见"之后就急急地赶路。其他班的同学就不同了，不管是高年级还是低年级的，虽说平时在学校里也常常遇到，但是这样在校外一同走路的感觉还是很不一样。于是有些同学就故意放慢脚步，只傻傻地亦步亦趋地跟在小林老师的身后，把那一段路走得云里雾里，且还觉得怎么乡政府离学校这么近，没抬几次脚就走到了。

　　除了学校里的孩子，村里的大人也来凑热闹。有些以家长的身份在路上和小林老师大声打招呼："啊，小林老师回镇上去呢？"有些妇人，则假装恰巧在那个时候去乡政府有事，故意走到小林老师前头，只为偷偷转头看一眼，看看小林老师这周是怎样的打扮，又是怎样一身全新的穿着。还有那些叫"村混混"的，最是烦人可恨，他们知道小林老师除了回家行程，偶尔会去乡政府旁边的供销社买东西，于是常常会在下午时分早早就到学校门口来探头探脑，等待小林老师去走那"一公里半"路程。他们把那时候"混混"最流行的骚扰女人的方式都一股脑儿地用在了小林老师的身上：吹口哨，远远跟随，几个人突然大声地喊出小林老师的名字，在小林老师前方几步远的地方学小林老师的走路动作，骑着单车突然冲出来假装不小心跌到小林老师面前叫唤，让小林老师不胜其烦。

　　这些层出不穷的骚扰，曾一度让小林老师不知该怎样应付，还好后来陈老师注意到了这种情况，为了把她从这些窘境中解放出来，于是很多时候，陈老师都会主动去陪小林老师走那段路程，"混混们"毕竟邪不压正，几度交锋后，终于在陈老师正义凛然的目光逼视下败下阵去。

　　时间过得很快，转眼冬去春来，我们在小林老师的带领下，稳稳当当地进入初二的第二个学期。这个学期很重要，要在暑假结束前进行会考，以会考成绩来决定初三的大分班：重点升学班和普通毕业班。

　　在这一个学期里，我不仅是语文课代表，还是我们班的文艺之星，在小林老师的鼓励下，参加了镇上举行的"初中生文艺会演"，得了个第一名。全镇十四个初中都派了代表参加，从诗歌朗诵到相声到唱歌再到武术表演等。我的参演作品是戏剧折子戏表演——《何文秀·奉汤》。我认为我之所以能取得第一名，全因为有小林老师的不懈支持，那段时间她常让我到她房间听戏，她帮我找来的戏服也是很大的得分亮点，以及陈老师也是在小林老师的坚持下，才为我伴奏的。那时候没有现在的发达科技，不存在电子伴奏这么高级的东西，所以在陈老师的胡琴和快板支持下，再加上我的扮相和唱腔，着实可称得上是一出"花团锦簇"的演出。演出的得奖使我乐不可支沾沾自喜，也是在那个时候，我隐隐约约知道了一些关于小林老师母亲的往事：她是省城越剧团曾经的台柱子，鼎鼎有名的花旦。

在小林老师的宿舍里看到的那张放在窗台镜框里的照片，就是她的母亲：一位身穿戎装背插羽箭英气勃勃的武旦。也是在那个时候，我知道了青衣和武旦的区别。

"我的妈妈很漂亮，对吧?"说起母亲的时候，小林老师的眼睛里满是自豪神情。

"我妈妈是武旦，也是花旦，但不是青衣，实际上，我喜欢青衣比喜欢武旦多一点。"停了一会儿，她又说，类似于自言自语，"我也曾经想学戏，可是，我妈不允许……后来，这不是成了你们的老师了嘛。"

平静被打破，是在会考前的一个星期。热火朝天的夜自修结束后，我们回寝室睡觉。炎热的夏季马上就要到了，由于寝室的拥挤和低矮，再加上已有整整超过两个星期没有下雨，大家一致认为寝室里又闷又热。时间应该已经是慢慢走到半夜十二点多了，可是还有些同学依旧在床铺上翻来翻去，被闷热所扰，不能入睡。睡我旁边的陈莉也一样，她悄悄地凑过来想继续找我聊天："喂，小丫，你说，如果我们考不进重点班，那得怎么办？我爸妈说了，他们绝对不会允许我再复读……"

陈莉的家境和我相差无几，她的学习一向比我稳定许多，基本都在前面几名，但是她却总是惴惴不安，哪怕一次测试没有考好，她都会心情沮丧唉声叹气。

"不会呢，我觉得我们都能考上重点班。小林老师说了，会考时的试卷和这些日子我们测验时所考的试卷相差不大，只要我们继续保持不掉以轻心,我想我们都能通过的。"

那段日子我自己觉得所有的测验都没有太难,即便是我最不喜欢的数学、物理,我也能顺利答出几乎所有的答案。我认为连我这么笨的学生都能通过,那么对其他同学来说应该是小菜一碟了,更何况,她是勤奋努力的陈莉。说实话,我没有想过如果没有考进重点班应该怎么办,我刚刚才觉得读书挺有趣也不累,我只是鲁莽地认为,只要自己喜欢了,那么就没有什么办不成的事:"如果考不上,那么我肯定就不读了,去做小工……听说做小工也很不错,我们村的红梅,连初中都没有上,现在在一家手绢厂打工,每天只要坐在那里绣绣花剪剪线头什么的,一个月也能赚三十几块……读书,将来考师范大学?如果像小林老师那样就好了,当老师……"

黑夜静悄悄,陈莉的声音断断续续地咕哝着,对老师的职业透着由衷的向往和羡慕,而我则晕晕乎乎地闭上眼睛想起小林老师曾对我说过的话:"小丫,读书是一条出路,可以走到外面去……"

走到外面去?我不像陈莉,就算我很喜欢小林老师,我也不想当老师,读书好,就只能是当老师吗?不过不当老师又去做什么,我也不知道。小林老师说读书好可以到很远的外面去,可是,她怎么到这个山沟沟里来了,搞不懂。我第一次想到这个问题:为什么优秀的小林老师会来到我们这么破旧的学校?小林老师说,省城很大,可是有多大?对我来说,"镇上"和"县里""省城"是差不多一样的地方,将来有一天,若是我能在镇上有一份工作,那就很好,如果目标更远大些,也不过是把

"镇上"改到"县里",那就更好了,听说"县里"的街道更多更繁华？我的想象力只能抵达"县",省城在哪儿,朝着哪个方向？我完全没有概念,那都是很远的将来的事,我哪能想得那么多,眼下能把会考通过,考个好成绩,我就很满足了。我想起我的三姐,三姐说,她是连初三都不想继续读下去了,家里农活太多,忙不过来,她想早点儿休学回家帮爸爸妈妈。

"四妹,你的身体太弱,干不了农活,就应该好好读书,多读一些,一直读下去才好……"三姐有一次曾忧心忡忡地认真提醒我。

可是,她也知道的,我对读书一向不开窍,眼下的好成绩简直像个奇迹,这个奇迹可以保留多久？我也不知道。我迷迷糊糊地想着,差不多就要睡过去了。

突然,一声又似呜咽又似尖叫的声音从什么地方传过来。

随即,一片混乱。

那个夜晚,发生的一切都有点儿类似于做梦。

夜很黑,操场很大。我们的学校没有夜灯也没有路灯,夜自修一结束,教室的灯都熄灭之后,整个学校便陷入黑暗。寝室的灯光是统一管理的,总是在夜自修结束的二十分钟之后准时熄灯。在那之后,除了老师办公室和老师宿舍还会有一点点微黄的灯光漏出来,到处都是黑乎乎的。办公室在晚上也鲜有灯亮着,大部分的老师只愿意付出白天的辛苦,几乎不会在学生们都休息了之后还在办公室里待着,也都会快快回家或是躲回自己的宿舍。

而宿舍在远远的食堂那边,与学生们的寝室隔了仿佛有十万八千里,开不开灯没有人看得见。不管是冬季的还是夏季的夜晚都一样,只要过了夜间十一点,整个学校就都是静悄悄黑沉沉的一片。

不知道那是几点钟,也许已经是凌晨的两点或是三点。那天夜里,没有月光,有如一片漆黑的海平面上突然被扔下一颗炸弹,整个学校,整栋房子,房子与房子之间的空气,都突然之间被什么摇晃着推醒了。好多的人,好多的声音。不知什么时候开始,我就莫名挤在人群里了,我跌跌撞撞晕头晕脑的,跟着一堆同学不由自主地往那个传来尖叫呜咽的方向寻觅而去。我不记得自己为什么要从床上爬起来,也不记得是谁先跑出寝室,更不记得是怎样穿过那片黑魆魆的操场,又是怎样一窝蜂都围拢到小林老师的宿舍前的。

只记得仿佛在突然间看到许多耀眼的光亮,同时钻进耳朵的是一连串高亢的声音、突兀地歇斯底里地登场:"看今晚还抓不住你?! 这下子看你往哪儿逃!"

"打你这个不要脸的!"

"就是她这张臭脸! 在晃悠着勾引男人到处显摆呢!"

"看她还怎么得意扬扬的! 还是老师呢,臭不要脸! 烂货!"

"跟她妈一个样! 我可都是打听清楚了! 一个唱戏的老东西生的不要脸的小东西! 难怪在省城待不下去跑到这穷山沟沟里来,都是因为勾搭男人! 她把省城里的男人勾搭遍了勾不到了才到我们这里来祸害人!"

"把她衣服给我扯破! 看她还有什么本钱来勾引男人!"

"居然敢搞我的男人! 打她!"

"破鞋娘生的破鞋女儿!"

一片混乱。

手电筒发出的白森森的光在黑沉沉的夜里有如舞台上的射灯一样刺眼。晃动着的人群、晃动着的光线、晃动着的各种声音,形成一个巨大的旋涡。而在这个旋涡的中心,我恍恍惚惚看到地上缩着一团一动不动的影子。人群转着圈,你推我,我推你,你挤我,我挤你,如同漆黑的波浪般一浪推着一浪,在使劲地挤压推搡着那个小小的影子,而波浪的夹缝之间,我赫然看到瘦高个子的陈老师也在那里,同样有白森森的光亮在晃着他,把他那张本就清秀瘦削的脸晃得煞白。

仿佛是猛然清醒,我突然惊恐万分地意识到,地上那团影子,是小林老师!

那影子被拎起来,在摇晃着她的是一个又黑又胖的高大壮实妇人,那些慷慨激昂的叫骂声、喋喋不休的哀号混着尖叫,也来自她。她是谁? 我从未见过。

无数张脸在我的头顶上方晃动:这个妇人、陈老师、校长、其他老师、我的同班同学、其他班的同学,还有另外一群不曾见过的陌生的不知来自哪儿的汉子和妇人。

我的个头一向又细又瘦又矮小,夹在这惊涛骇浪般摇晃的人群里,我只觉得我的身子根本不听使唤、飘来荡去一忽儿在旋涡里一忽儿在旋涡外,我被黑压压的胳膊大腿推来搡去地看不清方向。我伸出手去,试图去触碰一下小林老师,但是我连站都站不稳,我尽力想去看点儿什么,可是什么都是白晃晃的,闪得人睁不开眼。一切似乎既是白晃晃又是黑黢黢的,许多的脸,有惊诧有讶异,有兴奋有激动,有愤怒有冷漠,有置身事外的幸灾乐祸,还有无动于衷。各式各样的表情在夜的黑幕衬托下,汇聚成一种极为古怪的画面。这种画面,超出了我能想象的所有范围。

我不是很清楚到底发生了什么,但似乎又对发生的事情莫名其妙地产生某种心领神会的惧怕。我急忙忙从人群中逃了出来,一个人跌跌撞撞逃回寝室,跌坐在硬邦邦的床铺上呼哧呼哧地喘气,心跳一时快得离谱。我不知道自己在害怕什么,似乎害怕我周围的墙壁会突然裂开,仿佛有什么东西在倒塌,轰然作响。

不知道过去了多久,那些很远的声音,似乎在慢慢跌入沉寂,然而,沉寂所透露出来的信号,并没有比嘈杂吵闹更能让我安心,害怕使我的脑袋陷入一片空白。

再后来,陈莉回来了,还有其他的女同学也都陆陆续续回来了。寝室里依旧黑乎乎的,没有人开灯,我看不清别人的脸,她们也看不到我。我们这一群对小林老师喜爱又向往的女生,在黑暗里悄无声息地面面相觑。

没有人说话。所有的声音,在这一刻都静止了。

第二天。

第三天?

也可能是第四天。

接下来的事进行得很快很快。

我担心那个梦境似的夜晚之后就再也不会见到小林老师了,可是呢,小林老师却在三天(或是四天)之后又回到我们的教室里。

她一如既往给我们上课，还是淡淡地微笑着，朝着我们的方向，她站在高高的讲台上，仔细清晰地和我们讲解即将进行的会考里可能遇到的试题。她给我们发放试卷，给我们复习课文，她继续把干净的毛巾和肥皂认认真真地摆在讲台上，把黑板和讲台都收拾得干干净净，指甲刀被擦得锃亮，优雅美好地占据着讲台的一角。她的声音一如既往的清亮简洁，依旧是温柔里带着果敢。

她依旧在周三或是周四的时候去乡政府旁边的供销社买东西，继续去走那一公里半的路，她静静地站在乡政府门口等车回县城。她上课、下课，一个人走在操场、走在路上、走在学校里，一个人回教室、回办公室、回宿舍。一切，都似乎和过去一模一样。

只是，在这期间，她收获了各式各样数也数不清的指指点点，一些不知从哪儿窜出来的村妇们跑到学校门口，那些快活放肆却依旧不失嫉妒的各色隐晦的高声大笑、心满意足的挤眉弄眼，那些终于可以肆无忌惮没人会去干涉了的"混混们"的口哨声，半夜不知是谁时不时从学校围墙外扔进来砸到她宿舍窗户的半块砖头，等等，围绕着她。

似乎是一夜之间，关于小林老师的一切突然被所有人都知道了。再没有任何的秘密。她不是来自什么富有显赫的家庭，只是县里普普通通的居民之一，母亲一度非常出名，戏唱得好，扮相俊秀，但是背景却很不怎么样，据说私生活混乱，未婚先孕。小林老师是私生女，根本不知道父亲是谁，母亲在年轻时积了些本钱,离开省城回到县里开了个服装店,也不结婚,单身一个人把女儿养大,服装店很赚钱,于是她对女儿是又宠又爱,本以为女儿读书优秀成绩好念了个好学校可以留在省城,可是这女儿不学好,在留校任教时和学校的历史老师闹出了丑事,把名声给败坏了,所以才想方设法到这山沟沟里来。

"谁知道在这样的穷学校里也还是会出事,这个才二十出头的大姑娘家偏爱勾引比自己岁数大很多的男人,真不知是什么怪癖,唉,总之是有其母必有其女,不可救药。""你说是人家骚扰她?怎么可能,省城里的历史老师,那是有教养的人,如果不是自己招蜂引蝶,也不会惹祸上身,你说是吧,自己不正经,那可怪不了别人。""嘿嘿,我看啊,总还是出身贱的缘故,你想想,一个戏子啊,能生出什么好女儿来。""那天晚上只是一场误会?她和陈老师只是在一起讨论教学课程?鬼才相信她的辩解呢!都被当场抓住了,都看到了,还会有假?""嘻嘻,孤男寡女半夜三更在一个房间里,能做出什么好事来是吧,嘻嘻!"

人们津津乐道。

并不需要清楚地看到谁的嘴唇在动,只需要把耳朵朝向风流动的方向,各种版本各种有眉有眼激动人心的故事,便会跳进你的耳朵里,热腾腾的,永远都停歇不了。

在事情发生之后,那段日子的影像有若空白。

我只记得,我们谁都不敢说话,事实上,我们什么也做不了。小林老师回到教室时看到的,唯有低下脑袋埋头使劲地背试卷的画面。我们假装并不知道有事情发生,我们只要认真继续读我们的书。看到小林老师重新出现在我们眼前,我们当然很高兴，但是，似乎谁也不敢把这份高兴表达出来，于是只能用一万分的安静来应对了。我们几乎是连大气都不敢出，教室简直成为一座停止了呼吸的坟场。

只是我的课桌在最前面，紧紧地挨着讲台，稍一抬头我就可以看到小林老师。我也不敢抬头，我坐在座位上，心跳得厉害。即使是多年以后的今天，我依然记得自己鼓起勇气望向讲台时所看到的小林老师的脸。那张脸，是那么出乎意料的平静，什么也没有，除了她眼角和面颊受伤青紫的地方，那么显眼地呈现着和平静对立的突兀。

而我被这种突兀吓到了，像是一不小心碰触了不该碰触的东西，在那一瞬间，我的脑子里轰然作响。不知道为什么，我突然觉得小林老师不再是那个小林老师了，她看起来像是一具空空的壳。

小林老师在我们会考结束的时候，在那间低矮单薄的老师宿舍里，用半瓶"乐果"结束了自己的生命。小林老师喝的毒药，和我姑妈后来所喝的，是同一个牌子。

那天是周六，所有人都放学回家了，小林老师没有回县城，而是继续待在学校。

事后有人说她在宿舍里等陈老师，估计还想继续勾引，而陈老师才不会上当又来私会，所以等啊等，等啊等，等得想不开了就自杀。也有人说其实和陈老师无关，是因为学校说了，过了这个学期就要把她辞掉，而她不可能再找到当老师这么舒服的工作，想想实在受不了所以自杀了。又有人说，是她的母亲也不要她了，恨她老是给自己丢脸，所以再不让她回县城。一个无家可归的人还能干什么呢？所以只好自杀了。怎么说呢，这样的女人，总之是害人害己，她是自己把自己害死的，和谁都无关。

人们带着一副事不关己的淡然表情谈论着小林老师的死，就像是谈论天气，谈论庄稼的收成，谈论一个根本不存在的故事，连惋惜的表情都不需要。

那个周六我放学回家，我原已下定决心，等我周一再回到学校时，要和过去一样去找小林老师，不做什么，只是去敲敲她的房间门，像往常一样，探个头叫一声"小林老师"就笑嘻嘻地跑开，像之前其他女同学也喜欢做的那样。事情发生之后，我再没有去过她的宿舍，我不知道自己为什么要躲着她，我的没有理由的惶惶然或许该结束了，我突然迫不及待想回到过去的状态。

清空，清零，重新开始，把那个可怕夜晚以及小林老师脸上的伤痕和破损都彻底抛诸脑后。

突然之间，什么都没有了。

消息传开时，我根本不相信。人们交头接耳，面面相觑。妈妈周日去乡里采购农肥时带回这个噩耗，她吞吞吐吐的样子至今令我印象深刻。

"小丫，我跟你说，你别害怕……你们学校，那个老师……那个你很喜欢的老师，听说，好像，没了。"妈妈担忧地看着我，好像怕我生气，又加了一句，"你别太难过。"

没了？什么意思？

我一时回不过神。我很久很久都没有回过神。

小林老师就这样没了？

那个周一，夏季的阳光火辣辣地照着大地、照着学校、照着操场、照着明晃晃的窗户，以及照着与窗户紧紧镶嵌在一起的每一间静默的教室。火红的太阳，把视线内的一切都照得仿佛要飘浮起来。办公室面前直挺挺耸立的旗杆上，红旗低垂着身子，没有风，一动不动。

运送尸体的汽车是跟着警察的车子一起来的。

事实上没有什么可以值得调查，那半瓶"乐果"是学校所发，因为学校里老鼠实在太多，所以学校体贴老师，在每一间老师宿舍里都会配放一瓶半瓶的"乐果"，偶尔洒在房间角落，以期把那些时不时总想蹿进屋里的老鼠吓在屋子的外边。

在白晃晃阳光的照射下，汽车黑乎乎的轮子慢吞吞地轧过空荡荡的操场，悄无声息地直达小林老师的宿舍门前。地面快要被晒化了，成千上万的沙土碎石子又热又烫地被一路蹍过，吱吱咯咯作响，仿佛不堪重负。同样黑乎乎的人群远远跟随围观，在拖着尘土尾巴的汽车身后形成一串长长的面目模糊难看的队伍。

乡下人极少见到汽车，更不要说一下子见到两辆。警车与运尸车，呼啸而来，呼啸而去。围观的人们不时发出赞叹声，以表示他们的惊讶："哇，四个轮子的小汽车，果然是新鲜，扎实又气派！新鲜啊！"

我们被禁足在教室里，哪儿也不准去。

隔着教室窗户玻璃远远望出去，小林老师的宿舍离我们是那么远。我们全班人，没头没脑地挤在窗户边，许多人总想探头去看，但无一例外什么也看不到。我们侧着耳朵，时不时似乎听到点什么，又似乎什么也没有。窗外远处，有许多来来去去看不清楚的剪影在动来动去。恍惚间，我好像看到了小林老师的妈妈，那个和小林老师一样好看的母亲，她一个人，直挺挺悄无声息地站在她女儿已经不在了的房间里。她什么也没有做，只是站在那里。

她和我曾在镜框中看到的很不一样。照片上的伶人看起来是那么灵动轻盈、活力四射、眉眼飞扬，而真实中的她好像有点儿僵硬，更别说是五彩鲜艳的美了。

汽车走了，围观的人群散去。

下午最后一堂课的时候，我们在教室里等成绩单。很久都没有老师过来。几乎等到快下课的时候，门口进来一个人，卷子终于被抱回来了。是陈老师，一大摞歪歪扭扭的试卷高高低低地窝在他的胳膊肘那里，很不安全，感觉随时会像瀑布一样倾倒下来。他把那一大摊快散了的试卷随便倒在讲台上，垂着脑袋，一只手撑着讲台，看起来似乎有点儿站不住。他一动不动站了好一会儿，才终于想到什么似的直起身，开始给我们分发试卷。

没有顺序，抽到哪张就是哪张。面无表情的陈老师，用前所未有的僵硬的声音，一个一个缓慢地报出我们的名字，被报到名字的同学则应声站起，走到讲台去领回试卷。当他叫到我名字的时候，我莫名地有点儿怨恨，不想上去拿。

"方小丫。方小丫。"

他一连报了两次，我才慢吞吞地站起来，走过去。

我第一次离陈老师这么近，就是以前他在小林老师请求下陪我一起用胡琴帮我配乐时，我也是远远地站着。温顺的、和蔼的陈老师，就是眼下看到的这个人？

他高高地杵在那张静默的讲台边，半侧着身子，脸无意识地耷拉着，一只手直挺挺地把我的试卷朝我伸过来。他的眼睛游离在那堆试卷上，没有转过来看我，我下意识地把试卷接了过来，不知道从哪儿来的勇气，我很想直勾勾地盯着他看，我就这么盯着他看了。他已经开始报下一张试卷的名字，依旧是面无表情，半点儿也没有留意到我的停留。我盯着他，盯住他，我看到他那瘦削的脸颊上有许多又横又竖的很深的皱纹印子，每道印子都好像不是他自己的，好像是谁故意刻上去似的。从侧面看过去，他的头发几乎是全白的了，一点儿也不像是才四十出头的人。他怎么那么老。

我突然地泄了气，不再盯着他看，转身慢吞吞走回到自己的座位。

天气闷热，教室里热得连墙壁都在缓缓渗出一滴又一滴的汗珠子。

前所未有的好成绩半点儿也没有使我觉得高兴，我再一次真切地意识到自己是那么厌恶读书。厌恶总是待在又闷又热的教室，厌恶身边所有一下子好像都变得呆头呆脑的同学，厌恶那些笑嘻嘻的自以为是的老师，厌恶周围叽叽喳喳的一切。既厌恶又害怕。

还好，离放假已没有几天，暑假很快就要到来。

　　离开学校的时候,我把那丢在讲台上无人理睬了的指甲钳偷偷地藏了起来,藏在自己的口袋里。自小林老师不在后,指甲钳就坏掉了,不知是哪个同学的功劳,使它再不能和过去那样一开一合一按就能"咔嚓"一声轻松把指甲剪掉,而是只空张着嘴,不管你用上多大的力,它再也不能合拢。

　　我把这把坏了的指甲钳,偷偷带回了方山。

　　"妈,我的考试分数出来了,初三我会被分到重点班。"我回答着妈妈的问话,但没有提到小林老师。因为没有什么好说的。

　　我把指甲钳和我的其他那些宝贝都放在了一起:来自美秀的手帕,几本破旧小人书,四五颗很好看的石头,几张花花绿绿的糖果包装纸,一块摆在太阳底下会发出淡紫色光的旧玻璃碎块。我的小盒子,真的是越来越热闹了。所有小林老师的记忆,随着指甲钳躺进盒子里,被小心翼翼地关上。

　　夏天有整整两个月的假期,不知道会发生什么,有没有令人期待的事物在等我?

　　妈妈说在这个夏天,我们的大姨要回来探亲,从那个离这里很远的北方城市到这里来。

　　"她上次回来时小丫你还没有出世,时间可过得真快。对了,不只她自己,还有你们表哥,也会跟着一起回来,到时候啊,家里可要很热闹了!"妈妈笑眯眯地告诉我们。

　　这个大姨和表哥,我在一张照片上见过。大概在六七年之前,大姨父因意外去世,我的爸妈带着我大姐千山万水地赶到那边去参加葬礼,光是坐火车就坐了好几天,那也是大姐人生中第一次长途旅行。大姐因为在那次旅行里见识了城市的巨大与繁华，可谓见了世面，于是当时就在心里暗暗发下誓言，一定要想方设法离开山村，说只有走出去，一切才会有改变。

大姨和表哥的照片，就是那次带回来的。在一座有着墨绿色大圆球描金屋顶的威严高楼背景下，一位身材高大的妇人和一位身形瘦弱的男孩手牵手站在那里。爸爸说那座大屋子是一座教堂，名字叫"圣索菲亚"，是他们城市里最为著名的建筑物，也是历史文物。而那位小男孩就是我的表哥，我们大姨唯一的儿子。男孩看上去十四五岁的样子，他的手被他妈妈牵着，眼睛专注地望着镜头，一副认真好奇的模样。

"算起来，你们表哥应该是二十出头了，快二十三岁了吧，比小丫你大了有八九岁……"

大姨是我们家的恩人，几乎每年过春节的时候，她都会从那个大城市里给我们寄来一个大包裹，包裹里有各种各样对于山沟沟里的人们来说极为稀罕的城市物品：两块崭新的毛巾、一只漆了蓝漆的美丽铁皮铅笔盒、一支英雄钢笔、带花朵的橡皮筋、几双上面绣有雪花图案的棉粗袜、一把可伸缩的折伞、两只不锈钢勺子、一包大白兔奶糖、二手的厚棉衣或是一只毛线帽等。所有这些，对于我们这个贫瘠拮据的家庭来说，是一份巨大的馈赠和帮助。

除了这些极难得的生活用品和衣物，有时候她还会在包裹里放上两三张二元、五元的纸钞票，指明这些钱要交给我的阿婆，作为她身为阿婆唯一的亲生女儿却不能在母亲身边陪伴赡养的一种补偿。我的妈妈不是阿婆所生，是大姨当年离开家之后阿婆从别的村人那里领养来的。我的阿婆虽说嘴里极少念叨这个隔了千山万水远的女儿,但是在农忙暂歇的一些间隙,她总是不自觉地就会去枕头下摸出一封信,那封信经常是读了又读,有时她会递给我妈妈,有时则会递给我们,她总是略带羞涩似的对我们说:"你们来帮我再念一念,好久没有念了呢。"

大姨夫刚去世的时候,阿婆曾明示暗示,希望女儿离开那个城市,回到山里来生活。她让我们写信过去,写了好几封,阿婆对我们说:"他们这孤儿寡母的,在那么远的地方,图个什么?真不知道她是怎么想的,唉。"

信总是写得相当委婉,带着满满的希望寄出去,然后开始漫长的等待。大姨不怎么爱写信,总是隔好几个月才会有信回来,但是在回信里,她从来不回答她母亲的问询,而是写一些和去信完全无关的事,她三三两两地写几句生活中的琐事,提及儿子又长高了些,或是说单位里又增加了福利,可能在过年时会发一些肥皂,到时候会给我们寄一点回来,再或是说她的城市里下了一场很大的雪,雪大到人们都没法出门上班,只能窝在家里剥大白蒜子消磨时间,然后提及大白蒜前所未有的便宜,她已买了差不多有一大麻袋,到时候也会寄一些给我们。大姨的信,总是又直白又简单,通常都是一页纸都写不满,有时候则简单得只有一句问候,就结束了。

"我们近来都好,你们应该也都好的吧,随信寄上十元钱,阿妈你让小女赶集时给你买点好吃的回来,你吃。"她在信里这样写着。她提到的小女,就是我的妈妈。

关于"回到山里来生活"的模糊建议如此这般地尝试了几次之后,我的阿婆算是想通了,有一天,她自言自语地对自己说,也对我们说:"那,就随她吧,她觉得在那里好,那就好,就这样吧。"

阿婆的声音很平静。隔了好几天,她突然把我拉到堂屋里,让我帮她再写一封信,她在信里对她女儿说,你们人不肯回来,照片总得给我寄一张吧,给我寄张新的,我想看看我的外孙现在长得怎样了。这封信寄出后,一直没有收到回信,也没有寄照片回来。等照片的时候,阿婆几度曾流露出烦躁的模样,总是掰指头来数日子,计算着信件出发的时间、可能耽搁的时间、收信的时间、回信的时间、寄回来的时间。一直没有回信,送信的人一周一次来我们方山村,阿婆极为认真地去问了一次又一次,阿婆半点儿也没有责怪女儿的意思,自我安慰说:"看来这封信是寄丢了,估计她没有收到,唉,算了。千山万水,丢掉一封信是一件极为平常的事。"再后来,收到另外两封平常的家信。然后,收到平常的过年的礼物包裹。再后来,就到今年了,最后一封信里大姨写道:"我会带程儿回去,这次回去在家里会多住些日子,到时见。"

程儿是我表哥的小名,他的大名叫方一程。我的大姨夫和我们同姓,也是姓方。

阿婆收到这封信的时候,差点儿眼泪都掉下来了,喜不自禁的心情完完全全地流露着,她把那封信揣在杯里,时不时就摸出来看一看,一边摸一边说:"好了,好了,这下好了,总算要回来了。"

　　阿婆的高兴事就是我们全家人的高兴事，我们每一个人都怀着和她一模一样的心情，开始充满希望的等待。

　　这个夏天，和以往的夏天没有什么不同。似乎更热了些，不过是可以承受的那种热，不像往年的枯晒。不缺水，几乎隔三岔五就会有一场大雨。人在地里劳动时，前一秒钟还艳阳高照，下一秒钟就突然有倾盆大雨兜头浇下来，酣畅淋漓的雨来得快去得也快，一点儿也不惹人讨厌。因为充盈的雨水和足够的太阳，我们家的大豆前所未有地大丰收。爸爸带着姐姐们一趟一趟下地收割，妈妈和阿婆还有我和小妹则留在家里负责分晒、翻晒、碾豆荚、筛豆、捡豆、扬灰、收豆秆等工作，一天到晚泡在晒场上，既要抢太阳还要防雨，一筐一筐的豆子抬回堂屋，一捆一捆的豆秆搬回柴房，一袋一袋的豆灰撒回地里，周而复始。全家上下，没日没夜，下地的也好，在晒场上跑进跑出的也好，一个暑假下来，无一例外个个晒得满头满脸四手四脚都从通红变得黢黑，扎扎实实的劳动换来的成果是扎扎实实的满满十几箩筐盈润好看的大豆，金黄色圆鼓鼓的豆子们，每一颗都是粒大个足，沉甸甸地装进厚厚的麻袋，爸爸说，光是这几麻袋的豆子，我们下半年的学费就差不多够了。

　　暑期的这两个月，除了密集地与豆子打交道，爸爸带着我和阿婆，一起去了一趟湖镇，去参加大妹奶奶的葬礼，在那里，我再一次见到了我的大妹。

　　"太突然了，不是一直都很健康的吗？也没有听到她生病的消息啊？怎么会这样……"

阿娴奶奶去世的消息，让我的阿婆大为震惊。

她不顾自己缠裹过的小脚走路不方便，坚持要去见那位年少时的密友最后一面。爸爸只能依她，他在手推车的一边绑上一张竹椅，让阿婆可以端坐，另外一边则压上一个装满了豆子的麻袋，这样手推车就平衡了，一路推到湖镇去。不只是豆子，爸爸还挂了好几张山上新剥来的棕榈叶子一并带过去，外加两把新编的大把头扫帚。每次去湖镇，爸爸总是想方设法地带东西，好像不把家里的好东西分一点到湖镇，他的心里就会过意不去。

"小丫你不是一直说想去湖镇的吗？那就你跟我们去吧，顺便也可以陪你大妹说说话。"

"噢！"能从收豆子、拣豆子的无尽循环中暂时离开，我当然求之不得，更何况还能见到湖镇和大妹。

可能是因为那个离世的人跟我实在没有什么关系，我半点儿也理解不了爸爸妈妈还有阿婆他们脸上伤心的表情，"去往一个陌生的地方"的吸引力，让我几乎是带着喜悦的心情兴冲冲地跟着爸爸踏上了出发的路。

从清晨天色才蒙蒙亮开始，一直走到大太阳热辣辣地晒疼了我的胳膊与肩背，我从新鲜感十足，走到两只大腿和小腿都渐渐变得僵硬。可是，那路，那脚底下被盛夏的太阳照得明晃晃的路，一直在延伸，似乎永远没有尽头。

一路上爸爸和阿婆都没有说话。因起得早，阿婆一直伏在手推车上昏昏欲睡，爸爸则把全部的力气和呼吸都专注在如何使手推车保持平衡上，人的重量和豆子的重量使得手推车的背带已深深地嵌在爸爸的肩膀上，但是爸爸依然走得又快又稳。而我，只能脚不沾地地跟在爸爸旁边，时不时地两步并作一步，只怕拖了爸爸的后腿。走了一阵，阿婆担心爸爸累着，提议把她放下车来自己走上一段，他们这么试了，但由于阿婆的小脚走起路来确实费劲，速度一下子就慢了下来。阿婆气喘吁吁，只走了几步还是坐回到推车上，依旧由爸爸推着走。也不知道走了多久，其间爸爸停下车，我们都靠到路边上蹲下来，蹲到太阳照下来不那么凶狠的树荫下，打开推车上挂着的小布包，拿出妈妈给我们装好的馒头，我们分吃了馒头，继续赶路。走着走着，我都有点儿后悔了，早知道要走这么远的路，真还不如在家里继续弄豆子呢，我感觉那一直跟着我们走的太阳快要把我晒化了。幸好，在我快要坚持不住的时候，爸爸突然说："到了！"

在转过一个大大的弯之后，映入眼帘的是一大片宽阔无边的水，水面在阳光的照耀下闪烁着，好像有许许多多的小白鱼在跳来跳去。当然，是我看花眼了。

原来，去湖镇真的会路过一片湖。于是，这次旅途中最快乐的部分来了，爸爸决定不再走路，而是为了节省时间直接从湖上摆渡过去。不坐船沿着湖边走也能走到湖镇，但是起码还要花上两个多小时的时间。"咱们这次奢侈一回，坐个船吧。"爸爸笑呵呵地说，"我看呀，小丫估计是走不动了，来，咱们坐船去。"

连人带车，船夫收了我们四个人的船钱，爸爸小心翼翼把阿婆先扶上船,再把豆子搬上去,最后才弄推车,那船夫极热心,也来帮我爸爸,三下两下,我们就都上到船上了。一只不大不小的平板船,除了我们,还有另外两个赶路的人。转眼,船就离了岸。

船头上有个和拖拉机差不多的机器,那船夫走到它旁边用一根细线一样的物事,一推一拉,那船就突突突地跑起来了。这可太新鲜了。一瞬间,我又为自己"来湖镇"这个决定感到欢乐万分。这是我人生中第一次坐船,第一次看到水波纹静静滑过水面的神奇景象,太阳依旧高挂在天上,但是一点儿也不热了,船的行进带来微微的细风,吹在脸上吹在四肢上,简直是无法形容的凉爽与快活,所有的疲倦一下子都消失了,取而代之的是无穷无尽的舒适感。四周的山峦在慢慢悠悠地移动着,一切有如不真实的画面,似乎可以一直这么舒适,永远都不会停下来。

而事实上,我们在渡船上的时间,前后可能也不过十几分钟,转眼船就靠岸了。

就像美梦突然被打断,爸爸连叫了我好几声"小丫",我才猛然醒过来。爸爸扶阿婆下船、搬豆子、搬手推车,豆子装回手推车上,阿婆重新坐上去,我们继续赶路。我还是云里雾里没有回过神,也不知道又走过了几个路口,意识再回来时,已经到了陈家奶奶的院子里。

然后,我再一次见到了我的大妹,见到了我想象了很多次的高墙大院。

事实上,并没有什么高墙大院,我所见到的,只是一座外表看起来极为普通，甚至还显得有点儿破败的不大不小的四合院。虽然往细了看，确实能看到这个四合院与我长川姑妈家的有所不同。

这个院子，所有窗户和门楣，还有屋檐上，都雕着细细的花，屋顶上瓦片的形状也很精美，连天井的地面上也有很好看的图案，由许多小小圆圆的鹅卵石拼凑镶嵌而成。四合院一共有四间堂屋，每一间都很宽敞，而那位阿娴奶奶，就安放在其中一间堂屋里。

最引人注目的，是满院的白色。

每根柱子，每一处廊檐，每一个角落，都挂满了白幡，停放棺材的那间堂屋更是，除了从天花板上垂下来的一层又一层的白色，四面的墙上还堆满了红红绿绿的各色被面，还有密集的大小花圈，一路摆了起来，一直延伸到庭院，蜡烛、高香、烧纸灰的脸盆一刻不停地热乎着。院子里站满了穿白衣服的人。

这一切，犹如置身于某个连环画的场景，太不真实。

也不知道是哪个谁，上来迎接我们，又不知道是另一个谁，把我们引到棺材那里，示意我们叩头跪拜。就在那个时候，在棺材的旁边，有个小姑娘正低头跪坐着，我们走过去的声响，可能惊动了她，她慢吞吞地朝我们抬起了脑袋。

我好不容易才认出来，这个裹在好几层严严实实的粗麻白衣里面的瘦小女孩，竟然是我的大妹。若不是她那双熟悉的又圆又大的大眼睛瞬间刺了我一下，一时间我还以为我认错了人。

真的是大妹，只是，怎么变得那么瘦了？还有，这么热的天,她裹了这么多的布在身上,难道不会热坏吗? 我看一眼都觉得热,她的身子不怕被闷坏吗?

堂屋又闷又热,而且从进院子里的那一瞬间开始,我就觉得这里有一股奇怪的不可形容的好像有什么烂掉了似的臭味,一走到这里,臭味更明显了,得强忍住才能不至于恶心呕吐起来。

原来,这就是传说中的披麻戴孝。爸爸到了湖镇的第一天,第一个晚上,就为了这"披麻戴孝"和陈家奶奶的儿子儿媳吵起来了。

"这么热的天,屋里气温这么高,那里的气味那么重,你们,你们怎么能就让她一个人在那里守孝呢? 而且,这都已经是第三天了,你们也不让她歇一下?"

"这,这也不是我们要这样的,我妈生前最喜欢的就是她,最后咽气的时候也说了,要最钟爱的孙女来守灵,这怪不得我们的啊。"

"我们这边的规矩确实是这样,老人生前最记挂谁,就得由谁来守这个灵,怎么说呢,算是陪老人的最后一段时光嘛。"

"也就这么几天嘛,守完七天就下葬入土了,还有四天,一下子就过去了。什么叫孝顺,这个时候,最能体现孝顺啊。"

不知道是谁在喋喋不休地辩解着为什么要让我的大妹来守灵。平生第一次,我见到了爸爸的愤怒,从来不与人争执的爸爸,破天荒地坚持了自己的观点:"你们说什么都没用! 她是你们家的孙女,更是我的女儿! 守灵到此为止,今晚开始,我来替她! 如果你们有谁不同意,只管冲着我来! 而且,最多再守两天！从来没听过夏天也要守头七的，这味道都已经成什么样子了，人再不入土，那才叫不安生！你们如果做不了主，就叫你们族里能说得上话的人来，我去和他们说！"

爸爸单枪匹马和他们论理的时候，我没有在他旁边，我在堂屋陪着大妹。那个时候大妹身上的麻衣已经被爸爸脱下来了，换成一件薄薄的白色套头小褂衫，总算是凉快了些。脱去了厚麻衣后的大妹，完全地露出了一副单薄瘦弱的模样，与留在我记忆中的白白胖胖的样子可是太不一样了。我忍不住脱口而出："大妹，你怎么这么瘦，平时都不吃东西的吗？"

大妹没有说话。阿婆也和我们在一起，可能阿娴的骤然离世对她的打击太大，她还没有留意到大妹的变化，只顾得上一边望着棺材流泪一边喃喃自语："娴，你啊，怎么招呼都不打一声就走了，这以后……"

在湖镇，我们一共待了三天，住了三个晚上。这三天三夜，既像从未有过的漫长，又有如不曾经历过的短暂。是因为，从头到尾，荒唐的意味太重，又或是，潜意识里，我想把它忘记，忘记这辈子唯一一次的湖镇之行带来的所有不快乐。因为看到大妹的真实生活，看到了她的后来。

爸爸和他们的争吵，既是赢了，也是输了。守灵的日子，好歹从七天减去一天，改成了六天。大妹自始至终都没怎么说话，虽然他们答应了夜里可以放她去休息，可是大妹自己不愿意离开，她细细的嗓音，自始至终都平静得不像是一个十一岁的孩子，仿佛一切她都早已拿定了主意："没关系，奶奶对我很好，我愿意在这里陪着……"

也是在守灵的这么几天里，爸爸彻底弄清楚了陈家败落的真相。

在阿娴奶奶身子骨不那么健朗的时候，她的儿子渐渐完全接管了家里的产业，所谓产业，其实也就是临街的那几间店铺。本来一切看起来还好，但是不知道从什么时候开始，这儿子迷上了赌博，不到一年的时间，店铺就一间接着一间地输掉了。刚开始还瞒着人，后来讨债的上了门，阿娴奶奶才猛然发现这个家里已经被掏了个空。她是一个好面子的人，一辈子不曾低声下气，为了给儿子还债，她把手里的积蓄全部拿了出来，也才好不容易扯平。

当她总算把最后一个债主和和气气送出门的时候，病痛便到来了。最后的致命一击是，有一天她突然发现藏在床头柜里的首饰箱也不见了，她没法接受这样的事实，想恶狠狠地骂这个昏了头的儿子，可最终却什么话也说不出来，只恨恨地说了一句"这是我给阿莲留的，你，你……"在那个晚上，她一口气喘不上来，生命就停在了那一刻。

"叔，我觉得，奶奶是为了我才会和阿爸吵架的，她才会生了气，才会……"大妹怯怯的声音，试图还原当时那个母子闹得不可开交的晚上。她管自己的亲生爸爸叫"叔"，反而习惯叫那个已经失去理智了的人"阿爸"。

"大囡，你别这样想，这和你无关。"爸爸紧紧地皱着眉。

事情在发生，事情已发生。唯一疼爱大妹的陈家奶奶离去了，大妹还能在这个家里继续生活下去吗？荒唐的爱赌的父亲，疏离冷漠的母亲，外加两个影子似的可有可无的哥哥，随着近距离地接触了大妹的这些家人，一种无可名状的担忧不可避免地在我心里升起。在陪着大妹一起默默守灵的那几个夜晚，爸爸和阿婆的沉默严严实实地叠加在一起。不知道得躲闪什么或是直接迎头撞向什么，或许，怎么做都不对，灵案桌上那些摇摇晃晃的微弱烛光、香火，忽明忽暗，几近熄灭。

除了不得不忍受那股讨厌至极的腐臭味，我还得竭力克制住自己对于"死人"就躺在离我不到几米远而产生的恐惧。爸爸让我陪大妹到外堂屋去睡，大妹不肯走，我则因为没有其他人陪而不敢挪开脚步。对我来说，这个四合院看起来都是白花花阴森森的，我哪儿也不敢去，宁可和他们一起待在灵堂里。

这真是一副古怪至极的画面：一个黑乎乎几乎没有光亮的夜里，一个神情惊惧的我的身边跪着一个瘦兮兮疲倦不堪的女孩，阿婆和衣躺在不远处的一张草席上半醒半睡，爸爸则半曲着身子跪坐在一个草蒲团边睁大了眼睛想着什么，而另外的几间堂屋里，却又分明传来一阵又一阵古怪至极的喧闹声。那里热气腾腾，有人在打牌，有人在互相灌酒，有人在吃喝笑闹，真是奇事一桩。

我是到了湖镇之后，才知道这世上竟然还有这样一种"敬重死者"的行为——闹丧。

越闹腾就表示越孝顺，大吃大喝的时间线拉得越长越好，要给死者最后的体面，陈家最后所剩无几的家底，必须好好花在送陈家奶奶最后一程的紧要关头，丧事办得越隆重，表示她这一辈子活得越值。

　　灵堂这边气味太重了不一定要过来，但是那边吃喝的酒席必须要充足丰盛。实际上，守六天的灵和守七天的灵差别不是很大，不过是不得不减少了一天的吃喝而已。

　　他们同意了更改出殡的日子，这不是一场玩乐，但是它看起来几乎就是一场玩乐。我的爸爸和阿婆默然不语，两方人都待在自己的世界里，完全不可能明白对方在说什么。

　　"是的，你的愤怒我们知道了，是的，大妹可以不再守灵，但是，她不是她奶奶心头最牵挂的人嘛，不好好陪着这一段最后的时光，你自己也说不过去的是吧。自从这阿莲来到我们家，时时刻刻，从头到尾，她奶奶最疼的不就是这个阿莲嘛，这个我们全湖镇的人都知道，谁也瞒不了是吧，我们家可没有亏待过她。"

　　"什么？你说你想把女儿要回去？这行不通吧，再怎么说，她三岁不到那么点大过来，我们家辛辛苦苦把她养起，算起来有七年了吧，不，有足足八年了，我们家可是好吃好喝照顾着，你不能说想回就回去的对吧。"

　　"阿莲既已成了我们的女儿，那么就算我阿妈不在了，她也还是我们家的一分子，她在这边享了福，人要讲良心，可不能饭吃饱了说走就走是吧。"

　　"什么？你说阿莲吃了多少米你把米还给我们？瞧你这话说的，我们倒不是贪图这米，可是怎么算？一年算她吃了多少？这可是整整八年的时间呢，米还好说，她用的呢？这穿的戴的玩的，还有平日里吃掉的其他零食呢？怎么算？什么，折钱？写欠条给我？你这是讲笑话了，你说这米都算不清楚，折钱怎么折是吧，你这套在我这里行不通。人不能这样，人得讲究感情，我这阿妈还没入土呢，你就提这要求，也太无理了，这让任何人来评一评，那都是过分了是吧。"

沟通无果，不同想法的人之间不可能寻求到一种有效的沟通途径，爸爸并不敢把他的心疼和束手无策完全地表露出来，他只能反复地和大妹说话，还得把语气尽量放得轻松："大囡，你奶奶不在了，以后你得乖一点，你就好好听你阿爸阿妈的话，再过些日子，我们再看看，再来商量。相信爸爸，咱们总能回方山……"

而我的阿婆，除了流泪还是流泪，好友的去世带来的难过，与这不可拆解的"无理之争"都让她悲痛。怎么办，都怪我。这些于事无补的话语，说出口和不说出口没有什么两样。有时候，或许只有沉默，才是应对一切的最好的方法。在那几天里，我几乎要被我爸爸、阿婆他们那无边无际的沉默弄得喘不过气了。

我也曾很努力地想要认真和大妹聊聊天，但是，我实在不知道该说些什么好。

那个结局就那么赤裸裸地摆在那里。

之后的场景不值一提：陈家奶奶下葬，灵堂撤走，花圈烧掉，把四合院满头满脸的白布条都给一一扯下来，闹哄哄的人群和队伍终于一一散开。我们和大妹告别，大妹对我说："四姐，你以后常来看我好不好？"

我说，好。可是，我后来一次也没有去过。

我很后悔当时没有痛痛快快告诉大妹，我讨厌湖镇，我肯定不会再来,但是大妹你要多多回方山,你要快点回方山。虽然大妹生活的变故使我心烦意乱,但是我总认为还有很多个后来在等待着我们,我觉得一切不用太着急,眼下解决不了不代表永远解决不了,日子总归会一天天变好。我觉得,我爸爸也是这样想的,事实上,他也这样去做了,在接下来的几个月里,爸爸一趟一趟地往湖镇跑,每次都是大包小包带过去,跑了差不多有半年,总算和那边达成了一个协议,爸爸几乎是用喜不自胜的口气来宣布这个消息:"太好了,大囡可以回到我们家了,他们说了,不会一辈子霸着她不放,只要同样回馈他们八年的时间,他们就放她回来,这样也合理,是吧。女儿前面的八年享了福,这后面的八年就算是回报他们,到时候再把户口迁回来,都说好了,还是会一如既往地对她,每年过年都会回来拜年,我们也随时可以去看她,还是和过去一样,都好,就是,咱们得等八年……"

我们听了之后,都觉得很开心,阿婆更是激动得流下了眼泪。

有期待的明天总比没有期待的明天好,不是吗?这确实是个不折不扣的好消息,我还记得当时的自己长长地松了一口气,似乎一眼就能看到与大妹团聚的欢喜未来,于是所有的担忧一下子就烟消云散了。他们答应了会好好对她。对于崇尚"一言既出,驷马难追"的爸爸来说,再没有比这更好的保证了。于是,在后来每次过年大妹来到方山的短暂相聚的时刻,爸爸总是耐心地劝诫自己的女儿:"放宽心,安心在那边待着,咱们数着时间,一年一年很快过去,爸爸知道现在他们的家道不好,你在那边有点儿辛苦。但是,越是在这样困难的时候越不能离开对不？过去奶奶对你的好，正好我们可以一点一点来给还上……"

来拜年时，往往都不是大妹自己一个人来，后面总是紧紧地跟着那两个长年累月一言不发的脸色木然的大哥二哥，还有她的阿妈，那个个头很小、两只眼睛也长得很小的满脸警觉的妇人，她紧紧地跟在大妹旁边，似乎怕一个转身不注意，我的大妹就会突然跑掉，她要严丝无缝地跟着看管着才会放心。所以，每次我的爸爸想要找大妹说那些劝诫的话语时，都得十二分的小心，总是尽可能地躲着他们，以免引起他们的不愉快。

陈家奶奶离世时我的大妹十一岁，十一岁加八年，是十九岁。

得等到十九岁，大妹才可以真正回到方山，回到我们的家。

我们一年一年地等待着，数着时间，眼看着距离越来越短，可是，我们并没有等到那一天。我的大妹，在过完十七岁生日的第二天，一场完全预料不到的意外，让她永远地离开了我们。

我还记得那天的生日宴，我们给她庆生，大家一起吹蜡烛、吃蛋糕的欢乐场面，大妹笑嘻嘻地说："蛋糕不要全部吃完，给我多留一点，我明天要回一趟湖镇，给阿妈再送点钱回去，这么好吃的蛋糕也要带一点给她吃。"

那几日，大妹嘴里常喋喋不休地说她湖镇家里的新造房子的进展："阿妈对我很满意，每次交给她的钱都攒着，终于攒到可以造新房子，只剩一层就结顶了。房子总共有四层，大哥二哥每人一层，阿爸阿妈两层，他们以后有了新房住，我就自由了，可以回方山和你们一起住。还有两年，只剩两年了呢……"

那是一次再平常不过的告别，和以往任何一次她回湖镇时没有什么两样。那时候，离大妹和我们真正团圆才两年多一点的时间了。大妹读书只读到十二岁小学毕业，就被她的阿妈安排到湖镇旁边某个没有名字的小作坊里去工作了。当时不存在童工之说，一批又一批生活困难的家庭中的孩子，走的都是这条路，小学毕业后就是最佳的就业时机。

十二岁到十五岁这三年期间，大妹辗转去了好几个不同的工厂，所得收入毫无疑问都由她阿妈代领。快到十五岁时，我们把她从一间黑乎乎的工厂里寻出来，在我们付给她阿妈足够满意的一笔金额后，她阿妈才勉强答应大妹可以跟我们走。"不过，她的工资你们可得定期给我送回来啊。"那个满脸雀斑的妇人忙不迭地叮嘱我们。"阿妈放心，工资我会拿回家的。"大妹认认真真地保证，大妹和我们在一起了，总算是一家人团聚。大妹被安排在我们城里开的饭店里工作，我们一起工作一起生活。每个月发给大妹的工资，她都分文未动，带回去的钱，总能让她阿妈眉开眼笑地乐上好几天，大妹渐渐又变得好看起来，个头也越长越高，脸上也重新变得白白嫩嫩，笑起来时脸红扑扑的模样几乎要和小时候一样了。

谁都不会知道，那座湖镇的新房，会成为大妹最后停留的地方。

当她拎着蛋糕笑眯眯地出现在那栋还未竣工的房子前时，她的阿妈正好站在那层未结顶的房子最高处，她看到了大妹，兴高采烈地大声叫喊着大妹的名字："阿莲，你又回来了啊，快上来，我在屋顶，快上来看看，这儿可真高，看出去可以看很远啊。""好的阿妈，我马上上来。"大妹两步跨为一步，三下两下就爬到了第四层："阿妈你在哪儿呢？我带了蛋糕给你吃。""我在这呢，再上来。"那是一款设计成螺旋形的楼梯，用崭新坚硬的水泥浇灌而成，当时光秃秃的只有阶梯没有扶手，大妹一边往上爬一边抬头找阿妈。大妹的头转得太过了，脚下一歪踩了个空，她赶紧想去抓住什么，周围什么也没有，失重了的身体就那样直直地坠了下去。大妹的脑袋先是磕到三楼某处突出来的水泥硬块，继而直线下坠，直到一头乌黑的头发重重敲到一楼的地面上。然后，一切就结束了。大妹手里拎着的那盒蛋糕，也在她的身边被砸得四分五裂。

大妹的人生，等不到十九岁来临。

如果说，当时，就在陈家奶奶葬礼结束的那天，我们冒着与整个湖镇为敌，哪怕与他们发生武力冲突也不管，非要把大妹带回方山，事情会怎样呢？

当然，我们绝对打不过他们，毫无疑问，可能都不需要一分钟，立马就会被打翻在地。一个迈着颤巍巍小脚连路都走不动的阿婆，一个什么忙也帮不上、只会瞪着一双惶恐的眼睛左看右看的我，一个从未与人动手的只爱和人讲道理的爸爸，我们能做什么？我们什么也做不了。

或者，能不能在后来不要那么说话算话，非得遵守那个"八年之约"，而是只要一有机会就鼓动大妹回到方山来，一趟一趟地跑回来，而不是动不动就把那"滴水之恩，当涌泉相报"的家训拿出来说了又说。如果我们举家上门到湖镇去,拿出一副不把大妹要回来就誓不罢休的架势,认认真真地和对方去谈一次真正的价码,你要多少钱,你说,我们就是要个老死不相往来的局面,再不要和你陈家有什么关系,随便别人怎么看我们,我们就是忘恩负义,就是要彻底抛弃养父养母了那又如何,随你怎么谩骂诋毁我们,反正我们就是要带回我们的家人。如果我们这样去了,那是不是大妹就不会死在湖镇了? 她就可以拥有一个更为漫长的人生? 如果,如果之后,会怎样?

每当我们不愿意接受一个无法逆转的结局时,总是忍不住会产生"如果这样如果那样"的想法,可是,人生哪有那么多的"如果"? 每个人的命运,都只有一种,那就是,已然发生的"当下"。

或者,更简单些,用我阿婆的话来解答则更为直白容易:"这都是命。"

人为什么会来到这个世上? 大体上是为了来还债的。

得知大妹死讯的那个下午,我的阿婆精神一度崩溃,她一边流泪一边翻来覆去地说:"怎么会这样,怎么会这样! 这是上辈子欠着他们家的,这是欠着债,这是还债啊。"

转眼,暑假结束,我回到学校,从夏天迅速进入秋天,又从秋天迅速进入冬天。

天气从炎热到凉爽,再到寒意初现,北方城市的姨妈和表哥一直没有回来。妈妈似乎也忘记了这事,再没有提起。日子一天继着一天平缓前进,没有什么亮点,也没有差错发生。

　　小林老师不在了，初三分班，陈莉和我都被分到了重点班，我丝毫没有喜悦之感。恰恰相反，我有点儿不开心，因为只要进入重点班，我就不得不每月再多交十五元钱的"重点学习费"。

　　学校新换了一名校长，引进了一项叫作"重点学习费"的新增费用。与普通班相比，重点班每一门课都要增加三倍以上的考试内容、复习材料，以及每周都会增加三到四节课。老师要增加授课时间，考卷要花钱买，所以这个费用收得合情合理。只是，对于平常学费都时不时得先欠着的我家来说，这笔费用无异于又新增了一个难题，爸爸妈妈一边毫不犹豫地鼓励我，一边却不自觉地流露出忧愁的表情来。

　　妈妈说："别担心，咱们现在不是开了村代销店吗？钱能挣出来的，一定不会耽搁你的学费。"

　　我点点头，不吱声。家里现在还在念书的，除了我，就剩下最小的妹妹了，在读小学四年级。大姐高三快毕业时因车祸错过了高考，在医院里住了两个多月，没有学费参加复读，身体恢复之后，就去了乡政府旁边的小学，在那里成为一年级的代课老师，既教语文也教数学，算是有了一份暂时的工作。

　　没能实现"进入师范学校读书"的愿望，不能怪没有学费复读，本来所有的计划里就没有"复读学费"这一项，要怪只能怪车祸，是车祸耽搁了考期，能找到一份代课老师的工作，爸爸认为这是一件非常幸运的事："读书嘛，咱们现在读不了，这也没办法，能到这个小学代课已经很好了，虽然工资比较少，但是学生不多，只教一年级，也就二十来个人，总归不会很难，应该也不怎么累,总比去到什么厂子里做小工要强,赶紧去吧。代课老师也是老师,都一样,不一定非要读过什么师范学院,你说是吧,以后的事以后再说,有得教就先教着。"

那段时间,家里连番发生意外:大姐车祸,阿婆哮喘,爸爸上山砍柴被斧头弄伤了腿,家里养得好好的母猪和一窝小猪仔莫名其妙地集体死亡,等等。于是原本紧巴巴的日子就更加窘迫起来。因为负上了一些随之而来的债。我的二姐,初中毕业后就离开了学校,去走村串户,跟着之前提到过的那位有点儿小名气的裁缝亲戚当起了学徒。因是亲戚,所以免交学费,管吃管穿,当然,收入也是全免,属于无偿劳动,为期三年。三年后出师,就可自行接活,开始收费。早些学一门踏踏实实的手艺,可以提前帮家庭解决一部分吃喝上的困难,以后还能凭手艺养活自己,这是那个年代农村人对于孩子长大后最为机智的一种选择。

和我同年级的三姐,就像她当时说的那样,到了初三就死活再也不肯去学校,她说:"已经差不多了,认识字了就可以。爸、妈,没事的,我回家来跟你们一起做农活,或者到外面去做小工,都可以,总之不想读书了。我就想早一点去工作,如果能找到合适的工厂的话,就让我早点出家门吧。"

不知道从什么时候开始,城镇附近的大街小巷,里里外外,到处都在招人,各式各样的工种,各式各样低矮昏暗的家庭作坊,想要找到一份随时可以进行的小工一点儿也不难,至于合不合适那就不知道了。总之,只要你不怕苦不怕累,有的是数不清的活计等着你去做。

三姐跟着同村的一个已有两年工龄的方山小伙伴一起,去到一家名为"兴旺砂轮厂"的作坊。

"发砂累是比较累,但是钱多,每开一次砂,起码都能拿到二十块钱,还包吃包住。"那位长得比我三姐高了差不多有半个头的方美惠,比我三姐大四岁,是真正二十岁年纪的大人了,她天天干体力活的健硕壮实的身子,看起来一点儿也不像是姑娘家,她顶着一头又粗又短看起来脏兮兮乱糟糟的头发,大咧咧地对我们说:"别担心,去了厂里有我照应着,没问题! 咱们同宗同村的,去了可以互相帮助! 你们家小文我知道,她的力气大得很,你们放心,她能干这个活!"

不管去打什么工,包吃包住总是最大的亮点。毕竟,吃住是一笔不怎么好计算的开支,许多小家庭作坊通常只会管住,但是吃饭基本都得自己负担,或是自己带米带咸菜,或是直接从工资里扣除。包吃包住,意味着你赚了多少就是多少,收入明明白白。

出门的包裹收拾好,身上揣两块应急的路费,三姐就这样走了。

姐姐们都走了,家里只留下了我和小妹,最后的两个读书人。我接受了妈妈说的咱们现在开了代销店,不用再担心学费的说法,老老实实交了"重点学习费",进入重点班,开始为考高中做准备。

"这下可就看你们了,你们要争气啊,可得好好读,别辜负了家里人对你们的期望。"妈妈语重心长地对我和妹妹说,"特别是小丫,要越发努力,总要考个重点高中才好,考到县里去,给妹妹立个好榜样！"

　　要好好读书，好好学习。不知为何，越是听着妈妈鼓励的话，我就越是畏惧胆怯，我觉得我承担不了这样的重任。在读书这件事情上，我从来没有显露过优秀的模样，可是现在，全家人都在看着我，希望我成为他们眼中的榜样。我用力地点头，但心里却是没有半点儿的把握。

　　"也不要读死书，还是要帮家里干活，周末放学就早些回家，地里的活有不少，咱们代销店里的货，有时候也帮妈妈带点回来。"妈妈说。

　　我点点头。

　　然而，不知道从什么时候开始，我对于学校的一切越来越觉得难以忍受。

　　学校还是那个学校，老师还是那些老师，书本科目更不用说了，还是那些语文、政治、历史、数学、物理、化学。无论是哪一本书，一摊开，无非就是那些一动不动的文字符号。对了，还有英语，连老师自己都读不好单词，lose 和 rose 都分不清。和小林老师不在了都可能无关，而是，只是，应该是，不知什么缘故，那些原本属于我、根植在意识深处的"混沌蠢笨"又回到了我的身体。

　　我的脑袋，大部分的时间里总是迷糊着，仿佛不知何时又被塞进了一块沉甸甸的厚重海绵，基本上都处于晕晕乎乎的半睡眠状态，不管是什么书本放在我的课桌上，在我看来都差不多，都是一副极其陌生的样子。

　　一天七节课，上午四节下午三节，不同的老师轮番地站到讲台上去,轮番地讲着那些对我来说基本都听不懂的课题。虽然,我一直都很认真地在听,可是,无论我怎样打起精神竭尽全力,听不懂就是听不懂。我的脑子总是在沉睡,不管我怎样支使它、呼喝它、驱动它,都没用,它油盐不进。除了最后一节课,自修课。自修课没有老师,大家可以自由选择做些什么,而我,每天总是要到了自修课的时候,脑子才会莫名其妙地回过一些神来,能感觉到有细细碎碎的意识在慢慢复苏,像是干瘪瘦弱的豆芽菜突然被浇了水,那些清新翠绿的生命力突然无意识地回归,它们极其热烈地开始呼唤更多的养分。于是,只有在那个时候,我才能勉强地赶紧抓起书,能看进一点是一点,能弄懂一些就尽量地弄懂一些。

这一整个学期,我的学习状态基本就是这样子。

三姐不在了,蒸饭、吃饭、打水、喝水都成了我一个人的事。我一个人去饭堂,一个人上厕所,一个人去教室,一个人回寝室,一个人慢吞吞地从有时空荡荡有时挤满了人的操场边晃悠悠地走过。重新分配之后的班级,同教室的大部分都是新面孔,原先我们班的同学没有几个进入这重点班,进来的几个,之前和我也不熟。因一向不曾扎堆交朋友,所以,一眼望去,竟似乎置身在一个陌生的世界。

陈莉也在重点班,本来我们算是无话不谈,且还是同桌,可是呢,才一个暑假没见,她的个头突然蹿高,于是位置一下子被换到了后面那几排去了,而我则还是和之前一样,又瘦又矮,只能一如既往坐在第一排,老师给我安排了一个新同桌,一个看起来简直比我还要矮瘦的男同学。一整个学期,我和他几乎没讲过话,估计前后加起来也不会超过十句。陈莉长高之后,其他的方面也好像突然发生了变化,人突然成熟了起来,不再像过去一样只要一开口说话就高声嚷嚷,而是变得前所未有的轻声细气,走路也不再是横冲直撞的冒失样,而变得有板有眼了。有好几次在教室里,我想走过去和她聊聊天,但是她只忙着和她旁边另外几个和她一样个子高挑的同学说话,一副不怎么想理我的样子。是啊,和她们相比,我忽然变成了一个小毛孩。

许多同学看起来都长高了,或许是进重点班的人家境都比较好的缘故,我发现这个班里的新同学,衣着打扮要比过去的同学都齐整了些。我指的是,这个学期开始,穿着打过补丁衣服的同学越来越少了。意识到别人变化的同时,看到自己还停在原处一动不动,更加深了我对周围的陌生感。

有许多个瞬间,我经常性地忘了自己身在何处,于是,就不免经常性地落入出洋相的境地。比如,在课堂上,当我被老师叫起来回答问题时,由于根本听不懂,就只能张口结舌地呆站着,可能那副模样实在有点儿傻,一时便令全班老师也好同学也好都忍不住哈哈大笑起来。又有时候,哪怕是在体育课上,我也经常会走神,难得有同学愿意和我组队踢毽子,可是呢,我往往才两三下就接不住了,过分的笨拙令人扫兴,如此这般几次之后,就连体育课也没人想找我一起玩了。老师布置下来的作业,最后交的那份基本都是我的,改过后发回来的本子,一打开看到的总是大大小小的红色的叉。

有好几次,也不知道自己犯了什么错,我就被老师带到了学校办公室,总之是惹老师生气了,在那间又大又拥挤的办公室里,他气呼呼地当着所有老师的面,痛心疾首地告诫我:"方小丫,你这到底是怎么回事呢?就你这样,还想考高中?我都不明白,你初二的时候成绩不是挺好的吗?怎么现在竟蠢成这个样子?啊?你倒是给我说说,你这书,到底还想不想接着念?你给我好好想,不想明白不准离开这里,给我站着!"

这位被气得差点儿语无伦次的老师所说的一切,应该都是为我好,我低着脑袋,盯着自己的脚尖,一边听着老师的训诫,一边却还是忍不住走神。我想着,完了,不知道得在这办公室里站多久,如果太晚的话,我的饭盒会不会被人拿走?就算饭盒没被拿走,万一取回来没有时间吃,到时候还不是会错过下一餐的蒸饭时间?那可怎么办,那岂不是得挨饿?上一次被叫到办公室,就是因为赶不上蒸饭,只能饿着,那滋味可不好受。

我几乎所有的小心思,都花在了担心自己吃不上饭这样的事情上,而对于如何好好学习、怎样把作业做对、怎样使老师不为我烦心生气等等这些,我竟然一点儿也不放在心上,不仅不放在心上,我连羞愧的心都没有。

我在混时间,老师也这样说我。可是,为什么会这样?明明我那么渴望自己是个好学生,我是真实真切,乃至迫切地向往着成为成绩优秀的人。肯定有什么地方出了差错,我费尽全力地去想,试图弄明白,但是,每次结果都是一筹莫展。

我的心思不在读书上,除了在意自己会不会饿着,我还被其他与学习全然无关的事物所吸引。我发现,这班里,竟然有人悄悄地谈起恋爱来。重点班的女生寝室,在学生宿舍二楼最偏远的地方,一般绝对不会有男生走到那里,有一次晚饭过后等待晚自修来临的间隙,当我正一个人躲在寝室蒙头睡大觉的时候,突然"嗖"的一声,不知道什么东西掉在我的脑袋上,我下意识地摸过来看,是一张被叠成三角形状的纸片儿,我没有多想就拆开了,这一看,把我吓得个半死,原来这是一封求爱的信,上面第一行就赫然写着"亲爱的 L"。

天哪,我的脸瞬间就红了起来。完全不敢往下看,赶紧手忙脚乱地叠回去,人坐在床铺上,慌里慌张地四下打量,寝室里没有其他人,侧耳去听外面走廊的声音,走廊上也没有声音,寝室是个大通铺,前后各两扇敞开的大门对着走廊,朝着外面大马路的那面墙上,则有两扇同样敞开着的木格子窗户,我的床铺差不多在寝室的中间位置。这封三角信,是从门外丢进来的,还是从窗户外面抛进来的? 我全然不知。

在我正发愣的时候,"呼啦啦"一声,一群女同学从门外跑了进来,高个子坐在教室最后那几排的女生叽叽喳喳的,好像完全看不到我的存在。是的,大部分时候,我的存在都是可有可无的。她们大声笑闹着,我没有看到陈莉,我在想,我手里这封信会不会是写给她们其中一个的? 我当然很清楚这不是写给我的信。趁她们不注意的时候,我悄悄把信扔到了床铺中间走道显眼的位置上。像是做了什么亏心事似的,我急匆匆地溜下床,赶紧逃到教室去了。一路上我的心都咚咚地跳个不停。我在想,她们捡到这封信时会是什么反应,到时候,等她们到了教室里,会不会议论? 会不会猜测? 或者,她们会不会直接把信拆开当着全班人的面大声朗读?

这样的事初二时在我们的班上有发生过,一个男生写了一张小纸条，上面写着"某某我喜欢你"，字还没写完呢，就被同桌发现一把夺过去了。结果就是，那个写字的男生和被表白的女生，都被同学们讥笑得抬不起头。毕竟，在那样的年代和年纪，在男生和女生有着明确阵营互不侵犯互不往来的认知上，这绝对排得上是第一羞耻的一件事。

那封我只看了个开头的、写了满满一页纸的信，会不会成为一颗引起轩然大波的炸弹？万一惊动得老师都知道了那怎么办？我忽然有点儿后悔，不应该把那三角信就那么随意地丢在通道上，万一……我不知道，万一之后，会怎样。坐在明晃晃日光灯照射着的夜自修教室里，我是那么惴惴不安。

然而，什么也没有发生。

好不容易等到那几个高个同学来到教室，我偷偷地转过身子去看她们的表情，她们非常平静，没有任何的异样，什么反应都没有。我看着她们坐下来，拿出课本，开始翻书，她们甚至都没有交头接耳！以往的夜自修，教室靠后面的位置，通常会比讲台前的区域要嘈杂很多，那些已然显现半个大人般模样的高个男生也好女生也好，他们特别喜欢讲话，老师查岗时会赶紧停止叽叽喳喳，只要老师一离开，他们总是第一时间回复到热闹无比的状态。哪怕是很多时候他们自认为已经压低了声音，但是时不时总有莫名的偷笑爆发，不知道在乐些什么。又时不时从后面的教室门口跑进跑出，也不知跑去哪儿，过一会儿又成群结队地呼啦啦回到教室里面来。

总的来说，这样那样的热闹，在那个晚上，几乎没有。大家都很安静，安静地看书，学习，写作业。安静得都令我几乎有点儿困惑了。以往他们吵吵闹闹时,我会觉得有点儿烦,但是这样绝对的安静,却也让我有点儿不安。于是在那个晚上,我反而看不进书了,满头满脑都想着那封以"亲爱的 L"开头的三角信,想着它在哪儿,会不会还躺在那个通道里,完全没有人发现。而等夜自修结束回到寝室时,会被谁先捡起,或许,迟迟不来的喧闹会改到在寝室里发生。我可以肯定,不会有人像我一样捡到就赶紧丢开,肯定有人会当一个笑话来讲,估计,会笑得要命。

依旧是什么也没有。

回到寝室后,一切如旧。是一如既往的寝室,是平和宁静的寝室,没有任何和三角信有关的消息和话语在流传,什么也没有。陈莉的床铺就在我的旁边,这晚她躺下得比我还要早,当我从水井边洗漱回来时,她似乎已经进入半睡眠的状态了。我很想找她说会儿话,可是她说:"我困,明天再说。"我只好一言不发。寝室长在几分钟后很快就把灯关上了,有另外几个女生还在说话,把脑袋蒙进被窝的那种,只传出细细碎碎的嗡嗡声。我瞪大了眼睛看着满寝室的黑暗,看了好一会儿,然后我也睡着了。

事情就这样结束了。往后的那几天也是一样,没有任何事情发生。没有事情发生当然很好,说实话,我在暗地里长长地舒了一口气。再后来,我甚至想着,有可能根本没有什么三角信,说不定是我半梦半醒间做了个梦吧,毕竟,我可是一个特别擅长做梦的人。在课堂上课的时候有时都会做白日梦,在寝室里打盹嘛,突然做一个奇怪的梦,也正常。渐渐地,我就不再想信的事了，日子依旧一天一日，我尽力把我本就混沌的心，赶紧收回到课本里，好好学习，天天向上。

然而，有一天中午，没有任何的预兆，陈莉突然来找我，我正在一边吃饭一边看着书，她突然对我说："小丫，帮我个忙，求你了。"

"什么？"

我大感惊讶。陈莉现在基本都不跟我玩了，我难得去找她时，她也总是爱理不理的。但是她今天主动来找我，还有事让我帮忙？且，还用上了"求"这个字？

这是怎么回事？

"帮我递个东西，给隔壁班的石磊。"陈莉一边说一边垂着脑袋。

说完之后，她顺手就往我手里塞了样东西。我低头一看，好熟悉的形状。是的，就是我前几天曾看到过的信件的样子。那是一封不折不扣的三角信，三只尖尖的细角把信纸细细紧紧地包裹了起来，悄无声息地躺在我的手心。

"你找机会递给他，别被其他人看见。你会帮我的吧，小丫？"她眼睛紧紧地盯着我，盯得我都有点儿不好意思了。

仿佛是灵光闪现，一瞬间我突然觉得什么都通了。是的，我当然会帮她，她是我的好朋友嘛，那封信，那封我一个星期之前看到的信，原来是写给陈莉的，她的名字，莉，就是 L 开头的。

大写的拼音首字母，就是她呀。

没有犹豫，我立马就答应了她。没有任何理由，我几乎是怀着某种无法解释的喜悦的心情，立马就把这个活接了下来。

　　我没问她为什么不自己交给他，也没问为什么要给那个石磊写信，更没有问她为什么要找我来帮她送信，或者，送信时，我得说些什么，怎么送，为什么不能让人看见，等等。我什么都没有问。事情简直简单得一塌糊涂，完完全全是举手之劳，送封信嘛，对我来说，太容易了。

　　没有丝毫的困难，也不存在有什么阻挡，石磊，隔壁班一个长得又瘦又高的男生，瞅个没有人在他旁边的空当，我直直地走过去："嘿，给你。"然后，我转身走开。这一切，如此的简单。

　　也不知道从什么时候开始，学校里渐渐出现了除学习课本之外的另外一种书籍：小说。两三本，三五本，有一些是写谈恋爱的，有一些则是写练武功打打杀杀的，不知道这些书从哪里流进来的，也说不清这些书是谁的，这些或薄或厚的几乎所有书页都已翻卷起来的看起来破破烂烂的书本，开始悄悄地在学生之间传递。你借给我，我借给你，琼瑶、岑凯伦、林燕妮，金庸、古龙、梁羽生，还有什么甜蜜蜜、八月风荷、十里长刀等奇怪名字的作者，带给这些在山里读书的一脸懵懂的学生一个从未见过的由文字组成的热闹纷繁的世界。大家带着惊诧新奇的表情，不由自主地沉浸进去，或想象或模仿，在不知不觉间，一些过去不曾有过的新鲜事物和行为也随之产生，比如说三角信。

　　男生们在体育课上，从过去的跑来跑去闹来闹去，变成认真探讨"武林江湖"，一边津津有味地琢磨种种自我发明的"招式"，一边乐此不疲地争论着谁看的书最全，谁的书里的角色才是"天下第一"。女生们则截然相反，虽然真实的环境有限，她们也在照着书里看到的人物模样,从说话的语气到歪头动脑筋想问题时的神情,都尽可能地模仿起来。从穿着打扮来说,就我所观察到的,也比过去要干净整洁了许多倍。初三的男生女生,似乎是在一瞬间进入了另外一个时代,以一种极其不可思议的速度和感悟力,忽然与初二、初一的学生远远地拉开了距离。初一、初二的都是些身上长着虱子脸上挂着鼻涕的没有方向的毛头小孩,初三可大不一样,初三的那可都是有想法有见识的大人了。他们挺直了腰,他们长个了发育了,他们会注意周围新奇的美的事物,他们看课外书,他们有行动力,他们还能写三角信。他们思路清晰,知道自己在做什么。

而我,或许是整个学校里唯一不合群的存在。

诚然,我也是一名初三学生了,但是呢,无论从外表还是心理来说,我都是彻头彻尾的小毛孩无疑。

虽然我现在没有流着鼻涕,身上的虱子也减少了许多(要完全彻底地没有虱子是不可能的,学校的大通铺寝室,是这些永远杀不死捉不完的小动物的快乐天堂),可是,我自认为自己无论里里外外都还停留在初二的阶段。

由外,我的样子从初一到初三,没有变过。我不长个儿,永远都是一副又细又矮面黄肌瘦的样子。由内,到目前为止,我最关心和担心的,还停留在"为什么我不能把书读好"这个问题上,从来没有想过在这学校里除了课本竟然还有别的书可看,我的忧愁基本都被"我是一名差生,考不上高中那该怎么办"所填满,根本无暇顾及其他。

除了这两点之外,还有另外的羞耻感是,我总是感觉到饿。

每周妈妈给我带来学校的米,比之前三姐一起上学时所带的虽说减少了一点,但也没有减太多,只是不知道怎么回事,往往总是还未到周五,那米袋就已几乎见底。为了让每一顿都吃得有饱感、满足感,我觉得自己花在如何"有技巧地蒸饭"上的心思,远远比花在其他事务上的都要多。

努力埋头读书,努力做作业,努力认真听老师讲课,努力订正考卷、背课文,和读书有关的一切,我自认为基本已是样样都不落下地去认真执行了。可是呢,一切纹丝不动。一个看起来比其他学生都要努力学习的人,成绩却总是没有意外地停留在最后几位,不得不说,这着实是奇事一桩。

然而,难过归难过,更奇怪的是,对于自己所处的糟糕状况,我一筹莫展的同时,似乎也没有感受到特别深刻的痛苦,就如同老师对我的评价那样:你是在混时间。我想,可能是的。虽然我几乎时时刻刻都将书本拿在手里,但是谁也不知道,我认真埋头苦读的背后其实是空空如也。我什么也没有想,什么也没有在等待。可能正是当时这种无意识的空洞混沌,才使我不知不觉地陷入三角信的风波中心。

本来我以为,三角信的事情说结束就结束了。陈莉、石磊可能他们相互之间有点儿什么意思,这不在我的思考范围内。我只觉得,我帮了好朋友的忙,我很开心,而陈莉也很开心,仅此而已。更让人快活的是,自那以后,陈莉忽然又很愿意和我做朋友了。而我,从乍一看到"亲爱的 L"带来的惊吓,到极其迅速地接受了"原来这就是谈恋爱啊"的想法,其间几乎没有任何的过渡。就像发现一个新大陆一样,原来,学校里不是只有

"读书""考试"这么两件枯燥无味的事。

陈莉对于我帮她送信的回报,不仅仅是她重新来和我做朋友,她还大方地把我也带进了她们的世界:课外书、三角信、悄悄的不可以被发现的朦胧爱情。在帮陈莉送信之前,我是被高个女生们远远隔开的不沾边的小毛孩,我完全不曾预料,自己的一次成功送信,竟使我忽然成了她们身边的红人。她们受到陈莉的启发,意识到人小个矮的我是个最不起眼的存在,由我来传递信息那是最安全不过的,没有老师会注意到我。于是,在送出给石磊的第一封信之后,其他女生的信件也都渐渐地由我来转交了。

"小丫,喏,二班的,嗯,你知道啦,谢谢你啦。"

"嘿,先帮我放几天,周四的时候再给他。"

"别让人看见噢,我没写名字,不过他知道是我。"

"帮我问他一下,为什么没回信。"

"嗨,小丫,全靠你了,帮我交给她。"

不知道该怎么形容,那叫一个眼花缭乱!

那段时间,我忙着跑进跑出传信,或传口信,或传三角信,忙得不亦乐乎!

若非莫名其妙地成了"信差",我半点儿也不知道原来人与人之间竟有如此多的信息需要传递,若非帮他们送信,我也不会在"读书"之外找到自己存在的意义,完全可以肯定地说,我从未意识到自己如此重要,我人生中第一次体验到被人信任的滋味。

我乐此不疲,万分上心,总是能及时准确地传达每个人每封信的来往去处。一边小心谨慎地不被老师发现,一边则时不时地随着信件的发展也陪着她们忽而开心忽而忧愁。

她们回报我的方式很多,有时候,会给我带来一两本印着夸张云朵的粉红色封面的书,借给我读。可是呢,我往往只翻几页就没有了兴趣,原因很简单,我不觉得那些书有趣,各种复杂艰难的课内书就已把我弄得焦头烂额,所以不存在多余的精力。但是,我喜欢她们用这种方式对待我,那意味着她们把我当成了她们当中的一分子,这种认可让我觉得非常快乐。有时候呢,她们会往我手心里塞两颗罕见的圆鼓鼓的糖果,且用一种热情洋溢的神情,来催促我快点儿打开吃下去,好像如果我不立马听从的话,她们可能会生我的气。又有时候,她们很认真地递给我一枚漂亮的贴纸,是从学校门口的小贩那里买来的。对的,不知从什么时候开始,学校门口竟然时不时会蹲过来一两个小贩,专门卖一些新鲜玩意:各式各样的漂亮贴纸,印着好看古装人物造型的信纸,花花绿绿的橡皮筋,雪白纸袋子包成鼓鼓圆锥形的、一小包一小包的刚炒出来的瓜子,圆珠笔,弹珠,等等。当然,所有这些和我完全无缘,兜里无钱的人看到这些亮闪闪的东西,最多只会远远瞧上一眼,就假装不感兴趣若无其事地走开。

她们邀请我一起嗑瓜子,在一天的课堂结束之后,去到离学校半里路左右的山沿小溪边"谈谈进展",她们兴高采烈,下意识地压低讲话的声音,仿佛怕各自讲出来的秘密被山林窃听了去。瓜子被分成好几小撮,我也分到满满的一把,她们很信任我,一点儿也不担心我会妨碍到她们"交流心得",因为从头到尾，我基本都插不上话。我也不会去插话，我的精力满满地专注在每一粒瓜子在我舌尖上绽开的快感，新鲜的现炒的瓜子是那么香那么好吃。本来这种享受一般只能在春节时才会有，可是呢，由于我是她们的"一分子"，于是得到了意外的恩赐。

对于她们的慷慨，我有时候会觉得不好意思，毕竟，对我来说，送个信嘛，实在是一件再简单不过的事。虽然，从头到尾我一直弄不懂的是，为什么他们不直接自己互相交换信件，而是非得通过我这么一个纯属多余的中间人？完全不理解，不在我的理解范围，反正，若非后来发生的"大搜查事件"，估计我可能会一直乐滋滋地送下去，直至他们说不需要我为止。

瓜子壳儿落进泛着细粼粼好看波纹的小溪里，随着水的律动欢快地流向远方，她们的窃窃私语在我看来也是一种另类的喜悦。三角信谁收到的多谁收到的少，谁的写得更精彩更值得回味，在她们看来就像去比对谁的学习成绩更好是一样的道理，虽然现在增加了一件和学习无关的"恋爱"事项，但是一点儿也不影响每天的上课和读书，她们每个人的成绩都比我好。事实上，我真心有点儿向往她们的状态，如果我也能像她们一样，又是胸有成竹又能轻盈自在，那该多好。

在我看来，她们每个人都知道自己在做什么，有主见、有选择，而不像我，即使是在嗑着瓜子的幸福时刻，我也时不时地被混沌与空洞所侵扰，时不时地跌入"我怎么在这里我在做什么"的自我怀疑中。就像一个抬了一只脚站在岸边站了许久的人，不知道是要把脚迈进溪水里，还是收回脚转身走开，怎么做好像都不对。为了把自己从无意识的走神状态拉回，我往往会慌里慌张地加快速度,把手里剩余不多的瓜子赶紧吃完,且不知不觉地立马从怀中掏出一本不知道什么书,假装认认真真地看起来。当我这样做的时候,总是能听到她们这样对我说:"小丫,你干吗这么用功啊,还早得很,下个学期才是升学考试呢,不用急,有的是时间。"

对于这类善意的提醒,我除了以笑作答,没有更好的其他反应了。

愉快的气氛,不急不慢的学习节奏,隐秘中带着不易觉察的新事物的降临,全新的同学关系,再不是独自一个人,那几个星期,那两三个月,时间仿佛一度停滞。

季节从微凉的秋天渐渐转变为冷风呼呼猛刮着的冬日,比往年似乎要强上一倍的寒冷气温在空荡荡的校园里肆意扫荡,还剩下大约只有不到三周的时间,就要进入期末考试了。

变故在一个极其平常的早上发生,我们一如既往聚集在操场五星红旗下做完早操,按照平时的习惯,早操后大家就会解散,回各自的教室,但是今天领队老师突然让大家等等,说是校长要来给我们"发表讲话"。

正当我们疑惑间,突然从寝室方向看到两位老师抬了一只大箩筐朝我们走过来,在我们的队伍前方停住脚,"哗啦"一声,从箩筐里倒出来各式各样的课外书,以及大大小小许多的三角信!

所有的人都呆住了。来不及有任何的反应,也不存在可以有任何的反应。没有人敢发出声音,大家呆站着,一动也不敢动。

校长还没有出现。带队老师和抬箩筐的老师们也没说话。他们懒得看我们，好像我们这一整个学生队伍不存在了似的，他们只是悠闲自在地在旗杆的下方晃荡着，偶尔走到那坨看起来仿佛随时会爆炸似的书本信件的旁边。他们一点儿也不怕危险，还用脚去随意地踢两下，慢悠悠退开，似乎对这些成果很满意。

我一向都是排在最前面的，人小个矮嘛，谁都没有我看得清楚。那三位老师，我连他们额头脑门上挂着的那几缕碎头发都看得清清楚楚，他们似笑非笑。准确地说，他们没有任何的表情，他们也和我们一样，只悄无声息地在等校长过来。

我的心脏跳动得过于厉害，从我看到那些大大小小密密麻麻的信件从箩筐里"哗啦"一声倒出来开始，我就完全地僵住了，有如许多个闷雷从天上突然落进我的胸腔，它们在嘭嘭嘭地跳动，我一动也不敢动，害怕哪怕是随便扭一扭身子，它们就会猛然从我的身体里蹦出来，四分五裂。

校长来了，迈着慢腾腾的步子，其他老师也都一一跟在后面，所有的老师都来了。

校长先一步三摇地走到那只箩筐旁边，探头看了看里面，继而，他走到那一大坨零乱书籍信件面前停了下来。他摇摇头，又点点头，扭转身去问离他最近的那位老师："有火吗？"

"有。"

那老师从兜里掏出一盒火柴，递给了校长。校长蹲下身子，开始划拉火柴。

冬天的温度过于阴冷，又或是操场上过于空旷沉闷，沉闷间还不时有风刮过,校长划拉了好几下,火柴都没有燃起来。他把火柴盒的黑硝石换了个面,从火柴盒里同时抽出两根火柴,两根一起点,肯定是没问题的了,他略停了片刻,忽而又说:"来,搭把手。"

"好。"

一下子就有好几位老师也跟着一起蹲下身子。他们有的随手拎起一本书扯开,有的则随意拈起一封三角信,把信随意撕开。他们七手八脚地照应着,围成结实的圆,不让半丝儿风漏进他们试图点燃火柴的圆圈里。很快,"刺啦"一声,一丝极淡极淡的二氧化硫气味忽然钻进我的鼻子里。火柴点起来了,有许多张被扯下来的书页,瞬间变身为红色的火焰,火焰落在下面更多的书页上,落在更多的三角信上,一时间,一堆小山似的火焰,呼呼哗哗地燃烧了起来。

我们和刚才一模一样,依旧是一动也不敢动,只是呆呆地望着那堆火焰。我觉得有点儿冷,虽然火焰离我还挺近,时不时有风吹起好几片烧完的灰从空中落下来,直直飘坠到我的鼻尖,它们在我的鼻尖停留了好一会儿,才滑落或飘走。我直愣愣地盯着那一团火红的火,脑中一片空白。我看到校长也好老师们也好,他们时不时地把手伸到火焰上方去烤火,又似不小心被烫了一下,赶紧收回,但是一会儿重新伸直,他们把手心手背在那火上翻过来翻过去地烤,直至动作熟练完美。最后还有饭堂管蒸饭的李伯伯也来帮忙,他拿了一根长长的烧火棍,熟练地伸进火堆,把落在外面的扒拉进去,把里面烧得不够彻底的书脊和书封也重新点燃,以确保火焰中的一切都化为灰烬。

那么多书,那么多三角信,烧完之后变成的纸灰,却只有一点点,最多三四个畚箕,就能装扫得干干净净。我们默默地呆立着,看着李伯伯三下两下就把灰都铲走了,连带着灰下面的泥土也铲掉了一些。操场恢复如新,好像不曾发生过燃烧的事件。纸灰移走了,校长开始讲话,他的话,出乎意料并不是往常的长篇大论,而是言简意赅,他说:"好,大家看到了,该烧的,都烧掉了。"

停了一会儿,他又说:"点名批评的名单,中午会在学校黑板报上登出来,到时候大家自己去看。最后,"他又停了停,继续说,"如果,再有课外书和三角信的事情发生,那可就不是像今天这样烧掉这么简单了,你们自己看着办,还要不要再犯。"

"解散!"最后的"解散"两个字,是领队老师发出的。他说这两个字的时候,校长早就走了,其他老师也都走了。

队伍无声地散开,无声地各自逃进不同的教室。走在回教室的路上,我看到了陈莉,陈莉不理我,她面无表情地从我身边经过,我下意识张口想说点儿什么,可是什么都没来得及说,只能看着她三步两步走到前面去。她的面无表情使我莫名其妙地想起一个成语,叫心如死灰。我觉得我的脸色估计也和她差不多,是的,许多其他同学的脸色也都一模一样,也是这个表情。

不仅如此,这种表情,还和被掠劫后的寝室有着异曲同工的相似——一片狼藉:所有的棉被都被甩到了地上;所有的衣服口袋和包包都被翻开;枕头和铺床的稻草也被扯了出来,撒得满地都是;牙刷、牙膏、洗脸巾,到处散落着;有些缝得不怎么结实的被子,里面的棉絮在甩动下不自觉地漏了出来,白花花地落在四处,这里一坨那里一坨。

白花花的棉絮、白花花的我们的脸。

突然袭击,大检查,烧书,烧信,一气呵成。

对于学校这样的处置,我不知道该感到侥幸还是该感到害怕。

除了最后学校黑板报上列出的大字号名单,再没有任何其他的惩罚,甚至连最基本的约谈训话都没有,没有老师来把我拎到办公室去问话,其他的同学也没有被找去问话。

被通报批评的学生一共有二十四个,男男女女都有,我的名字排在第三位。胁从罪,方小丫,刺眼的红色粉笔写成的又大又粗的名字,和其他同学列在一起。名字被这样大刺刺地写在黑板报上,令我多少觉得有点儿羞耻,但是幸好还有其他人陪伴,倒也不觉得孤单。我最怕的是,老师会找我爸妈来学校问话,那可就麻烦了,自己犯下的罪我希望由自己一个人来承担,若是连爸妈也要跟着被骂,那就太可怕了。我惴惴不安地等待着,既不敢问也无从去问,只能等待。每次在课堂上,或是在学校的其他地方,只要看到老师的视线投向我,或是看到某一位老师正在向我走来,我就认为是来拎我了,我害怕又惶恐,完全乱了方寸。是的,我就是一个被强制执行无期徒刑的犯人,总也等不到刑满释放的一天,然而一直到我毕业,老师们都没有来拎我。

剩下的三个星期,我几乎是完全在惊恐中度过的。不知道其他人是不是也是这样。自"焚烧事件"之后,我们就再也没有去过小溪边,每天都是三点一线:寝室、教室、饭堂。我们再没有任何形式的结伴而行,以前是我认为只有我一个人独来独往,现在看起来每个人都进入了独来独往的模式,每个人都只有一种形态和动作:很认真地学习,很认真地读书,很认真地走路和吃饭。不管身处哪儿都尽量是一副低头沉思的模样,一切都是平静的、温和的,安全又有序。

就在这样的状态下,总算考完了艰难的期末考试,可想而知我的成绩,除了语文依旧得到了九十三分的高分,其他科目都只是勉强及格,可谓惨不忍睹。老师宣布了其他同学的成绩,我很高兴听到陈莉的总成绩列在前五名。总体来讲,同学们成绩都还挺不错,除了排在最末位的我。班主任看到考试结果表示很开心,他在放假前的最后一堂课上,摇头晃脑地发表了讲话,重新表达了他的祝福和愿望:"同学们,只要认真专注地学习,就一定能拿到好成绩!照这个势头来看,只要好好保持,把剩下的最后一个学期认真读完,我们班的升学率,那肯定是很可观的!同学们,加油啊,我们下学期见!"

事情似乎一下子都回到了正轨,每个人看起来都好像松了一口气。放假了,终于可以露出久违的笑意,老师把一堆的寒假作业发下来,同学们之间似乎重新有了眼神交流和接触,大家你望我我望你,还是不敢太张扬,最后静悄悄地各自收拾自己的东西,各自出门回家去。

把书本作业都装好之后,我也从教室慢慢走回寝室,去把衣物被子带回家。人们离开学校的速度,往往比来上学时的速度要快上许多倍。当我回到寝室时,寝室的楼上楼下,几乎空无一人了。正当我埋头奋力捆绑被子的时候,突然有人轻轻地碰了一下我的肩膀,我转过头,看到陈莉。她朝我抿嘴笑了笑,递过来一个东西。我低头去看,竟然是一封三角信。我有点儿疑惑,但在她的示意下还是接了过来,然后,听到她对我说:"小丫,其实,我早就该把它交给你了,可是,也不知道是出于什么心理,我就是很喜欢这封信,所以我把它藏了起来。这不是写给我的信。我用了许多种方法,偷偷试探过所有和我们通信的,以及我们认为写这封信的男同学,都不是,没有人承认。我们私下里还对过好几个人的笔迹,也没有找到人。后来我们一致认定,这应该是一封写给你的信,L 就是'love'的缩写。那天没有被老师搜走,是因为我总是把这封信带在身边,算是逃过一劫。现在,我把它还给你,你收起来吧。"

说完这些,陈莉就转身走开了,我一个人愣在原地。

这是一封写给我的信?我无论如何也不敢相信。我把信捏在手里捏了半天,继而慢吞吞地把它塞进衣服口袋,继续埋头捆我的被子。

来上学时的装备和放学时的装备几乎一模一样,一根小小的扁担,一头穿起我的书包、衣物,一头则是被子、饭盒,弯腰挑起,就能稳稳当当地走回家。挑着挑担离开寝室,离开操场,离开五星红旗,离开校门口,当我往外走的时候,我突然不想急着回家,而是想走到小溪边去坐一坐,我去了。

冬天寒冷的溪边,空无一人。灰蒙蒙的天气,灰蒙蒙的近处的远处的连绵不绝的山峦,周遭一片静寂,和以往一样的极好看的细粼粼的溪水,一如既往在欢快地流动着,发出一些细细碎碎的声音。我走到之前我们常常去坐的那块大岩石前停了下来,把挑担放下。我的手伸进了衣服口袋,摸到了那封信。我站在溪边,把信取了出来,慢慢打开书信。信纸折叠处,已经有点儿模糊不清,看得出来,这信曾被无数次打开,无数次重新叠回。展开信的第一眼,就看到那行耀眼的开头——"亲爱的 L"。

我慢慢地往下读,读了一遍,再读一遍,又读了一遍。事实上,在我读了三遍之后,也还是不认为这是一封写给我的信。除了开头唯一的那个"L",再没有出现任何的其他符号,没有任何明显和我有相关的描述,陈莉为什么会认为这是一封写给我的信呢?

"你在操场上埋头看书""看到你迈着轻快的脚步,一个人走去水井边打水的样子""你的高高扎起的马尾,又直又黑的头发""你的皱着眉头、讲话时的神态""你在踢一块石头,课间休息十分钟,你十分钟都在踢同一块石头"……

是这些吗?在信中关于此类的描写有很多,可是这些句子写的不也几乎是我们全校女生的模样吗:看书、打水、扎马尾、讲话、皱眉。谁都会在操场上看书,至于踢石头,我倒真的很喜欢踢石头玩,可是整个课间休息十分钟都在踢石头的也不止我一个人吧,为什么就认定是写给我的信?

"很冒失地给你写这封信,希望没有让你不高兴。"写信的人在信中还写了这样的句子。我传递过许许多多的三角信,但是没有拆开看过任何一封,陈莉她们也从来不会读信给我听,我不知道是不是所有的信中都会有这句话。此刻的我,既没有不高兴,也没有很高兴。亲爱的 L,我也不知道这个 L 是谁,信落在我的床铺上,是最好的证明?好吧,可以。我重新读了一遍信,确实像陈莉所说,这封信,写得真不错,都快赶上一篇优美的作文了,如果"恋爱"的题目被允许的话。

无论它是写给谁的,我觉得,虽然它没有被焚烧掉,但是肯定也不可以继续被留下来。

这是一张很平常的信纸,应该是从某本作业本上撕下来的,字迹很干净,也很好看,我反复看了看,至少有一点可以断定,这个写信的人应该成绩也很不错,字写得好的人,往往学习成绩也非常好。就像陈莉,陈莉的字也是又干净又好看,不像我,我的字又丑又用力,难看死了。信纸被捏在我的手心里很久很久,我终于横下心来,把信纸对叠,撕开,一道又一道,横着撕完,竖着继续撕,我蹲在溪边,把每一片,每一缕,都撕成细小难辨的碎片。我把碎片捧成一捧,小心翼翼地放到小溪的水面上,很快,一堆小小的白色的小纸山,被水波漾荡成许多个单独的碎片。水波翻卷,升起许多道看不见的浪,不一会儿,碎片们就都飘走了,不见了,消失在了远方。

临近傍晚,我急急忙忙重新挑起挑担,赶紧赶路,回家的路那么远,我希望能在天黑前回到家。寒假正式来临。

不知道是不是毕业前最后一个寒假的缘故,一共二十二天的假期,我觉得日子消失得前所未有的快。我盼着假期,盼着见到姐姐们,盼着和过去一样,享受全家人其乐融融过年的欢乐。可是呢,算起来所有家人真正团聚的日子,前后加在一起竟然还不到十天,最多只有一个星期。

即将小学毕业的小妹和我一样,也是带回一堆的作业本,我们每天的作息和活动内容几乎一模一样:喂鸡、喂鸭、喂猪,搬柴火,打扫里里外外,做饭做菜。我负责切菜、煮菜,小妹帮我烧火,爸妈一如既往去地里或山上干活,阿婆眯着眼睛做着其他的许多家务,各种指定的活忙完之后的空余时间里,我们一起伏在堂屋冰冰凉的八仙桌上,奋力写我们的寒假作业。我们有点儿急不可耐地想姐姐们早点儿回来。

教书的大姐算回来得比较早的,处理完学校的后续工作后,比我迟了四天到家。三姐在只剩两天就是除夕的那天才回。二姐更晚,由于她的裁缝学徒工作特殊,家家户户都希望过年之前能穿上新衣,所以她跟她的师傅一直忙到最后一刻,差不多我们都快开始吃年夜饭了,她才一脚踏进家门。

每位姐姐都带回不同的收获,她们把这半年赚到的钱认真地交到妈妈的手里。准确地说,只有大姐和三姐带回了钱,二姐现在还是学徒,没有收入,但是由于她学徒期间的表现非常好,所以她的师傅奖励了她一块"的确良"布料,只要等到夏天,她就能给自己做一件崭新的"的确良"衬衫。她的学艺进度也非常快,已经能独立完成一条裤子从裁剪到缝制的整个过程。二姐为自己没有带钱回家感到有点儿低落,但是很快又信心满满地对我们说:"虽然我现在没有工资,但是我对自己很有把握,三年学成后,我也是大师傅了,等到我能独立接活的那天,我也会像我师傅那样,每个月都能结算工钱!"

妈妈很高兴,意识到女儿们在进入一个全新的人生阶段,在渐渐走上真正长大成人的道路。

大姐很喜欢她的代课老师工作,虽然那些小学生基本都有点儿调皮捣蛋,但是半个学期相处下来,孩子们都还挺认真,整体教学成绩和效果也都很不错,有条不紊地备课、教课,和孩子们一点一点建立起信任和情谊,她说这种过程令她觉得很有成就感。

三姐的变化不大,只是更沉默了一些,她又长高了一大截,人也变瘦了,不像以前的壮实模样,虽然在厂里上班晒不到太阳,但是整个人看起来比过去黑了许多。她解释说可能是翻砂厂温度太高的缘故,经常被热烘烘的黑砂石包围着,估计是烤黑了。三姐用一种极为轻松的语调谈起关于"烤"的感受:"其实还好啦,就像妈妈烤豆腐干一样的嘛,烟火熏着熏着,自然就黑了嘛。刚去时天气热有点儿受不了,后来到了冬天就好了,冬天就喜欢这热,热乎乎地烤着干活,可舒服了,管他有没有烤黑呢。"

至于我和小妹的学习成绩,刚放假时我们就已经和爸妈汇报过,姐姐们还不知道,等她们分享完她们各自的"工作经验"后,小妹迫不及待地高举着她的成绩单兴奋地挤到我们中间:"姐姐,姐姐,你们快看,除了语文九十八分,其余的我都考了满分!喏!这是我今年的奖状,三好学生!"

红艳艳金灿灿的奖状,上面龙飞凤舞地写着小妹的大名:方小姹。

姹紫嫣红的姹。

我的小妹确实是学习小天才,自从上学之后,她每次考试基本都是满分,年年都被评上三好学生。成绩好还在其次,最关键的是,我发现读书这件事对她来说似乎是一种享受,从来没有听到或看到过她有流露出任何与学习相关的困难和困惑。一学就通,一听就懂,说的就是她这种孩子。每次当她轻松地完成作业要离开八仙桌的时候,我都能很清晰地感受到她对我这个冥思苦想的四姐的同情:"姐,初中的作业很难吗?非常非常难?"

我不知该点头还是该摇头,只得胡乱地撇撇嘴作为回应。

小妹的好成绩是我们全家人的骄傲,幸好我的家人们都很宽宏大度,我的勉强才及格的分数也没有遭受到太多的批评,难得过年团聚在一起的快乐不会被破坏,妈妈及时用她总结性的话语来为我的羞愧画上句号:"来!没有关系,只要我们每个人都在努力了,我们的这一整个家,就会越来越好!"

爸爸给我们端过来一大盆刚切好的猪头肉,年的愉悦,年的温暖和厚重,瞬间就把我们满满地包裹了起来。我们开始欢快地吃年夜饭,置身在家人们乐陶陶的气氛中,我的短暂的失落也在瞬间烟消云散。我觉得虽然自己书没有读好,但是很幸福。

可惜的是,才到大年初三的时候,二姐就得匆匆忙忙回到裁缝师傅那里去,说是去年还积下了不少活,得赶紧去补上完工。三姐也是一样,大年初六就被方美惠喊住,一起结伴回到那"兴旺砂轮厂"上班了。大姐在家里算是稍微多待了几天,但是也在正月初九的时候提前回到学校,她那里的校长有严格规定,老师必须要比学生早三天到学校,有很多开学前的筹备工作要做,特别是代课老师,更是比其他老师有着更多的工作内容。

我和小妹,几乎是在一种冷清的氛围中度过了寒假的最后三天,正月十二是我们开学的日子,读书的日子仿佛没有断开,没过多久,我又挑着挑担走在回校的路上了。

年的间隙里,我短暂地看到过大妹一眼,长川的姑妈没有见到,表哥表姐来方山拜过年,还有其他的亲戚也曾上过门,不知道是不是稍纵即逝的缘故,每张出现过的面孔很快都变得模糊不清了,没有什么人也没有什么特别的事添进记忆。在吃着年夜饭的时候,阿婆提起了暑假没有回方山的大姨和程儿表哥。阿婆说,她的女儿在新寄过来的信里提到,快了,应该是在年后,之前因为有突发事件耽搁了,所以改了归期,总之是快了。她让她的母亲安心等待,很快就会见面。

"随她吧,说是年后,谁知道又会有什么新的突发事件,我总之是不指望,她能回就回,不能回也只能随她。"阿婆这么告诉我们,诉说时的语调类似于喃喃自语。

一切又回到了原来的轨迹,不知道再一次见到姐姐们是什么时候,小妹还是去上小学,我则又回到了这个空荡荡的初中。上课、下课、蒸饭、吃饭、写作业、交作业,我梳着和去年一样的马尾,依旧在课间休息的时候无聊地在操场上踢石子,整整十分钟都踢同样的那一颗。我每周回一趟家,取下一周的大米和霉干菜,同时帮家里做一些农活。和去年一样,妈妈时不时会让我帮忙到供销社补一些货,我们家的家庭小店,自去年开张以来,既方便了方山村民的生活,每个月也能增加一些小小的收入,可谓两全其美。

回到学校发现的第一件令我震惊的事是:陈莉退学了。

头两天在教室里没有看到她,我原以为她只是迟几天到校,有时候由于家里需要赶农活,有些同学不一定能在开学那天准时到校,这是常有的事。但是,整整一个星期过去了,都没看到她,我去问了班上其他同学,他们都说不知道。再下一个星期,我忍不住去了老师办公室,班主任回答得简单明了:"陈莉啊,她这个学期不来了,家里给她订婚了,不用上学了。"

"订婚?"

对于我的第二个问题,老师连头都没有抬,完全懒得理我,不再搭理我。

我几近失魂落魄,脑袋空空地回到教室。订婚?是什么意思?

不管是什么意思,我只是知道一个事实,陈莉再也不来学校了。

订婚在乡下是一件极为常见的事,只要双方父母同意,就算孩子还未成年,也可以提前达成契约,更何况一名即将初中毕业的女孩,一向都是那些急于给孩子找媳妇的家庭的最佳人选。陈莉因为订了婚所以不再读书,谁也不会觉得惊讶,毕竟人们从来认为女孩长大后结婚嫁人、生孩子才是头等大事,读不读书,跟成家比起来,不值一提。

除了我,似乎根本没有其他人在意陈莉的消失,又或者,平常跟陈莉一起玩的好朋友可能已经知道了,但是谁也不愿提起或讨论这件事,因为没什么好说的。

我也一样,除了回到课桌前坐下,我也没有其他的想法。

转眼,时间就过去了三四个星期,或是四五个星期,我没有计算,只知道每一个在学校的日子,都和过去一模一样。总是在周一早上回到学校,周五的傍晚离开学校回家,顺便去供销社买一些小店用品带回家。

供销社在那个有着一棵巨大香樟树的广场后面,也是一如既往。

这个周五妈妈叮嘱我带回方山的是一箱粗盐,买盐的钱她周一就已经给我了。供销社柜台后的阿姨已经认识我了,一看到我进去,就热情地打招呼:"小丫,你又来了!这次带点儿什么呢?"

"阿姨好,一箱粗盐。"我把准备好的钱递上柜台交给她。

这盐我已经买过好几次,一手交钱一手交货,叠好的纸币硬币放在一只小布包里,她伸手接过去,打开,蘸着口水点过数目,无误。她把钱留下,小布包还给了我,她让我进到柜台里面去,告诉了我盐的位置:"喏,在这儿。你背得动吗?"

她每次都要说这句话,大概是觉得我瘦小的身板没有力气去对付它。我点点头,表示可以。

一只方方正正的大纸板箱,里面装了一百包盐。妈妈说,一百包盐大约可以零售两个月,每包有三分钱的利润。

"等一下,等一下。"她忽然阻止了我,转身从柜台下面扯出一根粗麻绳,"别急,这样方方正正的纸箱不好着力,还是让我帮你绑一绑吧。"她三下两下,将麻绳围着纸箱横着竖着各绕了两道,继而在上面打了个扎实的双扣结。

"喏,这样可以了,你试试。"她说。

绳子绑过之后,不但可以背在肩上,还可以拎,果然可以着更多的力。

在阿姨的注视下,我弯腰搬起纸箱,把它扛在肩上,是的,是有点儿重量。书包在肩的左边,纸箱在肩的右边,我的左手绕过脑袋,抓住纸箱上的麻绳,这样就轻松多了。

向她道过谢,我迈开双腿,急急忙忙离开供销社。

学校离我的家有一个多小时路程,需要经过四个混乱狭长的仿佛连接在一起的自然村,再走一段无人打扰四周全是静寂大山的弯弯曲曲的泥土路。一路上,我停下休息了好几次,纸板箱个头太大,压得我有点儿喘,身上还挂着书包和饭盒,着实有点儿吃力。我时不时地变换姿势,单手拎着走几步,双手抬着也走几步,大部分还是放在肩上扛比较不那么累。

总算转过山路的最后一个大弯,抬眼终于看到了村口的那座桥。

看到桥,我一下子就放松了,知道快要到家了。

我非常喜欢那座桥,那是一座普普通通的简易木头桥。为什么说是简易?是因为它的组成非常简单:六棵歪歪扭扭的粗大木头,从桥面直直伸入桥下,深深扎到半是溪石半是流水的小溪里,桥面上覆盖着层层叠叠的宽大松枝,松枝上面再铺上厚厚的砂石泥土,夯得严严实实。桥已有些年月,颇为陈旧了,人走上去,总有些微微颤动。我细细观察过,一直觉得惊奇,弄不明白桥面上的泥土是怎样保持住的,在经年的大风大雨里,还能不被吹散淋化,依旧平坦结实地伏在松枝上,与松枝融为一体,安静,陈旧,每一天承接着那些从山里往山外走的人,也同时把流落山外的人一一接回山里。

每次路过这桥,我都会情不自禁地停下脚,喜欢在桥上停留一会儿。虽然说桥上什么也没有,光秃秃的,但是桥下有世界。

微微的摇晃下,桥离溪底不过四五米,桥下的世界似乎离得很远,又似乎很近。外形各异清爽洁净的小溪碎石,从远处一直延伸过来陈列在桥下,碎石间夹杂着一些不知名的花花草草,围绕着一些嶙峋的巨大青石,清澈透明的涓涓细水从青石边绕过去,在桥下的最中间部分,积成一汪深幽的水,水有点深,深成了墨绿色。人站在桥的边上往下看,可以在水中清晰地看到自己的脸,一张晃晃荡荡被定住的脸,有时背后衬着群山白云,有时则是灰色的天,一律变为倒转过来深不见底的黛青色世界。桥上的人目不转睛,水中的脸全神贯注,在对视的过程中总会产生某种无法抗拒的奇怪气息。

那汪水,可能是实在太漂亮的缘故,每次若是对视太久,总会使我产生幻觉,会以为那水里似乎有另外一个通道,似乎一头扎进去,就能带人去往另外一个地方。那水中显现的脸也似乎不是我的脸,而是另外一个看起来和我有点儿像的人。

看着看着,我总是以一声叹气而收场,虽然我不知道自己为什么叹气,可能更多的是惊奇,惊奇于那一汪神秘的水,会那样不知不觉使我的心里奇奇怪怪地流过一些东西。

那时候的我，并不知道烦恼为何物，只是隐隐约约认为，有许多我还不知道的事物，躲在某个我看不见的地方。它躲在某处，或许在水下面，在空旷的灰色天空中，也可能是在山林里，再或者，可能就躲在我的背后，等着我回头去看。然而，我总是找不到，找来找去，我也只是看到我自己。水中的脸，每次看起来都有点儿呆呆的，和现实中的我并没有太多的不同。因为没有发现不同，我只能叹叹气，老老实实离开桥，回家去。

那日的桥上，老远就看到站着一个人，居然也用和我一样的姿势站在桥边，在俯身看着桥下，也是一动不动。我心下有些懊恼，如同心爱的东西被人窥见了。我走得很累了，正想在那儿好好发发呆，可是竟然被人占了地方。

没有办法，我只好提前停下脚步，在距桥大约十米的路边，放下纸箱休息。

在我停下的地方，有一道窄窄的石阶，通到溪底。我下到小溪边，一边掬水拍脸，一边偷偷打量那个不远处的桥上的人。初春时节，溪水的冰凉似乎还停留在寒冬，若不是走路出汗的微热，我本不用掬水拍脸。

我看到那个人穿了一身的白色。

白衣服白裤子，我从来没有见过这样全身穿白色的人。从我记事时起，我所遇到的所有人，不管是男的女的还是老的小的，都没有人穿过这样的全身白色。见惯了千篇一律的黑灰色衣服，突然看到这样全身白色的穿着，很是惊讶。

因是傍晚临近黄昏的光线，周围的群山显出了比平时厚重许多的颜色，厚重间却又透着某种极为灿烂的亮白。我在溪边，那个人在桥上，整个视线，都显得有点儿不真实。群山环绕中的白色，非常好看。我没有计算时间，也不知道过了多久，大概是十秒钟？又或是二十秒钟？我只知道，我在望着那个人的时候，那个人从头到尾都是一动不动，如同剪影。好奇怪，不知道他是谁。

在我陷入诧异的时候，那个剪影忽然动了一下，接下来，忽然一阵很好听的音乐响了起来。莫不是那个人身上带了台收音机？怎么这么好听。音乐忽而悠长忽而细缓，像是在对着谁说话，又好像有一只很好看的大鸟，在伸开五颜六色的翅膀慢悠悠地飞过天空。音乐在山林间飘逸、跳跃，时而生机勃勃，时而又细若游丝，似乎随时会断掉，我不由自主地听着，连洗手的动作也不知不觉间停了下来，一直到所有声音消失，我看到他，那个剪影，又回到一动不动的状态。

我猛然惊醒，湿答答的双手随意在衣襟上擦了擦。我站起身，慢吞吞地回到路面，一边漫无边际地猜想，一边弯下腰去，继续扛我的纸箱。是啊，不管他是谁，不管他站在那里干什么，我也得去走那座桥，我需要经过他，走回家中去。

走得近了，桥就在我脚下，我突然莫名地有点儿紧张。想尽量快些穿过这桥，不希望自己又重又笨的脚步惊动到他。是肩上的纸箱太重吗？我的脚才踩上桥没几步，便觉得这桥颤动得厉害，每一步踩下去，整个桥身都被震得瑟瑟发抖，真丢人。我尽量小心翼翼，假装不知道桥上还有人在，只想快快通过。只是，走过他身边时，我还是忍不住偷偷看了他一眼。

沿着纸箱的边缘,悄悄望过去,那剪影和侧脸离我非常近。是个男孩子,个子很高,比我高出许多,穿着一套不薄不厚的干净雪白的运动衫,衬出一张干净至极的英俊的脸。

若不是当"信差"的那段经历,听过陈莉她们的议论,看过一两本关于"恋爱"的课外书,我本不认识什么叫运动衫,也不知道什么叫英俊。

我的心怦怦直跳。都怪这桥,又窄又小,桥的颤动比我的心跳还要猛,还要快。我肯定是惊动他了,那剪影在动,那侧脸迟缓地朝我的方向转了过来,差点和我的视线撞上!我赶紧低下头,用力侧了侧纸箱,把自己挡住。用的力有点儿大,纸箱差点儿从肩上滑脱,脚下还一不小心踢到某颗突出来的石头,一时踉踉跄跄,真有点儿狼狈。我逃也似的离开了桥。

离桥越远,我的莫名紧张感就渐渐消失了,我长长地舒了口气。才吐完气,就忽而听到后面有脚步声跟过来。是那个人,难道他也要进方山村?

是他,他人高腿长,又或是我走得太慢,三步两步,他很快从我身边走了过去。

纸箱压得我的脑袋有些歪歪扭扭,看他的脚步也似乎是歪歪扭扭的。我望着那个白色身影在往前移动,我们周围的群山也在随着他的脚步移动而移动,一切有如某个极好看的陌生画面。

身影走着,身影突然停住,身影竟又返身朝我走了过来。

"我来帮你拿吧!"猝不及防,那身影突然就站在了我的面前,并且以一种极为自然拒绝不了的动作,一伸手,就从我的肩上取走了纸箱。

"这……"一下子的失重，令我看起来有点儿傻。

"你也是这村里的吗？"他又问我。他的眼睛亮闪闪的，直直地看着我。

"呃，是的。"我急急垂下脑袋，半天才想起说，"谢谢你。"

纸箱在他的手上，好像毫不费力，他对我笑了笑，没有说话，大踏步走在前头。

进村的这段泥土路，高高低低的路面好像比以前任何时候都要凹凸不平，大概前几天刚经历过暴雨，硬邦邦的印子一道又一道横七竖八地裸露着。泥土路很不好走，但是在他的眼里好像都不是事儿，他将纸箱轻轻松松地扛在肩上，也不担心那纸箱会弄脏他雪白的衣服，一只手揣在裤兜里，长手长脚，姿态自在，走得非常快。为了追上他，我也赶紧调整我的走法，一脚长一脚短地快快跟上去，一边尽量小心翼翼，以免崴了脚。

一时无话，很快就到了晒场。我家就在晒场边。他停下了脚步。

"我家到了，就这儿，我自己来吧。"指指我的家门，我想从他手上接回纸箱。

"啊，这儿？"他突然间笑了起来，露出一口雪白的牙齿，"我知道了，你是我的表妹。"

表妹？

我还在发呆，他已径直进了我家的院子。

我一时转不过神，只傻傻地跟了过去。天色已晚，院子里的光线有点儿暗，我望着前面的白色身影，他轻巧自在地穿过庭院,往侧厢房的灶间走去。我妈妈正在庭院里收拾着什么,除了妈妈,院子里还站着另外一位看起来比妈妈年纪要略大一些的阿姨。

"小丫你回来了,快,来见过你大姨。"妈妈朝我招手,"就是我们常提起的,哈尔滨的大姨。"

这阿姨和那个白色身影一样,也是穿着非常整齐干净,灰白方格子上衣配黑色的裤子,裁剪得非常贴身,头发梳得光亮,一丝不苟地挽在脑后。就是她,之前在照片上看到过的那个妇人:阿婆的女儿,我的大姨。

她的个子比我妈妈高出许多,她在朝我笑着。

虽然已经在照片上见过,且平时也常听到阿婆和我妈妈提到她,可是当这样猛然地见到时,我却没有一点儿的熟悉感,她和我想象中的不一样,我觉得,她很威严。不管怎样,我赶紧走上前去,怯生生地叫了一声:"大姨。"

"这是老四,今年念初三了。"妈妈也朝着她笑,又转头呼唤刚才走到灶间去的白色身影,"程儿,我们家的老四小丫回来了,你也来见见。"

"我们见过面了。"那位高高的长得那么好看是我的表哥,他三步两步又出现在了我的面前,"刚才我就说看着有点儿眼熟。姨,我在村口看到她,我们刚才一起回来的。"

渐暗的天色下,他那双眼睛亮得有点儿过分。不可控制的我的心跳突然又加快了,梆梆梆地乱响。

"是吗?这孩子,快喊表哥呀,瞧你一副木呆呆的样子。"妈妈嗔怪我。

"我……"我不知说什么好，只觉得慌乱紧张，说出口的话也是颠三倒四，"啊，好，表哥，是的，妈妈，我，我们刚才见过了，是他帮我把纸箱给背了回来……"

"嘿，姨，我觉得我这四表妹很厉害呀，这么小的个儿，竟然背得动那么重的箱子。"表哥笑呵呵的，一副赞叹的表情。听到这样的话，我更是不知该怎么办了，还好这时候我三姐突然从堂屋跑了出来："小丫你也回来啦！快到屋里来，我们都回来了呢，大姨带了好多东西给我们，快来看！"

感谢三姐，及时把我从自以为的尴尬中解脱了出来。我赶紧扭身，越过这个叫"程儿"的表哥，急急地去和姐姐们会合。

堂屋里好热闹，姐姐妹妹们都在。为了大姨难得的回乡探亲相聚，妈妈把散落在外的家人们全部召齐了。阿婆在一堆糖果中间喜滋滋地坐着，大姐、二姐和三姐还有小妹，齐刷刷地围着阿婆，热烈地叽叽喳喳地说着话。

许久没有看到姐姐们，我的开心可想而知。一头扎进人堆里，看看这个看看那个，各种迫不及待地说话。过年后一直到现在，我们两个多月没有见了，姐妹间要说的新鲜事情可太多了。

回到家人们中间，我很快就把"英俊表哥"的事情丢到了脑后，心跳也渐渐恢复正常。等到爸爸妈妈招呼吃晚饭的声音从灶间传来时，我已经完全接受了自己突然有了一个英俊表哥的事实：真是太开心了，那么好看的人，居然是我的表哥。

晚饭极其丰盛，为了招待来自远方的客人，而这客人又是家里的"救济者"，我的爸妈使出了浑身解数，很多只有过年时才看得到的东西也都上了桌。

餐桌上一时热闹非凡。

大姨和表哥来到我们家,差不多快一周了。周一晚上抵达,今天是周五。我听着大人们的谈话,听了好一会儿才听明白:原来大姨明天一大早就要离开,回北方,但是会留表哥在我们家再住上一段时间。

"程儿,你只管安心在这儿住着,不要再多想,什么时候感觉好了,你就回来。"大姨的语气不容置辩。

表哥没有回答,他紧挨着我的爸爸坐着,半低着脑袋。厨房里只有一只十五瓦的灯泡,从黑黢黢的天花板上吊下来,我看不清他脸上的表情,他在安静地埋头吃饭,我觉得他好像有点儿忧郁。

"大姐,你就放心吧,程儿也不是小孩了,一切会好起来的。"妈妈接了大姨的话,又转头去看表哥,有点儿小心翼翼,"程儿,这两天表妹们回来了,家里会热闹些,你不会觉得孤单哪。"

"姨,没事,我一个人都可以的。"表哥突然把身子坐得直直的,继而展露出一个无比好看的笑脸,笑盈盈地看着我们。

"这就好,这就对了嘛。"爸爸插进来说话,"我们乡下,可能没有你们城市里热闹,但是也是有很多乐趣的,我看你的身子骨有点儿细弱,正好,在我们乡下锻炼锻炼,把身子整得壮实些再回去,更好。"

"是哦表哥,我们都才刚刚认识你,你可别这么快就走哎!"小妹急急忙忙地嚷着,还不忘去扯三姐的衣袖,于是三姐也下意识地跟着点头。我刚才已经听她们说过,这个表哥很厉害,才来的第二天,就把我们家报废了好长时间的收音机给修好了,她们准备把很早以前阿公留下来的一只手表也找出来让他帮忙修。

"表哥,你答应了要教我们骑自行车,等教会我们你再走噢。"小妹又加了一句。

三姐和小妹比我早一天回到家,和表哥已经建立了一份情感。

大姨回到方山,不只带回一堆糖果,还带来一辆自行车。我后来才知道,大姨原本的计划是想让表哥在这里一直住到暑假,暑假大姨会再来接他回北方,怕他无聊,所以专门买了一辆自行车可以方便他骑玩。

"嗯,不走,留着呢。"表哥认真地点点头,说,"留下教你们骑车,跟着你们玩,你们教我劳动,带我到山上去……"我偷偷看了他一眼,这会儿的他好像是完全地开心了,神采奕奕,和饭桌上热闹祥和的气氛完全地融在了一起。

"除了劳动,我还要和姥姥多'绕绕课'。"表哥又说。

"'绕课',什么是'绕课'?"我第一次听到这个词,不明白,下意识傻傻地问。

"不是绕课,是唠嗑。"大姨瞥了我一眼,像宣布一件什么重大事情似的说,"这是我们北方人的说法,唠嗑就是说话的意思。我明天走后,程儿就代表我在这里多陪陪他姥姥,陪她说话,代我尽孝。"

我妈妈爸爸频频点头。

姥姥,也是北方的叫法,不像我们南方人,叫母亲的妈妈为阿婆。二姐把嘴巴凑在我耳朵上，告诉了我阿婆和姥姥的区别。

我发现，只要是大姨开口说话，大家就都会下意识地赶紧停下声音，犹如等待一个指示。

"唉，回到家里才住不到一个星期，就要回去……"阿婆想试着挽留，但是话才说到一半，就被大姨断了："妈，我不是说过了吗，我的假期很少，我也是没有办法的呀，我把程儿留在这里，让他多住一段时间，这不也是我的心意？你就别说了。"

饭桌上的气氛一时又似乎紧张了起来，我妈妈赶紧来救场："大姐、妈，你们赶紧先吃菜，光顾着说话，菜都要凉了……"

我看到阿婆眼睛红了起来。

阿婆一向和我们生活在一起，大女儿和小女儿在她眼里虽说已无亲疏之分，但是总是希望自己亲生的孩子能够多陪自己一点时间，欢聚太过短暂。我妈妈和大姨年纪相差大，相互之间交流得也不多，一年两次的救济包裹，对于小山村的贫困家庭来说意义非凡，所以妈妈对这个姐姐除了感激之外，还是感激。感激衍生出不容置疑的尊敬，妈妈不是很在意大姨在家里逗留多久，也习惯了阿婆偶尔的伤心。妈妈别的都不怕，倒是担心这个城市里来的大外甥不能习惯山村的生活，受了委屈。

第二天很早的时候，大姨就走了。为了避免面对阿婆掉眼泪的场面，大姨在天还没有亮的时候就悄悄起了身，只允许我爸爸妈妈送她到村口，留下一句话：老人照顾好，拜托你们了。她和自己的儿子也没有正式告别，什么叮嘱都没有，简单果断。

天亮后是热闹的一天。姐姐们虽是难得回到家来，例常的农活却半点儿也不会落下。正相反,趁着人多势众,爸爸妈妈赶紧安排尽可能多的活,把山前山后田里地里所有需要人手的地方梳理了一遍后,开始安排指派:有的去锄地,有的去给菜秧施肥,有的护理水稻,有的到山上搬柴火。分配给我和三姐的任务是,到村对面的山顶地里干活:整田垄、拔杂草。

早饭时没有看到表哥。

爸爸带队,大姐、二姐、小妹一起。我和三姐带上锄头、镰刀,还有两只大背篓,正准备出发时,穿着干净整齐的表哥也出来了,看到我们一副整装待发的模样,他立马着急起来:"这么早就下地吗?还没吃早饭呢。"

一句话把我们都整笑了。

看到我们笑,表哥更着急了,急急忙忙又问:"表妹,你们去哪儿呢?上山?也带上我,好不好?"

这时阿婆也起来了,可能昨晚没有睡好的缘故,她看起来有点儿萎靡不振。听到表哥也想跟我们上山,她下意识地接过话头:"是啊程儿,还没有吃早饭,你就别去了吧。"

"姥姥,我想去,来山里这么久,都没上过山,难得表妹她们一起,就让我去吧。"表哥长手长脚,一步就跨到了院子里,且很自然地从我的手上接过一把镰刀,乐呵呵地说,"哈,你看,我也能使镰刀,一起下地去!"

三姐看了看他的干净衣服,忍不住又笑了:"带上你?我们这可是去干农活,你穿得这么干净,跑到地里那可一下子就弄脏了。"

"带我去吧,衣服脏不脏我可不管,我在这里已经无所事事快一个星期了,无聊,难受。"表哥皱着眉,一副可怜巴巴的样子。

"妈,程儿真想去,就让他去吧,闲着确实也不好受,跟着小文、小丫上山,就当是多个伴! 不过,得先去换上你姨丈的衣服。"我妈妈在旁边搭腔,先是朝着阿婆的方向,又招手让表哥跟她到里间换衣服。

很快,表哥换好了衣服出来,他的个头比我爸爸还要高,穿上黑色布衣裤后,手腕和脚腕都裸露出老大一截,看起来有点儿不搭调。可是呢,我觉得他穿什么都是那么好看,举手投足,都是那么自在舒展,光芒四射。

妈妈去到厨房,从温着的灶锅里拿来一个玉米饼递给他,他兴冲冲地接过,就当是早饭了:"表妹们,走喽,出发喽!"

连往哪个方向走都没有问,表哥就率先走在前头,三步两步跨出院门,我和三姐赶紧追上去。我三姐一边大喊着表哥等等我们,一边也加快速度,这下好了,只剩人矮腿短的我,一下子就被甩在后头,只能气喘吁吁地追赶,几乎已经算是跑起来了。

远远地望着前方的人,清晨的阳光从山巅上照射下来,照着视线内的一切,一切都变得那么好看,柔软又闪亮,空气中隐约飘过某些甜滋滋的味道,太好闻了。我一边跑一边听着自己的心跳,万分清晰明确地感受到自己的快乐,我在笑着,笑得合不拢嘴。

这一个周末,时间消失得太快,那些所有表哥参与的时光,在我的意识中、记忆中一律被涂上了一层薄膜般晶莹剔透的不真实色彩。

　　表哥和我们一起去劳动，一起背着背篓上山下山，一起抬起一大捆沉甸甸的青色桔梗，一起围坐在黑乎乎的灶间吃饭，一起陪着阿婆"绕课"。我和三姐去河里洗衣服，他也跟着，他蹲在溪水旁边的大石头上观看。忽然，他的手心里多了一样东西，他告诉我们那个东西叫"口琴"，他把它放在唇上，果然，那天曾在桥上听到过的，一串很好听的音律立马就从那口琴里面传了出来，听起来很欢快，又似乎有点儿不开心，多么神奇。他很认真地听从我们的指导，在田里，在地里，区分野草和农作物。他教我们偷懒，在锄草的间隙，一定要停下来休息，他手脚舒展地直接躺在田埂上，一点儿也不介意泥土、细草钻进他的脖子里，他说："表妹，你们看，你们这里的天空可真蓝啊，又蓝又高，太漂亮了，你们没发现吗？"

　　他又说："我觉得你们都太能干了，这么小就能做这么多的事……"

　　表哥和我们在一起的时候，总是笑呵呵很开心的样子。可是当他一个人的时候，我发现他就会进入一种发呆的状态。他好像在思考着什么，忽而会自顾自地摇摇头，好像要把什么东西从脑袋里面甩出去。

　　除了口琴，他还带来一本书，一本厚厚的书。

　　在吃完晚饭天色未全暗的时候，我们一起坐在院子里消食，他忽然说："我给你们读一段书吧。"他到屋内取来那本我不曾见过的书，他就读起来了。表哥读书的声音，比广播里听到的还要好听许多倍。我第一次意识到，原来真正的普通话，无论是发音还是语调、语速,和学校里老师所教的是如此不同。

表哥读完书之后,说想自己一个人出门转转,他把书合起来随手放在椅子上就走了,阿婆大声提醒他:"程儿,山里夜黑,可别走太远,晒场边上转转就可以啦。"

"好的,姥姥,不远呢,我一会儿就回。"表哥人已几乎出了院门,但是微转过脑袋应承着,语气之中带着让人放心的柔软音调。

我很想跟去看看,可是最后我还是和其他人一样待在院子里,继续拉着我们的家常。爸爸妈妈好像早就已经习惯了表哥的"一个人出门转转",山村如此之小,走来走去还是在村里,完全不需要担心。我忽然想到,或许表哥是不是又去了村口那里,会不会又站在那座桥上,晃悠悠地望着桥下的什么。

我一边想着那桥,一边下意识地伸过手去把那本椅子上的书拿过来看,这本厚厚的书重得有点儿离谱,几乎比我所有的课本加起来都要重,触摸到厚厚的书壳,我看到封面上写着一串很好看的蜿蜒描金的字:安娜·卡列尼娜。

随手翻到第一页,上面印满了密密麻麻的字,非常非常小的字,临近夜的光线过于昏暗,我几乎没法看清这些字,页首四个字倒是字号比较大,写着"出版说明",第一行得眼睛睁得老大,才勉强看到它写着:列夫·托尔斯泰(一八二八——一九一〇)是十九世纪俄国伟大的批判现实主义作家……看不清了,继续又翻了好几页,都是这样又密又细的字,再翻下去,突然看到一页几乎空白的页,上面只印了一行字:伸冤在我,我必报应。我完全看不懂,不明所以。很久之后我才知道,那两句话来自《圣经》，再翻到下一页，看到"第一部"，然后，终于看到应该是故事的开头了，第一句，它这样写着：

幸福的家庭都是相似的；不幸的家庭各有各的不幸。

是一位叫列夫·托尔斯泰的作者写的书，我不知道他是谁。安娜·卡列尼娜应该是书里的人物，我猜想着。我也不知道表哥刚才读的是书里的哪个片段，说实话我只顾着听那好听的普通话了，至于读了什么内容，完全是云里雾里，根本不知道自己听到了什么。我只觉得，表哥很厉害，看这么厚的书，而且是外国翻译过来的书，我从未见过。

表哥出门好一会儿了还不回来，隐隐约约地，我好像听到了音乐的声音，在有点儿远的地方。我猜他是悄悄吹口琴去了，我真想跟过去听，可是，我找不到跟去听的理由。

第二天是回学校的日子，因为要走远路，天还没有亮我就起了床。妈妈早就给我准备了一周的霉干菜，米袋和饭盒也已备好。因为前一天晚上忙着补功课写作业，我没能留意到表哥是几时才从外面回到家的。早上太早，除了妈妈因为要帮我准备东西而早起，其他人都还在沉睡。

想到得等周末放学才能再见到表哥，我恨不得不去学校了，真想天天待在家里。可是，这些都只是我的心理活动，在行动上，我一如往常，丝毫没有任何的波动和变化。我老老实实拎起饭盒背起书包，和妈妈道再见，把米袋子挎在手肘上，连半点儿的犹豫都没有，就一头扎进还没有完全醒来的清晨，一边赶路一边眼睁睁地看着白天降临。

不仅是我回到了学校，妈妈说过，今天姐姐们也是一样，都要各自回工作的地方去。自从"工作"这两个字出现在我们中间时,我们基本上就是这样匆匆忙忙的了,谁都必须去往某一个地方,必须得去做某一件事,聚少离多成了一种常态。

从周一到周三,在学校一如既往的节奏里,我觉得我根本没有想起过表哥,要学的科目那么多,作业本从教室堆到寝室,无论是白天还是晚上,我都处在一如既往的忙忙碌碌的混沌里,不知道自己是睡着还是醒着。如果不是周三下午最后一节自修课的时候,班主任突然站到我的桌边叫我的名字,我觉得我可能一整个星期都是在这样梦游似的状态里,根本回不过神来。

"方小丫!喂!叫你呢!"桌子猛然被"笃笃笃"地敲响,把正伏在桌上胡思乱想的我吓得一激灵,赶紧抬起脑袋,看到班主任正居高临下严肃地看着我:"怎么回事,叫你半天不应!问你话呢。"

"呃,老师……"我赶紧站起身,准备接受可能突发的"训话",我的双脚站得笔直,双目圆睁,小心翼翼地回应着他的注视,努力表达着我的认真和尊敬。可能我的样子显得有点儿搞笑了,班主任极为难得地笑了起来:"哈哈,是想问你呢,门口站着的那人,他说他是你的表哥,来找你,你看看是不是。"

"表哥?"

我疑惑地掉转视线,果然,那里站着一位亮闪闪的人,是我的表哥。

"表哥!"我一时喜极,全不顾老师还在我的桌旁站着,一下子往教室门口冲去,"表哥! 你怎么来了!"

还是那个亮闪闪又灿烂又柔软的笑,还是那亮闪闪的雪白耀眼的牙齿,表哥穿着我第一次看到他时穿的那身好看至极的白色运动服,轻盈舒展地站在门边,他的个儿太高,我感觉他的头发都快碰到教室门框了。

看到表哥,我突然觉得全身变得热腾腾的。一瞬间,我认为自己的脸肯定红了,似乎班里所有的人都在看着我,我赶紧回头,教室里鸦雀无声,许多双眼都在望着我的方向,连班主任也一样,他好像也愣住了。

"好了!"班主任突兀地拍起手来,"同学们别吵吵闹闹了!继续好好自修吧!"

明明是那么安静,没有任何人在吵吵闹闹。

班主任笑眯眯从我们身旁走过,且以一种非常客气的口吻对我的表哥说:"这样吧,还没有到下课时间呢,来,你可以带你表妹到我们办公室去坐一坐,你们慢慢聊。"

很少看到班主任这么和颜悦色的样子,除了不在了的小林老师之外,这个学校的所有老师都不常这么和颜悦色。我惊诧地抬头望向表哥,表哥用他那既好听又标准无比的普通话来回应老师的邀请:"谢谢您,不麻烦了,我和表妹只说几句话就走。"表哥的微笑有着感染一切的魔力。

班主任笑着点点头,一步三摇地走了。

隔着教室窗户的大玻璃,同学们一个个都伸长了脖子看着,我有点儿局促地又问表哥:"表哥,我在自修呢,你怎么来了?"

"姨今天在家做了豆腐,她说你在学校一整周吃的都是霉干菜,我寻思着给你带点热乎乎的豆腐来。"

　　表哥一边说，一边变戏法似的从背后拿出一个大搪瓷罐子，罐子捂在一件旧衣服里，被毛线网结子绕得严严实实。我一手接过来，隐约觉得罐子还在冒着暖暖的水汽。我可太高兴了，高兴得不知道该说些什么，老半天才好不容易挤出一句："表哥你是怎么来的，怎么找到我的呀？"

　　"骑自行车呀，没有那么远，一路问过来，很快就找到了！"表哥摆摆手，又说，"我问过你们老师了，他说你们周五才放学，这样哦表妹，周五你不用走路回家，在学校等我，我来接你。"

　　"嗯，好！"

　　表哥和我道再见，我一味地点头，看着他大踏步往学校门口走，如果不是手心里捧着这真真切切的搪瓷罐，我几乎以为自己是在做梦。在全班人的注视下，我像是捧着什么大奖杯似的回到教室，我的同桌一脸羡慕地凑过来与我搭话："小丫，是不是给你送了什么吃的来呀？那个人，真的是你的表哥？"

　　"他当然是我表哥！"我喜滋滋回答着她，"他给我带了我妈妈今天刚做的豆腐。"

　　"你的表哥怎么那么干净啊！真好看！"

　　她的评语过于真切，一时间，也不知道是怎么回事，好多同学就都忽然朝我围了过来。

　　离下课没有几分钟了，学习的气氛一扫而光，大家围着我，围在我那罐又香又热的豆腐前，不约而同地讨论起"干净、好看"的话题来，我也不知道自己是怎么一回事，竟然就笑呵呵地融入了他们，不仅如此，我自然而然地就打开了我的豆腐，邀请他们一起来品尝。班里的人，情况都和我差不了太多，基本上带的不是咸菜就是霉干菜，难得能吃到新鲜食物，表哥给我的罐子，装得满满当当。

那个傍晚，我觉得自己是天底下最快乐的人，因为我有那么好吃的豆腐可以和班里的同学一起分享。一瞬间有点儿恍惚，几乎以为回到了上个学期她们分享瓜子给我的好时光，可惜的是，陈莉不在了。

转眼到了周五，却没有看到表哥，等来的是我爸爸，他说表哥的脚扭伤了，骑不了车，刚好爸爸今天到乡里有事，就顺便来接我了。我有点儿失落，但是一想到表哥受了伤，心里又不禁开始担心起来。

"没什么大碍，只是扭了一下，他呀，非要跟着我上山，看到我背树，他说他也要背一棵，不答应他还不行，我好歹给他找了棵小杉树，这不，城里来的孩子，根本走不了路嘛，一下就摔倒了，哈哈。"爸爸如此这般地解释了表哥受伤的原因，我想象着表哥背树的样子，怎么也想象不出来。

果然，等我们到家时，表哥正躺在屋廊下的躺椅上翻看着他那本厚厚的书，阿婆坐在他的旁边照看着，看到我们进到院子，他立马就开心地和我们打招呼："姨父，你们回来啦。表妹，不好意思，没有去接你。"

他的一只腿高高地架在一条方凳上，裤脚卷得老高，脚踝的部位被厚厚的绷带包裹了起来，我跑上前去看，他笑眯眯地说："怎么样，表妹，包扎得还不错吧。其实呀，我都已经不痛了，可是我姨非得让我这么裹着，说是这样不会落下病根。这里头有好几朵花呢，冰冰凉凉的，可舒服了。"

"你姨可都是为你好,扭伤虽然不是大事,不管怎样至少也得敷个三四天,可马虎不得,万一有什么差错,那没法和你妈交代了。"阿婆看他一副无所谓的样子,语气更严厉了些,"以后,哪儿都不准去了!谁让你都不听劝,非得上山,还要背什么树,唉!"

表哥朝我耸了耸肩,让我过去看他的"杰作":"我整整绕了三圈,才把它们固定住,姨说了,这些花都是你摘的,可惜了呀,那么漂亮,浪费了在我的脚上。"

表哥说的是芙蓉花。

我们家后院有一株芙蓉树,每年花开时节,妈妈就会让我把正盛开的大花朵从枝头上剪下来,泡进装了烧酒的瓶子里,被酒浸泡过的花,既可以镇痛又可以消炎,每次使用时,把花从酒里取出来,先用小锤子反复敲捣,直到捣成糊状就可成药。表哥说的浪费,大概是认为把花变成糊糊的过程吧,从极好看的晶莹粉红花朵,慢慢弄成又糊又黏的药泥,总需要五朵以上的花,才能把整个脚踝给围起来。

"小丫,你回来就好了,接下来你来捣花,一天至少给他换三次药,这样好得快!"妈妈吩咐我。

"姨,过了今晚肯定就全好了,明天不用敷啦。"表哥试图抗议,可没有人理他。

这个周末,由于表哥受伤需要我"照顾",所以爸妈就没有给我派别的农活。表哥总是在埋头翻看他那本厚厚的书,并没有经常和我说话,然而,我总是觉得,我和表哥置身在同一个世界。几乎是在一个梦幻般的情境下,在庭院,在厢房,在枇杷树下,随便我在哪个角落,只要一转头,就能够看到表哥,还能有比这更快乐的事吗?我一边认认真真地蹲在大青石旁边捣药,一边情不自禁地意识到自己总是在笑。

这个周末,二姐和三姐没有回来,大姐和小妹也没有回来。小妹自从转学去了大姐所在的小学念书,平常也都看不到她了。妈妈说这周大姐学校备课忙,所以回不来,得等到下周才回。

离放暑假还有老长一段时间,每个周一到周五,家里都只剩下表哥、爸妈和阿婆,而爸妈平时忙着下地,早出晚归,那么一整个白天岂不是就留了表哥和阿婆两个人守家,会不会有点儿无聊?虽然陪姥姥唠嗑是大姨走的时候认真布置的一项任务,但是很多时候阿婆也总是在忙东忙西,并不需要表哥的陪伴。

似乎是回应着我的疑问,在度过了安静得有点儿过分的周六和周日之后,当我们围坐下来吃晚餐时,爸爸很突兀地开口了:"就这么定了,明天我带程儿去城里看看火车票,他既然想回去了,我们也不能拦着,我看他现在挺好的,早点回去上班,也不是坏事,是吧,阿妈?"

爸爸一边说,一边探询地看向阿婆的方向,阿婆沉默不语。

"姥姥,我回去和妈说说,到时候接您到我们那边住一段时间好不?"表哥接过我爸的话头,劝说着,"我现在都好了,是得回去上班了,回去一准听我妈的话,只认真工作,别的什么也不想。"

"妈,你就让他回去吧,我大姐走的时候也说了,不一定非得等到暑假,而且到了暑假大姐也不一定能来,到时候他还不是得一个人回去?"我妈妈也开始加入劝说的队伍。她还加上一句:"在这里,这不,一不小心,还扭了脚……"

我愣愣地听着他们的说话。

依旧是十五瓦的灯泡在这黑黢黢的厨房里悬挂着,我无意识地轮番看着他们脸上每个人的表情,慢慢地,我想起了白天表哥曾经对我说过的一些话。

那时候,我搬了小板凳和椅子到屋檐下做作业,他依旧躺在那张斜斜的躺椅上,脚踝上刚刚换过新药,院子上方的天空正飘过来一朵很大很大的云朵。我还以为表哥打瞌睡睡着了,可是他却突然说起话来,他那本厚厚的书,和前一天一样,还是那样平摊开,放在他的胸前。"表妹,你知道吗?我一点儿也不喜欢看书。"他说。

表哥虽然叫了表妹,可是呢,我却觉得他好像是在跟他自己讲话。

讲一句,他就停顿很长一段时间,又继续讲了一句:"我也不喜欢我的工作,我甚至都不喜欢我那个城市。"表哥在叹气。

"可是,没有办法呢,我就是得待在城市里。你看,我什么也不会,只是上个山,就把脚脖子给扭伤了。"他又叹了口气。

"我什么也不会,不知道自己喜欢什么……"他说完这句话后,停了好一会儿,然后又重复了一遍这句话,更像是在自言自语。

我很努力地想弄明白表哥在说什么,可是我的脑袋晕乎乎的,什么也答不出来,末了好不容易想到一句话,我赶紧高声说道："表哥，我觉得你很厉害！你会修东西！你把我们家这么多东西都给修好了，钟表、收音机、手电筒，还有，对了，爸爸说你把我们家阁楼的电线全部都接好了呢，你很能干的！你还看这么厚的书！而且，你还会吹口琴，你吹的口琴多好听啊！"从一句，忽而延伸出了一大堆的话，连我自己都觉得意外。

不仅如此，我还不知不觉用上了很用力的肯定的语调。因为被表哥脸上流露出的、与他平常毫不相干的奇怪神情所影响，我觉得不多说一点话会很糟糕，我好像有点儿受不了他的神情。他好像很悲伤。可是，他为什么要悲伤呢？或者，是不是我多虑了，表哥不过是有点儿累了，并没有悲伤。这不，他很快就又笑了起来，就和天上飘过的那朵很大的云彩一样，云朵飘走了，太阳重新照射下来，表哥一时显出一副懒洋洋的模样："是啊表妹，我很能干。现在，我要打个盹咯……"他说完这句话，就闭眼睡着了。他的睡着就和他开口说起话来一样突兀。

过了好一会儿，我偷偷瞄了瞄他，确信他是真的睡着了。

他再醒来时，我们就基本没怎么说过话，他不让我去帮他，而是自己动手，开始专心准备起下一轮的芙蓉花药泥。他专心致志地扬起小锤子，一下又一下，在那只圆圆的石杵里轻轻地敲捣着花朵，专心到连眼睛都眯了起来。在我偷偷转头去看他的时候，我发现表哥的眼睫毛可真长啊，又长又密。他的表情平静而愉快，在慢慢把花朵变成药泥的时候，表哥直接从躺椅上站了起来，他好像全好了，他轻手轻脚地走到院子里，可能怕阿婆看到又会来训斥，他来来回回在院子里踱了两回，不时伸头探望堂屋里阿婆的动静。他回到躺椅上坐下，把脚踝上的绑带拆下来,换上新的药泥,重新绑好,把重新绑好的脚高高地抬起来,忽而伸腿,忽而转动脚踝,确信灵活无碍,他很满意地点点头,又闭眼睡去。这一次,那本厚厚的书被他垫在了身下,我觉得应该是硌在他的腰上了吧,硌着那么厚的书,能睡着吗?表哥似乎丝毫不受影响,他的眼睛很平静地闭合着,双手双脚松弛地伸开,他呼吸均匀,稍微侧着一点身子,细细密密的长睫毛投在他的脸颊上,显露出一个极好看的弧形阴影。我忽然意识到,可能正是在那个时候,表哥才做出决定的吧,他想早点儿回到城市里,他是一个不得不待在城市里的人。

那天晚上讨论的结果是,同意表哥回去,但是考虑到他的脚踝可能恢复得还不够,爸爸不肯让他同去,决定一个人去城里买票,答应他一定给他买到最早离开的火车票。爸爸第二天一早就出发,刚好又可以带我回到学校里。

我不知道该怎样和表哥道别,只能这样对表哥说:"表哥,如果我爸买到了票,你可以在走的时候路过我们学校不? 再来看我一下……"

表哥一下子就答应了,他说:"好的啊表妹,肯定去看你。"过了一会儿,他又说:"表妹,你以后有时间也来我们城市,到时候表哥带你到处转转。下次再见到你的时候,你肯定长成漂亮的大姑娘了!"

"嗯。"我很想表示我的依依不舍,但是我却再也说不出其他的话。几乎是带着一副比往常更为木讷的表情,在妈妈的催促之下,我不得不早早就回到房间里去睡觉了,妈妈说:"你明天要早起,赶紧去睡吧,让你表哥再陪阿婆好好说说话,他可是很快要回去了，这一走又不知道什么时候才能见到。"

　　人虽然躺到了床上，可是我的耳朵却使劲地支棱了起来，试图去听隔壁传来的模模糊糊的说话声音。似乎什么都能听到，可是事实上什么也听不清。我辨别着那些声音，在里面寻找着表哥那如同播音员般的普通话。我模模糊糊地想着表哥说的也到城市里来，想到之前他偶尔跟我们聊天时提到的他的城市：很多房屋、汽车、自行车、商场、人。我想象着，如果我到了那样的城市里，我会怎样。过了一会儿，我猛然想到，和表哥一起吃饭的第一个夜晚，他不是说要教我们骑车的吗？大姨说他会在这里一直待到放暑假，可是，我连自行车都还没有摸到过，表哥就要走了。

　　进入想象的脑袋过于活跃，弄得我根本无法入睡。我在人生中第一次体会到了什么叫失眠。这两个字，之前只在书本中读到过。带着某种又是新奇又是空洞的体验，我晕乎乎地躺着，听着他们的声音，他们的声音似乎彻夜都在我的耳边嗡嗡地响着，忽而很近，忽而很远，一直到妈妈突然进来摇醒我："快起来，爸爸都准备好了，就等你了。"

　　我昏头昏脑地从床上爬起，窗外的天色还是一片漆黑。妈妈在厨房，幽暗的光线下什么看起来都仿佛离我很近又很远。我几乎是在一种极为机械的状态下，洗脸、刷牙、吃早饭，妈妈一直在催促着我，认为我今天的动作木讷又迟滞。爸爸已经把我的米袋和饭盒都绑到自行车上了，很快就要出发。书包我自己背，妈妈塞了只空网兜在我手心，意思是让我周五放学时去供销社带一兜纱线回来。我把网兜捏在手里，爸爸推着车走在前面，我在后面跟着。

在离开院门时，我侧着脑袋去听表哥那个屋的动静，我故意磨蹭着，想象着表哥会不会突然醒过来，走到院子里来送我一下。

院子里黑黢黢的，屋内一片寂静。我停着脚步一动不动，大概有两三秒，不，起码有六七秒。我什么也没有听到，抬脚走出院门，抬头看到天空有一颗很亮很亮的星。爸爸以前告诉过我，早上看到的最亮的那颗星，叫启明星。怎么会有那么亮的星，几乎把整个山谷都给照得透亮。

爸爸在等我，我走过去，坐到自行车后座上，爸爸用力一蹬，车子快快地动了起来。一下子，家就不见了，和每一个以前看到过的清晨一样。骑着骑着，天空很快就呈现出一派完全的明亮，一如既往，空荡荡，明晃晃。

怀着一种期待，这一个星期，我几乎每一天都在想象着，表哥再次出现在学校的画面。

他是会在上午来呢，还是在下午，或者，可能是在我正吃着饭的中午？

他是周一就来呢，还是在周二，抑或是在周三？爸爸给他买的火车票，到底会是在哪一天呢？

如果他来的时候，我正上课该怎么办？最近老是考试，万一他来的时候，我刚好在考试，那估计老师就不会让我出来见他，那怎么办？

他会不会在晚上来，在我夜自修的时候？不可能，晚上不会有班车，光有自行车，他到不了城里。

表哥一直没有出现。

一直到了周五放学的时候，他都没有出现。

我不禁有点儿高兴起来，猜想着估计爸爸没有买到火车票，看来表哥得再多待一些时间了。放学的铃声一打响，我就迫不及待地往校门口冲，我要赶紧跑回家。又是周末了，如果表哥的火车票是在周末走，或许我可以和爸爸一起到城里送他，那得多好！我一路欢快地跑着，回家的路途越缩越短，我也越跑越快，我想象着自己一跑进院门就看到表哥站在那里，又或许，在那村口的桥上就能遇到他呢，他不是喜欢在那桥上站着吗，只要看到他，我大老远就喊起来："表哥，来帮我背一下我的书包吧，太重啦。"

我想象着，想象着，一个人呵呵地乐了起来。

我只顾着想早些回到家见到表哥，完全忘记了妈妈交代的让我去供销社买纱线的事，连网兜都被我遗弃了，干瘪瘪地被丢在宿舍，千疮百孔，像极了我到家时的心情。我没有见到我的表哥。

事实上，再一次见到表哥，是许多年以后的事了。

我曾问过妈妈，表哥为什么不到学校来看我，和我说再见。

妈妈一脸狐疑地回答我："为什么要去学校看你啊，你爸给他去城里买票，买到了第二天的票，刚好第二天咱村有拖拉机要去城里，你爸就带着他搭拖拉机直接去城里了啊。"

"对了，你表哥说了，他留了一本书给你，他说你喜欢看书，让你以后有时间慢慢看。"妈妈又补了这么一句。

表哥没有在周五来学校接我，是因为他的脚受了伤。他没有到学校来和我说再见，是因为他搭别人的拖拉机去城里，所以找不到见我的机会。好吧，我觉得一切都很合理。但是，表哥走了之后，我一下子跌入一种很可怕的失魂落魄的状态，本来就迷糊的脑子，变得更迷糊了。

这种迷糊和之前犹如脑袋里被塞了严严实实海绵的迷糊不同，这次是海绵被抽掉了。可是由于抽的速度太快，以致整个脑袋空空如也，什么信息都没有被留存下来。就好像一个人突然地跌进某间空荡荡的屋子，四周除了空荡荡的墙，什么也没有，任我如何努力往墙上去撞，却连个回音也不会发出，又似灵魂已经不属我所有（如果我有灵魂的话），它独自飘飘荡荡地出了窍，不知飘去哪儿。总之，它自顾自地出走了，去到某个我看不到的地方悬浮着，这种悬浮带来的迷糊状态，几乎令我自己也认不出自己。

表哥留下的书，我翻看了一下，一个字也看不进去。不只有书，他还留下了口琴。他把口琴夹在了书里，本来就是那么厚的书，口琴放进去之后，更是鼓鼓囊囊显出一副有点儿滑稽的模样。不知道他是什么意思，我又不会吹口琴，干吗要把口琴也留给我。

妈妈自认为很明确地转述了表哥的话：把书留给四表妹。四表妹就是我，可是，没有提到口琴。夹了口琴的书，认认真真地放在我睡的那张床的床头上，我不想再看那本书，直接就把它丢到了抽屉里，但是我把口琴取了出来，我试着把嘴唇凑过去，轻轻地吐气，听到它发出很轻的一声"嗡"，我决定把口琴放进我的书包里,我想把它随身带着,时不时拿出来"嗡"一下,可能还挺有意思。

后来,在我进行"绝食行动"被爸爸关进阁楼的时候,就是这只口琴提醒了我,使我鬼使神差地写下了那封信。我给表哥写信了,我在信里问他,能不能帮我买张火车票,我想到城市里去,虽然不知道自己能做什么,但是只要表哥能帮我找一份工作,不管是什么工作,我肯定都会认真去做。我希望再次见到表哥,我在信里说,我想他。

我寄出了那封信,从阿婆那里偷偷抄来那个北方城市的地址,我在信封上一笔一画地认真写上表哥的名字:方一程,亲启。

从来没有回信到来。

我人生中收到的属于我的第一封信,是来自澄县越剧团的录取通知书,信封上苍劲有力的字迹很清楚地写着我的名字:方小丫,亲收。

也是因为这封信,爸爸把我关进了阁楼,我从头到尾都没法理解,为什么那么喜爱戏剧的爸爸,会如此坚决地不让我去学戏:

"我决不同意!世上有千千万万条路可以走,不可以去当一名戏子。我不同意。"

不仅爸爸不同意,妈妈也不赞成。

妈妈说:"听爸爸的话,他这是为你好,小丫,你不记得了吗?小时候你说想去学戏,我们不是都和你说过了吗?你呀,只知道唱戏的在台上打扮得花花绿绿的热闹,可是你不知道他们得吃多少苦。这吃苦还是小事,关键是名声不好,戏子呀,说白了就是和讨饭的一个样,到哪儿都是低人一等……论三教九流,那戏子可是排在最末,再怎样唱得好,总归是被人看不起。古往今来,哪个戏子是上得了台面、没有被人在背后指指点点的?这些我们从来没有和你说过。我们是喜欢听戏,可是,规矩人家谁会送孩子去学戏?怎么样都舍不得的,再难再苦,也不能选这样一条路。更何况,学戏一般都是四五岁就开始的,那下的可不是一般的苦功,得遭多大的罪!你看你,你都已经是初中毕业了,身子骨也差不多定型了,怎么学,到头来还不是浪费。你呀,你就别犯傻了……"

妈妈苦口婆心地劝我,不管从哪个角度来看,都是有理有据无懈可击。

三教九流,我都快忘了这句话了,我只记得当时他们严肃的表情,可是,那是在小时候,我什么也不懂,现在不一样了,我认为已然长大了的自己,对"学戏"的看法和渴望,都是十打十的真实、迫切。

从某种意义上来说,被关在阁楼时的我,已经入了魔,无论他们怎样劝说,温和的方法、武断的方法,通通都不管用,我只坚定不移地守着我的一个目标——让我去学戏,否则我就再也不吃饭了。我把那封录取通知书紧紧握在手心里,反复地看了又看,我认定那是我往后人生唯一的方向。

锁在阁楼里,每次送饭都是阿婆来,她和爸妈不一样,她什么劝人的话都没有说,她只是和我提到了她的上帝,她说:"小丫,我的小丫,你呀,你别着急,把一切交给上帝,上帝都会给你安排好。你想吃饭了就告诉我,我去你妈那里把门钥匙拿过来，你不想吃，就不吃……"

阿婆静静地等在门口，等我的回话，我不声不响，阿婆在门外站了很久，然后她就静静地离开了。

这样的情况大约持续了三天，每一天，我几乎都一动不动地躺在床上，时而昏昏睡去，时而又无意识地醒过来，我的脑子里很热闹，有时是一片空白。爸爸妈妈时不时地走过来查看情况，各自用不同的态度把同样的话又和我复述一遍，我什么也没有应答。绝食大约进行到了第三天，下午的时候，由于手不经意伸到衣兜里碰触到口琴，于是我就从床上爬了起来，给表哥写下了那封"我想你"的信，我一边写一边迷迷糊糊地想象着，若是我不能去学戏，那么，去到表哥的城市里，也是一个很好的目标。一直以来浑浑噩噩不清楚自己将来要做什么的我，一下子有了两个目标，有了两个目标后，不管怎样，明天都很值得期待，很快地，时间就到了我绝食的第四天。

表哥走了之后，离我们进行中考的日子也为期不远，剩下大概还有三四个星期吧。充分体会着"海绵迷糊"和"空洞迷糊"的不同，以及过去不曾有过的"失魂落魄"，但无论是在家里还是在学校，我的外表倒是没有任何的变化，总之就是那副一如既往的混沌木讷神情。

时不时地，我会从阿婆的口中断断续续地听到一些和表哥有关的信息，她说，表哥是因为失恋所以才会来到这个小山村，她说，对方居然是个外国人，俄罗斯女孩，你大姨当然不同意，要强迫他们分开。想想看，两个人说的话都不同，怎么可能在一起？

阿婆像是说着别人家的孩子似的说着表哥："就你表哥那性格，他哪知道自己要什么？还想跟着那女孩到俄罗斯去，好在女孩后来是一个人回去了。外国，这都什么事？你大姨当初嫁到那么远的北方，就已经是伤我的心了，现在她儿子想去国外，国外在什么地方？肯定不行，她肯定是要把你表哥管牢，必须管牢。还好，现在啊，你表哥总算想明白了，愿意回到厂里去上班了，这就好了嘛。"

就像在听一个很遥远的故事，一个发生在别人身上的故事。

阿婆说的这些有一搭没一搭的话，在我听来什么都很不真实。我试图分析点什么，或是根据这些东西在我空洞的脑袋里尝试组装点什么，不行，什么也没有。当她讲到"俄罗斯"的时候，有那么一瞬间，我好像被拨动了一下，隐约想到了那本厚厚的书。可是，表哥说他一点儿也不喜欢看书，他又为什么要带着这本书，我不明所以。也只是那么一小会儿，很快我就没有感觉了，阿婆也一样，她和我说话，并不寻求我的反应，她只是沉浸在自我的絮絮叨叨里，自己陪伴自己。我也是一样，听着听着，不知什么时候我就悄悄转身，走到旁边去了。

虽然不知道自己接下来该做什么，但是至少我知道自己很快面临考试，认真读书才是正理。也是奇怪，明明整个人都是处在"失魂落魄"的状态，但是接下来的那段时间，在课堂上，我发现自己忽然能听懂老师的讲课了，不仅如此，每周一次的小测验，不管是哪一门科目，我居然都能答出百分之八十来。我不明所以，这么说，我可能会考出好成绩？我有点儿恍惚，也懒得去想这是为什么，我知道自己依旧不喜欢上课，也不喜欢到学校，但是，如果说我能持续这种"听懂"的状态，能把每一张试卷都仔细答出来，或许我能到高中去？

如果说，不是因为考完物理之后的那天下午，我去供销社买洗发精，我就不会在那里的广播听到"澄县越剧团"的招生信息。如果没有听到那则信息，那我就不会在第二天最后一门数学考试的时候，一时陷入恍惚，竟鬼使神差地把只做了一半的试卷直接交了上去。如果我能完成全部的考试，或许我能收到来自高中的录取通知书？

可惜的是，人生不能重来。

诚然，重来一次又能怎样，基于那时自己的空洞，即使上天再给我一次机会，我可能依旧会选择让那个"恍惚"占据上风，于是，不由自主地继续做出"鬼使神差"的行为。那天那瓶可买可不买的洗发精，成为我生命中一个极不起眼的引子。那时的我并不知道，人的一生中会出现许多这种让人毫无觉察的引子，我不由自主地跟着它，就像跟着某个看不见的命运，一步紧跟着另外的一步，一头跌进注定的明天。

我清晰地记得自己的状态，记得当时所有发生的事情。已经连续考了好几天，一天两门，上午和下午各一门，已经考完了语文、政治、地理、英语、历史和物理，只剩下了最后两门：化学和数学。前面的几门我觉得还完成得挺不错，但是到了物理时，感觉有点儿难，很难，非常难。虽然我算是把所有的题都答出来了，可是一直到交卷铃声响起来时，我还在涂涂改改，试卷几乎是被老师走过来一把夺了上去。从教室出来后,我一个人慢吞吞走回寝室,脑子里还在想着那些不完整的答案,想得脑袋都开始疼痛起来,于是我决定洗个头,然后,我发现洗发精没有了。

洗发精用完,原属一件极为平常的事,或者说,根本不是事。以往这样的时候,我一般就采取"不洗了,过几天再洗"的策略,或是用肥皂替代一下,初一、初二的时候不就是一直用肥皂洗的吗,又有什么关系。可是,那天我不愿意,反正口袋里刚好有钱,是妈妈给我的"补货"费用,我觉得用它先去买一瓶洗发精应该不要紧,到时候放假带回家也能用。于是,我就去买洗发精了。洗发精买了回来,头发也干干净净地洗完,头不痛了,不再去想那些糟糕的答案,取而代之的是脑子里开始轮番播放广播里听来的那则信息:"……明天,最后一天,招收学戏的学生,澄县越剧团……"

于是,第二天,最后的那门数学,我成了全班第一个交试卷的人。我匆匆忙忙交了半张白卷,匆匆忙忙往校门外跑,要去搭车,要赶到镇上去参加招生,我担心再晚一步,那些招生的人就走了。

在我把绝食进行到第四天的时候,爸爸向我屈服了,他答应送我去学戏。我从阁楼里走出来,整个人虚弱得不行,阿婆给我煮了米汤,我喝着喝着肚子开始绞痛,眼睛一黑就从凳子上栽了下来。我生病了,饿的,阿婆用米汤来喂我,连续喂了好几天,才慢慢恢复过来。等我好了一点的时候,爸爸骑自行车带我去了镇上,去找那个澄县越剧团。可是,时间隔得太久,剧团的人早已经撤了，就如同妈妈说的一样，唱戏的人，谁知道哪里是他们的下一站？爸爸陪着我在镇上转了一圈，没有人知道他们的去向，我默默地重新爬上自行车后座，爸爸把我驮回了方山。这一切，简直是一出闹剧。

在天气热得不得了的时候，表哥给我们寄信来了。这是他回去后给我们寄的第一封信，一封极为平常的家书。他在信里说，他和大姨都很好，他很感谢我们对他的照顾，他在方山的这段日子很开心，以后只要有时间，他一定还会再来。他提到了"帮忙问候表妹们"，祝愿我们也是一样一切都好。

收信人写的是阿婆的名字，看完信后，阿婆表示不是很开心，她认为信写得太简短了。阿婆说："这孩子，走的时候不是说回去和他妈妈商量，要把我接过去住一段时间的吗？可在这信里，他啥也没说。"

"妈，大姐和程儿都上着班呢，他们肯定是都很忙，还没来得及考虑，他说了，有时间就来看我们，那就安心等着就好啦。"妈妈劝慰着阿婆，一转头，她就开始吩咐我："来，小丫，你来写回信，你也和他们说说我们这边的情况，你说我们也都很好，让你大姨和程儿表哥都别挂念。"

我从妈妈手上接过信，匆匆浏览了一遍。写家书可是我的强项，以往很多时候也都是由我代笔，在妈妈的注视下，我三下两下就写好了一封不长不短的回信。妈妈读了回信后表示很满意，阿婆也说我写得很好。

写完后，我突然想出去走走。

那是一个酷暑夏日的傍晚时分，我从我们家院子里走出来,穿过尚且泛着热腾腾白昼气息的空荡荡的晒场,走到水库坝去。

我一个人沿着石阶慢慢地往上,一级一级爬升,一直到了最顶上那一级。我停下脚步,转身坐了下来。四周群山环绕,夜晚即将来临,夜色一点一点从四周朝我围绕过来。很久没有来水库坝坐一坐了,我静静地打量着四周,打量着群山环绕下水库坝下面这个小小的村子,有几户人家已经亮起灯来,我专心凝神看着我们家的院子,隐约看到阿婆和妈妈的影子在晃来晃去。

我意识到,这种晃动也将会成为我将来全部的生活。我决定不再等待了(本身,也没有任何什么在让我等待。戏?录取通知书?表哥的回信?什么都没有)。我想和爸妈说,我也想出去了。我要早点儿出去,离开方山,出门打工去。

暑假还不到一半的时候,三姐让人捎信回来,说已经给我找了一份工作,在她的砂轮厂附近,同样的家庭作坊,有一家塑料厂正在招人,年龄不限,随时可上岗。

我简单地收拾了几件衣服,爸爸骑自行车送我到乡里中转站(有三轮车可以直接到那个厂里)。我到了那里,通过一个月的快速学习,成了一名合格的塑料压铸小工。

一完一